Hans Joachim Alpers
Gefangene der Zyklopeninseln

Zu diesem Buch

Rhiana erhält einen mentalen Hilferuf der Druidin Maruna: Die talanischen Flüchtlinge wurden vor den Zyklopeninseln vom Feind abgefangen und sollen verschleppt werden. Rhiana und ihre Gefährten müssen das halbe Mittelreich durchqueren, bevor sie endlich die Seereise zu den Zyklopeninseln antreten können. Aber die Fahrt dorthin steht unter keinem guten Stern. Erst erobern Piraten das Schiff, dann verlangt der Feind Rhianas Auslieferung. Obwohl die Piraten dies verweigern, hält ihre Pechsträhne an: Bei einem Sturm wird sie über Bord gespült, und Rhianas Gefährtin Finni versucht, sie zu retten. Beide stranden auf einer Insel, die von Zyklopen bewohnt und als Heiligtum betrachtet wird, das niemand betreten darf. Die restlichen Gefährten erleiden Schiffbruch und geraten auf ein Geisterschiff mit einer untoten Besatzung. Währenddessen bereitet der Flammenbund die Machtübernahme im Seekönigreich vor …

Hans Joachim Alpers, geboren 1943 in Bremerhaven, war lange Jahre als Lektor und Herausgeber tätig und verfasste zahlreiche phantastische Romane und Hörspiele. Gemeinsam mit Werner Fuchs und Ulrich Kiesow erfand er das erfolgreichste deutsche Rollenspiel »Das Schwarze Auge«. Mit dem Zyklus »Rhiana die Amazone«, für den er als Autor und Herausgeber fungiert, führt er die Welt Aventurien in ein neues faszinierendes Zeitalter.

Hans Joachim Alpers

GEFANGENE DER ZYKLOPENINSELN

RHIANA DIE AMAZONE 6

Ein Roman aus der Welt des Rollenspiels
»Das Schwarze Auge«

Piper München Zürich

Aus dem Zyklus »Rhiana die Amazone« liegen bei Piper Boulevard vor:
Hans Joachim Alpers: Der Flammenbund (9101)
André Wiesler: Das Artefakt (9102)
Daniela Knor: Das Geheimnis des Königs (9103)
Hans Joachim Alpers: Verschwörung in Havena (9104)
Daniela Knor: Klingenschwestern (9105)
Hans Joachim Alpers: Gefangene der Zyklopeninseln (9106)

Serienredaktion: Hans Joachim Alpers

Originalausgabe
April 2006

Umschlagkonzept: Zero München
Umschlaggestaltung: Nele Schütz Design, München
Umschlagabbildung: Jan Patrik Krasny via Agentur Schlück GmbH
Gesamtherstellung: Clausen und Bosse, Leck
Printed in Germany
ISBN-13: 978-3-492-29106-4
ISBN-10: 3-492-29106-6

www.piper.de

Trails of troubles,
Roads of battles,
Paths of victory,
We shall walk.

The trail is dusty,
The road it might be rough,
But the good road is a-waitin',
And Boys it ain't far off.

Bob Dylan, *Paths of Victory*

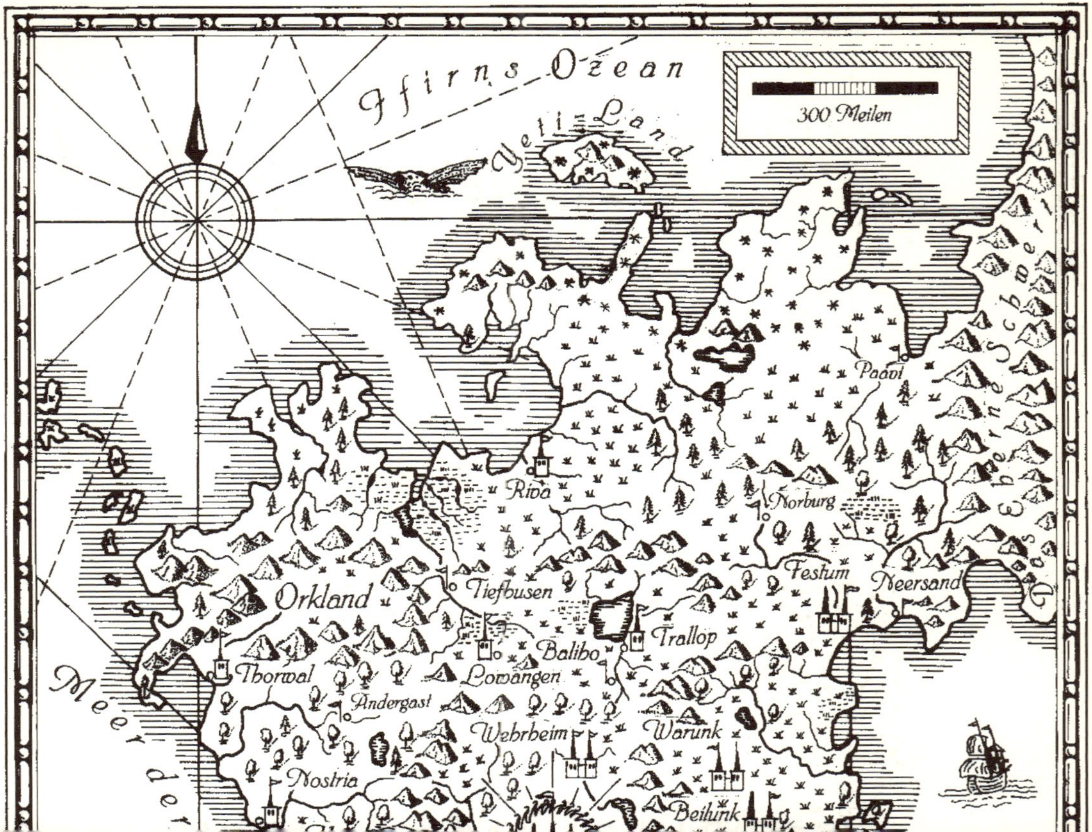
Ifirns Ozean
300 Meilen
Yeti-Land
Das Ehernes Schwert
Paavi
Riva
Norburg
Festum
Neersand
Orkland
Tiefhusen
Trallop
Balibo
Thorwal
Lowangen
Andergast
Wehrheim
Warunk
Nostria
Beilunk
Meer der

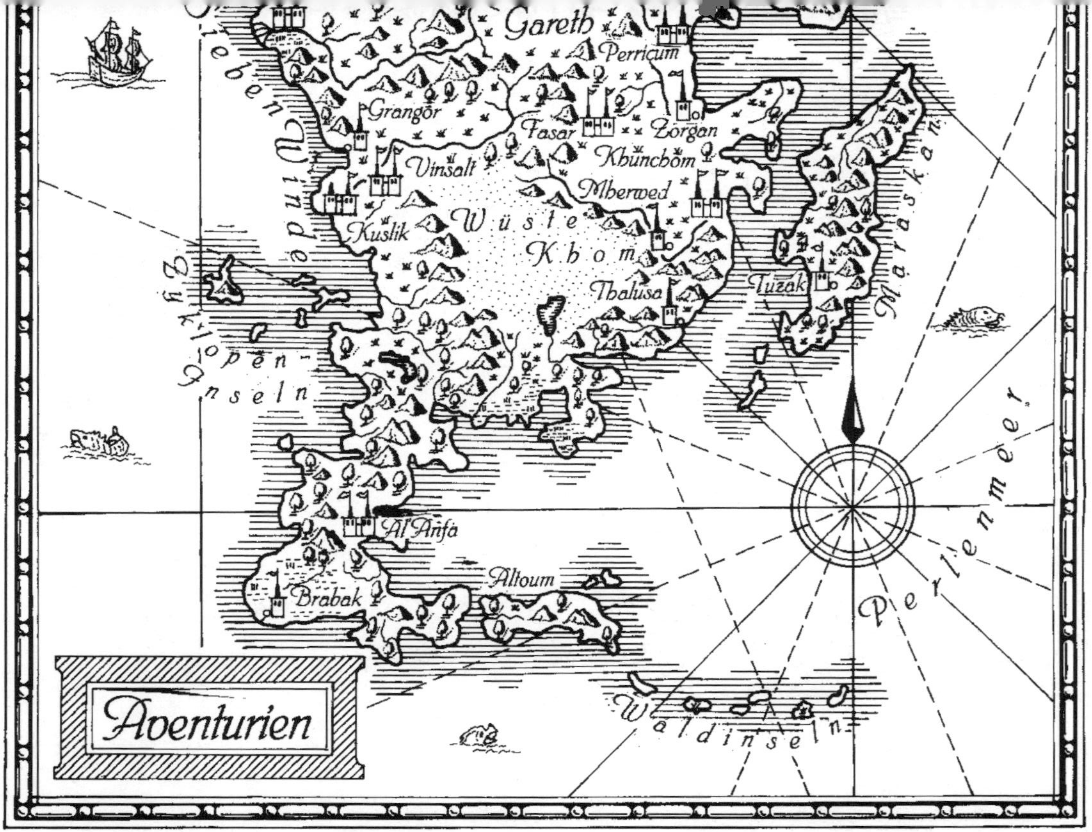

Aventurien
Gareth
Perricum
Grangor
Fasar
Zorgan
Khunchom
Vinsalt
Mherwed
Kuslik
Wüste Khom
Thalusa
Tuzak
Maraskan
Al'Anfa
Altoum
Brabak
Perlenmeer
Waldinseln
Zyklopen-Inseln

Was bisher geschah …

Rhiana, Prinzessin des Inselkönigreichs Talania im Meer der Sieben Winde, ist mit ihrem Volk auf der Flucht vor den Schergen des Flammenbundes. Dragor Atamur, der Anführer ihrer Feinde, vermutet, dass Rhiana den Ort kennt, an dem das Erste Schwarze Auge verborgen ist, denn Rhianas ermordeter Vater König Arlos soll dieses Geheimnis einst gehütet haben. Mithilfe dieses mächtigen Artefakts, mit dem man in die Vergangenheit, Gegenwart und Zukunft blicken kann, wollen die Verschwörer die Rückkehr des aus der Welt verbannten Drachen Pyrdacor ermöglichen. Um dieses Ziel zu erreichen, ist ihnen jedes Mittel recht.

Einen Angriff durch Söldnertruppen können die Talanier zurückschlagen, aber ein Gestaltwandler schleicht sich ein und tötet Rhianas Ziehvater Tjalmar. Auf der Jagd nach dem Mörder findet Rhiana hilfreiche Verbündete in einer Gauklertruppe. Die Gauklerin und Halbelfe Finni schließt sich ihr sogar an.

Während ihr Volk in Havenas halb versunkener Unterstadt vorübergehend ein Versteck findet, folgen Rhiana und Finni dem brutalen Dom Lando, der für den Flammenbund ein Schwarzes Auge aus dem magischen Farindelwald bergen soll. Dank der mächtigen Feen, die über den Wald gebieten, scheitert Dom Lando, und Rhiana und ihre neue Freundin gehen einer Spur über den Verbleib des Ersten Schwarzen Auges im Sumpfdelta bei Havena nach. Dort retten sie den Tulamiden Rashid, der die Frauen von nun an begleitet. Unterwegs gelingt es Flammenrätin Elidana, sich in Rhianas Vertrauen zu schleichen und sie auszuspionieren. Aber auch Sarja, Baronin zu Abilacht und Stiefmutter von Rhiana, trachtet nach dem Leben der Prinzessin, um den Thron von Talania für sich zu beanspruchen. Nach einem fast aussichtlosen Kampf gegen eine Armee von Untoten findet Rhiana eine unvollständige Botschaft ihres Vaters, die einen Hinweis auf die Zyklopeninseln enthält. Doch bevor die Talanier dorthin in See stechen können, wird Havena von einer thorwalschen Piratenflotte angegriffen.

Während es der albernischen Flotte gelingt, die Thorwaler vernichtend zu schlagen, verhindern Rhiana und ihre Freunde die rituelle Opferung eines Jungen durch den Flammenbund. Die Mutter des Jungen ist die einflussreiche Kaufherrin Patrusco, die ihnen zum Dank Schiffe zur Verfügung stellt, um die Talanier außer Landes zu bringen. Währenddessen kommt Dom Lando beim Versuch, ein Schwarzes Auge aus dem geheimnisvollen *Nahemas Turm* zu bergen, ums Leben.

Derweil führen der mächtige Reichsmarschall Graf Tedesco von Perricum und der aus dem bornländischen Exil zurückgekehrte Herzog Kunibrand von Tobrien Krieg um die Krone des Kaiserreichs. Ohne von seinem doppelten Spiel zu wissen, vertrauen beide dem intriganten Ritter Mortenberg, der bei all dem auch seine eigenen Ziele nie aus den Augen verliert. Sie ahnen nicht, dass hinter Mortenberg der Flammenbund steht und bereits die Finger nach der Macht im Reich ausstreckt.

Rhiana und die Gefährten – denen sich auch die Amazone Neel anschließt – entscheiden sich dagegen, die Talanier zu begleiten, um diese nicht in Gefahr zu bringen. Außerdem sind sie es leid, stets Gejagte zu sein. Sie wollen Mortenberg und dem Flammenbund entgegentreten und zwingen, mit offenen Karten zu spielen. Aber Mortenberg wurde eine neue Aufgabe zugewiesen, und er verreist mit unbekanntem Ziel.

Auf der Suche nach ihm geraten die Freunde in eine missliche Lage und sehen sich gezwungen, die Gastfreundschaft eines abtrünnigen Amazonenordens in Anspruch zu nehmen. Sie werden in kriegerische Auseinandersetzungen des Ordens hineingezogen und müssen schließlich erkennen, dass sie als Opferspeise für einen von den Amazonen verehrten Drachen vorgesehen sind. Nur mit knapper Not und dank der Unterstützung von tobrischen Soldaten können sie diesem Schicksal entgehen. Als sie schließlich die Suche nach Mortenberg wieder aufnehmen, geschieht dies in der schmerzlichen Gewissheit, dass der Feind ihnen wieder einmal eine Nasenlänge voraus ist und weiß, wo sie sich aufhalten ...

1 Die versunkene Stadt

Läuten unterm Meer die Glocken,
Woll'n sie in den Tod dich locken.
Lässt Efferd den Mahler brodeln und keuchen,
Drohen den Inseln Hunger und Seuchen.
Hört man es läuten und keuchen zur gleichen Zeit,
Näht der Schneider gar manchem ein Totenkleid.
Schreibt man obendrein den Firun,
Bekommt der Schneider viel zu tun.

Schüttelreim auf Pailos

Seekönigreich Zyklopeninseln, Anfang Firun 916 BF

Draußen vor Pailos, der westlichsten Zyklopeninsel, gab es einen gefährlichen Strudel, den die Einheimischen den Mahler nannten, der aber nur manchmal sein gieriges Maul öffnete. Da die Seeleute den Mahlstrom kannten, mieden sie seine Nähe auch dann, wenn die See an dieser Stelle spiegelglatt war. Es gab ausreichend viele und bessere Wasserwege. Selbst die Fischer kamen kaum in Versuchung, dort ihre Netze auszubringen, denn Efferd hatte die Gewässer rund um die Zyklopeninseln so reich mit Fischen gesegnet, dass sie auf dieses Revier nicht angewiesen waren. So wurde der Mahler allenfalls fremden Seeleuten zum Verhängnis. Wenn diese obendrein alle Warnungen in den Wind geschlagen und die angebotenen Dienste einheimischer Lotsen ausgeschlagen hatten, nickte so mancher Zwölfgottergläubige grimmig und sah es als Strafe der Götter an.

Man erzählte sich, dass vor langer Zeit eine Karavelle dem Mahler zum Opfer gefallen war, die schwer beladen mit Schätzen aus Güldenland zurückgekehrt war. Bis heute gab es immer wieder Fischer und Seeleute, die behaupteten, mit guten Teleskopen beobachtet zu haben, wie güldene Pokale und Statuen, kostbares Geschmeide und edelsteingeschmückte Kronen mitten im Mahler einen goldenen, von bunten Lichtfunken umgebenen Ring bildeten, der wie ein Spiegel auf den Boden des Trichters gerichtet war, wo Tausende von Goldbarren lagen und das Licht gleißend zurückwarfen. Niemand allerdings, auch die wagemutigsten Abenteurer nicht, verspürte das Verlangen, dieser Geschichte im wahrsten Sinne des Wortes auf den Grund zu gehen.

Beschränkte sich Efferd meistens darauf, den Mahlstrom ein- und ausatmen zu lassen, so trieb er doch bei seltenen Gelegenheiten ein übermütiges Spiel mit ihm oder nutzte ihn, um seinem Zorn Ausdruck zu geben. Dann brodelte und kochte die See, und der Mahler röhrte und brüllte und keuchte, dass es bis Pailos zu hören war.

Heute war so ein Tag.

Die Alten und die Weisen verstanden sich darauf, derlei Vorzeichen zu erkennen und zu deuten. Und als Kunde eintraf, dass ein Stück weiter, im Westen von Pailos, unter dem Meer, dort wo in Urzeiten die namenlose Stadt versunken war, die Glocken läuteten, stand die Sorge in manchem Gesicht. Einige verhüllten die Häupter, andere suchten den Tempel ihres Gottes oder ihrer Göttin auf. Der Mahler keuchte, und die Glocken unter dem Meer läuteten, und beides geschah zur gleichen Zeit, und man schrieb den Firun.

Helft uns, ihr Götter!

Die Kunde von den Ereignissen verbreitete sich in Windeseile. Auf den Schiffen wurde jeder Quadratfinger Segelfläche und oft noch das letzte Hemd als zusätzliches Segel gesetzt, um nur rasch einen sicheren Hafen auf einer der Inseln anzulaufen. Alle Zyklopeninseln mit allen Menschen darauf schienen sich förmlich in die See zu ducken, und selbst die wenigen noch lebenden Ureinwohner, die Zyklopen, denen die Inseln ihren Namen verdankten, verharrten bei ihren Schmiedearbeiten, traten an die steilen Ufer ihrer Inseln und richteten das eine riesige Stirnauge starr hinaus auf das Meer. Als nichts weiter geschah, kehrten sie allerdings an die Schmiedefeuer zurück und schwangen wieder die Hämmer.

Das Röhren, Schlürfen und Keuchen des Mahlstroms verklang, und der Strudel sackte in sich zusammen. Das gab auch den Seeleuten Mut, und die Kapitäne und Kapitäninnen ließen die Segel setzen. Die Glocken aus der versunkenen Stadt klagten noch immer, aber mit diesem Geräusch war man vertraut. Das konnte tage- und nächtelang so gehen. Nur ein paar Schneider vertrauten dem alten Vers und orderten bei den Tuchhändlern Linnen in größerer Menge.

Niemand auf Hylailos, Pailos, Phenos, Mylamas, Phrygaios oder sonst einer Insel des Seekönigreichs wusste, wie alt der Ehrwürdige Hofgelehrte und Königliche Rat Kiral Ninaios war, aber unter denen am Hofe oder in der Seeakademie von Rethis auf Hylailos, die ihn tagtäglich sahen, zweifelte kaum einer daran, dass sein Alter mindestens hundert Jahre betrug. Zu gebrechlich wirkte der ausgemergelte Körper, zu gebückt war die Haltung, zu kraftlos flüsternd die Stimme, zu schlohweiß das schüttere, schulterlange Haar und der bis zum Bauch reichende Bart, zu eingefallen und oft schmerzverzerrt das Gesicht, zu zittrig die Hände mit ihren fahrigen Bewegungen, um etwas anderes zu vermuten. Und so mancher glaubte sich, wenn das Gespräch auf den Gelehrten kam, zu erinnern, schon sein Großvater oder gar Urgroßvater habe von dem ehrwürdigen Kiral Ninaios erzählt, und auch damals müsse er wohl bereits ein alter Mann gewesen sein. Einig war man sich allerdings darin, dass er in den letzten Jahren sichtlich an Lebenskraft verloren hatte. Was immer ihn so lange am Leben gehalten hatte, schien jetzt nahezu verbraucht zu sein. Ninaios selbst sprach niemals über sein Alter, auch nicht über vergangene Zeiten, in denen er andere Herrscher beraten und andere Studenten in die Wissenschaften eingeführt hatte, und keiner, nicht einmal der junge König Palamydas, war mit ihm so vertraut oder etwa respektlos genug, ihn offen nach seinem Geburtsjahr zu befragen. Aber Gedanken und Gespräche über das Alter von Ninaios spielten am Hofe nur insofern eine Rolle, als niemand ihm mehr so recht eine Rolle in längerfristigen Plänen zuweisen wollte. Dass er hingegen geistig hellwach war und wie eh und je über einen messerscharfen Verstand verfügte, stand außerhalb jeder Diskussion.

Wenn allerdings jemand behauptet hätte, dass Ninaios in dieser Nacht allein, umhüllt von dunkelgrauem Nebel, von Pailos aus mit einem Schinakel in die See der klagenden Glocken hinausgesegelt war, wäre er wohl ausgelacht und verspottet worden. Und doch war es niemand anders als der alte Gelehrte, der das einzige Segel und das schwergängige Ruder kundig und erstaunlich kraftvoll bediente und sein Boot zügig zu der Stelle lenkte, wo das dumpfe Lied der Glocken am lautesten aus der Tiefe heraufdrang. Niemand außer Ninaios war hier draußen, und der Gelehrte war sicher, dass niemand ihn gesehen hatte, als er sein in der Bucht verstecktes Boot bestieg und auf die See hinaussegelte. Und wenn es doch verwunderte Zuschauer gegeben haben sollte, kam ihm sein Alter zugute. Einem so alten Mann traute man jede Narretei zu und ließ ihn gewähren.

Ninaios gehörte nicht nur zu denjenigen Weisen, die die

Zeichen zu deuten wussten und alte Chroniken studiert hatten. Sein Wissen um diese Dinge war unendlich tiefer. Die Ereignisse hatten ihn keineswegs überrascht. Im Gegenteil, er hatte darauf gewartet und sich in weiser Voraussicht schon vor einer Woche auf die für ihn beschwerliche Seereise von Rethis auf Hylailos nach Teremon auf Pailos, der größten der Zyklopeninseln, begeben. Herzog Ossidro dyll Teremon, Tage zuvor über den Besuch informiert, hatte ihn herzlich willkommen geheißen und ihn im Gästehaus seiner Residenz hoch über der Stadt untergebracht. Sakrites, der in die Jahre gekommene Hauslehrer des Herzogs, den Ninaios einst in Rethis ausgebildet hatte, war dem alten Gelehrten behilflich gewesen, ohne Fragen zu stellen. Er hatte das Schinakel besorgt und in das Versteck bringen lassen.

Kiral Ninaios hatte außer den Positionslichtern des Bootes am Heck eine zusätzliche Laterne angezündet, um den Kompass und das Halbstundenglas im Auge zu behalten. Er kannte seinen Kurs genau und wusste, wie lange er bei günstigem Wind wie heute Nacht segeln musste, um die versunkene Stadt zu erreichen. Er hoffte, gegen Mitternacht das Ziel zu erreichen, und war froh, dass die See seinem sich noch einmal aufbäumenden Körper nicht mehr abverlangte, als er zu geben imstande war.

Im Grunde musste er jetzt nur noch seinem Gehör folgen, das ihm immer noch ausreichend gute Dienste tat. Das Läuten der Glocken aus der versunkenen Stadt war bereits zu hören, leise nur, aber unverkennbar. Bald würde es lauter klingen und am Ende selbst in seinen alten Ohren dröhnen und wimmern. Ein vertrautes Geräusch, denn dies alles war nicht neu für ihn. Er hatte diesen Weg in den letzten zweihundert Jahren ein Dutzend Mal zurückgelegt. Heute war es der dreizehnte Ausflug, und Kiral Ninaios empfand Dankbarkeit dafür, dass es noch einmal dazu gekommen war. Zugleich empfand er aber auch Dankbarkeit dafür, dass es das letzte Mal sein würde. Er war alt und müde, viel zu alt und viel zu müde, aber er hatte in Rethis noch eine Aufgabe, die er zu Ende führen musste. Danach mochten die Wächter jemand anderen bestimmen, der ihnen diente und dem sie das Leben verlängerte. Anfangs war dieses Geschenk eine süße Frucht gewesen, aber mit der Zeit war es immer mehr zur Bürde geworden, und in den letzten Jahren hatte Ninaios es als entsetzliche Qual empfunden, die das erträgliche Maß längst überschritten hatte. All die Menschen, die gekommen und gegangen waren. All die Schmerzen, die gekommen und geblieben waren. All die Erinnerungen, wehmütige und bittere, die nicht zu tilgen waren. Sein Körper sehnte sich nach dem, was selbst dem mordgierigsten Piraten und Schlitzer gewährt wurde, wenn nicht von einem Henker, dann doch von den Göttern: dem Vergehen und Vergessen, der Gnade des Todes.

Weder das Madamal noch die Sterne spendeten Licht in der schwarzen, nebelgetränkten Nacht, aber Ninaios benötigte seine Augen nicht, um zu wissen, dass er am Ziel war. Unten, wo die Stadt im Meer lag, die den geheimen Namen Manilon trug, dröhnten die Glocken, und das Wasser erzitterte unter ihrem Klang. Ninaios holte das Segel ein und brachte mühsam den Anker aus. Fast die gesamte aufgeschossene Leine lief ab, bevor er sich irgendwo im Grund verhakte. Ninaios wusste schon jetzt, dass er sich später nicht die Mühe machen würde, den Anker zu lichten. Er würde die Leine einfach kappen. Jetzt setzte er sich neben dem Ruder hin und wartete. Er wusste, dass sie sein Kommen bemerkt hatten und ihn nicht lange allein lassen würden. Tatsächlich gewahrte er bereits am Grund einen fahlen Schein, der keine erkennbare Quelle besaß, sich allmählich verstärkte und die Umrisse von prächtigen Tempeln und Palästen erkennen ließ. Die grünen und pur-

purnen Wasserpflanzen, die sie wiegend umschlangen, sahen wie die Ranken und Hecken von wild wuchernden Gärten aus. Zu tief war das Wasser, um mehr zu erkennen, aber Ninaios war oft genug dort unten gewesen und kannte dies alles aus nächster Nähe. Weder das gewaltige Beben, von dem die Stadt dereinst unter das Meer gezogen worden war, noch die in der See kauernden Vulkane, die das eine oder andere Mal in nächster Nähe Lavaströme ausspuckten, noch die See selbst hatten Manilon etwas anhaben können. Ein Zauber schien die Stadt zu bewahren, wie sie einst gewesen war. Nicht die kleinste filigran herausgearbeitete Haarspitze fehlte in den Skulpturen der Mädchen und Jünglinge auf den Alleen und Plätzen oder den aus bunten Steinen zusammengefügten Blütenkränzen, die über den Fensterhöhlen und Portalen angebracht waren, und in den gelben, von blaugrauen Adern durchzogenen Marmorwänden gab es nur die kaum sichtbaren Fugen zwischen den Quadern, aber nirgendwo einen Sprung oder eine abgeschlagene Ecke. Manilon sah aus, als hätten die Steinmetze und Bildhauer die Stadt gerade fertig gestellt, noch einmal herausgeputzt und dann stolz denen übergeben, die sie mit dem Bau beauftragt hatten.

Gebannt wie beim ersten Mal schaute Ninaios in die Tiefe. Es kam ihm vor, als würde er wie ein Vogel hoch oben in der Luft über einer versteckten Zauberstadt in einem einsamen Tal kreisen, gemächlich schaukelnd auf sanften Winden, so wie das Boot in der dünenden See bewegt wurde. Und doch sah die Stadt unwirklich aus wie eine Luftspiegelung, veränderte wabernd ihre Formen, als würde man sie durch ein milchiges Glas betrachten, das mal diese und mal jene Einzelheit in den Fokus rückte und dabei den Rest zerfließen ließ.

Der größte Platz im Zentrum der Stadt öffnete sich wie ein Steinmaul und spie eine blau schimmernde, in der oberen Hälfte durchsichtige Perle aus, die in ruhiger, gleichmäßiger

Fahrt wie eine Luftblase nach oben schwebte. Ninaios machte sich bereit. Die Kugel aus einem Stoff, der wie Glas aussah, aber kein Glas war, durchbrach die Oberfläche der See so sanft, dass das Wasser ohne den kleinsten Spritzer ruhig an ihr hinab lief. Wie eine zum Schmusen aufgelegte Riesenqualle schmiegte sich sie sich an das Boot und überragte dessen Schanzkleid. Knapp über dem Schanzkleid bildete sich eine Öffnung wie ein ovaler, zahnloser, fünf Spann breiter Mund. Beim ersten Mal, vor gut hundertachtzig Jahren, hatte Ninaios Angst vor dieser Kugel und diesem Mund gehabt, obwohl man ihn zuvor auf die Dinge vorbereitet hatte, die sich ereignen würden. Zu sehr hatte ihn das Gebilde an den herausgelösten Magen eines Seeungeheuers erinnert, und er musste damals seinen ganzen Mut zusammennehmen, um sich ihm anzuvertrauen. Jetzt trat er ohne Zögern an das Schanzkleid, streckte die Arme aus wie ein Schwimmer, der in die See springen wollte, und stieß sich ab. Er glitt mitten hinein in den Mund, der sich hinter ihm sofort wieder schloss, und wurde sanft aufgefangen, als sei er in einem Daunenbett gelandet. Eine warme, weiche, nachgiebige Masse stützte seinen Körper von allen Seiten und formte unter ihm allmählich eine Art Sessel. Er machte es sich bequem und schaute durch die Wand der Kugel auf das ihn umgebende Wasser und den darin liegenden Kiel seines Bootes. Dutzende von Delphinen tauchten wie aus dem Nichts auf und umkreisten die Kugel. Sie trugen Sättel und Zaumzeug, die aus Muscheln und Algen gefertigt waren, und in den Sätteln saßen gnomenhafte Wesen, die Ähnlichkeit mit menschlichen Kindern hatten, aber Kiemen und einen gezackten Rückenkamm besaßen. Sie lachten und winkten ihm fröhlich zu und begleiteten die langsam in die Tiefe sinkende Kugel wie eine Eskorte, bevor sie kurz vor Erreichen der Stadt so lautlos und schnell verschwanden, wie sie gekommen waren.

Hier unten, direkt über dem Steinmaul des Platzes, musste

das Glockengeläut, das aus allen Himmelsrichtungen heran brandete, unerträglich laut sein, aber die Wände der Kugel ließen kaum etwas davon an Ninaios' Ohren dringen. Es war angenehm warm in der Kugel, viel wärmer als draußen im Meer, und ein frischer, würziger Geruch von Frühlingsblüten lag in der Luft. Bis heute wusste Ninaios nicht, welche Magie diesem erstaunlichen Gefährt innewohnte, und er hatte es längst aufgegeben, Fragen zu stellen, die ihm doch nicht beantwortet wurden. Manilon und alles, was mit der Stadt zu tun hatte, umgab ein tiefes Geheimnis, das die Bewohner für sich behielten und höchstens den Göttern preisgaben – wenn sie nicht selbst mit ihnen verwandt waren. Nur einen Zipfel dieses Geheimnisses war dem Gelehrten offenbart worden, aber manches, das darüber hinausging, ahnte er zumindest.

Gemächlich bewegte sich die Kugel durch das Steinmaul in den riesigen Saal, der sich unter dem Platz befand, und kam in der Mitte zur Ruhe. Oben schloss sich das Loch in der Decke, die dicht an dicht von Tausenden verschieden langen, gelb, weiß und hellblau leuchtenden Kristallzapfen bedeckt war und wie ein gewaltiger Kronleuchter aus illuminiertem Eis wirkte. Der Boden und die Wände des Saales bestanden aus Marmorquadern, unterbrochen nur von Dutzenden von Wandnischen, in denen ebenso wie draußen vor den Häusern, auf den Plätzen und in den Gärten der Stadt alabasterfarbene Statuen von jungen Frauen und Männern in makelloser Schönheit und Nacktheit das Auge des Betrachters erfreuten.

Ninaios war sicher, dass so mancher aventurische Herrscher ein Vermögen dafür gegeben hätte, eine dieser Statuen in seinem Palast aufzustellen oder den göttlich begnadeten Künstler, der sie erschaffen hatte, für seinen Hof zu gewinnen. Aber Manilons Statuen waren nicht käuflich, und der Künstler, wenn es denn Arbeiten eines menschlichen Bildhauers waren, war es noch weniger.

Das Wasser hier unten war kristallklar und ohne tierisches oder pflanzliches Leben. Vor Ninaios in seiner Kugel öffnete sich die Stirnseite des Saals und gab den Blick auf einen Kristall frei, der fast so groß wie ein Mensch und viel tausendfach geschliffen war. Im Innern des Kristalls pulsierte ein alles durchdringendes dunkelrotes Licht.

»Das Herz von Manilon schlägt wieder«, erklang eine Stimme in der Kugel. Ninaios wusste, dass sie dem Sprecher der Wächter von Manilon gehörte, aber er vermochte nicht zu sagen, wie sie die Wände der Kugel durchdrang oder ob sie überhaupt eine Stimme im herkömmlichen Sinne war. Vielleicht konnte er sie auch nur in seinem Kopf hören.

In einigen der Nischen wurde es lebendig. Die eben noch starren Statuen regten sich und begaben sich in geschmeidigen Bewegungen voller Schönheit, Kraft und Anmut zu dem riesigen Kristall, wo sie sich im Halbkreis aufstellten, die Gesichter dem Besucher zugewandt. Das pulsierende Licht legte sich wie Feuerschein auf die weißen Körper und schien ihnen weiteres Leben einzuhauchen. Nichts erinnerte mehr an den Stein, aus dem sie bestanden oder bestanden hatten. Ihre Körper sahen aus, als wären sie aus Fleisch und Blut. Die anmutigen Gesichter drückten Freundlichkeit und Wärme aus. Allein die Augen blieben blind und ohne Leben.

Es waren sieben, die den Rat der Wächter bildeten, drei junge Frauen, drei junge Männer und der Sprecher, ein Hermaphrodit. Die Jugend und die Nacktheit der sieben waren ohne Bedeutung für die Majestät und Würde, die von ihnen ausstrahlte. Selbst in jungen Jahren, als Rahja seinen Körper noch beherrschte, hatte Ninaios im Angesicht von Manilons weiblichen Wächtern nur Respekt und Demut empfunden und sich erst im Nachhinein aus der Erinnerung heraus an ihrer betörenden Nacktheit berauscht.

»Wir wissen, dass Ihr uns heute zum letzten Mal besucht«,

fuhr die Stimme in sanftem Tonfall fort, »aber wir können den Verfall Eures Körpers nicht länger aufhalten.«

»Das ist mir bekannt«, gab Ninaios mit brüchiger Stimme zurück, »und Ihr wisst, dass ich mich nach Ruhe sehne, so sehr ich auch die lange Zeit, die mir gewährt wurde, genossen habe.«

»Ihr werdet uns auch über den Tod hinaus ein Freund bleiben«, sagte der Sprecher. Ob er damit andeutete, dass etwas von Ninaios seinen Körper überdauern würde, wusste der Gelehrte nicht. Er nahm es deshalb als Zusicherung, dass er in der Erinnerung der Wächter lebendig bleiben würde, und verneigte sich in Dankbarkeit und Demut.

Der Sprecher schwieg eine Weile, um die Weihe des Augenblicks nicht zu stören. Dann fuhr er fort. »Das Herz von Manilon verrät uns, dass die Dinge in Bewegung geraten. Dinge verändern sich. Leider nicht zum Guten. Dunkle Ereignisse drohen.«

Ninaios wusste, dass die Wächter auf innigste Weise mit dem gläsernen Herzen der Stadt verbunden waren und Dinge wussten, die niemandem sonst auf Dere bekannt waren. »Ihr habt die Zukunft geschaut?«, fragte er.

»*Eine* Zukunft«, antwortete der Sprecher. »Die Dinge waren und sind, aber sie festigen sich erst im Heute zum künftigen Sein. Im ewigen Widerstreit von hellen und dunklen Mächten entsteht der Lauf der Zeit. Aber wir sind in Sorge. Die dunkle Macht, über die wir bei unserer Begegnung gesprochen haben, hat an Boden gewonnen. Und die helle Macht, die sich ihr entgegenzustemmen versucht, ist noch schwach und könnte zertreten werden.«

»Mit der dunklen Macht meint Ihr den Flammenbund?«

Der Sprecher nickte.

»Er hat seine Fühler auch nach unseren Inseln ausgestreckt«, erklärte Ninaios. »Und Ihr wisst, dass er bereits Talania beherrscht.«

»Er schickt sich an, nach ganz Aventurien zu greifen«, gab der Sprecher zurück, als wolle er damit zum Ausdruck bringen, dass es wichtigere Dinge als Inselkönigreiche gab.

»Und doch kommt dem Seekönigreich und Talania eine besondere Bedeutung zu«, beharrte Ninaios. »Es ist Eure Heimat.«

»Die wir auf frevelhafte Weise zerstört haben, als wir uns das letzte Mal angemaßt haben, in den Kampf der Mächte einzugreifen.«

Der alte Gelehrte wusste, wovon der Hermaphrodit sprach. Die Talanischen Inseln, die weit im Westen des Seekönigreichs im Meer der Sieben Winde lagen, waren die letzten aus dem Wasser ragenden Überreste eines Kontinents, der vor langer Zeit zerstört wurde. Auch Manilon, die versunkene Stadt, war ein Teil dieses Kontinents gewesen, während die Zyklopeninseln wohl erst entstanden waren, als der Kontinent unterging, Vulkane im Meer zwischen ihm und Aventurien aufbrachen und ihre Lava als Inseln aus dem Wasser wachsen ließen. Auf der untergegangenen Welt herrschten einst Menschen, die Göttern gleich über die Natur geboten. Jene, die sich heute Wächter von Manilon nannten, waren die letzten dieser einstigen Herren und hatten auf rätselhafte Weise den Untergang ihrer Welt überdauert. Dies alles hatte Ninaios den Andeutungen der Wächter und Wächterinnen entnommen, als er sich in früheren Begegnungen länger in Manilon aufhielt. Den Rest hatte er sich zusammengereimt. Tatsächlich wusste er nicht genau, ob die lebenden Statuen wirklich zu den Herren dieses Kontinents gezählt hatten, dessen Namen er nicht einmal kannte, ob sie deren Nachkommen waren oder gar deren magische Schöpfungen. Um genau zu sein, wusste er nicht einmal, ob die Statuen wirklich lebten oder ob ihnen, wie vielleicht der ganzen Stadt, von Geistwesen aus der Vergangenheit nur hin und wieder Leben eingehaucht wurde. Manchmal glaubte er sogar, dass alles, was sich seinen Augen in Manilon bot, Traum und Illusion war. Aber die klagenden Glocken der versunkenen Stadt ließen sich ebenso wenig leugnen wie die Tatsache, dass er, Kiral Ninaios, seit über zweihundert Jahren auf Dere weilte. Und es gab andere Beweise für die rätselhafte Macht der Wächter.

»Helft uns«, bat der Gelehrte. »Sonst geht es uns wie Talania.«

»Erzählt von Eurem Kummer«, forderte ihn der Sprecher auf.

»Der Flammenbund hat an Einfluss am Hofe gewonnen. Ratgeberin Lydakis steht mit ihm im Bunde und hintertreibt das Bündnis, das König Palamydas mit Königin Amene II. von Vinsalt schließen will.«

Der Hermaphrodit nickte. »Der Flammenbund hat ein Interesse daran, Macht und Ordnung zu zerschlagen, um selbst die Macht zu übernehmen. Ein Bündnis zwischen Reichen, die er nicht selbst beherrscht, kann ihm nicht gefallen.«

»Mein Rat gilt Palamydas immer noch mehr als der von Lydakis, aber der Flammenbund scheint Kräfte in Rethis zu sammeln. Ich fürchte, dass sich die Vorgänge in Talania bei uns wiederholen und Palamydas entweder getötet oder vertrieben wird. Bitte helft uns.«

Der Sprecher beriet sich lautlos mit seinen Brüdern und Schwestern. »Wir bedauern dies sehr, Freund Ninaios«, sagte er dann. »Aber wir konnten König Arlos von Talania nicht helfen, und wir können auch dem Seekönig Palamydas nicht helfen.«

»Aber Ihr seid doch so mächtig!«, brach es enttäuscht aus dem Gelehrten hervor. »Ihr könntet ...«

»Unsere Macht beschränkt sich auf Manilon«, unterbrach ihn der Hermaphrodit. »Und sie beruht in erster Linie darauf, dass die wirklichen Mächte von Dere nicht wissen, dass es uns gibt. Es wäre ihnen ein Leichtes, Manilon und alles, was uns sonst noch geblieben ist, zu zerstören. Aber das Herz von Manilon wächst, und mit ihm wächst auch unsere Macht. Eines Tages werden wir wieder in den Kampf gegen die dunklen Mächte eingreifen, aber dafür ist es jetzt noch zu früh. Wir dürfen nichts tun, was auf uns verweisen könnte.«

Ninaios gab nicht auf. »Aber Ihr wisst, was der Feind hier sucht! Wenn er es findet, dann findet er auch Manilon. Lasst es nicht zu! Lasst mich nicht sterben in der Verzweiflung darüber, dass alles umsonst gewesen ist.«

Erneut beriet sich der Hermaphrodit mit den anderen. Dieses Mal dauerte die Beratung länger. »Die Antwort bleibt bestehen«, wandte sich der Hermaphrodit schließlich wieder an Ninaios. »Und doch …«

Das alte Herz des Gelehrten tat einen kleinen Sprung. »Und doch?«, wiederholte er hoffnungsvoll.

»Wir wollen nicht, dass Ihr ohne Hoffnung die Augen für immer schließt. Wir wissen, was Ihr Euch stets gewünscht habt. Es sei Euch gewährt. Einer von uns wird Euch in nächster Zeit dabei zu Diensten sein.«

»Ihr erfüllt mir damit meinen größten Traum!« Ninaios kämpfte mit den Tränen. Nachdem er sich wieder gefasst hatte, fügte hinzu: »Aber Hoffnung und Wissen allein werden die Dinge nicht aufhalten.«

»In gewisser Weise dürfen sie die Dinge auch nicht aufhalten, sondern sie nur begleiten. Menschen machen die Dinge, von denen wir reden, und Menschen müssen sie aufhalten.« Der Sprecher machte eine kleine Pause. »Auf die Zyklopeninseln kommt mehr zu, als Ihr ahnt. Prinzessin Rhiana weiß inzwischen, dass ihr Vater ein Hüter war. Und sie hat den Kampf gegen den Flammenbund aufgenommen. Es kann sein, dass Rhiana in das Seekönigreich kommt. Möglicherweise als Gefangene. Leider ist auch zu befürchten, dass sie stirbt.«

»Prinzessin Rhiana ist unsere größte Hoffnung!«, stieß Ninaos hervor. »Sie darf dem Feind nicht in die Hände fallen, und noch viel weniger darf sie sterben!«

»Wir sehen ernsthafte Bedrohungen.«

»Dann helft Rhiana!«, stieß der Gelehrte hervor. »Mit Rhiana an unserer Seite kann es uns auch gelingen, Palamydas zu retten.«

»Wir konnten Arlos nicht helfen«, wiederholte der Sprecher, »und wir können Rhiana nicht helfen.« Nach einer kurzen Pause fügte er jedoch hinzu: »Jedenfalls nicht auf direktem Wege. Wir selbst dürfen nicht eingreifen, dabei bleibt es. Aber es gibt ein paar Leute, die uns verpflichtet sind und deren Verbindung zu uns nicht bekannt ist. Sie könnten zumindest versuchen zu helfen. Versprecht Euch bitte nicht zu viel davon. Ihnen stehen nur sehr bescheidene Mittel zur Verfügung.«

»Wer sind diese Leute?« Ninaios lehnte sich vor, begierig darauf, mehr zu hören.

Zwei Wochen später hatte sich Kiral Ninaios leidlich von den Strapazen der Reise nach Pailos und dem geheimen Ausflug in die See der klagenden Glocken erholt. Gestärkt durch einige Mittelchen, die ihm seine Haushälterin Mirza bei einer weisen Frau besorgt hatte, begab er sich in einer Kutsche hinauf nach A'Layais Hiphon, dem Schloss der Seekönige, das inmitten eines dichten Waldes aus Lärchen, Zypressen, Zedern, Pinien und Ölbäumen auf einer Anhöhe über der Stadt lag. Er wusste, dass König Palamydas heute eine Ratssitzung abhielt. In Anbetracht seiner Gebrechen wie auch seiner Verdienste um die Inseln wurde von dem Gelehrten nicht erwartet, dass er so kurz nach einer anstrengenden Reise an dieser Sitzung teilnahm, aber Ninaios wollte das Feld nicht der Rätin Lydakis überlassen.

Der Gelehrte passierte die Wachposten der Königlichen Leibgarde des Hylailer Seesöldnerregiments und bewegte sich mit langsamen, mühsamen Schritten den Arkadengang entlang, der zum Muschelsalon führte, der König Palamydas als Besprechungszimmer diente. Vor der Tür wartete die Zeremonienmeisterin, die mit ihrem blauen Kopftuch, den riesigen Ohrringen, dem purpurfarbenen Seidenhemd und der rotweiß gestreiften Hose wie eine Piratin aussah, was auch beabsichtigt war. Die Lakaien waren schlichter, aber ähnlich bunt gekleidet. Sie erinnerten damit an eine Vergangenheit der Zyklopeninsel, die vom Seekönigreich selbstbewusst als Teil der Geschichte akzeptiert und keineswegs totgeschwiegen wurde. Die Frau verbeugte sich tief und klopfte dann an der Doppeltür. Als die Stimme des Königs ihr den Zutritt erlaubte, öffnete sie einen Flügel der Doppeltür, hieb mit dem Säbel auf den dafür vorgesehenen Hauklotz und meldete mit lauter Stimme: »Seine Magnifizenz, der Ehrwürdige Hofgelehrte und Königliche Rat Kiral Ninaios.«

Sie gab Ninaios den Weg frei und zog sich zurück. Am ausladenden, mit reichen Schnitzereien und Blattgoldauflagen verzierten Tisch in der Mitte des Salons waren die Gespräche verstummt. Die Anwesenden erhoben sich respektvoll von ihren Plätzen, allen voran der junge König. Selbst Rätin Lydakis gab ihm die Ehre, wenn auch mit einem spöttischen Lächeln. Ein Lakai geleitete den alten Gelehrten zu seinem Platz an der rechten Seite des Königs und rückte den Stuhl für ihn zurecht. Dass Palamydas ihm diesen Platz frei gehalten hatte, erfüllte Ninaios mit Dankbarkeit.

»Ihr kommt gerade zur rechten Zeit, um eine kleine Debatte über unsere zukünftige Politik zu verfolgen«, sagte Palamydas, als sich der Gelehrte gesetzt hat. »Versäumt habt Ihr allerdings noch nichts, denn bis jetzt wurden nur Euch bereits bekannte Einschätzungen der Lage vorgetragen. Aber ich bin froh und dankbar, dass Ihr gekommen seid. Gewiss werdet Ihr uns Euren teuren Rat nicht versagen.«

Kiral Ninaios nickte. »Ich werde mich bemühen, Euer Hoheit nicht zu enttäuschen, und danke Euch für die freundlichen Worte.«

Der König wandte sich dem zwei Plätze rechts von Ninaios sitzenden Admiral Kaifos zu. »Ihr wart gerade dabei, Vor- und Nachteile eines Bündnisses mit Vinsalt aus der Sicht des Militärs zu erläutern, Admiral.«

Während der bullige Kaifos mit brummiger Stimme umständlich Szenen aus dem Alltag der Seesöldner schilderte, die keinen erkennbaren Zusammenhang mit dem Thema der Beratung hatten, ließ der Gelehrte seine Blicke schweifen.

Der Muschelsalon trug seinen Namen zu Recht, denn Decke und Wände waren mit Muschelschalen der unterschiedlichsten Form, Farbe und Größe ausgekleidet. Es gab dazwischen aber auch aus Bernstein geformte Ornamente, Vitrinen mit Schmuck und Hüten früherer Herrscher des Königshauses, einen Waffenschrank mit historischen Waffen sowie Harpunen, dazu drei riesige Panzer von erlegten Seeungeheuern, und von der Decke herab hingen mehrere Modelle von berühmten Schiffen aus der Geschichte des Reiches, darunter ein Drachenschiff aus der Zeit, als die Thorwaler auf den Inseln dominierten, und die Galeere »Kettenhund«, das Schiff des berühmt-berüchtigten Piraten Bluthand, der im Alter die von ihm geraubten Schätze zum Wohle aller und dem Aufbau eines Inselreichs zur Verfügung gestellt hatte. Hoch über allem thronte über dem gepolsterten Armlehnensessel des Königs das hölzerne, bunt bemalte und mit Blattgold verzierte Wappen des Seekönigreichs, dessen auffälligstes Merkmal zwei Zyklopenaugen waren.

Ohne festes Ziel den Blick schweifen lassend, betrachtete Ninaios mal dieses und mal jenes Gesicht der Männer und

Frauen, die mit ihm zusammen am Tisch saßen, und versuchte, in ihm zu lesen. König Palamydas heuchelte Interesse an den Ausführungen des Admirals, aber die unruhig hin und her wandernden Hände verrieten seine wachsende Ungeduld. Ninaios' Blick ruhte mit Wohlgefallen auf dem Jüngling mit den dunklen Locken, dem ebenmäßigen Gesicht und der Toga aus hellblauem, mit Goldborten abgesetztem Samt, unter der sich ein gertenschlanker, fast mädchenhaft zierlicher Körper verbarg. Manche hielten den Neunzehnjährigen auf den ersten Blick für zu weich, aber sie täuschten sich. Zwar fehlte ihm die Kraft, um schwere Waffen wirkungsvoll zu führen, aber er war ein ungestümer Kämpfer, der Körperkraft und Erfahrung durch tollkühnen Mut, überraschende Ideen und unbedingten Siegeswillen ersetzte. Diese Tugenden prägten auch sein Handeln als König, gepaart mit einer für einen solch jungen Mann seltenen Fähigkeit, sich über den Tag hinaus langfristige Ziele zu setzen und sie Schritt um Schritt zu verwirklichen.

Palamydas trug den offiziellen Titel ›See-Kuning vun Cyclopäa‹, der auf die Zeit zurückging, als thorwaler Piraten die Inseln beherrschten und eine Versammlung der Piratenkapitäne jemanden aus ihrer Mitte zum König bestimmte. Erst später entwickelte sich daraus eine Erbdynastie, die sich im Laufe der Jahrhunderte darauf verstanden hatte, das kleine Königreich dem direkten Zugriff der Mächte auf dem Festland zu entziehen. Das Seekönigreich war allerdings zu schwach, um völlig eigenständig zu sein, und musste sich eine Schutzmacht suchen, die seine Unabhängigkeit garantierte, aber zugleich Flottenstützpunkte und andere Privilegien beanspruchte. Anfangs war das Horasreich diese Schutzmacht gewesen, in den letzten gut neunhundert Jahren jedoch das Mittelreich.

Neben dem König schaute der feiste Hofmeister Chababkin wie immer schläfrig und nichts sagend drein. Sein Nachbar war der blasse, hagere Schatzmeister Nikrea, der den Ausführungen des Admirals mit zusammengekniffenen Augen folgte und dabei aus den auf dem Tisch stehenden Kummen mit gewürztem Stockfisch, gerösteten Garnelen und mit Schafskäse überbackenen Tangplätzchen Stück um Stück in sich hineinstopfte, obwohl er magenkrank war und ihm dies schwerlich bekommen würde. Ein paar weitere Hofbeamte, die selten einmal den Mund aufmachten, bedachte Ninaios nur mit flüchtigen Blicken. Auch einige Adlige aus der Familie des Königs, zumeist Seegrafen oder Seeherren, interessierten ihn nur am Rande. Sie nahmen an der Sitzung teil, weil sie das Recht dazu hatten und es zum Teil wohl auch als ihre Pflicht ansahen, weilten in Gedanken aber sicher ganz woanders, vielleicht bereits auf dem in einigen Wochen stattfindenden Jagdausflug zur Insel Phenos, zu dem Palamydas sie und andere Mitglieder der vornehmen Familien eingeladen hatte. Der Herzog von Pailos, nach dem König der mächtigste Mann im Seekönigreich, hatte es vorgezogen, sich bereits nach Phenos zu begeben. Es war bekannt, dass er sich mehr für die Jagd und für Lustknaben als für Politik interessierte.

Baltor Zikidis, der oberste Praiospriester der Zyklopeninseln, saß zur Rechten von Ninaios und döste wie die meisten der Anwesenden vor sich hin. Er verströmte eine Mischung aus beißendem Schweißgeruch und Myrrhe, die Ninaios in die Nase stieg. Der Erleuchtete der Lichtei Balträa war Havena unterstellt und brachte den politischen Fragen des Seekönigreichs allenfalls mildes Interesse entgegen. Er wurde nur wach, wenn es um Privilegien und Steuereinnahmen der Kirche ging. Zikides war schlau, wenn nicht gerissen, aber nicht wirklich klug und besaß kein über seinen Glaubenshorizont hinausreichendes Verständnis. Vergeblich hatte Ninaios im Vieraugengespräch versucht, ihn als Verbündeten im Kampf gegen den Flammenbund zu gewinnen. Immerhin hatten die

Flammenbündler dem Zwölfgötterglauben abgeschworen und beteten den Drachengott Pyrdacor an. Aber der Praios-Erleuchtete hatte für Andersgläubige nichts als blasierte Verachtung übrig, vertraute ganz der durch nichts zu erschütternden Macht seiner Kirche und lehnte es strikt ab, die Kultisten dadurch aufzuwerten, dass er sie als Feinde annahm und bekämpfte.

Munterer als Zikides wirkte Pirin Kadissos, die Stadtmeisterin und Vogtin von Rethis, eine kleine, bucklige Frau von gut fünfzig Jahren, auf die Ninaios große Stücke hielt. Ihrem energischen Durchgreifen war es zu verdanken, dass der verluderte Hafen wieder ein vorzeigbares Gesicht bekommen hatte, und sie ging unerbittlich gegen betrügerische Kaufleute und bestechliche Beamte vor. Sie war die Einzige, die den Blick des Gelehrten bemerkte und erwiderte. Sie verstand sich gut mit Ninaios und schenkte ihm ein kleines Lächeln. Ihr verdankte der Gelehrte sein Wissen über auffällig viele Gäste und Zuwanderer vom Festland, die offenbar alle unter einer Decke steckten und von Ninaios dem Flammenbund zugeordnet wurden. Kadissos lehnte es allerdings ab, gegen sie vorzugehen, solange sie ihrer Arbeit nachgingen und nicht gegen die Gesetze verstießen.

Bevor Ninaios dazu kam, die beiden letzten, sich am Kopfende gegenübersitzenden Personen – die Rätin Lydakis und eine ihm unbekannte Frau, die zum ersten Mal an einer Ratssitzung teilnahm – genauer in Augenschein zu nehmen, verlor der König die Geduld mit dem Admiral.

»Erlaubt mir die direkte Frage, ob ein Bündnis mit Vinsalt für die Flotte nützlich oder weniger nützlich ist«, unterbrach er Kaifos.

»Euer Hoheit, wie ich schon sagte …«, begann der Admiral.

»Uns Laien fällt es schwer, den anspruchsvollen strategischen Überlegungen des Militärs zu folgen, Admiral«, unterbrach ihn Palamydas freundlich, aber bestimmt. »Könnt Ihr Eure Einschätzung in ein oder zwei Sätzen zusammenfassen?«

Ninaios bezweifelte, dass Kaifos überhaupt eine Meinung zu diesen Dingen hatte, aber der Admiral überraschte ihn mit einer für seine Verhältnisse ungewohnt deutlichen Festlegung. »Garetien wird verärgert sein und uns dies spüren lassen, aber das Liebliche Feld ist uns näher als Garetien und wird uns unterstützen.« Er zog die Stirn in Falten. »Es hätte gewiss Vorteile, die Häfen Kuslik, Belhanka und Neetha mit unseren Kriegsschiffen anlaufen zu dürfen. Andererseits der Ärger mit Gareth. Nun ja, aber die Ausrüstungslager in Kuslik ...«

»Danke, Admiral, das war eine klare und fachkundige Auskunft«, erlöste ihn der König aus seinem Konflikt. Dann wandte er sich der Königlichen Rätin Lydakis zu. »Ihr habt es gehört, Rätin, und zweifellos seid Ihr anderer Meinung.«

Lydakis erhob sich von ihrem Stuhl. Sie war Anfang vierzig und besaß ein durch Pockennarben entstelltes Gesicht, das von krausem grauen Haar umrahmt wurde. Sie war schlicht, fast bäurisch einfach mit einem dunkelblauen Baumwollgewand bekleidet. Wer sich in ihre Nähe begab, nahm den intensiven Geruch von Rauschkraut wahr, der stets in der Kleidung der Rätin steckte. »Wir brauchen die Häfen des Horasreichs nicht, Euer Hoheit«, begann sie. »Und für unseren Handel ist Havena wichtiger als Kuslik oder Neetha. Wenn die Sieben-Winde-Flotte abzieht und stattdessen die Horaskaiserlichen unsere Häfen für ihre Kriegsschiffe nutzen, sind wir in einer schlechteren Situation als heute. Bei allem Respekt für unsere tapferen Seesöldner stelle ich fest, dass Vinsalt uns in allen militärischen Belangen überlegen ist und anders als das Mittelreich diese Überlegenheit auch ausspielen wird. Das wäre kein Bündnis unter Reichen, die einander respektieren, sondern Unterordnung.«

Ninaios konnte nicht länger an sich halten. »Unterordnung

ist das, was Gareth von uns verlangt«, warf er ein. »Und das in einer Zeit, wo das Mittelreich keinen Kaiser hat und die Diadochen um den Thron streiten. Was ist, wenn am Ende ein Despot zum Kaiser gekrönt wird? Oder einer der Rivalen um die Krone auf die Idee kommt, das Seekönigreich für seine Machtinteressen bluten zu lassen? Wollen wir unsere jungen Leute auf Schlachtfeldern in Garetien, Tobrien oder Darpatien sterben lassen? Das Horasreich hingegen wird es zu schätzen wissen, wenn wir uns vom Mittelreich lösen, und uns Privilegien zugestehen.«

Rätin Lydakos zeigte sich unbeeindruckt und erklärte lapidar: »Wunschdenken hilft uns nicht weiter. Es ist nun mal so, dass ein Bündnis mit einer unmittelbar benachbarten Macht des Festlands uns einengen und unserem Handel mehr schaden als nützen würde. Stattdessen sollten wir Leute von den Inseln unter dem schützenden Mantel des Mittelreichs zusammenhalten. Unser natürlicher Bündnispartner ist nicht das Horasreich, sondern Talania.«

»In Talania herrschen Thronräuber«, entgegnete Ninaios. »Sie haben König Arlos und die Seinen vertrieben und damit eine Dynastie entthront, die dem Seekönigreich über Jahrhunderte hinweg eng verbunden war. Verräter bleiben Verräter. Verträge, die man mit ihnen schließt, sind das Papier nicht wert, auf dem sie geschrieben werden.«

Schatzmeister Nikrea rülpste laut, was aber weder Zustimmung noch Ablehnung bedeuten sollte, sondern nur eine Äußerung seines gepeinigten Magens war.

»Wir alle kennen Eure Sympathien für das frühere Königshaus von Talania«, erwiderte Lydakis und fügte mit schneidender Stimme hinzu: »Alte Leute leben nun mal in ihren Erinnerungen und sperren sich gegen Veränderungen. Wir Jüngeren hingegen tun gut daran, neue Machtverhältnisse zu akzeptieren und das Beste daraus zu machen.«

»Mäßigt Eure Sprache, Rätin«, wurde sie von Palamydas streng ermahnt. »Bringt Eure Einwände vor, aber unterstellt einem Königlichen Rat nicht Parteilichkeit und stellt seine immer wieder bewiesene und bewunderte Weisheit nicht infrage.«

Lydakis senkte den Kopf. »Das war nicht meine Absicht, Euer Hoheit. Wenn dieser Eindruck entstanden ist, bitte ich Euch und die Ehrwürdige Magnifizenz Ninaios um Vergebung.« Als sie den Kopf wieder anhob, war in den ärgerlichen Augen der Frau nichts von der Demut ihrer Zunge zu erkennen. »An der Sache ändert dies jedoch nichts. Wir müssen König Hogard von Talania nicht lieben, aber er ist seit fast zwanzig Jahren der Herrscher im Talanischen Archipel und ein verlässlicher Partner.«

»Hogard ist eine Schlange, und diejenigen, die ihm zur Macht verholfen haben, wollen auch die Zyklopeninseln unterjochen«, widersprach Ninaios mit Bitterkeit in der Stimme. »Vinsalt kann uns helfen, die Feinde im Zaume zu halten. Königin Amene II. steht für Selbständigkeit und Unabhängigkeit. Wenn wir uns mit ihr verbünden, setzen wir ein deutliches Zeichen.«

Lydakis lächelte spöttisch. »Ihr wisst sehr gut, dass nur wenige Eure schlechte Meinung über den talanischen König teilen. Ihr wollt einfach nicht wahrhaben, dass der talanische Adel, der aus gutem Grund mit Arlos unzufrieden war, sich mit Hogard einen neuen König erwählt hat.« Sie ignorierte Ninaios' heiseres Lachen. »Stattdessen malt Ihr einen geheimnisvollen Feind, den Ihr Flammenbund nennt, an die Wand, der angeblich Hogard inthronisierte und die Zyklopeninseln bedroht, bleibt aber jeden Beweis für eure Behauptung schuldig. Wo steckt denn dieser Flammenbund? Wo sind denn seine Soldaten und Schiffe? Fragt Admiral Kaifos, ob er je von diesem Bund gehört hat und ob er ihn fürchtet.«

»Wie? Was?« Kaifos schreckte bei der Erwähnung seines Namens auf.

»Ich habe nicht die Absicht, den Anwesenden nochmals zu erläutern, dass der Flammenbund keine Macht ist, die sich mit Schiffen und Soldaten einer offenen Schlacht stellt«, erklärte der alte Gelehrte. »Aber ich möchte daran erinnern, dass die Zyklopeninseln schon einmal die Tyrannei von zugewanderten Kultisten erdulden mussten, als Nemekath im Namen Borons eine blutige Herrschaft ausübte. Seid also gewarnt. Doch lasst mich zur Kernfrage unseres Disputs zurückkehren. Ich betone noch einmal, dass ein Bündnis mit dem Königreich Visalt uns helfen wird, unsere Unabhängigkeit zu bewahren. Die Zyklopeninseln haben in ihrer langen Geschichte immer wieder unter den Übergriffen von fremden Mächten gelitten, erst unter der thorwalischen Besatzung, dann unter den Plünderungen der mengbillaner Piraten. Wir haben dies alles überstanden und sind unter den Seekönigen zu einem selbstbewussten Volk zusammengewachsen.« Er wandte sich dem König zu. »Ich weiß, dass das Erbe Eurer Väter und Mütter bei Euch in guten Händen liegt, Euer Hoheit, und bin überzeugt, dass Ihr das Richtige tun werdet. Aber ich bitte Euch inständig, vor Feinden auf der Hut zu sein.«

Palamydas nickte, aber der Gelehrte wusste, dass der junge König solche Warnungen stets in den Wind schlug und weder seine Herrschaft noch sein Leben ernsthaft in Gefahr sah. »Es mag erfrischend sein, die Meinung einer Außenstehenden zu diesen Dingen zu hören«, sagte Palamydas und sah die am anderen Ende des Tisches sitzende Frau an. »Da einige in der Runde anfangs nicht zugegen waren, möchte ich sie noch einmal vorstellen. Unser Gast heißt Elidana Charazzar und ist vor ein paar Tagen aus Kuslik eingetroffen. Sie entstammt dem vornehmen Geschlecht der Charazzar zu H'Rabaal, ist als Tochter eines Kaufherren in Brabak aufgewachsen, legt aber keinen Wert auf ihren Adelstitel und vertritt einen Bund freier Kaufleute, dem Handelshäuser überall in Aventurien angehören. Zuletzt war sie Beauftragte dieses Bundes in Havena. Sie ist hier, um in Rethis ein Kontor zu eröffnen und Hylailer Kaufleute für den Bund zu interessieren.«

»Hat der Bund einen Namen?«, fragte Ninaios interessiert.

Die Südländerin schüttelte den Kopf. »Unsere Mitglieder sind zu stolz, sich einem Namen unterzuordnen, und wollen nicht für etwas haften, was unter einem solchen Namen ohne ihr Zutun in fernen Landen geschieht. Wir bezeichnen uns schlicht als Bund oder Hansa, aber glaubt mir, der Zusammenhalt ist groß, eine Zusage bindend.«

Kiral Ninaios hatte jetzt endlich Gelegenheit, die Frau zu mustern. Sie war noch jung, allenfalls Ende zwanzig, und mit ihren dunklen Mandelaugen und dem schwarzen Haar auf südländische Art schön, wenngleich das energisch wirkende, kantige Kinn nicht ganz in dieses Gesicht passen wollte. Der sehr schlanke, flachbrüstige, schmalhüftige und etwas eckig wirkende Körper hätte auch einem Mann gehören können. Irgendetwas gefiel Ninaios an ihr nicht, ohne dass er sagen konnte, was ihn störte. Vielleicht war es der hochmütige Ausdruck der Augen.

»Nun, edle Frau aus Brabak«, meinte der König. »Ihr seid eine weit gereiste Kaufherrin und verfügt trotz Eurer jungen Jahre über große Erfahrung. Was würdet Ihr uns raten? Ein Bündnis mit Vinsalt oder eines mit Talania oder gar keines? Ihr habt der Debatte sicherlich entnommen, dass wir bisher Garetien verpflichtet sind, was auch von Vorteil war, solange es einen Kaiser im Mittelreich gab.«

»Euer Hoheit, ich danke Euch für Euer Interesse an meiner Meinung«, antwortete Elidana höflich. »Aber als Euer Gast würde ich mir niemals anmaßen, zu dieser Frage, die allein das Seekönigreich etwas angeht, Stellung zu beziehen.«

»Niemand in dieser Runde wird es als unangemessen betrachten, wenn Ihr trotzdem eine Meinung äußert«, sagte Palamydas, und in seinen Augen las Ninaios ein Interesse, das möglicherweise nicht allein der Meinung der Südländerin galt. Offenbar ließ ihn der herbe Reiz der Frau aus Brabak nicht völlig unberührt.

Elidana schien den Ausdruck seiner Augen verstanden zu haben und schenkte ihm ein schwer zu deutendes Lächeln. »Es tut mir Leid, aber ich kann mir nur schwer eine Meinung in dieser Sache bilden«, sagte sie, »weil ich zu wenig über das Seekönigreich und seine Interessen weiß. Tatsächlich wusste ich bis vor kurzem kaum mehr über dieses Reich, als dass von hier aus große Mengen Purpur, die begehrten Zyklopenwaffen und besonders weiche Wolle verschifft werden. Im Übrigen habe ich als Kauffrau gelernt, mich aus Politik herauszuhalten, und das gilt auch und in besonderem Maße für den Bund, den ich vertrete. Aus meiner Erfahrung mit dem Seehandel, auf den die Zyklopeninseln ja in besonderem Maße angewiesen sind, kann ich nur sagen, dass jede Politik, die dem freien Handel nützt, auch den Inseln nützen wird. Ob dies irgendetwas in Bezug auf dieses oder jenes mögliche Bündnis bedeutet, werdet Ihr besser beurteilen können als ich.«

Auf raffinierte und versteckte Art ist das ein Plädoyer für ein Bündnis mit Talania, dachte Ninaios, *denn ein solches Bündnis würde bedeuten, dass beide Inselreiche in den Gewässern rundum eigene Hoheitsrechte ausüben und Rechte dritter Mächte langfristig nicht dulden werden. Schmuggelgut und Waffen ließen sich dann auf dem Seeweg vom Norden nach dem Süden und umgekehrt transportieren, ohne dass Kontrollen durch Vinsalter Kriegs- und Zollschiffe zu befürchten wären. Bisher war dies nur auf dem weiten und, wegen der häufigen schweren Stürme im Meer der sieben Winde, gefährlichen Umweg über Talania möglich. Dieser Vorteil könnte ein weiterer Grund für den Flammenbund sein, sich das Seekönigreich Zyklopeninseln einzuverleiben.*

Sein Misstrauen gegen Elidana Charazzar war erwacht, und es wurde genährt, als er bemerkte, dass sich die Blicke der Südländerin und der Rätin Lydakis für einen winzigen Augenblick in stillem, heimlichem Einvernehmen kreuzten.

Der König hatte davon nichts bemerkt. »Ich werde darüber nachdenken«, versprach er. »Und nun, Kaufherrin Charazzar ...«

»Nennt mich bitte Elidana, wie es alle tun, die mir wohlgesinnt sind, Euer Hoheit«, nutzte die Brabakerin die kleine Pause, die Palamydas machte.

»Mit Vergnügen, Elidana«, sagte der König und tauschte einen tiefen Blick und ein weiteres Lächeln mit ihr aus. »Erzählt uns Provinzlern von der Seeschlacht vor Havena, die Ihr, wie es heißt, hautnah miterlebt habt.«

2 Der purpurrote Ritter

Garetien, östlich von Gareth, Mitte Firun 916 BF

Der Winter hatte Garetien in kalte Tücher gehüllt. Die Felder schlummerten unter einer geschlossenen Schneedecke dem Frühling entgegen, die Fichten und Kiefern beugten sich unter der Last ihrer weißen Mützen, und selbst das Pflaster der Reichsstraße schaute nur an jenen Stellen durch, wo von Vierergespannen gezogene schwere Lastkarren ihre tiefen Spuren hinterlassen und es der Praiosscheibe erlaubt hatten, die verbleibende Schicht aus festgefahrenem Schnee und Eis zu schmelzen. Viele solcher Spuren waren zu sehen, denn für die Fuhrleute gab es keine Winterpause. Die mehr als zweihunderttausend Einwohner von Gareth, der größten Stadt Aventuriens, mussten versorgt werden.

Die Gruppe der Gefährten hatte die von Gareth nach Rommilys führende Reichstraße vor einigen Tagen verlassen, da Neel eine Abkürzung kannte, die an Dörfern vorbei über Landstraßen und manchmal auch durch kurze Waldabschnitte des Reichsforstes führte. Vorbei war die Zeit, als halb Garetien von dichten Wäldern bedeckt und der Reichsforst ein riesiges, zusammenhängendes Gebiet gewesen war. Viele Waldflächen waren im Laufe der letzten Jahrhunderte abgeholzt und in Wiesen und Felder verwandelt worden.

»Es kann nicht der Wille Rastullahs sein, dass sich Menschen durch Niederhöllen bewegen, denen die Farbe gestohlen wurde und in denen der Atem gefriert«, beklagte sich Rashid ay Thalusa und schniefte durch seine rote Nase. Der Novadi war heißen Wüstensand auf seiner Haut gewohnt, aber nicht den ›eisigen Sand des Nordens‹, wie er den Schnee nannte. Er tätschelte den Hals seines Rappen. »Nicht wahr, Feuertanz, du sehnst dich auch nach der Sonne des Südens.«

»Zumindest macht es keinen Spaß, zu dieser Jahreszeit zu reisen«, gab ihm Finni Recht. Die zierliche Halbelfe ritt auf ihrem Wallach Windspiel und hatte sich in eine dicke, dunkelrot eingefärbte Wolldecke gehüllt, aus der kaum mehr als die großen brauen Augen und die kleine Nase herausschauten. Selbst die Hände steckten unter der Decke. Windspiels Zügel hatte sie locker um den Sattelknauf gebunden. Der Schecke machte ihr keinen Kummer und folgte den anderen Pferden. Er war gern mit Rhianas Sturmbraut, Neels Ujiko und dem Streitross Rabe, das als Packpferd diente und hinter Ujiko ging, zusammen, während er sich Rashids Hengst Feuertanz gegenüber respektvoll vorsichtig benahm und lieber auf Distanz blieb. Da Rashids Pferd im Moment die Führungsarbeit übernahm, war dies allerdings kein Problem.

»Wer friert, kann von mir einen Schluck Trollzacker bekommen«, meinte Neel gleichmütig. »Mit gutem Grund kommt er aus dieser Gegend.« Die grauhaarige Amazone mit den düster glühenden Gesichtsmalereien hakte einen flachen, mit Fell ummantelten Behälter vom Sattel und bot ihn reihum an. Als niemand das Angebot annahm, zuckte sie die Schultern, nahm selbst einen guten Schluck, ohne dabei die Miene auch nur im Geringsten zu verziehen, und verstaute den Behälter wieder.

»Wenn wir erst die Ausläufer des Gebirges …«, begann Rhiana.

»Die Trollzacken, wie der Schnaps«, warf Neel ein.

»… der Trollzacken erreicht haben, wird es hoffentlich erträglicher. In der Grafschaft Perricum schneit es auch im

Winter nur selten.« Nach einer kleinen Pause ergänzte die Prinzessin. »Sagt man wenigstens. Ich selbst war noch nicht dort.«

»Ich schon«, sagte Neel und rieb sich eine Stelle unter der Augenklappe, wo es juckte. Sie hatte vor vielen Jahren das linke Auge in einem Gefecht verloren, und sie spürte diese und die vielen anderen Narben an ihrem Körper bei Kälte und bei Hitze und wenn das Wetter umschlug und überhaupt. »Es stimmt. An den Trollzacken im Norden und dem Raschtulswall im Westen staut sich der Wind, der vom Golf oder der Gorischen Wüste heranweht. In den Flussniederungen am unteren Darpat wird es uns wie Frühling vorkommen, und wahrscheinlich blühen dort schon Krokusse und silberrote Frühgucker.«

Bei der Erwähnung der Gorischen Wüste verdrehte Rashid die Augen. Obwohl er sich im Moment seiner geliebten Heimat ferner denn je fühlte, lag sie irgendwo dort im Süden, jenseits der gewaltigen Gebirgsketten, deren höchste Gipfel manchmal schon in weiter Ferne zu sehen waren. Aber der Darpat war noch weit und Perricum noch weiter, und selbst von der Hafenstadt am Golf bedurfte es vieler beschwerlicher Tagesritte, um auch nur Samra an der Gorischen Wüste zu erreichen. Aber von dort war es dann nur noch ein Katzensprung bis Mherwed und Rashdul, den Perlen der tulamidischen Kultur. Rashid musste sich zwingen, sich nicht in Erinnerungen und Träumereien zu verlieren. Auch wenn sie nach Perricum unterwegs waren, würde er die Heimat in nächster Zeit wohl kaum wiedersehen.

Prinzessin Rhiana von Talania war unzufrieden mit sich und der Welt. Vor allem war sie ungeduldig. Alles dauerte viel zu lange. Sie kamen einfach nicht voran. Die Ziele, die sie sich gesteckt hatten, schienen mitten in einem Labyrinth zu liegen, das nur zu meistern war, wenn man den verschlungenen Pfaden mit Beharrlichkeit und Geduld folgte. Aber Rhiana war noch viel zu jung, um diese Tugenden, die etwa die weise Druidin Maruna auszeichneten, zu besitzen. Manchmal wünschte sie sich, wie der Recke Arfhart, einer ihrer Lieblingshelden aus der talanischen Sagenwelt, handeln zu können. Als er einmal in einem Labyrinth gefangen gewesen war, war er nicht den vorgegebenen Pfaden gefolgt, sondern hatte die Kriegsaxt genommen und sich einen Weg quer durch alle Mauern gehauen, die ihn umgaben. Aber sie war nun mal nicht Arfhart, sondern Rhiana und musste auf ihre Art zum Ziele kommen. Aber musste alles immer so umständlich, so mühsam und so langwierig sein?

»Wir haben viel Zeit verloren«, stellte sie fest.

»In Gareth?«, fragte Finni. »Aber wir mussten zurückkehren, um unsere Geldkatzen aufzufüllen.«

»Nicht nur in Gareth, sondern schon vorher.« Sie musste die Gefährten und ganz besonders Neel nicht daran erinnern, dass es ein Fehler gewesen war, auf der Amazonenburg im Firntal Zuflucht zu suchen. Neel, die selbst einmal einem häretischen Amazonenorden angehört hatte, glaubte in den Frauen Klingenschwestern im wahren Geist Rondras zu sehen, aber sie war bitter enttäuscht worden. Wie sich herausstellte, hatte die Ordensgründerin Leodora junge Frauen aus der Umgebung dazu verführt, nicht Rondra, sondern einen Drachen anzubeten und ihm Wehrlose zum Fraß zu opfern. Auch den Gefährten war dieses Los zugedacht gewesen, aber nicht zuletzt dank des Angriffs der tobrischen Landwehr unter Baron Rodebert auf die Burg war ihnen das erspart geblieben. Der Amazonenorden war zerschlagen, der Drache tot, und am Ende konnten sie alle froh sein, mit dem Leben davongekommen zu sein. Das Einzige, was ihnen im Monat Peraine bei ihrem Abritt aus Oberdarpatien außer wenig erfreulichen Erinnerungen geblieben war, bestand aus einigen Drachenschuppen und einem Drachenhorn. Finni war geistesgegenwärtig genug gewesen, sich an dem Drachenkadaver zu bedienen. Die Schuppen und das Horn waren der Grund gewesen, in die Hauptstadt des Mittelreichs zurückzukehren, um die fast erschöpfte Reisekasse mit Mitteln aus dem Verkauf der Mitbringsel aufzufüllen. Tatsächlich hatte ein reicher Magier einen stolzen Preis für das Horn bezahlt, und die Schuppen waren ebenfalls zu guten Preisen weggegangen. Da sie nicht gleich die ersten, viel zu niedrigen Angebote von Händlern und Alchimisten akzeptiert hatten, mussten sie allerdings etwas Geduld aufbringen. Noch mehr Zeit hatte die Wiederaufnahme der Spur von Ritter Mortenberg gekostet, bis sie endlich einen Händler aufspürten, der ihnen versicherte, mit Mortenberg höchstpersönlich in Perricum verhandelt zu haben, wo dieser sich inzwischen niedergelassen hatte und bei Graf Tedesco ein und aus ging.

Rhiana seufzte leise. Wenn sie es recht überlegte, hatten sie bei allem auch keine sonderliche Eile walten lassen. Niemand von ihnen, sie selbst inbegriffen, hatte sich danach gesehnt, die Annehmlichkeiten der riesigen, in jeder Hinsicht erstaunlichen Stadt gegen diesen winterlichen Ritt einzutauschen. Wenn Neel mit ihren ständigen Nörgeleien über fehlende Herausforderungen und Verweichlichung nicht gewesen wäre, würden sie die Reise nach Perricum wohl auf das Frühjahr verschoben haben. Ja, irgendwie war Neel wie Arfhart. Sie zog die Streitaxt vor. Sie zerhackte das Labyrinth. Aber Neel hatte nicht immer Recht.

Das Gesicht der Prinzessin war wie die Gesichter ihrer Gefährten von der Kälte gerötet, und sie fror besonders an den Füßen, obwohl diese in warmen Stiefeln steckten. Aber im Grunde machte ihr Kälte weniger aus als Hitze, und ihr Gesicht wirkte eher frisch als verfroren. Sie trug ein Wollhemd auf der nackten Haut, dessen Kratzen sie gern ertrug, darüber ein Wams aus blauem Samt und ein Kettenhemd, und die in den hohen Stiefeln steckende eng anliegende Hose bestand aus Wind und Wetter abweisendem Loden. Das lange, dichte blonde Haar trug sie offen. Helm und Schwertgürtel hingen am Sattelknauf. Ihrer Stute Sturmbraut schienen Kälte und Schnee ebenfalls nicht allzu viel auszumachen. Jedenfalls schnaubte sie munter und zeigte keinerlei Anzeichen von Unwillen.

Eisfell, der große Wolfshund, der neben Sturmbraut lief, fror gewiss nicht in seinem dicken weißgrauen Fellkleid. Er schaute ab und an zu seiner Herrin hinauf, aber wohl mehr, um sich zu überzeugen, dass sie wohlauf war, als um eine Pause zu betteln. Er wirkte weder müde noch ungeduldig, und er sank beim Laufen auch kaum ein, denn die Schneedecke war unter den Bäumen nur dünn. Die Gruppe bewegte sich im gemächlichen Schritttempo der Pferde voran, und Eisfell hatte keine Mühe, dieses Tempo mitzuhalten.

Die Praiosscheibe stand bereits tief und wurde manchmal von den Wipfeln der Bäume verdeckt. Es war ratsam, sich bald ein Nachtquartier zu suchen.

»Wisst Ihr, ob es in der Nähe einen Gasthof gibt?«, fragte Rhiana die neben ihr reitende Amazone.

Neel zuckte die Schultern. »Es ist lange her, dass ich zuletzt in dieser Gegend war. Aber seid unbesorgt, wir finden schon etwas. In gut einer Stunde haben wir den Wald hinter uns gelassen und gelangen wieder auf die Landstraße. Es gibt hier mehrere Dörfer. Wenn wir keinen Gasthof finden, können wir bestimmt bei einem Bauern übernachten.«

»Ob in einem Bett oder einer Scheune, ist mir völlig egal«, sagte hinter ihnen Finni. »Hauptsache, es gibt vorher eine heiße Suppe.«

»Der kleine Dschinn spricht mir voll und ganz aus dem Herzen«, ließ sich Rashid vernehmen. »Heiße Suppen gehören zu den köstlichen Dingen, die Rastullah den Nordvölkern geschenkt hat, um die eisigen und nassen Niederhöllen zu vergessen, in denen sie leben müssen.«

Da zwischen allen Gefährten Einvernehmen herrschte, dass man auf keinen Fall ein Lager im Wald aufschlagen wollte, auch nicht neben einem noch so riesigen Feuer, brach das Gespräch wieder ab.

Der Wald wurde lichter und wich dann fast völlig zurück. Der Boden bestand nun aus Fels, den der Wind fast vollständig vom Schnee befreit hatte. Auf Rhianas fragenden Blick hin schüttelte Neel den Kopf und deutete in die Ferne, wo eine weitere dichte Baumkette zu sehen war. »Da müssen wir noch durch.«

Rashid an der Spitze wählte für Feuertanz einen wenig beschwerlich aussehenden Weg an einem ausgetrockneten Bachlauf entlang aus. Das gleichmäßige Klacken der Pferdehufe und das diffuse Licht der Praiosscheibe machten Rhiana schläfrig. Finni, die die Wärme der Sonnenstrahlen in ihrem Gesicht genoss, schälte sich ein Stück weit aus ihrer Decke, zog eine zierliche Bambusflöte, die sie für wenig Geld auf einem der Märkte von Gareth erstanden hatte, aus der Brusttasche ihres Wamses, setzte sie an den Mund und spielte darauf eine zarte Melodie, deren schwermütige Harmonie, in der elfische Selbstverlorenheit mitschwang, sich auf das Gemüt der Gefährten legte. Rhiana fühlte sich auf unbestimmte Weise an die Wiesen und Wälder der verlorenen Zuflucht in Albernia erinnert, während der Wüstensohn Rashid in seiner Phantasie vom Wind geäderte Sanddünen im Licht der Morgensonne und eine ferne Oase zu sehen glaubte. Selbst Eisfell spitzte die Ohren. Vielleicht träumte auch er von irgendetwas, vielleicht von den Tagen als Welpe oder einer wilden Jagd. Allein die grauhaarige Amazone Neel schien unbeeindruckt zu sein.

Rhiana nahm die anderen kaum wahr. Finnis Melodie lullte

sie ein. Die Strahlen der Praiosscheibe wurden zu Feuerschaum mit gierigen gelben Flammen. Alles um sie herum wurde gelb, dann rot in unzähligen Abstufungen. Dann wurde das Rot von den Rändern her von etwas Schwarzem zu einem Ball zusammengepresst, der fast zu einem winzigen grellen Punkt verglühte, um dann förmlich zu explodieren. Blitzend und krachend – Finnis Melodie war längst vergangen und vergessen – ergossen sich bunte Farben aus der Mitte, wurden zu einem Meer auf Blütenblättern, die im nächsten Moment schon wieder verwelkten. Aus der Mitte der welken Blätter wuchs die Gestalt einer Frau mit schlanken nackten Beinen, bekleidet mit einem goldrot schimmernden Brustharnisch, einem Kettenrock und einem Helm, dessen Visier herabgezogen war. In der Rechten hielt sie ein nach unten weisendes, blutbeflecktes Schwert. Wo der Brustharnisch mit den Blütenblättern in Berührung kam, gingen diese in Flammen auf und verdorrten.

Die Frau hob die Linke und ließ einen feurigen Blitz in das verbleibende Blütenmeer fahren. Rauch stieg auf, die Blüten vergingen. Feuergeschwärzte Ruinen einer vom Krieg verwüsteten Stadt tauchten stattdessen hinter der Frau auf. Zerschlagene und verstümmelte Körper von Menschen und Tieren bedeckten den Boden. Irgendwo wimmerte eine einsame Glocke ein Totenlied, und es klang so schwermütig wie Finnis Melodie.

Die Frau klappte das Helmvisier hoch, aber Rhiana musste das Gesicht nicht anschauen und die Stimme nicht hören, um zu wissen, wen sie vor sich hatte.

»Rhiana, meine Tochter«, sagte die Göttin Rondra mit einer beinahe sanft klingenden Stimme.

»Geht weg!«, schrie Rhiana. »Ich will Euch nicht sehen! Genügt Euch die Ernte nicht, die Ihr im Firntal gehalten habt?«

»Es war nicht meine Ernte, sondern ganz und gar die deine«, gab Rondra zurück, und ihre harten Augen blickten spöttisch drein. »Ich neide sie dir nicht.«

»Wir sind unschuldig in dieses Gemetzel hineingeraten«, beteuerte Rhiana. »Schuld daran war eine Frau, die sich auf Euch berief, in Wahrheit aber einem Drachen diente.«

»Siehst du?« Der Spott lag jetzt auch in Rondras Stimme. »Nicht mir, sondern einem Drachen. Aber war nicht meine Gerechtigkeit, die Gerechtigkeit des Schwertes, nötig, um die Frevlerin von ihrem Tun abzubringen? Und du warst das Werkzeug der Gerechtigkeit.« Sie lachte rau. »O Rhiana, was bist du töricht. Du willst weglaufen, und doch bringst du immer wieder das gerechte Schwert über die Menschen. Begreife doch endlich: Du kannst deiner Bestimmung nicht davonlaufen.«

»Ich laufe vor nichts und niemandem davon!«, wehrte sich Rhiana.

»Ach ja?«, höhnte die Göttin. »Du trödelst herum, Tochter. Sammle dein Heer, damit der Kampf beginnen kann.«

»Ich habe kein Heer und will keines haben.«

Rondra ging nicht darauf. »Ein paar Getreue hast du schon, aber das ist nur ein bescheidener Anfang. Nimm den Kampf auf, Tochter. Gibt dem Feind, was er braucht und was er fürchtet: gerechtes, blutiges Eisen.«

»Aber wir haben den Kampf gegen den Flammenbund aufgenommen und uns entschlossen …«, begann Rhiana und ärgerte sich sogleich, dass sie versuchte, sich vor der Göttin, der sie nicht folgen wollte, zu rechtfertigen.

»Du drückst dich noch immer vor den großen Entscheidungen«, herrschte Rondra sie an. »Bist du etwa die Tochter von Phex, dass du dich wie eine Diebin nach Perricum schleichen und den Feind ausspähen willst? Nichts wirst du dort erfahren, was dir nicht längst bekannt ist, und nichts wirst du erreichen. Geh dorthin, wo gekämpft wird! Bring ihnen deine Soldaten!

Bring ihnen den Stahl! Lass deinen Zorn über sie kommen! Dein Platz ist nicht in Perricum, dein Platz ist auf dem Schlachtfeld. Lass Aventurien nicht von der schönen Rhiana reden, sondern von der unbesiegbaren Amazone Rhiana. Sammle Anhänger, sammle Hunderte und Tausende, führe sie, lass sie dich und den bevorstehenden Krieg anbeten! Nur die große Schlacht wird den Feind vernichten.«

»Finden nicht schon viel zu viele Schlachten statt? Genügen dir nicht die Gemetzel, die von den Thronanwärtern des Mittelreichs veranstaltet werden?«

»Was ist ein Thron, was ist eine Krone? Was kümmern dich eitle Toren, die sich erhöhen wollen? Schwert für Gerechtigkeit, Rhiana! Kämpfe für deine Mutter. Kämpfe für deine Visionen.«

»Ich habe keine Visionen, Rondra!«

»Doch, die hast du!«

Rondra hob die Linke und schleuderte einen Blitz in die Reste einer Ruine, die krachend zusammenstürzte. Rhiana schloss die Augen, um das gleißende Licht auszuschließen. Als sie sie vorsichtig wieder öffnete, waren die Göttin und die Toten und die Ruinen verschwunden. Sie blickte in die besorgten Gesichter ihrer Gefährten, die ihre Pferde dicht an Sturmbraut heran getrieben hatten. Eisfell war ebenfalls ganz nahe. Rhiana, die den vierbeinigen Freund manchmal mit ihrem Geist erreichen konnte, empfing ein fragendes, bestürztes Gedankenbild, das nur seinem Hirn entstammen konnte.

»Ist dir nicht gut, schönste aller roten Rosen im Landes des weißen Schnees?«, fragte Rashid besorgt.

»Rhiana ...« Finnis Stimme klang ängstlich und zärtlich zugleich. »Wir waren in großer Sorge ...«

»Ihr habt geschrien, und ich glaubte, den Namen der Göttin zu hören, der ich mich verschrieben habe«, sagte Neel.

»Ich ... ich muss eingeschlafen sein und hatte wohl so etwas

... so etwas wie einen Albtraum«, erwiderte Rhiana, die noch immer ganz benommen war.

»Magst du darüber reden?«, wollte die Halbelfe wissen.

»Rondra ...«, sagte Rhiana leise. »Nach langer Zeit mal wieder eine Vision von der Göttin. Dabei hatte ich schon gehofft, das Ganze habe aufgehört.«

Neels einziges Auge hatte sich geweitet. »Was hat die Göttin Euch verkündet?«

»Es war nur ein böser Traum«, wiegelte die Prinzessin ab. »Ich möchte ihn ganz schnell wieder vergessen.«

So leicht ließ sich die Amazone nicht abspeisen. »Auch Träume können Botschaften der Götter enthalten. Bitte sagt mir, was Rondra Euch verkündet hat, Prinzessin Rhiana.«

Neel war eine der getreuesten Dienerinnen Rondras in Aventurien, wenn nicht die getreueste. Aber in Neels Augen war die Göttin des Krieges zugleich auch die Göttin der Gerechtigkeit, und Neel warf der Rondra-Kirche vor, den wahren Pfad des Glaubens verlassen zu haben. Rhiana scheute sich, der Amazone Einzelheiten der Vision zu schildern. Deshalb sagte sie nur: »Sie warf mir vor, den Feind nicht entschieden genug zu bekämpfen, und hält es für Zeitverschwendung, nach Perricum zu reiten.«

Neel nickte, als habe sie nichts anderes erwartet. »Es war kein Traum, Prinzessin«, sagte sie schlicht. »Aus diesen Worten spricht wahrhaftig die Göttin.«

»Ich höre zum ersten Mal von Euch, dass unser Plan, Mortenberg zu folgen, nicht Euren Beifall findet«, platzte Rhiana ärgerlich heraus.

»Ihr tadelt mich zu Recht, Prinzessin«, gab Neel brummig zur Antwort. »Aber ich habe meine Meinung erst kürzlich geändert. Grund dafür war die Begegnung mit der Frau, die Rondra und meinen Orden verraten hat.« Offenbar fiel es Neel noch immer schwer, den Namen Yako auszusprechen.

»Das verstehe ich nicht«, meinte Rhiana.

»Ich kann es nicht wirklich erklären«, gestand die alte Amazone ein. »Aber diese Frau ist käuflich für jedermann. Alles an ihr ist käuflich: ihre Unterkörper, ihr Schwertarm, ihr Gehorsam, ihre Meinung. Und sie bietet all diese Dienste überall an. Es mag ein Zufall gewesen sein, dass sie uns gefunden hat und …«

»… und geholfen hat«, warf Finni ein.

»Ja«, räumte Neel widerwillig ein, »aus welchen Gründen auch immer. Gerade das macht sie in meinen Augen verdächtig, denn Yako« – jetzt war ihr der Name doch herausgerutscht – »hilft nicht einfach so. Sie muss den Auftrag gehabt haben, uns oder besser der Prinzessin zu helfen. Mir fällt dazu sofort Mortenberg ein, dem es nicht gefallen hätte, wenn Ihr, Rhiana, an einen Drachen verfüttert worden wäret, bevor der Flammenbund sich Euer Wissen angeeignet hat. Und sollte die Abtrünnige noch nicht im Dienst des Flammenbundes stehen, dann könnte das bald der Fall sein. Die Frau ist leider nicht dumm und versteht sich darauf, ihr Wissen dem Richtigen anzubieten.«

»Ich verstehe immer noch nicht …«, begann Rhiana.

»Denkt bitte nach, Prinzessin«, wurde sie von Neel aufgefordert. »Ich behaupte, dass Mortenberg früher oder später weiß, wo wir uns aufhalten, und dass Yako wahrscheinlich auf unserer Spur bleibt. Damit ist unser Plan, Mortenberg in Perricum zu beobachten und dann zu enttarnen, zum Scheitern verurteilt. Der Mann ist gewarnt oder wird bald gewarnt sein, und er ist nicht der Mann, der wie ein Kaninchen im Bau hocken bleibt, wenn ihm jemand ans Leder will.«

Insgeheim musste Rhiana ihrer alten Ausbilderin Recht geben. Sie selbst hatte in den letzten Wochen immer wieder daran gezweifelt, dass es ihnen gelingen konnte, einen mit allen Wassern gewaschenen Spitzel und Intriganten wie Ritter

Mortenberg das Handwerk zu legen. Vielleicht war das Rätsel um Yako einer der Auslöser dieser Zweifel gewesen, obwohl sie Yakos Rolle nicht so konsequent wie Neel durchdacht hatte. Aber sie fühlte sich unsicher. Als sie in Havena aufgebrochen waren, hatte alles so klar und einfach ausgesehen. Rhiana hatte die talanischen Flüchtlinge nicht begleiten wollen, um sie nicht in Gefahr zu bringen. Außerdem waren sie und ihre Gefährten es leid gewesen, immer die Gejagten zu sein, wollten den Spieß umdrehen. Und jetzt geriet dies alles ins Wanken. Die Prinzessin fühlte sich unsicher, und die schweren Traumbilder lasteten erdrückend auf ihrem Gemüt. Gab es andere, bessere Möglichkeiten, den Flammenbund zu bekämpfen? Die Rondra-Traumgestalt versuchte sie in eine Richtung zu drängen, die Rhiana nicht neu war. Ihre Ziehmutter Maruna, Druidin und weise Führerin der Flüchtlinge, sprach von ähnlichen Dingen. Wenn die Visionen wirklich von der Göttin Rondra ausgingen, stand Rhiana vor einem Rätsel. Wie konnte es angehen, dass eine Göttin und eine Druidin, die den Zwölfgöttern ablehnend gegenüberstand, an einem Strang zogen? Beide sprachen von einer Aufgabe, einer Bestimmung, die ihr in die Wiege gelegt worden war und der sie sich nicht entziehen konnte. Aber Rhiana wollte ihr eigenes Leben leben, ihre eigenen Entscheidungen treffen und nicht ein Werkzeug für andere sein, auch nicht ein Werkzeug der Götter. Am wenigsten wollte sie ein Heer anführen. Und was hatte Rondra im Sinn, wenn sie von Hunderten oder Tausenden Getreuen sprach, die sich mit dem Feind eine große Schlacht liefern sollten? Der Flammenbund bestand aus Umstürzlern, die heimlich vorgingen, nicht aus Soldaten.

»Wenn man im Sattel sitzt, sollte man reiten«, sagte sie spröde. »Lasst uns heute Abend darüber reden.«

Neel gab sich damit zufrieden. Sie nickte. Rashid und Finni äußerten keine Meinung. Die Überlegungen, die Neel vorgebracht hatte, waren offenbar neu für sie. Mit einem leichten Schenkeldruck ließ Rashid seinen Hengst wieder die Spitze nehmen. Neel und Rhiana folgten mit ihren Pferden. Eisfell lief an der Flanke von Sturmbraut. Finni bildete mit ihrem Wallach die Nachhut. Sie hielt noch immer die Bambusflöte in der Hand und schien sie erst jetzt zu bemerken. Fast verschämt ließ sie das Musikinstrument unter ihrer Kleidung verschwinden.

Die Gruppe erreichte den Wald. Ein Weg schlängelte sich an den kahlen Gerippen mächtiger Eschen und Kastanien vorbei, bevor wieder die Schneekapuzen verhutzelter Tannen, Kiefern und Fichten das Bild bestimmten. Hinter den direkt am Weg stehenden Bäumen erstreckte sich zu beiden Seiten eine etwas vierzig Schritt breite Lichtung. Die Huftritte der Pferde wurden durch einen mit feinem Schnee überpuderten Teppich aus Moos, Laub und den Nadeln der Koniferen gedämpft.

»Es ist still hier«, ließ sich Finni vernehmen.

»Was erwartest du?«, fragte Neel über die Schulter nach hinten. »Zwitschernde Vögel im Firun?«

»Keine Vögel«, antwortete die Halbelfin. »Irgendwas. Es gibt immer irgendwelche Geräusche der Natur, auch im Winter. Aber hier ist es bis auf unsere Geräusche absolut still.«

Die Amazone schien Finni jetzt ernst zu nehmen und lauschte in den Wald hinein. »Zu still!«, befand sie grimmig und griff mit der Linken, ihrer Kampfhand, nach ihrem Säbel.

»Und zu viele Spuren, die in den Wald hineinführen!«, ergänzte Rashid und zügelte Feuertanz.

Die Prinzessin schreckte aus ihren Gedanken hoch und wandte all ihre Sinne der Umgebung zu. Ihre Gefährten hatten Recht. Außerhalb der Gruppe war es rundum totenstill. Es roch brenzlig, wie nach dem Rauch eines hastig erstickten Lagerfeuers. Eisfell knurrte leise und sträubte das Fell. Es gab Spuren von Pferden und menschlichem Schuhwerk, die aus dem Wald zum Weg und wieder zurückführten. Was an ihnen jedoch am meisten alarmierte, war der deutlich erkennbare Versuch, diese Spuren nachträglich zu verwischen. Das allerdings war nur höchst unvollkommen gelungen, als sei man dabei gestört worden. Und noch etwas fiel Rhiana auf: Einige der Bäume am Wegrand hatten ihre Schneehauben abgeworfen, und das war sicherlich keinem Zufall zu verdanken.

Feuertanz schien genauso nervös wie der Wolfshund und die Menschen zu sein. Er tänzelte ungestüm und wieherte. Und von irgendwo hinter den Bäumen am Wegrand wurde ihm mehrfach geantwortet.

»Ein Hinterhalt!«, rief der Novadi und wollte Feuertanz wenden. Wie aus dem Nichts herbeigezaubert, lag das Rapier in seiner Rechten.

Aber es war zu spät zur Flucht, zu spät sogar, um die auseinander gezogene Gruppe in Kampfformation zu bringen.

Ein lauter, scharfer Befehl flog aus dem Wald zur Linken heran, der von heiserem Geschrei links und rechts des Weges beantwortet wurde. Im nächsten Moment brachen mindestens zwei Dutzend Männer und Frauen aus der Deckung hervor, die ihnen die Bäume gewährt hatten, und stürmten den Gefährten entgegen. Man sah auf den ersten Blick, dass es sich bei den Angreifern nicht um abgerissene Wegelagerer, sondern um gut gerüstete und planvoll vorgehende Söldner handelte. Netze senkten sich aus den Bäumen am Wegrand herab, weitere Netze und Wurfschlingen wurden von den heranbrandenden Söldnern geworfen. Rhiana hatte den Schild hochgerissen, weil sie einen Pfeilregen und Speere erwartete, aber beides blieb aus. Es sah ganz so aus, als wollte man sie nicht töten, sondern gefangen nehmen, zu welchem Zweck auch immer. Wenn wieder einmal der Flammenbund hinter dieser Attacke steckte, dann machte die Rücksichtnahme ihr gegenüber einen gewissen Sinn. Dass man offenbar aber auch ihre

Gefährten schonen wollte, gab ihr zu denken. Das roch nach jemandem, der sie auf seine Seite ziehen wollte und wusste, dass ihm dies nicht gelingen konnte, wenn er ihre besten Freunde töten ließ: Mortenberg.

»Bleibt in Bewegung, und lasst euch nicht fangen!«, rief sie ihren Gefährten zu.

Eine der Wurfschlingen hatte sich um den Hals von Sturmbraut gelegt, aber die Stute stemmte sich in die Hufe und streifte sie ab, bevor sie zugezogen wurde. Rhiana ließ Sturmbraut auf die Angreifer zupreschen und teilte Schwerthiebe aus, während Eisfell mit gefletschten Zähnen eine Söldnerin angriff, die gerade versuchte, die Prinzessin mit einem Kriegsflegel aus dem Sattel zu schlagen. Er erwischte die Frau am Ärmel ihrer Felljacke und zog so wild daran, dass ihr der Flegel aus der Hand rutschte. Rhiana hatte eine Bresche in die Phalanx der Feinde geschlagen, befahl Eisfell, von der Söldnerin abzulassen, und preschte in den Wald. Der Wolfshund wich dem Hieb eines weiteren Angreifers aus und jagte Rhiana hinterher.

Auf Neel und Ujiko war ein engmaschiges Netz herabgefallen. Die Amazone zeigte sich wenig beeindruckt und stellte die Schärfe ihres Säbels unter Beweis. Ohne sich um die beiden Söldner zu kümmern, die mit den Zugleinen des Netzes herbeirannten, um es zu schließen und Pferd und Reiterin zu Fall zu bringen, ließ sie ihre Waffe über dem Kopf kreisen. Einen Moment lang sah es so aus, als würden die Angreifer und ihr Netz stärker sein und Neel die Waffe aus der Hand reißen, aber die Amazone stieß einen gutturalen Schrei aus, drückte den Schild mit aller Macht nach oben, formte damit über ihrem Kopf ein Dach und befreite den verhedderten Säbel. Zwei weitere kraftvolle Hiebe nach links und nach rechts folgten. Die frei geschnittene Öffnung im Netz war jetzt groß genug, um an Neels Körper herabzurutschen. Als die Angreifer immer noch daran zogen, blieb es am Sattelknauf hängen. Der struppige kleine Schecke Ujiko, dem es überhaupt nicht gefiel, ein Netzkleid zu tragen, bäumte sich auf und riss einen der Männer von den Beinen. Der Zweite bekam den Säbel der Amazone zu spüren und musste wohl oder übel alle seine Pläne aufgeben. Der überlebende Angreifer rappelte sich auf und rannte davon, bevor Neel auch ihn abstrafen konnte. Zwischendurch fand Neel sogar noch die Zeit, die Leine zu lösen, die Ujiko mit Rabe verband. Das sehr zu seinem Unwillen als Packpferd benutzte Streitross war bereits in einem Netz gefangen und wehrte sich nur halbherzig. Auch ohne die aufgebürdeten Lasten wäre Rabe wohl kaum entkommen. Der Hengst war unglaublich stark, aber nicht sehr wendig.

Rashid und Feuertanz hingegen waren zu schnell, um sich ohne weiteres von Netzen oder Schlingen einfangen zu lassen. Den Hengst des Tulamiden schienen die Versuche, ihn in seiner Freiheit einzuengen, nur anzustacheln. Er schnaubte zornig und vollführte blitzschnelle Ausweichbewegungen wie ein Wildpferd. Wäre Rashid nicht so ein guter Reiter gewesen, der mit dem Temperament seines Hengstes bestens vertraut war, hätte er längst eine Luftreise mit schmerzhafter Landung angetreten. Stattdessen fand er sogar noch genügend Zeit, das Rapier in dem einen oder anderen Körper zu versenken.

Obwohl Finni als Mitglied einer Gauklertruppe vor allem für magische Darbietungen zuständig gewesen war, gehörten auch Reiterkunststücke zu ihrem Repertoire. Ihre Reitkünste standen denen ihrer Gefährten deshalb in keiner Weise nach. Trotzdem zog sie es vor, aus dem Sattel zu springen, um sich besser mit den ihr eigenen Mitteln zu wehren. Die Entscheidung erwies sich als gute Wahl, denn sie hatte den Sattel kaum verlassen, als sich ein riesiges Netz auf Windspiel herabsenkte, zugezogen wurde und den Wallach von den Beinen holte. Die Halbelfe hechtete sich zwischen zwei Söldnerinnen hindurch, die nach ihr greifen wollten und sich gegenseitig zu Fall brachten, als Finni entwischt war. Leichtfüßig rannte die frühere Gauklerin auf eine Esche zu, die zu den wenigen Laubbäumen unter den dominierenden Koniferen gehörte, die den Weg säumten. Knapp zwei Schritt über dem Boden befand sich ein dicker, kahler, mit Schnee bedeckter Ast. Finni sprang aus vollem Lauf hoch, bekam den Ast zu packen und schwang sich mit den Füßen voran hinauf. Einen Moment lag die Halbelfe fast waagerecht in der Luft, ließ den Ast los und katapultierte sich mit dem verbleibenden Schwung auf den nächst höheren Ast. Es war eine Darbietung, die ihr auf jedem Marktplatz den stürmischen Applaus des Publikums und manche zugeworfene Münze eingebracht hätte.

Die Söldnerinnen, die sich wieder aufgerappelt und die entwischte Beute verfolgt hatten, waren weniger begeistert und spendierten weder Beifall noch einen müden Kreutzer. Sie versuchten auch gar nicht erst, es Finni gleichzutun, sondern stocherten nur mit einem Speer und einem Säbel nach ihr. Aber die Halbelfe hatte sich ihrer Reichweite längst entzogen. Mürrisch bezogen die beiden Frauen – eine stämmig, die andere dürr, aber beide jung und den Narben zufolge kampferprobt – am Fuß der Esche Wache, und die Stämmige forderte lautstark eine Leiter und weitere Unterstützung an.

Finni hielt Ausschau nach ihren Gefährten. Sie sah Neel und Rashid, die bisher beide mit Erfolg ihre Freiheit verteidigt hatten und weitere Hiebe austeilten. Rhiana, auf Sturmbraut reitend, verschwand gerade hinter den Bäumen. Ein paar Angreifer lagen tot oder verletzt am Boden, aber die Übermacht war noch immer erdrückend. Die Halbelfe hatte bei ihrer akrobatischen Einlage den geschulterten Bogen nicht verloren, wohl aber den Köcher mit den Pfeilen. Verblieben waren ihr ein langer Dolch und zwei Wurfmesser, alle drei aus geschliffenem Vulkanglas. Sie verzichtete darauf, diese Waffen schon jetzt einzusetzen, sondern sparte sie für jene Feinde auf, die versuchen würden, ihr in den Baum hinauf zu folgen. Wenn der Feind allerdings seine bisherige Zurückhaltung aufgeben sollte und Bogenschützen einsetzte, waren ihre Aussichten schlecht. Vorsichtshalber schaute sie schon einmal zu den benachbarten Fichten hinüber. Notfalls würde sie einen riskanten Sprung mitten hinein in den Schnee und die Nadeln wagen.

Aber noch war es nicht so weit. Eine Waffe besaß sie noch, die sie in der Hektik des Geschehens bisher nicht hatte anwenden können: Magie. Wenn es denn eine Waffe war. Die kleine Halbelfe hegte daran erhebliche Zweifel. Zwar hatte ihre Magie den Gefährten schon mehrmals aus der Klemme geholfen, aber verlässlich war sie nicht. Halb Mensch, halb Elfe, hatte Finni große Schwierigkeiten, menschliche Spruchmagie und elfische Gefühlsmagie auseinander zu halten, und manchmal schlichen sich obendrein Bruchstücke der Koboldmagie ein, die ihr Vater beherrscht hatte. Heraus kam etwas, das auf Burgfesten und Jahrmärkten für Verblüffung sorgte, aber kaum für den Kampf geeignet war. Die Halbelfe versuchte trotzdem ihr Bestes, einen Zauber zu finden, der sie und ihre Gefährten vor der Gefangennahme bewahren konnte. Ein Bann- oder Schlafzauber kam bei der Vielzahl der Feinde nicht infrage. Ein Elementarzauber? Ja, das war es! Irgendetwas, das es ihnen erlauben würde, in Nebel oder Dunkelheit zu entkommen. Ein früher einmal gelernter Spruch kam ihr in den Sinn. Aber stimmte er auch? Oder sollte sie nach Elfenart besser …

Sie murmelte den Spruch. Das Ende kam ihr seltsam vor, als hätte ein frecher Kobold es verdreht. Aber es war zu spät, das Ganze noch einmal zu überdenken. Die Magie wirkte schon.

Eine tintenschwarze Nacht hatte Finni herbeibefohlen. Tintenschwarz wurde es in der Tat. Es regnete schwarze Tinte.

Nur die Nacht blieb leider aus. Und der Tintenregen hielt nicht lange an. Doch der Schnee hatte sich in schwarzen Schlamm verwandelt. Freunde und Feinde sahen aus, als wären sie einem riesigen Tintenfass entstiegen. Fluchend wischten sich einige die schwarzen Gesichter und machten es damit nur noch schlimmer.

Ein Teil des Zauberspruches hatte bewirken sollen, dass sie und die Gefährten nicht von der Dunkelheit betroffen waren. Auch diesen Teil hatte sie offenbar nicht korrekt wiedergegeben, denn der Regen war auf alles niedergegangen, nur auf Finni nicht. Ihr Baum war der Einzige weit und breit, der weißen Schnee auf seinen braunen Ästen trug. Die beiden Söldnerinnen, die unter dem Baum standen, waren allerdings so schwarz wie die anderen, als seien sie von sorgsam abgezirkelten, seitlich einfallenden Regenböen erwischt worden.

Die Halbelfe wusste um den Ernst der Lage und schämte sich aufrichtig, dass sie versagt hatte. Trotzdem hatte sie Mühe, nicht laut loszulachen, als sie unter sich die mit schwarzen Netzen und Waffen herumlaufenden schwarzen Gestalten mit den schwarzen Gesichtern sah, in denen nur die weißen Augäpfel leuchteten. Einige sahen wütend zu dem verschonten Baum hinüber, als würden sie ahnen, wem sie die garstige Tinte zu verdanken hatten.

Neel war auch ganz schwarz und sah mit ihrem einzigen Auge fast unheimlich aus. Ihr Schecke Ujiko war zum Rappen geworden, was auch für Windspiel galt. Nur Rashids Feuertanz und Rabe, die schon vorher Rappen gewesen waren, sahen wie immer aus, wenn man mal von dem schwarzen Netz absah, in dem Rabe steckte. Rashid schaute traurig an sich herab und murmelte etwas vor sich hin, das mit Rastullahs gerechtem Zorn und schwarzen Dämonen der Niederhöllen zu tun hatte.

Am Waldrand tauchte auf einem schwarzen Pferd eine

schwarze Reiterin mit langem schwarzem Haar auf, die von einem schwarzen Wolfshund begleitet wurde. Rhiana. Die Prinzessin hatte vergeblich darauf gewartet, dass sich ihre Gefährten ebenfalls befreiten, und war zurückgekehrt, um ihnen beizustehen. Dann regnete es Tinte. Rhiana ahnte sofort, dass Finni etwas damit zu tun hatte, und fühlte sich bestätigt, als sie die Halbelfe in dem einzigen Baum hocken sah, der von dem Tintenregen verschont geblieben war. Sicher war irgendetwas schief gegangen, aber Rhiana staunte, dass der Zauber bis in den Wald gereicht hatte.

Neel und Rashid hatten Rhianas Erscheinen bemerkt und versuchten, die Verwirrung der Gegner zu nutzen, um zu ihr durchzubrechen. Doch die Söldner hatten sich inzwischen von der Überraschung erholt und versperrten ihnen den Weg. Gewiss war ihnen eine gute Belohnung in Aussicht gestellt worden, wenn sie ihre Aufgabe erfüllten und mit den Gefangenen zurückkehrten. Schwarz oder nicht schwarz. Rhiana bahnte sich erneut eine Bresche, diesmal von der anderen Seite her, aber plötzlich tauchten aus dem Wald weitere Söldner auf und schlossen einen Kreis um die Gefährten. Die Neuankömmlinge waren nicht schwarz eingefärbt. Offenbar hatten sie tief genug im Wald gesteckt, um dem Tintenregen zu entgehen. Sie wirkten wie Farbtupfer in einer schwarzen Landschaft.

»Jetzt wird es eng!«, fluchte Neel.

Die Gefährten kämpften Seite an Seite, Pferd an Pferd, aber es waren einfach zu viele Söldner, die auf sie eindrangen. Für eine Weile sah es so aus, als könne es nur eine Frage der Zeit sein, bis sie die drei Attackierten nacheinander aus dem Sattel holten. Die frischen Söldner versperrten obendrein mit steil aufgestellten Netzen jede Möglichkeit, den Vorteil der Pferde zu nutzen und noch einmal auszubrechen, wie es Rhiana vorhin gelungen war. Trotz alledem gingen die Söldner jedoch eher zögerlich vor und nutzten ihre Möglichkeiten nicht voll aus. Rhiana konnte sich gut vorstellen, was in den Köpfen der Männer und Frauen vorging. Sie waren es gewöhnt, Widerstand mit allen zur Verfügung stehenden Mitteln zu brechen. Das Leben des Gegners wurde, wenn überhaupt, nur dann geschont, wenn er die Waffen streckte. Die Aufgabe, die man ihnen bei diesem Überfall gestellt hatte, schien sie zu überfordern. In den Gürteln fast aller Angreifer hingen Waffen, aber offensichtlich war es ihnen untersagt worden, sie anzuwenden. Der Gegner dagegen verteidigte sich erbittert, und mindestens zehn Söldner waren bereits tot oder zu schwer verletzt, um weiter an dem Kampf teilnehmen zu können. Ein Söldner setzte sein Leben aufs Spiel, um in den Genuss seines Soldes und sonstiger, vermeintlicher oder tatsächlicher, Vorzüge des Soldatenlebens zu kommen. Aber das Spiel musste ihm ausreichend hohe Gewinnchancen lassen. Abschlachten ließ er sich nicht.

Die Prinzessin bemerkte, dass sie selbst, ihre Stute und ihre Gegner nicht mehr schwarz aussahen, sondern ein verwaschenes Grau angenommen hatten, das sich weiter aufhellte. Rundum kehrten die Farben zurück, erst nur blass, aber zusehends kräftiger. Offenbar war Finnis Zauber nicht von Dauer. Dann waren der Schnee rundum und Sturmbrauts Fell wieder weiß. Rhiana erwehrte sich weiter tapfer ihrer Gegner, stellte aber fest, dass sie immer wieder im letzten Moment zögerte, wenn sich die Möglichkeit zu einem tödlichen Schwerthieb bot. Dass der Gegner nur ihre Freiheit, aber nicht ihr Leben bedrohte, machte ihr zu schaffen. Auch Rashid schien mit seinem Rapier nicht alle seine Möglichkeit auszuschöpfen. Allein Neel ging unerbittlich vor. »Für Rondra! Schwert für Gerechtigkeit!«, schrie sie ein über das andere Mal. »Verpisst euch, ihr Hurenbrut, oder ich schlage euch allen die Köpfe ab!«

Das Wüten der Amazone blieb nicht ohne Eindruck auf den

Gegner. Die Söldner zogen sich von ihr zurück und lauerten in respektvoller Entfernung mit ihren Netzen. Sobald Neel einen Ausfall versuchte, flogen jedoch Netze und Wurfschlingen auf sie zu, sodass die Amazone schnell wieder kehrtmachte.

Am Waldrand tauchten ein Mann und zwei Frauen auf. Der Mann und eine der Frauen waren in wadenlange hellbraune Pelzmäntel gehüllt und trugen auch Mützen aus Fell. Die andere Frau war eine Soldatin, aber offensichtlich von höherem Rang als die in den Kampf verwickelten Söldner, denn sie trug einen sorgsam polierten Brustharnisch, einen genauso blanken, spitz zulaufenden Helm und ein Kurzschwert. Mit grimmigen Mienen schauten die drei dem Kampf zu, ohne Anstalten zu machen, sich daran zu beteiligen. Es bedurfte keiner besonders üppigen Phantasie, um zu ahnen, dass die gut gewappnete Frau die Söldner kommandierte. Ihre Begleiter hatten ohne Frage einen besonderen Rang inne. Wahrscheinlich hatten sie den Überfall angeordnet.

Die Frau im Pelzmantel zischte der anderen Frau etwas zu und erhielt ein knappes Nicken als Antwort.

»Rückzug!«, brüllte die Frau im Brustharnisch. »Marsch!« Ihre Stimme klang hart und bellend. Diese Frau schien es gewohnt zu sein, Befehle zu geben.

Sofort ließen die Söldner von ihren immer zögerlicher gewordenen Versuchen ab, die Reiter doch noch einzufangen, und zogen sich an den Waldrand zurück. Man sah den meisten Gesichtern an, dass sie froh waren, der undankbaren Aufgabe enthoben worden zu sein. Offenbar hatte man einen eventuellen Rückzug zuvor besprochen, denn nur die Hälfte der Söldner bewegte sich auf die Befehlshaberin zu, während der Rest auf der anderen Seite der Lichtung Aufstellung nahm.

Rhiana, Neel und Rashid hatten dem Abzug ungläubig zugeschaut und schnauften von der Anstrengung des Kampfes. Neel und Rhiana stiegen aus den Sätteln und schnitten Rabe und Windspiel aus den Netzen, während der Tulamide mit drohend erhobenem Rapier Wache hielt.

»Was ist los mit den halben Portionen?«, fragte Neel. »Geben die etwa klein bei?«

»Wahrscheinlich haben sie noch niemals eine so fürchterlich wütenden Kampfharpyie wie dich erlebt, grimmige Kriegerin«, meinte Rashid.

»Wie hast du Flegel mich genannt?«, schnappte die Amazone. »Harpyie? Ich kann es kaum glauben. Hast du wirklich Harpyie gesagt?«

»Was willst du?«, fragte der Tulamide mit beleidigter Miene. »Ich bewundere Harpyien!«

»Seid ihr von allen guten Geistern verlassen, dass ihr euch jetzt streiten müsst?«, schimpfte Rhiana. »Wir sollten die Gelegenheit nutzen und verschwinden, bevor der Feind es sich anders überlegt!«

Sie saß auf, und Neel folgte ihrem Beispiel. Die Prinzessin sah zu dem Baum hinüber, wo sie Finni zuletzt gesehen hatte, und rief: »Finni, wo steckst du? Wir müssen los!«

Aber die Halbelfe war längst aus dem Baum gesprungen und stieg gerade auf ihren Wallach. »Von mir aus kann es losgehen. Tut mir Leid, dass ich mich nicht am Kampf beteiligt habe. Ich hatte meine Pfeile verloren« – sie deutete auf den aus dem Schnee aufgelesenen Köcher –, »und unten am Baum lauerten die Schnapphennen.«

»Warst du für die schwarze Suppe verantwortlich?«, fragte Neel ärgerlich.

Finni kicherte. »Hat nicht ganz so geklappt, wie ich es mir gedacht habe, aber es war lustig, oder?«

»Der kleine Dschinn hat einen sonderbaren Sinn für Humor«, befand Rashid säuerlich.

»Bei nächster Gelegenheit werfen wir dich in einen schwarzen Färberbottich«, versprach Neel. »Dann wird's erst richtig lustig.«

»Wagt es ja nicht, mir die Kleider zu ruinieren!«, sagte die Halbelfe trotzig.

»Kein Sorge, wir ziehen dich vorher aus«, meinte Neel und grinste. »Anschließend siehst du aus wie die erste Utulu-Elfe.«

Während die Gefährten sich frotzelten, behielten sie dennoch den Feind im Auge. Rhiana, die sich nicht an der Kabbelei beteiligt hatte, war besonders aufmerksam. Sie zögerte noch, den Befehl zum Losreiten zu geben. Das Verhalten des Feindes war merkwürdig. Hoffentlich steckte nicht eine List dahinter. Am Ende gerieten sie vom Regen in die Traufe, wenn sie in wilder Hast auszubrechen versuchten.

Links und rechts am Waldrand schien man abzuwarten. Von einem Abzug konnte nicht die Rede sein. Zwar hatte man den Weg geräumt, aber die Söldner umklammerten die Lichtung immer noch in langer Reihe. Sie bildeten dabei eine weit geöffnete Zange, die jederzeit wieder zuschnappen konnte.

Die Praiosscheibe sank immer tiefer, die Schatten wurden länger, bald würde die Abenddämmerung hereinbrechen. Falls der Feind irgendwo weiter vorn eine weitere Falle aufgebaut hatte, würden sie bei den sich zunehmend verschlechternden Sichtverhältnissen blind hineinstolpern. Rhiana seufzte. Noch länger zu warten, war nicht zu verantworten. Immerhin war ihr die Idee gekommen, den Feind dadurch zu verblüffen, dass sie dem Weg nicht in der eigentlich beabsichtigten Richtung folgten, sondern umkehrten. Wenn sie erst einmal die Freiheit zurückgewonnen hatten, konnten sie immer noch überlegen, ob sie den Wald nur umgehen oder einen gänzlich anderen Weg wählen wollten.

Sie wollte gerade den Befehl geben, im scharfen Galopp in die Richtung loszupreschen, aus der sie gekommen waren, als sich bei der Führungsgruppe am Waldrand etwas tat. Die beiden Gestalten in den Pelzmänteln traten ein paar Schritte vor. Der Mann, ein hoch gewachsener Mittvierziger mit streng geschnittenem Gesicht, hohlen Wangen und einem struppigen grauen Schnurrbart, öffnete seinen Mantel und ließ darunter eine giftgrüne Robe erkennen. Einer seitlichen Tasche der Robe entnahm er einen Gegenstand aus grünlich schimmerndem Glas, der wie eine knapp spanngroße, verschlungene Acht aussah. Er umklammerte den Gegenstand mit beiden Händen so fest, als wollte er ihn zerbrechen, hob ihn auf Kopfhöhe und blickte hinein. Die Frau, die etwa zehn Jahre jünger und um einiges fülliger als ihr Begleiter war, beschränkte sich darauf, die Arme zur Seite zu spreizen und die Handflächen nach vorn zu richten. Die herabrutschenden Ärmel ihres Mantels entblößten nackte Arme, die in den letzten Strahlen der Sonne blitzten und funkelten, als wären sie mit winzigen Diamanten oder Glassplittern übersät.

»Die nachgemachten Bären sind elende Magier!«, fluchte Neel.

»Das hat uns gerade noch gefehlt!«, stöhnte Finni. Die Halbelfe, die ihre magischen Kräfte mit dem Tintenregen ohnehin fast erschöpft hatte, wusste, dass sie gegen ausgebildete Magier machtlos war.

Die Gestalten in den Pelzmänteln hatten einen monotonen Singsang begonnen, der bis an die Ohren der Gefährten drang.

Rhiana verdammte sich dafür, dass sie so lange gezaudert hatte. »Folgt mir, und reitet, was das Zeug hält!«, rief sie. Sie wendete Sturmbraut und presste ihr die Schenkel in die Flanke. Die Stute trabte an. Gehorsam wollte sie in den Galopp übergehen, als der Schenkeldruck der Prinzessin anhielt, aber daraus wurde nichts. Sturmbraut bewegte die Beine, kam aber offensichtlich kaum von der Stelle. Verängstigt rollte die Stute mit den Augen und verdoppelte ihre Anstrengungen. Aber es half nichts. Rhiana selbst hatte größte Schwierigkeiten, sich im Sattel zu bewegen. Es war, als würde sie versuchen, in einem Meer aus Honig zu schwimmen.

Den Gefährten und ihren Tieren ging es nicht anders. Ihre Bewegungen wirkten träge wie das letzte Flügelschlagen eines Schmetterlings in der Kälte eines Herbstabends. Die Zeit schien zu gefrieren. Eisfell versuchte nach der nicht greifbaren Bedrohung zu schnappen, aber sein Kopf bewegte sich kaum schneller als der Stert eines Ochsen, der einen schwer beladenen Karren zog, und sein Bellen war ein lang gezogenes, verzerrtes Grollen, als würde jeder einzelne Ton von einer Windmühle aufgefangen, zerdehnt und zermahlen und erst nach einer vollen Umdrehung der Flügel wieder entlassen.

Dann flogen vom Waldrand Seile heran, ganz gemächlich, wie riesige Libellen, die in der Luft tanzten. Offensichtlich wurden sie von magischen Kräften bewegt, denn die Söldner hatten sich in das Gras der Lichtung gesetzt, schauten dem Ganzen untätig zu und feixten dabei. Zielstrebig bewegten sich jeweils drei Seile auf einen der Gefährten zu, verharrten kurz vor ihnen in der Luft, wie Schlangen, die sich überlegten, ob sie nach der Beute schnappen oder sich lieber in der Sonne aalen wollten. Dann rollten sie sich um Rhiana, Finni, Neel und Rashid, ohne dass einer von ihnen auch nur das Geringste dagegen hätte tun können. Ein weiteres Seil wickelte sich um Eisfell, und der Wolfshund versuchte vergeblich, seine Zähne in die Richtung des Seiles zu bringen.

Fest verschnürt wie Tuchballen fielen die Gefährten von den Pferden, und die letzten Seile beeilten sich, auch die Beine zu umwickeln und zusammenzupressen. Das Hinabfallen glich dabei einem Taumeln und Schweben, als würden sich die Samen einer Esche trudelnd dem Boden entgegensenken. Die Blockade der Zeit, oder was immer die Magier bewirkt hatten, endete schlagartig, und die Körper der vier plumpsten aus einer Höhe von einem halben Schritt in den Schnee. Die

Pferde wieherten und tänzelten unruhig, und Feuertanz bäumte sich mehrmals kampfeslustig auf. Sturmbraut beugte den Hals zu Rhiana hinab, stupste sie an und versuchte, an dem Seil zu knabbern, aber helfen konnte sie ihr nicht. Eisfell bellte die ganze Zeit, aber Rhiana befahl ihm mit einem Gedankenbild, ruhig zu sein und sich nicht zu wehren. Sie wollte nicht, dass ihm ein Leid geschah. Der Wolfshund fügte sich.

Die Anführerin der Söldner scheuchte ihre Leute hoch und befahl ihnen, die Beute zu bergen. Gemächlich kamen sie heran, die meisten flachsend, aber einige auch mit grimmigen Gesichtern. Ein glatzköpfiger Bursche mit weit abstehenden Ohren versetzte Neel einen derben Tritt in den Unterleib, der aber von den Seilen entschärft wurde. »Du Hure hast meinen Freund getötet!«, schrie er sie an.

»Wenn dein Freund genauso hässlich war wie du, habe ich ihm damit einen Gefallen getan«, knurrte die Amazone.

Wütend setzte der Mann zu einem Fußtritt gegen Neels Kopf an, aber einer seiner Kameraden zog ihn zurück. »Hast du den Befehl vergessen, Bagir? Unversehrt sollen wir sie bringen, unversehrt! Die Alte zieht dir das Arschloch durch die Nase, wenn du Sperenzchen machst!«

Eine Frau, deren Arm heftig blutete, spuckte Rhiana an. »Spucken wird ja wohl erlaubt sein«, sagte sie giftig. »Sei froh, dass ich mir die Blase nicht verkühlen will, sonst würde ich mich entblößen und dir meine Pisse zu schmecken geben.«

Einige Männer lachten. »Dem blonden Turteltäubchen sollte man was ganz anderes zu schmecken geben«, meinte einer und grinste schäbig.

»Würde ich an deiner Stelle nicht machen«, sagte eine dicke Söldnerin, die trotz der Kälte schwitzte. »Du hast doch gesehen, wie sie gekämpft hat. Die ist beinhart und beißt ihn dir glatt ab.«

Rhiana war wütend über die ihr zugefügten Beleidigungen, hielt sich aber im Zaume und schwieg. Es hatte keinen Zweck, sich mit Gesindel dieser Art anzulegen. Tatsächlich gaben die Söldner bald Ruhe. Jeweils zwei von ihnen packten einen der Gefährten und trugen oder schleiften ihn in Richtung Waldrand, wo die Anführerin auf sie wartete. Einer zerrte an einem langen Seil sogar den verschnürten Eisfell hinter sich her, der leise knurrte, ansonsten aber Rhianas Befehl befolgte, sich ruhig zu verhalten. Weitere Söldner fingen die Pferde ein und führten sie an den Zügeln mit sich.

»Lasst die Gefangenen sofort frei!«, ertönte plötzlich eine laute, blechern hallende Stimme vom Weg her.

Die verdutzten Söldner reckten die Hälse, und auch ihre Anführerin schaute auf. Die Blicke richteten sich auf das Ende des Weges, den Rhiana und ihre Gefährten gekommen waren. Rhiana selbst hätte auch gern gewusst, wer dort erschienen war und für sie Partei nahm, aber ihre unbequeme Lage erlaubte es nicht, mehr als die unmittelbare Umgebung wahrzunehmen. Finni, Neel und Rashid ging es nicht anders.

Besonders eindrucksvoll schien der Fremde nicht zu sein, und es war auch nicht anzunehmen, dass er eine größere Streitmacht mit sich führte. Jedenfalls grinste die Anführerin breit, während einige der Söldner johlten und sich gegenseitig in die Seite stießen.

»Was ist denn das für ein roter Hampelmann?«, prustete eine der Söldnerinnen los.

»Lasst die Gefangenen sofort frei!«, wiederholte die Stimme, die sich wirklich blechern anhörte, wie Rhiana erneut feststellte. »Ich befehle es euch! Wenn ihr es nicht tut, werde ich schrecklich böse!«

Brüllendes Gelächter kam von allen Seiten.

»He, du dicker Zwerg, zur Schaubude auf dem Jahrmarkt in Gareth geht's da hinten lang!«, schrie jemand, lachte selbst am lautesten über seinen Scherz und hieb sich dabei vor Vergnügen auf die Schenkel.

Ein anderer ergänzte: »Hau ab, Blechzwerg, sonst zünden wir ein Feuer an und rösten dich wie einen Krebs in deiner roten Schale.«

Die mit dem Transport der Gefangenen befassten Söldner hatten die verschnürte Beute im Gras niedergelegt und sich wie ihre Kameraden dem Neuankömmling zugewandt. Rhiana gelang es endlich, sich auf die Seite zu wälzen, und hatte an den Knien von zwei Söldnern vorbei nun einen freien Blick auf den Weg. Was sie sah, war in der Tat erstaunlich.

Mitten auf dem Weg stand ein gelangweilt dreinschauendes, wie ein Schlachtross gepanzertes Maultier, auf dem ein kleiner, dicker Ritter in einer reichlich verbeulten, purpurroten Vollrüstung saß. Das Visier des Helmes war herabgezogen, was die merkwürdig hallende, blecherne Stimme erklärte. Der Ritter – der Stimme nach musste es sich um einen Mann handeln – war nur etwas mehr als einen Schritt groß, aber so beleibt, dass seine Gestalt fast einer Kugel glich. Die einzige sichtbare Waffe des Kleinen war ein an einem Lederband im Gürtel hängender kurzer Knüppel. Kein Wunder, dass die Söldner den seltsamen Ritter verhöhnten.

»Ich habe euch gewarnt!«, sagte der Ritter, stieg schwerfällig von seinem Maultier, rutschte im Schnee aus und rappelte sich mühsam wieder auf.

Erneut kam tosendes Gelächter von allen Seiten.

Der Ritter ließ sich dadurch nicht beirren, sondern bewegte sich in watschelndem Gang auf die Söldner zu. Einer der Söldner warf übermütig einen Speer.

Dann geschah etwas, womit niemand gerechnet hatte. Die gepanzerte Rechte des Ritters schnellte hoch und pflückte den heranschwirrenden Speer aus der Luft, bevor die Spitze seine Rüstung berühren konnte.

»Das war ein Angriff!«, stellte er fest.

Dieses Mal lachte niemand.

Der Ritter nahm den Speer in beide Hände, zerbrach ihn ohne sichtbare Anstrengung wie einen morschen Ast und warf die Enden fort. Dann griff er in Bauchhöhe an seine Rüstung und öffnete eine verborgene Tür. Dahinter lag eine dunkle Höhlung. Bei Rhiana kamen erstmals Zweifel auf, ob der Zwerg wirklich so dick war, wie es seine Rüstung vermuten ließ. Im nächsten Moment schwirrten Dutzende von winzigen, allenfalls zwei Finger langen, gefiederten Pfeilen durch die Luft. Die meisten fanden kein Ziel oder prallten an Rüstungen und Kettenhemden ab, aber einige bohrten sich in Kleidungsstücke oder die nackte Haut von Söldnern. Es saß wenig Wucht hinter den Pfeilen, und sie fügten den Getroffenen keine ernsthaften Verletzungen zu. Trotzdem zeigten sie eine erstaunliche Wirkung. Alle, die mit den Pfeilspitzen in Berührung gekommen waren, sanken nach wenigen Augenblicken in den Schnee und rührten sich nicht mehr.

Den verbliebenen Söldnern war jede Art von Heiterkeit abhanden gekommen.

»Das sind Giftpfeile!«, schrie die Anführerin. »Angreifen! Haut das Schwein auseinander!«

Es waren immer noch mehr als dreißig Untergebene vorhanden, die diesem Befehl folgen konnten, die meisten davon auf der anderen Seite der Lichtung. Die Männer und Frauen stürmten auf den kleinen Ritter zu, jeder von ihnen blankes Eisen in der Hand. Die Rüstung würde sie nicht lange aufhalten.

Ungerührt drehte sich der Ritter um die eigene Achse und schoss dabei weitere Pfeile ab. Reihenweise fielen die Söldner, aber ein gutes Dutzend von ihnen schaffte es, den Gegner zu erreichen, und drosch auf ihn ein. Der Ritter hatte den Knüppel in die Rechte genommen und wehrte mit unglaublicher

Schnelligkeit und Gewandtheit fast jeden der Schläge ab. Nur wenige Hiebe musste er mit der Rüstung auffangen. Manchmal schlug er mit seinem wirbelnden Knüppel einem der Söldner die Waffe aus der Hand. Immer noch verließen Pfeile die Höhlung in seiner Rüstung, aber der Vorrat schien ihm auszugehen. Da er die Pfeile nicht mehr wahllos streute, sondern sorgfältiger zielte, streckte er allerdings nach und nach die Angreifer nieder. Die letzten vier ergriffen schließlich die Flucht und ließen sich auch nicht durch die geifernde Anführerin bewegen, einen neuen Angriff zu unternehmen.

Rhiana hatte dies alles mit großem Staunen zur Kenntnis genommen. Auch die Gefährten, zusammengeschnürt wie die Prinzessin, hatten die Entwicklung der Dinge ungläubig beobachtet.

»Höchst verwunderlich«, äußerte sich Neel. »Seine Art zu kämpfen ist nicht unbedingt rondragefällig, aber sehr wirkungsvoll.«

»Wie macht er das mit den Pfeilen?«, fragte Finni.

»Er hat eine Armbrustbatterie in seiner Rüstung versteckt«, behauptete Rashid.

»Und wie spannt er sie? Wie feuert er sie ab?«, hakte die Halbelfe nach. »Mit einem verborgenen dritten Arm?«

»Natürlich nicht, niedlich eingerollter kleiner Dschinn«, erwiderte der Novadi. »Ich wette, der kühne Rittersmann verfügt über geheimes Wissen. Tulamidisches Wissen natürlich.«

»Ist doch egal wie«, meinte Rhiana. »Jedenfalls hat er uns damit geholfen.«

»Hat er?«, fragte Neel, und es klang wie ein Knurren. »Ich bin immer noch eine Gefangene.«

»Die grimmige Amazone sieht das alles zu eng«, befand Rashid.

»Ich sehe es nicht eng, mir ist eng«, stellte Neel richtig.

»Sicher wird er uns bald befreien«, sagte Finni.

»Wird er?« Das war erneut die nörgelnde Neel.

»Er sagte …«, begann Finni.

»… dass die Söldner uns freilassen sollen«, fiel ihr Neel ins Wort. »Was er dann mit uns machen will, bleibt völlig offen. Vielleicht sammelt er uns einfach ein, und wir landen im Sudkessel eines Alchimisten. Wahrscheinlich in seinem eigenen, denn offensichtlich ist dieser Zwerg selbst ein Alchimist.«

»Warum wartet Ihr nicht einfach ab, Neel?«, mischte sich Rhiana ein. Aber sie verstand die Ungeduld und die Unsicherheit der Gefährten. Es machte keinen Spaß, wie Würste eingerollt zu sein und nichts tun zu können. Tatsächlich war ihr, Neel und Finni schon einmal so etwas passiert. Damals hatte allerdings keine Gefahr für sie bestanden. Im Gegenteil, Finni hatte Neel und die Prinzessin daran gehindert, ein tödliches Duell gegeneinander auszutragen, und sich aus Versehen selbst mit eingewickelt. Rhiana verzichtete darauf, die Halbelfe zu fragen, ob sie nicht mit Magie etwas gegen die Fesseln unternehmen konnte. Das hatte Finni schon damals nicht vermocht.

Der kleine Ritter machte keinen Versuch, die flüchtenden Söldner zu verfolgen. Es sah eher so aus, als würde er dankbar die Gelegenheit wahrnehmen, um eine Weile zu verschnaufen. Der Feind ließ ihm allerdings nicht lange Zeit dafür. Die kommandierende Söldnerin und die beiden Magier schienen nicht gewillt, die Niederlage hinzunehmen. Sie berieten sich kurz. Dann zeigten die Posen und die konzentrierten Gesichter der Magier an, dass sie mit Magie gegen den Ritter vorgehen wollten.

Mitten in der Lichtung, zwanzig Schritt über dem Weg, auf dem der Ritter und sein Maultier verharrten, entstand ein drei Schritt durchmessender blutroter Feuerball, der von gelben, grünen und blauen Flammenzungen umspielt wurde. Das Zwielicht der Abenddämmerung wurde von dieser zweiten

Sonne, deren Licht auf den Netzhäuten brannte, hinweggefegt. Der Ball stülpte sich nach innen und wurde zu einem lodernden Kegel, der wie ein verbeulter, alter Hut aussah, den man gerade aus einem Feuer gezogen hatte. Funken stieben, Flammen waberten und glosten. Das Maultier schrie in Panik und galoppierte davon. Der Ritter rührte sich nicht vom Fleck. In seiner klobigen Rüstung wäre es ihm auch schwer gefallen, sich dem herabsenkenden Verderben zu entziehen. Um ihn herum schmolz der Schnee.

Der Feuerhut fiel wie ein glühender Stein auf den Ritter hinab. Rhiana und ihre Gefährten hielten den Atem an. Niemand von ihnen konnte sich vorstellen, dass der kleine Kämpfer dies überlebte. Doch dann geschah ein Wunder. Drei Schritt über ihm kam der Feuerhut abrupt zum Stehen, als sei er auf eine unsichtbare Barriere geprallt. Der Ritter richtete das Visier seines Helms nach oben, als habe er die Bedrohung erst jetzt entdeckt, und schien den zornig wabernden Hut zu mustern, der jetzt zu einem Fladen zerlief. Wie beiläufig hob der Kleine die Rechte und machte mit der gepanzerten Hand eine winkende Bewegung, als würde er einen guten Bekannten verabschieden. Im nächsten Moment fuhr eine Art schwarzer Blitz in den Feuerfladen. Es gab ein sattes, aber nicht sonderlich lautes Geräusch, vergleichbar dem müden Furz eines Pferdes. Dann waren der Feuerfladen und mit ihm auch die unnatürliche Helligkeit, die er verbreitet hatte, verschwunden.

Rhianas Augen mussten sich erst wieder an die Dämmerung gewöhnen, die nach dem grellen Licht wie stockdunkle Nacht wirkte. Einen Moment lang fürchtete sie sogar, blind geworden zu sein. Den anderen schien es nicht anders zu gehen. Neel verfluchte die Tatsache, dass sie sich nicht einmal das eine ihr verbliebene Auge reiben konnte, und Rashid beschwor Rastullah, ihn nicht so entsetzlich für seine mannigfachen Sünden zu bestrafen. Eisfell jaulte leise. Nur von Finni kamen keine Beschwerden.

Endlich gelang es der Prinzessin, wieder einige Umrisse der Umgebung zu erkennen. »Was ist dieser kleine Mann eigentlich?«, murmelte sie. »Ein Ritter mit erstaunlichen, aber doch irgendwie erklärbaren Waffen? Oder ein Magier?«

Sie hatte laut genug gesprochen, um Finnis Ohren zu erreichen.

»Kein Magier«, widersprach sie. »Ich habe die Magie des Feindes gespürt, aber von dem Ritter ging keine Magie aus. Hätte mich auch gewundert bei all dem Eisen, das ihn umgibt.«

»Woher willst du wissen, dass die Rüstung aus Eisen besteht, meine herrliche Schneeblume?«, fragte Rashid.

»Woraus denn sonst?«

»Na, zum Beispiel aus rot angemaltem Vulkanglas.«

»Dann hätte man ihn vorhin in Stücke gehauen.«

»Ach, kleiner Dschinn, es gibt viele Dinge, die du noch nicht kennst …«

»Danke ebenfalls«, gab die Halbelfe bissig zurück. »Zum Beispiel aufrichtige Liebe.«

Das brachte den Tulamiden ein wenig aus dem Konzept. Nach kurzer Pause fuhr er fort: »Wenn er ein Alchimist oder der Freund eines Alchimisten ist, benutzt er vielleicht biegsames Glas. Mein höchst verehrter Meister hielt es nicht für ausgeschlossen, einen solchen Stoff zu erschaffen. Und was aufrichtige Liebe angeht …«

»Was soll das dumme Gerede über Liebe und Glas?«, unterbrach ihn Neel. »Habt ihr beide nichts Besseres zu tun, als euch über so was die Köpfe zu zerbrechen? Ihr habt mehr und jüngere Augen als ich, also sagt mir lieber, was der Feind macht.«

»Nichts«, gab Finni zur Antwort, deren elfische Augen am wenigsten gelitten hatten.

»Was heißt nichts?«

»Die Magier und das Söldnerweib haben dumme Gesichter gemacht und sich dann verdrückt.«

»Und der rote Zwerg? Was macht der?« Bevor jemand antworten konnte, setzte die Amazone leise hinzu: »Spart euren Atem. Mein Auge hat sich jetzt genug erholt, um es selbst zu sehen.«

Was Neel sah, blieb auch den anderen nicht verborgen. Der purpurrote Ritter kam gemächlich watschelnd auf sie zu. Alle Gespräche verstummten. So komisch der Gang des Geharnischten auch wirkte, war keinem zum Lachen zumute. Dass er als Gegner zu fürchten war, hatte er eindrucksvoll unter Beweis gestellt. Und eingerollte Würste hatten ohnehin wenig Grund, sich über andere lustig zu machen.

Der Feind des Feindes muss ein Freund sein, dachte Rhiana, aber so richtig fest konnte sie nicht daran glauben. Sie war noch jung, aber sie hatte schon zu oft erlebt, dass Feinde sich auch die Maske von Freunden aufsetzen konnten, um leichteres Spiel zu haben. Dann gab sie sich innerlich einen Ruck. Sie war die Anführerin einer traurigen kleinen Schar, die ganz der Gnade eines möglichen Feindes ausgeliefert war. Aber sie *war* die Anführerin und musste das Heft in die Hand nehmen.

»Wer seid Ihr?«, rief sie dem Geharnischten entgegen, und es gelang ihr sogar, jedes Zittern in der Stimme zu unterdrücken.

Der kleine Ritter tat noch ein paar Schritte und deutete schwerfällig eine Verbeugung an. »Man nennt mich Masovius.« Seine Stimme klang noch immer blechern, und er machte keine Anstalten, das Visier zu öffnen. Seine Augen waren darunter nicht zu erkennen, aber die Blickrichtung zielte auf Rhiana. »Ihr müsst Prinzessin Rhiana von Talania sein. Ich bin entzückt, Euch kennen lernen zu dürfen, Hoheit, und stehe Euch zu Diensten.«

»Ihr kennt meinen Namen?«, fragte Rhiana überrascht.

»Er wurde mir mitgeteilt, Prinzessin Rhiana.«

Sofort erwachte Rhianas Misstrauen. »Mitgeteilt? Von wem?«

»Von Leuten, die es gut mit Euch meinen. Mehr darf ich Euch leider nicht sagen. Doch nun erlaubt mir bitte, Euch und Eure Freunde aus dieser unbequemen Lage zu befreien.« Ein Messer lag plötzlich in seinem eisernen Handschuh. Er trat an die Prinzessin heran und vollführte einige Bewegungen, die so schnell waren, dass ein Auge ihnen nicht folgen konnte. Im nächsten Moment fielen die Fesseln von ihr ab.

Während Rhiana sich unsicher erhob und ihre steifen Glieder rieb, befreite Masovius genauso schnell und genauso sicher die Gefährten.

»Wie macht Ihr das?«, fragte Finni verblüfft. »Diese Fesseln sind magisch, und die Magie ist noch wirksam. Ein normales Messer kann da nichts ausrichten. Aber ich spüre keine Magie, die von Euch ausgeht.« Während sie sich ebenfalls erhob und von einem Bein auf das andere hüpfte, um die eingeschlafenen Füße wieder anzuregen, zeigte sie auf die Dutzende von Strickenden, die am Boden lagen und sich krümmten und wanden. Es sah aus, als würde sie in einer Schlangengrube stehen. Die Halbelfe trat nach den Strickenden, die nach ihr zu schnappen schienen, und brachte sich dann mit einem Satz außer Reichweite.

»Ich habe meine Mittel, Finni«, sagte Masovius nur.

Die Halbelfe staunte. »Meinen Namen kennt Ihr auch?«

»Er wurde mir …«, begann der Geharnischte.

»… mitgeteilt«, ergänzte Finni, verdrehte die Augen und zuckte die Achseln.

Masovius nickte. »Gewiss. Und auch der von Neel und Rashid.« Als Letzten befreite er den Wolfshund. »Und dich nennt man Eisfell, nicht wahr?«

Der Wolfshund bellte kurz und wedelte verhalten mit dem Schwanz. Er beschnüffelte den Fremden, schien einen guten Eindruck von ihm zu gewinnen und sprang dann vergnügt auf der Lichtung umher.

»Bleib hier, Eisfell!«, befahl Rhiana. »Im Wald steckt noch der Feind!«

»Keine Sorge, Hoheit, die verbliebenen Feinde sind geflüchtet«, beruhigte Masovius sie.

»Die Anrede Hoheit steht mir nicht zu«, sagte Rhiana. »Bitte verwendet sie nicht.«

»Wie Ihr wünscht, Prinzessin.«

Rhiana deutete auf die im Schnee liegenden Söldner. »Sie sind tot?«

»Nein, ich töte nicht«, sagte der Geharnischte. »Sie schlafen nur und werden nicht einmal eine Erkältung davontragen, wenn sie in ein oder zwei Stunden aufwachen.«

»Gift?«, fragte Rhiana.

»Ein Mittel«, gab der Geharnischte zur Antwort.

Die Prinzessin seufzte. So hilfreich und gefällig dieser Masovius auch war, besonders auskunftsfreudig konnte man ihn nicht nennen. Sie schaute zu ihm herab. »Wir sind Euch in höchstem Maße zu Dank verpflichtet, Ritter Masovius. Die Zwölfgötter seien gesegnet dafür, dass sie Euch im richtigen Moment des Weges schickten.«

»Oh, den Zwölfgöttern müsst Ihr nicht danken«, meinte der Geharnischte. »Die schon erwähnten Leute, die es gut mit Euch meinen, lenkten meine Schritte oder besser die meines vierbeinigen Gefährten.«

»Bisher hatten wir es überwiegend mit Leuten zu tun, die es nicht gut mit uns meinten«, sagte Finni.

»Seht Ihr, es gibt auch andere«, meinte der Geharnischte.

Rhianas anfänglicher Verdacht flackerte wieder auf. Sie wusste, dass dies ihrem Retter gegenüber höchst undankbar war, aber sie konnte ihre Gedanken nicht abstellen. Obwohl sie ohnehin keine ehrliche Antwort erhalten würde, falls der Verdacht zutraf, platzte sie heraus: »Ihr habt nichts mit Mortenberg zu tun?«

»Nach dem, was mir gesagt wurde, zählt Mortenberg zu Euren ärgsten Feinden, Prinzessin. Würde ich Euch zu Diensten sein, wenn ich mit ihm im Bunde wäre?«

Es war schade, dass man das Mienenspiel des Geharnischten nicht sehen konnte und seine Stimme zu blechern klang, um ihr Gefühle zu entnehmen, dachte Rhiana. Laut sagte sie: »Ich weiß, dass die Frage ungehörig war, und bitte Euch um Verzeihung. Aber Mortenberg ist ein Meister der Täuschung und der Intrige. Wenn es seinen Plänen nützt, hilft er uns manchmal auch. Mit Hintergedanken natürlich.«

Masovius nickte. »Ich verstehe. Aber Ihr habt einige meiner Mittel erlebt. Es gibt noch andere. Würde Mortenberg dafür nicht bessere Verwendung haben, als Euch zu schützen? Was glaubt Ihr?«

Die Prinzessin dachte nach. Sie konnte sich nicht wirklich in Mortenberg hineinversetzen und wusste nur, dass er zu fein gesponnenen Intrigen neigte und sich dabei gewiss manchmal in den eigenen Fäden verhedderte. Aber Masovius hatte Recht. Der Geharnischte wäre als Gefolgsmann oder Verbündeter für Mortenberg von höchstem Wert. Er würde ihn nicht auf einem Maultier durch die Lande reiten lassen, sondern wirkungsvoller einsetzen.

Rashid hatte die Gelegenheit benutzt, die Rüstung des Geharnischten eingehend zu betrachten. Sie mochte aus Eisen sein oder auch nicht, war aber in mancher Beziehung höchst ungewöhnlich. Die Beulen schienen der einzige Hinweis zu sein, dass sie nicht jedem Angriff standhalten konnte. Ansonsten wirkte sie perfekt, und Rashid kannte keinen Schmied, der so etwas anfertigen konnte – nicht einmal einen tulamidischen. Scharniere für die Gelenke und das Visier waren nicht zu erkennen. Sie mussten verdeckt im Inneren angebracht worden sein. »Diese Rüstung …«, sprach er den Ritter an. »Darf ich sie mal anfassen?«

»Gern, Herr ay Thalusa«, sagte der Geharnischte.

Der Novadi ließ sich nicht lange bitten und beugte sich zu dem Zwerg hinab. Seine Finger strichen neugierig, aber respektvoll über den Helm und den Rücken der Rüstung. Er stellte fest, dass sie für Schmiedehandwerk viel zu glatt war. »Ist sie aus Glas?«

»Darauf darf ich Euch leider nicht antworten.«

»Wer verbietet Euch eigentlich, unsere Fragen zu beantworten?«, knurrte Neel.

»Es ist nicht eigentlich ein Verbot, sondern Einsicht in die Notwendigkeit, Schwertfrau«, sagte Masovius.

»Das ist keine Antwort!«, befand die Amazone.

»Aber alles, was für den Moment ausreicht und nützlich ist. Weiter gehende Antworten werden sich ergeben, wenn die Dinge ein Stück weiter gediehen sind.« Der Ritter deutete auf die bewusstlosen Söldner. »Ihr solltet keine weitere Zeit verlieren, sondern aufbrechen. Was mich angeht, so muss ich mich ebenfalls wieder auf den Weg machen.«

»Ihr kommt nicht mit uns?«, fragte Rhiana enttäuscht.

»Nein, Prinzessin. Aber wir werden uns eines Tages wieder sehen.«

Als sei damit alles gesagt, wandte sich Masovius um und kehrte gemächlich zum Weg zurück, wo ihn bereits sein Maultier erwartete. Schwerfällig kletterte und zog sich der Zwerg in den Sattel. Wer diese fast tollpatschig zu nennenden Bemühungen sah, mochte kaum glauben, dass der Geharnischte auch zu blitzschnellen Bewegungen in der Lage war. Masovius wendete das Maultier und ritt davon, ohne sich noch einmal umzusehen.

»Kümmern wir uns um die Pferde und sehen zu, dass wir das Weite gewinnen!«, forderte Rhiana die Freunde auf. »Mit etwas Glück finden wir vor Sonnenuntergang vielleicht doch noch ein gastliches Haus.«

Später am Abend lagen die Gefährten nach einer reichlichen Mahlzeit satt und zufrieden auf dem Boden einer Scheune im duftenden Heu. Drüben im Bauernhaus war das letzte Talglicht erloschen, und bald würde auch der Stummel in der Laterne, die ihnen die freundliche Bauersfrau mitgegeben hatte, herabgebrannt sein. Die Pferde waren versorgt, im Heu und unter den Decken war es wohlig warm, die Ausdünstungen, das Scharren, das gelegentliche Muhen, Wiehern oder Blöken der Tiere unter ihnen vermittelten ein Bild ländlichen Friedens, in dem feindliche Mächte wie der Flammenbund keinen Platz hatten. Wohlige Müdigkeit senkte sich auf Rhiana, Neel, Finni und Rashid herab.

Finni kuschelte sich an Rhiana und gähnte herzhaft.

Etwas weiter rechts von den beiden gähnte Rashid ebenfalls.

Eisfell schlief bereits zu Rhianas Füßen.

Neel hatte sich einen Platz in der Nähe der Heuluke gesucht und hielt die erste Wache. Rhiana, Finni und Rashid rechneten nicht damit, dass der Feind so kurz nach seiner Niederlage erneut zuschlagen würde, aber die alte Kämpferin Neel bestand darauf, nicht nachlässig zu werden.

»Ein seltsamer kleiner Kerl, dieser Ritter Masovius«, murmelte der Tulamide, der offenbar zum Einschlafen noch nicht müde genug war. »Ich möchte wirklich gerne wissen, wie er ohne Rüstung aussieht. Aber ich konnte auch aus nächster Nähe nicht die kleinste Stelle entdecken, die nicht gepanzert war. Und das Gesicht unter dem Visier war nicht zu erkennen.« Da ihm niemand antwortete, fuhr er fort: »Er hätte wenigstens den Helm abnehmen können, oder? Der erhabene

Rastullah gebietet, dem Freund das Haupt zu zeigen, damit der Freund sieht, dass er einen Freund vor sich hat, und dem Feind das Haupt zu zeigen, damit er sieht, dass er einen Feind vor sich hat.«

»Vielleicht ist er verwachsen oder sehr hässlich und will nicht anhand seines Körpers beurteilt werden«, meinte Neel und bemühte sich, leise zu sprechen, um Rhiana und Finni nicht zu stören.

»Du meinst, er ist eitel?«, sagte Rashid erstaunt.

»Das hat mit Eitelkeit nichts zu tun. Ich bin nicht eitel, aber ich hasse es, wenn jeder, der mit mir redet, in meine leere Augenhöhle starrt oder krampfhaft in die Luft guckt, um mich nicht zu beleidigen.« Neel kratzte sich, erwischte einen Floh und knackte ihn. »Deshalb trage ich eine Augenklappe. Er trägt eine Ganzkörperklappe, wenn du so willst. Er wird seine Gründe haben. Wer weiß, wie übel ihm schon mitgespielt wurde.«

»Das erklärt aber nicht seine Waffen.«

»Doch. Sagt Rastullah nichts darüber, dass man sich wehren muss? Rondra tut es.«

Rashid war zu müde, um mit einem passenden Zitat zu belegen, dass Rastullah zu allen Fragen die weisesten Antworten gegeben hatte und dem Gläubigen mit einer Fülle von Geboten und Verboten die Lebensführung vereinfachte. Nun ja, einige von Rastullahs Gesetzen waren nur schwer einzuhalten, vor allem … Stattdessen sagte der Novadi nur: »Ich meinte nicht Waffen an sich, sondern diese Wunderwaffen.« Er gähnte erneut, diesmal künstlich, um anzudeuten, dass ihm die Lust für die Fortführung des Gesprächs abhanden gekommen war.

Die alte Amazone entließ ihn gnädig, indem sie sagte: »Es gibt keine Wunderwaffen. Und am besten ist immer noch ein scharfer Säbel. Nun halt die Klappe, es ist Schlafenszeit.«

Rhiana hatte die Stimmen nur noch als fernes, inhaltsleeres

Murmeln wahrgenommen. An ihrer Seite spürte sie Finnis Brustkorb, der sich ruhig und gleichmäßig hob und senkte. Die Halbelfe war bereits eingeschlafen. Rhiana war ebenfalls drauf und dran, sich Boron anzuvertrauen und sich in die Tiefen seines Reiches hinabsinken zu lassen.

Doch plötzlich griff etwas nach ihrem Geist und ließ sie wieder hellwach werden. Das Bild einer älteren Frau stand vor ihrem inneren Auge. Die Frau besaß ebenmäßige Gesichtszüge, eine große, schlanke Gestalt und trug ein schmuckloses und doch elegantes dunkelrotes Gewand. Sie war von zeitloser Schönheit, und ihre Haltung strahlte Würde und Majestät aus.

»Rhiana!«, sagte sie eindringlich. »Kannst du mich hören?«

»Ja, Mutter Maruna«, hauchte Rhiana.

Die alte Druidin bedachte sie mit einem langen, tiefen Blick aus ihren grüngrauen Augen. Rhiana hatte diese Augen nie als so rätselhaft empfunden, wie das jetzt der Fall war. In ihnen glomm etwas, das der Prinzessin nicht gefiel und eine Art von Distanz, wenn nicht Feindseligkeit zu enthalten schien. Offenbar hatte Maruna ihr im tiefsten Innern übel genommen, dass sie die Flüchtlinge nicht begleitete.

»Ich behellige dich nur ungern«, sagte die Druidin. »Aber dein Volk ist in großer Gefahr. Bitte hilf uns!«

Eine eisige Hand schien nach Rhianas Herz zu greifen. Sie hatte geglaubt, die talanischen Flüchtlinge hätten längst eine unbewohnte Insel erreicht und seien in Sicherheit. »Was ist passiert?«

»Es gab Verrat. Die Thronräuber haben uns vor den Zyklopeninseln abgefangen und überwältigt. Jetzt will man uns nach Talania verschleppen. Du weißt, was uns dort erwartet. Schlimmeres als nur der Tod. Ich habe lange gezögert, mich an dich zu wenden, aber ich sehe keine andere Möglichkeit mehr.«

Rhiana musste nicht lange überlegen. Wenn die Flüchtlinge sich in Gefahr befanden, war ihr Platz an ihrer Seite. »Wo finde ich euch?«, stieß sie ungestüm und zornig hervor.

»Nördlich der Zyklopeninseln, vor Putras. Es gelang uns, das Schiff des Feindes zu beschädigen, und sie werden einen der Häfen auf den Zyklopen anlaufen müssen, um es auszubessern – wahrscheinlich einen der kleineren Häfen, denn sie sind hier nicht gut gelitten, und der Seekönig hält noch immer unserem Königshaus die Treue. Rhiana, meine Kraft lässt nach, und ich kann die Verbindung nicht mehr lange aufrechterhalten. Ich werde wieder mit dir Kontakt aufnehmen, wenn es nötig erscheint.«

Marunas Bild flackerte und verblasste.

»Ich reise so schnell es geht zu den Zyklopeninseln!«, schrie Rhiana der entschwindenden Druidin hinterher.

Den letzten Satz hatte sie nicht nur im Kopf gerufen, sondern laut herausgebrüllt und damit alle wach gemacht.

»Was ist los?«, fragte Finni neben ihr, halb schlaftrunken und halb erschrocken. »Schon wieder Rondra?«

»Nicht Rondra, sondern Maruna. Die Flüchtlinge sind in Gefahr! Ich muss zu den Zyklopeninseln!«

»*Wir* müssen zu den Zyklopeninseln!«, stellte Neel richtig.

Rashid sah die Heimat wieder in weite Fernen verschwinden. Egal. Er zuckte die Schultern. »Perricum ade. Nach all dem Schnee habe ich wieder Sehnsucht nach der See. Reimt sich sogar.«

»Welchen Weg nehmen wir?«, fragte Neel praktisch.

»Wir müssen uns irgendwie nach Kuslik durchschlagen«, erwiderte Rhiana. »Dann sehen wir weiter.«

»Auf nach Kuslik!«, rief Finni.

Rhiana wusste, dass es ein weiter Weg war und sie fast das gesamte Mittelreich und Vinsalt durchqueren mussten. Aber ab Gareth standen ihnen gute Reichsstraßen zur Verfügung, und es würde immer wärmer werden, je mehr sie sich dem Ziel näherten. Ihre einzige Sorge war, dass sie zu spät kommen könnten. Sie wünschte sich inständig, dass es viele Wochen dauern würde, bis das Schiff der Feinde repariert war.

3 Mortenbergs Auftrag

Perricum,
Mitte Firun 916 BF

Ritter Mortenberg weinte dem nassen Havena keine Träne nach und den Liebesnächten mit der schönen, aber machtgierigen Baronin Sarja erst recht nicht. Trotzdem war er unzufrieden. Albernia war überschaubar gewesen. Er hatte sich dort eine Basis geschaffen. Und nicht zuletzt hatte Albernia einen Schatz beherbergt, mit dessen Hilfe er den Dragor und jede andere Macht in Aventurien zu besiegen hoffte: Prinzessin Rhiana von Talania. Den Anspruch, diesen Schatz zu erringen, wollte er keineswegs aufgeben. Aber von Perricum aus war manches schwieriger geworden. Er hatte große Mühe gehabt, Graf Tedesco zu erklären, was ihn nach Perricum gezogen hatte. Allein Tedescos Gegenspieler Herzog Kunibrand, dem Mortenberg heimlich zu Diensten war, zeigte sich von den neuen Möglichkeiten angetan, glaubte er doch, nunmehr einen fähigen Spitzel in Tedescos unmittelbarer Nähe zu besitzen. Er konnte ja nicht ahnen, dass die Loyalität des Ritters in erster Linie sich selbst galt und er den Rest zwischen Tedesco, Kunibrand und natürlich dem Flammenbund aufteilte.

Missmutig schaute Mortenberg von seiner Villa mit ihren schlanken Säulen und weiß gekalkten Wänden hinab auf den quirligen Hafen von Perricum mit seinen Kais, Werften und Docks und weiter hinaus in den Golf. Dann zuckte er die Schultern. Man musste die Dinge nehmen, wie sie waren. Wahrscheinlich bot Perricum mit seinen mehr als zehntausend Einwohnern – die Tausende von Seeleuten und Seesoldaten auf den Schiffen nicht gerechnet – und der größeren Nähe zum Perlenmeer, zu Piraten und dem sündigen, brodelnden Al'Anfa langfristig für ihn viel bessere Möglichkeiten. Selbst die starke Präsenz von Seesoldaten mochte Vorteile haben. Auch Soldaten waren bestechlich. Und die gut gerüstete Perlenmeerflotte musste nicht auf ewig ein Machtinstrument des Mittelreichs bleiben …

Sein Blick glitt über das mehrstufige Schindeldach des prächtigen Tempels, der Efferd, dem Schutzgott der Stadt, gewidmet war, und streifte einige der Kriegsschiffe, die ein Stück darunter am Ausrüstungskai in langer Reihe nebeneinander vertäut waren. Andere hatte man an Land gezogen, um die Rümpfe von Muscheln und Korallen zu befreien, auszubessern und neu zu teeren. Wahrscheinlich war die Hälfte der Flotte derzeit nicht einsatzbereit. Das war im Winter so üblich, obwohl die milden Temperaturen am Golf von Perricum der Schifffahrt keine Winterpause auferlegten. Aber irgendwann im Jahr mussten diese Arbeiten schließlich erledigt werden. Mortenberg prägte sich diese Beobachtung ein. Vielleicht konnte er irgendwann einen Vorteil aus diesem Umstand ziehen.

Ein leichter Wind war aufgekommen, der warme Luft aus dem Südosten heranführte. Er wehte vom Golf über den Hafen hinweg ins Landesinnere. Selbst hier oben auf den Hügeln, die gut hundert Schritt über dem Stadtzentrum aufragten und wegen der schönen Aussicht eine größere Anzahl von Villen wohlhabender Bürger und Beamten aufwiesen, konnte Mortenberg einen Rest der Gerüche der See und des Hafens ausmachen.

Der Ritter hatte sich bewusst Zeit gelassen, obwohl er wusste, dass die Blicke seines Besuchers auf ihm lasteten. Nun wandte er sich um und sah dem jungen Mann, der unschlüssig auf dem Teppich in der Mitte des Raumes stand, voll ins Gesicht. »Verzeiht meine Unhöflichkeit, Junker Kellm.« Er lächelte gewinnend. »Ich fürchte, ich war so sehr in Gedanken, dass ich vergaß, Euch zu bitten, einstweilen schon Platz zu nehmen.« In Wahrheit hatte er es keineswegs vergessen. Ulrik Junker Kellm war das neunte von elf Kindern des Ingald Graf Kellm, und wenn nicht eine Seuche den Rest der Familie ausrottete, würde er niemals das Stadthaus und den Weinhandel der Kellms in Wehrheim erben. Die Kellms waren Grafen ohne Land und verdankten ihren Titel erfolgreicheren Vorfahren. Wie es hieß, hatte Ulriks Großvater mit einigen teuren Leidenschaften, die Spiele, Wetten und Liebschaften umfassten, den Großteil des Familienvermögens sowie der Ländereien im Svelltal durchgebracht und durfte froh sein, dass Graf Haffax, der in Wehrheim residierte, ihn und seine Familie dort duldete. Das alles ließ übertriebene Zuvorkommenheit unangemessen erscheinen. Außerdem würde in der sich anbahnenden Beziehung ohnehin der Ritter dem Junker sagen, was zu tun war. Dennoch war Mortenberg daran gelegen, nach außen hin die Regeln der Höflichkeit einzuhalten.

»Oh, das macht überhaupt nichts«, meinte Ulrik und deutete ebenfalls ein Lächeln an.

»Ich hole es hiermit nach«, sagte Mortenberg und machte eine einladende Handbewegung in Richtung der Sitzkissen aus bunt eingefärbtem Leder, die er von einem tulamidischen Händler im Hafen erstanden hatte. Ulrik, ebenfalls um Höflichkeit bemüht, wartete, bis sich der Ritter gesetzt hatte, bevor auch er Platz nahm.

Mortenberg klatschte in die Hände. Eine Bedienstete erschien mit einem Holztablett, auf dem sich ein Krug Bitterwein, Zinnbecher und Schmalzgebäck befanden. Sie stellte alles auf dem niedrigen Tisch ab und schenkte beiden von dem Wein ein. Als sie sich vorbeugte, gestattete sie den beiden

Männern einen Blick auf üppige Brüste. Sogar die Brustwarzen waren in dem breiten Spalt der weißen Bluse zu erkennen, die nur unten am Bauch zugeknöpft war.

»Ich brauche dich im Moment nicht mehr«, sagte Mortenberg zu dem drallen, aber recht hübschen Mädchen, dessen lange schwarze Haare zu einem Zopf im Nacken gebunden waren. Nicht ohne Schärfe fügte er hinzu: »Bleib außer Hörweite, und halte mir jeden Besucher fern.«

»Ja, Herr.« Das Mädchen senkte leicht den Kopf und verschwand.

Mortenberg wartete, bis Ulrik einen Schluck Wein genommen hatte, und meinte dann: »Legt Ihr Wert auf Titel, Herr Junker, oder erlaubt Ihr mir, Euch Ulrik zu nennen?«

Ulrik zuckte die Achseln. »Wenn ich Wert auf Titel legen würde, wäre ich nicht hier, Herr Ritter.«

»Ritter oder Mortenberg genügt«, befand Mortenberg, der nicht die Absicht hatte, Ulrik zu erlauben, ihn ebenfalls mit dem Vornamen anzureden. Ohne weitere Umschweife fuhr er fort. »Ihr wurdet mir als ein Mann empfohlen, der mancherlei Talente besitzt.«

»Meine unbekannten Gönner haben gewiss übertrieben«, wehrte Ulrik ab. »Aber wenn Ihr damit meint, dass ich mich meiner Haut zu wehren weiß, dann stimme ich zu. Mein Vater hat großen Wert darauf gelegt, seine Kinder gemäß der Familientradition in allen Jagd- und Kriegskünsten schulen zu lassen, und ich bewies dabei einiges Talent.«

Mortenberg musterte sein Gegenüber. Der junge Mann mit dem schulterlangen blonden Haar war kein Schönling, aber auch nicht hässlich. Der große Mund und die etwas zu große Nase störten ein wenig die Harmonie des Gesichts, das dadurch aber vielleicht erst interessant wurde. Die grauen Augen verrieten Mut, Intelligenz und Willensstärke. Ulrik trug ein weites hellblaues Hemd und eine eng anliegende dunkelblaue Hose, beides aus gutem Baumwollstoff. Die Hose steckte in halbhohen Stiefeln, deren schwarz eingefärbtes Leder schon reichlich abgeschabt war, aber die noch immer gut erkennbare Qualität des Leders und die Machart stellten dem Schuster, der diese Stiefel gefertigt hatte, ein gutes Zeugnis aus.

Der Junker mochte einen Schritt und vier Spann groß sein, vielleicht einen Finger kleiner als Mortenberg. Die Schultern waren nur durchschnittlich breit, aber die Kleidung konnte nicht verbergen, dass sich darunter ein zwar schlanker, aber doch kräftiger und muskulöser Körper ohne überflüssiges Fett befand. Der einzige Schmuck, den der Ritter entdecken konnte, zierte den linken Ringfinger. Es handelte sich um einen kunstvoll ziselierten Ring aus Bronze mit einem kleinen eingelassenen Smaragd. Kein kostbares Stück, wie Mortenberg, der Schmuck liebte und sich damit gut auskannte, feststellte, aber geschmackvoll. Gewiss ein Geschenk, dessen ideeller Wert größer war als der tatsächliche, vielleicht die Abschiedsgabe einer Geliebten.

Ulrik hatte die Musterung über sich ergehen lassen, ohne ein Zeichen von Unruhe erkennen lassen. Mortenberg wusste dies zu schätzen, zumal der junge Mann mit seiner Barschaft fast am Ende war und große Hoffnung in diese Begegnung setzte. Wenn er den Ansprüchen des Ritters nicht genügte, würde er sich wohl als Söldner verdingen müssen oder aber einen Abstieg ins Bodenlose vor sich haben, der schnell zu den Kaschemmen am Hafen oder zu den Piraten des Perlenmeers führen mochte, wenn ihn nicht vorher ein Presskommando erwischte und ihn auf eines der Schiffe verfrachtete, dessen Kapitän, meistens aus gutem Grund, Bedarf an Seeleuten hatte. Der Ritter wusste mehr über Ulrik Junker Kellm, als dieser ahnen konnte, denn er hatte ihn wochenlang ausforschen lassen. Trotzdem spielte er den Ahnungslosen und stellte die eine oder andere Frage, deren Antwort er schon kannte.

»Wie alt seid Ihr, Ulrik?«

»Im Praios bin ich sechsundzwanzig geworden.«

»Was hat Euch aus Wehrheim fortgeführt?«

»Diese Stadt hing mir zum Halse heraus. Sie bietet mir keine Möglichkeiten.«

»Von Perricum erhofft Ihr Euch mehr?«

»Ich erhoffte mir schon von Gareth und Rommilys mehr, aber das war ein Irrtum. Perricum scheint auch ein Irrtum zu sein.«

»Wehrheim mögt Ihr nicht, die Hauptstadt des Mittelreichs nicht, Rommilys nicht und Perricum auch nicht.« Mortenberg betrachtete dabei seine Ringe, von denen er im Gegensatz zu Ulrik mehrere besaß, einer wertvoller als der andere. »Wer seid Ihr? Jemand, der irgendwann reumütig nach Wehrheim zurückkehrt? Oder werdet Ihr anderswo Wurzeln schlagen?«

Der Junker sah ihm offen ins Gesicht. »Um Wurzeln zu schlagen, fühle ich mich noch zu jung, aber nach Wehrheim werde ich nicht zurückkehren. Zu viel Verwandtschaft, wenn Ihr versteht. Zu viel Engstirnigkeit. Zu viel Reglementierung. Wehrheim ist Garnisonsstadt, wie Ihr vielleicht wisst. Viele Soldaten, überall Ordnung und Disziplin, bis hin zur Stadtgarde. Das hat Tradition im Hause Haffax.« Er machte eine kleine Pause, als wollte er die Erinnerungen abschütteln. »Aber wenn Ihr mich für völlig entwurzelt haltet, irrt Ihr. Meine Familie stammt aus Lowangen, wo uns immer noch ein paar Häuser gehören. Dort habe ich den schöneren Teil meiner Jugend verbracht. Ich fühle mich nicht als Wehrheimer, sondern als Svelltaler, was aber nicht heißt, dass ich mich dort niederlassen will.«

Mortenberg lächelte amüsiert. »Setzen wir also auch Lowangen und das gesamte Svelltal auf die Liste der Orte, die

Ihr schon abgehakt habt, weil sie Euch nichts zu bieten haben. Was wollt Ihr dann?«

»Alles!«, platzte Ulrik heraus.

Aus dem Lächeln des Ritters wurde ein schallendes Lachen. »Das ist nicht wenig. Ihr gefallt mir, Ulrik. Ich will nämlich auch alles – und sogar noch ein bisschen mehr. Vielleicht sollten wir die ersten Schritte in dieser Richtung gemeinsam gehen, auch wenn wir uns später vielleicht mal ins Gehege kommen könnten.«

»Warum nur die ersten Schritte?«, wunderte sich Ulrik. »Und wie sollten wir einander ins Gehege kommen? Aventurien ist groß.«

»Dere besteht nicht nur aus Aventurien«, erinnerte Mortenberg. »Denkt nur an das sagenhafte Güldenland.«

»Seht Ihr? Platz genug.«

Mortenbergs Augen verengten sich. »Ihr träumt von Ruhm, Geld, Macht und Einfluss, nicht wahr? Mit ›alles‹ meint Ihr die Erfüllung Eurer Wünsche. Was mich angeht, so will ich wirklich alles, was Dere, was unsere Welt zu bieten hat.«

Ulrik sah ihn verwirrt an. »Ihr wollt Kaiser werden? Verzeiht, Ritter, aber bisher hielt ich Euch für einen Mann, der …«

»Hütet Euch davor, in mir einen Träumer zu sehen, der den Boden unter den Füßen verloren hat!«, unterbrach Mortenberg ihn scharf. »Ich will den verwaisten Thron des Mittelreichs nicht. Was ist schon ein Kaiser. Wir hatten viele. Einige waren fähig und besaßen einige Macht, andere waren nur Sklaven ihres Reiches. Ist nicht jeder Kaiser nur so mächtig, wie andere es ihm erlauben? Gebietet er über das Geld der Kaufleute? Im Gegenteil, er muss es sich für Kredite erbetteln. Herrscht er über die Tempel? Nein, er ist von der Gunst der Geweihten abhängig. Glaubt mir, Ulrik, die wahre Macht kommt nicht mit Titeln und Insignien, entsteht nicht einmal allein durch die Zahl der Soldaten und Waffen, die man aufbieten kann.«

»Entschuldigt meine Vorwitzigkeit«, sagte Ulrik. »Ich vergaß, dass Ihr einen Bund von Kaufleuten vertretet. Ich nehme an, Euer ›alles‹ meint die Macht, die aus Reichtum entsteht.«

Wenn du wüsstest, wie es um den angeblichen Bund der Kaufleute bestellt ist, deren Vertreter zu sein ich vorgebe, dachte der Ritter. Laut sagte er: »Reichtum ist wichtig, bedeutet aber auch nur einen Zipfel der Macht. Ich will mehr, und ich werde mehr bekommen. Es gibt Mächte in Aventurien, von denen kaum einer etwas ahnt. Mächte, die im Dunkeln wirken.« Er suchte nach einem Weg, den Flammenbund, aber auch seine eigenen Interessen ins Spiel zu bringen, ohne Ulrik zu viel zu verraten. Da Ulrik eine besondere Aufgabe übernehmen sollte, war es nötig, ihm einige der Zusammenhänge zu erklären. *Wenn du mich enttäuschst, gibt es Wege, mich deiner zu entledigen,* dachte er grimmig. *Sei klug und loyal, Ulrik, dann wirst du es nicht bereuen. Bist du dumm, kannst du das gesamte Aventurien und Güldenland dazu auf deine Liste der Orte setzen, in denen du keine Wurzeln schlagen wirst!*

Ulrik nutzte die Pause, die der andere machte. Bisher hatte er es vermieden, den Ritter so ungeniert zu mustern, wie dieser es mit ihm getan hatte. Aber jetzt, als Mortenberg offensichtlich seine Gedanken sortierte und dabei blicklos gegen die weiß gekalkte, mit filigranem Stuck verzierte Decke starrte, holte er es nach.

Der Ritter war wohl Mitte dreißig, schlank, fast hager und bei weitem nicht so muskulös wie Ulrik. Er besaß ein markantes Gesicht mit kräftig ausgeprägten Wangenknochen, einer Narbe auf der Wange und einer leicht gebogenen Nase. Der Ausdruck seiner graublauen Augen war schwer zu deuten. Jetzt schauten sie blicklos, aber Ulrik hatte darin in raschem

Wandel Freundlichkeit, Gleichgültigkeit, Härte, Durchsetzungsfähigkeit, Spott und einmal auch ein irritierendes Funkeln entdeckt, das auf verborgene Leidenschaften hindeutete. Der Ritter wirkte gepflegt und war mit hellgrauem Rüschenhemd und dunkelroter Satinhose in Ulriks Augen stutzerhaft gekleidet, obwohl man ihm eine gewisse Eleganz und einen guten Geschmack nicht absprechen konnte, was auch für die Auswahl seiner Ringe und der goldenen Halskette galt.

Ulrik wusste über Mortenberg nur das, was in Wirtshäusern über ihn zu erfahren gewesen war. Demnach stammte er aus dem tobrischen Kleinadel, hatte aber frühzeitig mit allem gebrochen, auch mit dem tobrischen Dialekt, und ganz Aventurien bereist. Einige wollten wissen, dass er in Albernia einigen Einfluss und das Ohr von Fürst Emerthon III. besaß, andere meinten, sein Einfluss auf den Reichsverweser Graf Tedesco sei kaum geringer. Wieder andere glaubten, in ihm einen berüchtigten Piratenkapitän wieder zu erkennen, der das Perlenmeer unsicher machte. Diese Geschichte hielt Urik allerdings für etwas weit hergeholt.

Mortenberg löste den Blick von der Decke und schaute wieder den Junker an. »Das Philosophieren um das Wesen der Macht und Strategien, an die Hebel der Macht zu gelangen, führen uns im Moment nicht weiter«, sagte er mit nüchterner Stimme. »Ihr seid hier, weil Ihr eine Aufgabe sucht, die Euren Fähigkeiten gerecht wird und entsprechend entlohnt wird. Was mich angeht, so suche ich einen fähigen Mann für eine besondere Mission. Unter meinen eigenen Leuten habe ich niemanden gefunden, der dafür geeignet wäre. Nach meinem bisherigen Eindruck von Euch bin ich geneigt, Euch mit dieser Mission zu betreuen, und ich kann Euch versichern, dass der Lohn großzügig bemessen ist. Macht Ihr Eure Sache gut, steht einem steilen Aufstieg in dem von mir vertretenen« – er machte eine winzige Pause – »Bund nichts im Wege, und Ihr werdet schnell zu Ansehen, Einfluss und Wohlstand kommen. Was haltet Ihr davon?«

Er las in Ulriks Augen, was diesen bewegte. Bevor der Junker die Frage beantworten konnte, fügte er deshalb hinzu: »Seid unbesorgt, ich suche keinen Meuchelmörder. Die Mission erfordert Mut und birgt Gefahren, stellt Euch aber nicht außerhalb der Gesetze – eher im Gegenteil. Womit ich nicht sagen will, dass ich mich übertrieben um Gesetze kümmere, wenn sie meinen Interessen im Wege stehen. Manchmal muss man sich eigene Gesetze machen, nicht wahr? Eigenen Pfaden folgen. Das erwarte ich auch von Leuten, die sich mir anschließen.«

Der Junker rang mit sich. Dann sagte er: »Ich habe gelernt, dass andere nicht zimperlich sind, wenn sie sich Vorteile verschaffen wollen. Warum sollte ich es da sein? Aber ich könnte niemals etwas Unehrenhaftes …«

»Ehre ist durchaus so ein Pfad, dem man folgen kann«, unterbrach ihn der Ritter. »Aber was ist Ehre? Ist es nicht am Ende die unbedingte Wahrhaftigkeit, mit der man einem sich selbst gesetzten Ziel folgt? Muss man auf diesem Weg nicht manchmal auch Handlungen begehen, die in den Augen anderer unehrenhaft erscheinen mögen, in Wahrheit aber einer höheren Ehre dienen?«

Ulrik zögerte. »Diese Frage habe ich mir bisher noch nicht gestellt, aber …«

»Wir philosophieren schon wieder«, fiel ihm Mortenberg ins Wort. »Meine Schuld. Ich fordere von Euch nur das, was Ihr zu geben bereit seid, dieses aber mit ganzem Einsatz und allen Konsequenzen. Auch mit der Waffe in der Hand.«

Ulriks Gesicht hatte sich leicht gerötet. »Wenn es so ist, dann bin ich schon fast Euer Mann. Gefahr für Leib und Leben schreckt mich nicht. Worum geht es?«

»Ihr sollt eine wunderschöne Frau beschützen.«

»Was?«, stieß Ulrik überrascht hervor. »Aber mit dem größten Vergnügen!«

»Oh, so einfach ist das nicht«, dämpfte Mortenberg die Begeisterung des anderen. »Es gibt verschiedene erschwerende Umstände, die schon damit beginnen, dass diese Frau nicht beschützt werden will, am wenigsten von mir. Aber bevor ich fortfahre, verlange ich etwas von Euch. Schwört mir bei Eurer Ehre, dass Ihr alles, was wir bereden, bei Euch behalten werdet.«

»Ich schwöre ...«, begann Ulrik.

»Nicht so hastig«, unterbrach ihn der Ritter. Er deutete auf eines der freien Sitzkissen, wo der Waffengurt mit seinem Säbel lag. »Ihr kennt mich nur als Abgesandten von Kaufleuten, aber glaubt mir, ich kann damit umgehen.« Er riss das Rüschenhemd auf und ließ sein Gegenüber einen Blick auf zahlreiche Narben werfen, die Zeugnis von letztlich erfolgreich bestandenen Waffengängen ablegten. »Verrat dulde ich nicht. Bedenkt Euren Schwur gut. Es könnte sein, dass Ihr durch mich oder andere Dinge erfahrt, die Euch so wenig gefallen, dass Ihr nicht in meine Dienste treten oder sie wieder verlassen wollt. Auch dann seid Ihr durch den Schwur gebunden.«

»Ihr müsst mich nicht über die Bedeutung eines Schwurs belehren!«, stieß Ulrik schärfer hervor, als er es beabsichtigt hatte. »Und drohen müsst Ihr mir auch nicht!«

Mortenberg hob beschwichtigend die Hände. »Eine Belehrung war nicht beabsichtigt, und eine Drohung sollte es nicht sein. Nur eine Feststellung.«

Eine Weile sagte keiner der beiden Männer etwas. Dann hob Mortenberg den Weinbecher und prostete Ulrik zu. Nach kurzem Zögern nahm der Junker die Geste auf und lehrte seinen Becher auf einen Zug. Die gereizte Stimmung war verflogen.

»Ich schwöre bei meiner Ehre, dass ich zu niemandem über

das reden werde, was ich in diesem Haus erfahren habe und noch erfahren werde!«, sagte Ulrik mit fester Stimme.

Mortenberg nickte. »Dann hört mir gut zu.« Er senkte die Stimme. »Die Frau, die Ihr beschützen sollt, ist eine Prinzessin ohne Thron, eine Vertriebene. Sie heißt Rhiana von Talania, nach dem Inselkönigreich, in dem ihr Vater herrschte, bevor er den Thron verlor.«

»Ich habe noch niemals von ihr oder einem Königreich Talania gehört«, gestand Ulrik.

»Es hätte mich auch sehr gewundert, wenn es anders gewesen wäre. Wie ich schon sagte: Rhiana ist eine schöne junge Frau, ein paar Jahre jünger als Ihr. Aber macht Euch jetzt keine falschen Vorstellungen. Sie ist kein zartes Püppchen, sondern eine kampferprobte Schwertkämpferin, eine Amazone.«

»Eine Amazone?«, fragte der Junker verwundert.

»Von einigen wird sie so bezeichnet. Im strengen Sinne ist sie es nicht. Zumindest gehört sie keinem Amazonenorden an. Und doch umgibt sie ein Geheimnis, das mit Rondra zu tun hat, und ihre Ausbilderin und Freundin Neel entstammt einem häretischen Amazonenorden. Aber lassen wir das. Wichtig ist allein, dass sie sehr gut mit dem Schwert umgehen kann.«

»Warum braucht sie dann einen Beschützer?«

»Aus ihrer Sicht braucht sie den nicht. Sie weiß sich bestens zu verteidigen und hat Freunde und Gefährten, die ebenfalls gut mit der Waffe umgehen können. Aber Prinzessin Rhiana verfügt über ein Wissen, das für einen mächtigen Gegner von größtem Interesse ist. Der Name dieses Gegners wird Euch so unbekannt sein wie der Name der Prinzessin. Es handelt sich um den Flammenbund.«

»Diesmal irrt Ihr Euch«, entgegnete Ulrik. »Vom Flammenbund habe ich schon gehört. Sind das nicht ungebildete Aufwiegler, die in Havena das Gesindel der Stadt dazu bringen wollten, sich mit den Thorwalern zu verbünden und dem Fürsten in den Rücken zu fallen? Die nennt Ihr mächtig?«

Gerüchte haben schnellere Beine als die besten Pferde, dachte Mortenberg. *Und man muss Lügen nur lange genug verdrehen, um darunter fast die Wahrheit zu entdecken.* Laut sagte er: »Vergesst, was Ihr über einen so genannten Flammenbund in Havena gehört habt. Ich war in Havena und habe Fürst Emerthon geholfen, die Thorwaler zu besiegen. Es mag sein, dass sich dort Aufwiegler den Namen Flammenbund gegeben haben, aber diese armen Tröpfe haben nichts mit dem wirklichen Flammenbund zu tun.« Das war natürlich von vorn bis hinten gelogen, aber Mortenberg hatte nicht die Absicht, Ulrik in sein Wissen um die Vorgänge in Havena einzuweihen. »Der Flammenbund interessiert sich nicht für Albernia, sondern für Aventurien oder besser für Dere. Es handelt sich um Kultisten, die den Drachen Pyrdacor anbeten und ihn in die Welt zurückbringen wollen. Dafür benötigen sie das legendäre Erste Schwarze Auge. Und sie sind nicht von der Meinung abzubringen, Rhiana könnte ihnen verraten, wo es sich befindet und wie es gesichert ist.«

»Eine Prinzessin aus Talania – wo immer dieses Königreich liegen mag – weiß, wo sich das Erste Schwarze Auge befindet?«, fragte Ulrik erstaunt. Wie die meisten Menschen in Aventurien wusste er, dass es mächtige magische Artefakte gab, die Schwarze Augen genannt wurden. Es gab nur wenige davon, und sie waren entsprechend kostbar. Ein Magier konnte mit einem Schwarzen Auge die Geschehnisse an weit entfernten Orten verfolgen. Den Legenden zufolge hatte es einst ein Urauge, das Erste Schwarze Auge, gegeben, das an Macht alle anderen Artefakte übertraf. Man konnte damit nicht nur in die Vergangenheit und die Zukunft schauen, sondern die darin gebündelte Magie vermochte die Zauberkräfte eines Magiers um ein Vielfaches erhöhen. Allerdings galt dieses Erste Schwarze

Auge seit langer Zeit als verschollen, und niemand, der bei klarem Verstand war, zog ernsthaft in Erwägung, es zu suchen.

»Warum nicht eine Prinzessin aus Talania?«, gab Mortenberg zurück. »Es könnte auch ein Gerber aus Riva oder ein Bader aus Al'Anfa sein, der über dieses geheime Wissen verfügt. Die Tarnung wäre sogar noch eine bessere. Oder würdet Ihr einen Ork vorziehen?«

Ulrik überdachte dies und nickte dann. »Prinzessin Rhiana ist offenbar nicht geneigt, den Wünschen des Flammenbundes nachzukommen?«

Der Ritter lachte. »Nicht geneigt? Sie hasst den Flammenbund! Schergen des Flammenbundes haben den Thron von Talania geraubt, ihren Vater und enge Freunde getötet, die talanischen Flüchtlinge überfallen und Rhiana selbst immer wieder nach dem Leben getrachtet.«

Der Junker runzelte die Stirn. »Man hat versucht, Rhiana zu töten? Das verstehe ich nicht. Wenn man sie tötet, ist ihr Wissen doch verloren.«

Kluges Bürschchen, dachte Mortenberg. Laut sagte er: »Der Flammenbund glaubte anfangs, das Wissen liege nicht allein bei Rhiana, sondern auch bei ihrer Ziehmutter, der Druidin Maruna, vielleicht noch bei anderen Flüchtlingen aus Talania. Deshalb hat man versucht, sie mit Gewalt gefügig zu machen, und dabei auch ihren Tod in Kauf genommen. Inzwischen wurde die Besonderheit von Rhiana erkannt, was aber nicht heißt, dass sie wie ein rohes Ei behandelt wird. Im Flammenbund gibt es verschiedene Meinungen zu Rhiana.« *Die des Dragor und meine.* »Es kann durchaus sein, dass man die Strategie erneut ändert. Immerhin kennt man den ungefähren Ort des Verstecks des Ersten Schwarzen Auges und glaubt vielleicht, auch ohne die Prinzessin fündig zu werden, sieht sie vielleicht sogar als Gefahr. Schließlich könnte sie das Erste

Schwarze Auge bergen und es anderen Mächten übergeben.«
Mir zum Beispiel.

»Wenn dieser Flammenbund so mächtig ist, verfügt er doch sicher auch über Magier. Ein fähiger Magier könnte sie zum Reden bringen oder sie ganz und gar den Zielen des Flammenbundes unterwerfen.«

Der Ritter sah seine Meinung bestätigt, dass Ulrik ein kluger Kopf war, der Schlüsse ziehen konnte. »Richtig.« Mortenberg dachte unwillkürlich an seine Sorge, Dragor Atamur, die Erste Flamme des Flammenbundes, könnte ihn auf diese Weise befragen. Dann würde sich erweisen, ob Atamur stärkere magische Fähigkeiten besaß als jener halb verrückte Magier in Al'Alfa, der ihm als der Beste unter allen käuflichen Magiern empfohlen worden war und einen magischen Wall in seinem Kopf aufgebaut hatte. »Doch dazu müsste Rhiana erst einmal einen Magier an sich heranlassen. Außerdem wacht die Druidin Maruna über sie.« Er machte eine kleine Pause und nahm ein Stück Schmalzgebäck. Mit vollem Mund fuhr er fort: »Wenn ich bisher davon sprach, dass Rhiana über das Wissen verfügt, wo sich das Artefakt befindet, dann habe ich die Dinge vereinfacht, um Euch einen ersten Überblick zu geben. Im Moment ist Rhiana nur der Schlüssel zum Ersten Schwarzen Auge, denn sie weiß selbst noch nicht, wo es sich genau befindet und wie es geschützt ist. Aber sie ist auserkoren, dieses Wissen zu erlangen.«

»Ihre Gegner könnten trotzdem versuchen, sie mit Magie zu unterwerfen«, meinte Ulrik.

»Ja, das steht zu befürchten«, stimmte der Ritter zu. *Ich habe Rhiana geschont, weil ich meine eigenen Pläne mit ihr habe und keine Marionette an meiner Seite haben will. Jetzt, da Atamur die Sache in die Hand genommen oder einen anderen Flammenrat damit beauftragt hat, wird man keine Rücksicht mehr nehmen.* »Hinzu kommt, dass sich Rhiana und der enge Kreis ihrer Gefährten dem Flammenbund entzogen haben, statt wie erwartet zu den Zyklopeninseln zu reisen.« Als der Junker ihn fragend anschaute, ergänzte er: »Dort soll das Erste Schwarze Auge verborgen sein.«

Ulrik schwieg eine Weile, um dies alles zu verdauen. »Ihr wisst erstaunlich viel über den Flammenbund«, stellte er schließlich fest.

»Ich weiß mehr als sonst irgendjemand in Aventurien darüber«, sagte er und fügte schnell hinzu: »Von den Führern des Flammenbundes mal abgesehen.« Er schaute dem anderen in die Augen. »Wir sind noch nicht vertraut genug miteinander, als dass ich Euch enthüllen kann, wie ich an dieses Wissen gelangt bin. Nehmt es einfach so hin. Ich wäre nicht Ratgeber von Fürst Emerthon oder Graf Tedesco, wenn mir nicht Möglichkeiten gegeben wären, mir Informationen zu beschaffen, über die andere nicht verfügen.«

Ulrik nickte. »Ich muss das auch nicht wissen. Aber ich frage mich, was Euer Interesse an der Sache ist. Wollt Ihr Aventurien vor der Herrschaft des Drachens bewahren?«

Mortenberg lachte frei heraus. »Nein, ich bin alles andere als eine Lichtgestalt, die Aventurien retten will. Im Übrigen wird niemand Pyrdacor in die Welt zurückbringen. Ich glaube nicht an den Firlefanz der Flammenbündler, eher schon daran, dass ihre Führer nach Macht für sich selbst streben. Und wenn schon. Ich kann mich mit jedem Mächtigen arrangieren und in diesem Bündnis meine Vorteile wahrnehmen.«

»Wollt Ihr selbst das Erste Schwarze Auge haben?«

Volltreffer! Das Erste Schwarze Auge und Rhiana!

»Was sollte ich damit anfangen?«, meinte er spöttisch. »Ich bin kein Magier.«

»Ihr könntet es einem Magier verkaufen.«

»Der Handel mit Artefakten gehört nicht zu meinen kaufmännischen Interessen. Und Geld habe ich bereits genug.«

»Sagtet Ihr nicht vorhin, Ihr wollt alles? Der Besitz oder der Verkauf des Artefakts könnte Euch Euren Zielen, wie immer die aussehen mögen, ein gutes Stück näher bringen.«

Allmählich wirst du mir etwas zu schlau, dachte Mortenberg. »Schon möglich«, sagte er leichthin. »Aber ich habe kein Verlangen danach, wie Rhiana zur Zielscheibe von Mächten wie dem Flammenbund zu werden.«

»Dann gilt Euer Interesse wirklich einzig und allein dem Wohl der Prinzessin? Ihr müsst sie sehr lieben.«

Wenn lieben und begehren das Gleiche ist, dann liebe ich sie in der Tat, dachte der Ritter. Er lächelte. »Ich würde sie gern an meiner Seite sehen, das ist wahr, aber ich fürchte, sie hasst mich fast so sehr wie den Flammenbund. Unglückliche Umstände haben dazu geführt, dass sie meine Bemühungen, den Flammenbund auszuspitzeln, missverstanden hat und mir unterstellt, ich selbst würde diesem Bund angehören.«

»Aber Ihr habt Hoffnung, Ihre Meinung zu ändern?«

Mortenberg wurde es jetzt zu viel. »Lasst dieses Fragespiel, Ulrik«, sagte er ärgerlich. »Ich mag es nicht, ausgefragt zu werden. Haltet mich für einen verliebten Trottel, einen Menschenfreund oder was auch immer. Ihr sollt nichts anderes tun, als über Rhiana zu wachen und sie vor Schaden zu bewahren. Und die Augen offen zu halten. Was immer meine Motive in Bezug auf andere Menschen sein mögen, ich vergesse darüber niemals meine persönlichen Interessen. Ich sammle und verkaufe Informationen, das dürfte Euch inzwischen ja wohl klar geworden sein. Ich will wissen, was der Flammenbund gegen Rhiana unternimmt. Ich will wissen, was Rhiana unternimmt. Ich will wissen, ob es irgendjemandem gelingt, dem Artefakt näher zu kommen oder es gar in Besitz zu nehmen. Ich habe Leute, die sich ab und an mit Euch in Verbindung setzen und denen Ihr Eure Berichte übergeben könnt. Wenn es dramatische Neuigkeiten gibt, teilt Ihr mir das durch einen Kurier mit. Ich werde Euch mit entsprechenden Geldmitteln ausstatten.«

Am Ende hat er die Katze doch noch aus dem Sack gelassen, dachte Ulrik. *Ich soll die Prinzessin weniger beschützen als überwachen. Aber mir soll es recht sein.*

Mortenberg nannte die Summe, die er Ulrik für seine Dienste zahlen würde, die Hälfte davon sofort, zusammen mit einer Barschaft, die für Auslagen bestimmt war. Der Augen des Junkers verengten sich. Der Betrag überstieg bei weitem alles, was er sich vorgestellt hatte. »Ich bin Euer Mann«, sagte er mit rauer Stimme.

»Darauf hatte ich gehofft«, erwiderte der Ritter, beugte sich vor und reichte Ulrik die Hand. »Schlagt ein, und Ihr steht in meinen Diensten. Eines Vertrags bedarf es nicht. Ich halte meine Zusagen, da könnt Ihr fragen, wen Ihr wollt. Das Geld lasse ich Euch bringen, bevor Ihr das Haus verlasst.«

Erfreut nahm Ulrik die Hand, und die beiden Männer tauschten einen festen Händedruck. »Wo finde ich Prinzessin Rhiana?«

»Ihr werdet sie suchen müssen. Sie wurde zuletzt in der Nähe von Gareth gesehen. Möglicherweise ist sie sogar auf dem Wege hierher. Ich hatte vor kurzem eine zufällige Begegnung mit ihrer besten Freundin, der Halbelfin Finni. Sie hat mir zwar vorgelogen, nicht länger mit Rhiana im Bunde zu sein, aber mir kann man so leicht nichts vormachen. Ich glaube eher, dass Rhiana und ihre Gefährten mir ans Leder wollen. Ihr werdet sie leicht aufspüren können: Drei Frauen und ein Mann, die auf Pferden unterwegs sind, dazu ein auffälliger eisgrauer Wolfshund. Rhiana ist wie gesagt eine auffällig schöne Amazone mit langen blonden Haaren, die Halbelfin klein und zierlich. Die dritte Frau heißt Neel und ist eine knorrige, grauhaarige Amazone, die eine Augenklappe trägt. Und der männliche Begleiter, Rashid, ist ein Tulamide. Fragt die Leute, die auf den Straßen unterwegs sind. Die Gruppe ist so einprägsam, dass sich jeder an sie erinnern wird, der sie gesehen hat.«

»Und wie soll ich vorgehen, wenn ich sie aufgespürt habe? Ich kann ja schlecht sagen, ich komme von Ritter Mortenberg und soll euch beschützen.«

Der Ritter zuckte die Schultern. »Lasst Euch etwas einfallen. Macht es von der Situation abhängig. Besorgt euch ein gutes Pferd, kleidet Euch einfach, aber lasst Eure Waffen sehen. Was Ihr nicht habt, könnt Ihr Euch kaufen.«

Ulrik nickte. »Ich ließ meinen Schwertgurt in der Eingangshalle zurück, und ich besitze auch einen Schild. Vielleicht kaufe ich mir einen Beidhänder, eine Streitaxt oder einen Morgenstern. Ich komme mit schweren Hiebwaffen gut zurecht.«

»Schön, aber übertreibt nicht. Ihr dürft nicht als reich erscheinen. Verbergt Eure Barschaft, und denkt Euch eine Geschichte aus, die nicht zu weit von der Wahrheit entfernt ist. Handelt so, als hättet Ihr mich nicht kennen gelernt. Eure Geldkatze ist fast leer, Ihr sucht Abenteuer und Herausforderungen und könnt gut mit Waffen umgehen. Ihr seid ein Mann von Ehre – ich erinnere nur an unseren kleinen Streit. Euer Ziel muss sein, als neuer Gefährte anerkannt zu werden, aber das wird nicht so einfach sein. Sie sind eine verschworene Gemeinschaft und aus Erfahrung misstrauisch gegen angebliche neue Freunde. Biedert Euch nicht zu sehr an. Wenn Euch das Glück hold ist, könnt Ihr ihnen vielleicht in einem Kampf zu Hilfe eilen. Wenn nicht, haltet Euch in ihrer Nähe auf, ohne aufzufallen, und ergreift Eure Chance, wenn sie sich bietet.«

4 Die Verschwörer

Rethis,
Mitte Tsa 916 BF

Fünfzig Schritt über dem Meeresspiegel erhob sich der Koloss von Rethis. Die riesige Gestalt aus Stein und Bronze stellte einen Zyklopen dar, der eine Feuerschale über dem Kopf hielt, und in dieser Schale brannte ein Feuer, dem selbst schwere Stürme nichts anhaben konnten. Der Leuchtturm stand auf einer winzigen Felseninsel gegenüber der Hafeneinfahrt, einer Insel, die gerade mal ausreichte, den Sockel aufzunehmen, auf dem schwer und wuchtig die Steinfüße des Giganten ruhten. In Rethis war man stolz auf das einzigartige Bauwerk, das seit Menschengedenken den Seeleuten half, die gefährlichen Klippen vor der Westküste von Hylailos zu meistern, obwohl heute niemand mehr wusste, wer den Koloss einst erbaut hatte. Wahrscheinlich war er einer der wenigen erhalten gebliebenen Überreste der Hochkultur der Zyklopen. Die heutigen Zyklopen, die ihre Geschichte vor der Eroberung der Inseln durch die Güldenländer weitgehend vergessen und offenbar keine Aufzeichnungen darüber bewahrt hatten, äußerten sich nicht zu dem Koloss. Es gab denn auch Gelehrte, die darauf hinwiesen, dass das Bauwerk nicht zu den Ruinen passte, die die Zyklopen auf Phenos hinterlassen hatten, und die einäugigen Riesen niemals Bildnisse ihrer selbst aufgestellt hätten. Auch die Mechanik im Inneren sei den Zyklopen nicht zuzutrauen. Die Baumeister müssten vielmehr einem untergegangenen Volk angehört haben, das älter als die Zyklopen gewesen war.

Elidana Charazzar interessierte sich wenig dafür, wer den Koloss erbaut hatte, und sie empfand auch keine Ehrfurcht vor dem alten Monument, als sie zusammen mit Rätin Lydakis und Vizeadmiral Diranzou die Treppen und Leitern bis zum Kopf hinaufstieg. Schweigend und beinahe unwillig ließ sie den Redeschwall der Rätin über sich ergehen, die zu dem Koloss eine andere Einstellung besaß und ihre Aufmerksamkeit auf dieses oder jenes Bronzerelief oder das Gewirr der Zahnräder zu lenken versuchte. Der füllige Diranzou dagegen sparte seinen Atem, um die Treppen und Leitern zu bezwingen, und schnaufte schon jetzt vernehmlich.

»Es heißt, der Zyklop konnte früher auch nicken und die Feuerschale wie eine Fackel schwenken«, erklärte die Lydakis. »Aber das Wissen um die alte Mechanik ist weitgehend in Vergessenheit geraten, und das meiste scheint auch nicht mehr zu funktionieren.«

»Kein Wunder bei all dem Staub, der auf den Rädern liegt«, bequemte sich Elidana zu einer Antwort. »Aber wozu auch? Ich kann keinen Sinn in einem nickenden Leuchtturm entdecken.«

»Ihr seid aus dem Süden und denkt auch so«, sagte die Rätin. »Im Süden mag man andere Wunderwerke gewohnt sein, aber im Seekönigreich hätte man gegen einen nickenden Koloss nichts einzuwenden. Und denkt nur daran, wie sinnvoll es wäre, wenn die Feuerschale bewegt werden könnte. Ein wanderndes Licht wäre von den Schiffen aus weitaus besser wahrzunehmen.«

»Was können diese verstaubten Räder denn überhaupt?«, fragte die Brabakerin verächtlich.

»Sie befördern das Brandöl zur Feuerschale und sorgen dafür, dass es niemals ausgeht. Fragt mich aber bitte nicht, wie das geschieht.«

»Ich hatte nicht die Absicht, dies zu tun«, kam die bissige Antwort. »Sagt mir lieber, woraus dieses Brandöl besteht.«

»Das weiß ich nicht«, gab die Lydakis zu. »Es soll Ähnlichkeit mit Hylailer Feuer haben, brennt aber wesentlich länger. Es wird nach einer geheimen Rezeptur im Praiostempel von Rethis zubereitet, und zwar von einem speziellen Feuer-Geweihten, der als Einziger das Geheimnis kennt und dieses Wissen nur an seinen Nachfolger weitergibt. Es heißt, dass Feuer-Geweihte nicht lange leben, weil in dem Brandöl etwas Giftiges ist, das die Gesundheit angreift.«

Diese Frau mag für uns nützlich sein, aber sie redet zu viel, dachte die Südländerin. Laut sagte sie: »Dann freut Euch, dass ihr keine Feuer-Geweihte seid. Wer bringt das Brandöl zur Insel, und wo wird es gelagert?«

»Der Feuer-Geweihte selbst und ein Gehilfe. Im Sockel des Turms gibt es einen Vorratsbehälter. Von dort wird es durch die Mechanik nach oben gepumpt.«

»Hm«, machte die Frau mit dem schönen Gesicht, das durch die spöttisch wirkenden Augen und das kantige Kinn aber eine herbe, fast männliche Note erhielt. »Ihr wisst nicht zufällig, wie man den Zufluss blockieren kann?«

»Nein.«

»Nun, es würde wahrscheinlich auch wenig Sinn machen«, entschied Elidana. »Wenn es dem Hylailer Feuer gleicht, brennen die Reste in der Schale noch zu lange, und man kann sie auch nicht mit Wasser löschen. Lasst einen Schmied eine Blechhaube anfertigen, die man über das Feuer stülpen kann.«

Die Rätin nickte.

»Wenn wir keinen Schmied in den eigenen Reihen haben, lasst einen unserer Leute nach oben steigen und die Sache ausmessen«, fuhr Elidana fort. Sie fühlte sich belästigt, dass sie diese Dinge selbst anordnen musste, aber sie wollte sicher gehen, dass dieses Mal keine Fehler gemacht wurden. In Havena war der Umsturz daran gescheitert, dass man scheinbar unbedeutende Kleinigkeiten übersehen hatte. Und natürlich waren Eigenmächtigkeiten von Leuten wie Dom Lando für den Misserfolg des Flammenbundes verantwortlich gewesen. Hinzu kamen Mortenbergs Pläne, die viel zu verschachtelt waren, sowie die undurchsichtige Rolle, die er spielte. Und selbst der Dragor hatte auf einen letztlich untauglichen Plan gesetzt. Dieses Mal gab es kein Hineinreden, nicht vom Dragor und nicht von Mortenberg. Das war eine große Chance für sie. Aber Elidana wusste zugleich auch, dass sie sich ein Scheitern nicht leisten konnte.

Die beiden Frauen hatten den Kopf des Zyklopen erreicht. Die schmale, steile Metalltreppe endete auf einer kleinen Plattform, die in Stirnhöhe zum Auge des Zyklopen führte, das aus dickem, hellblau gefärbtem Glas bestand. Ab und an schien hier jemand nach dem Rechten zu sehen – wahrscheinlich der Feuer-Geweihte und sein Gehilfe, wenn sie das Brandöl brachten –, denn der Staub lag hier nicht so hoch wie anderswo, und selbst das Glas wurde wohl gelegentlich geputzt, denn man konnte auf die See hinaussehen.

Nachdem die Südländerin sich vergewissert hatte, dass das engmaschige Gitter, das den Boden bildete und wie der gesamte Kopf des Zyklopen aus Bronze gestand, tragfähig war, trat sie dicht an das Glas heran, berührte es fast mit der Nase. Das Gesicht des Kolosses war gen Norden gerichtet, aber die Wölbung des Glases erlaubte es, aus dem rechten Augenwinkel bis nach Rethis zu schauen. Sie konnte die Hafeneinfahrt erspähen, dahinter die Masten einer Vielzahl von Schiffen, Kontor- und Lagerhäuser, den weißen Efferdtempel sowie die Helligen und Werkstätten der Seeköniglichen Werft. Im Norden der Stadt erkannte sie das Kontor des Handelshauses Stoerrebrandt, eine der prächtigsten Villen der Stadt. Der Fries mit dem Zwölfgötterpantheon, der den Eingang schmückte, war aus der Entfernung allerdings nur als weißer Fleck wahrzunehmen. Elidanas Vater unterhielt Handelsbeziehungen mit den

Stoerrebrandts, und die Brabakerin kannte die Macht dieser Kaufmannsfamilie. Sie hatte sich vorgenommen, eines nicht zu fernen Tages dieses Handelshaus zu übernehmen. Mit Hilfe des Flammenbundes würde ihr dies gelingen.

Aber eines nach dem anderen. Zunächst einmal gilt es, das Seekönigreich in unsere Hände zu bringen. An mir wird es nicht scheitern!

Rätin Lydakis warf nur einen flüchtigen Blick durch das Auge, denn sie war schon mehrmals im Kopf des Kolosses gewesen. Aber es erfüllte sie mit Genugtuung, dass die Südländerin endlich einmal beeindruckt zu sein schien.

Der Vizeadmiral hatte sich im Hintergrund gehalten und die Pause genutzt, sich von der Anstrengung des Treppensteigens zu erholen und sich den Schweiß von der Stirn zu wischen. Die feuchten Finger trocknete er am bunten Umhang ab, der ihn als hohen Offizier der Seeköniglichen Seegarde auswies. »Um ehrlich zu sein, verstehe ich diesen Teil Eures Planes nicht«, sagte er schließlich. »Die Sieben-Winde-Flotte wird sich neutral verhalten.«

Elidana wandte sich ihm zu. »Das sagt Ihr«, meinte sie mit der ihr eigenen Bissigkeit. »Und was machen wir, wenn Ihr Euch täuscht? Soll es daran scheitern?«

»Natürlich nicht«, versicherte Diranzou flink.

Die Südländerin verachtete den Vizeadmiral schon allein wegen seiner Leibesfülle – in der er seinen Vorgesetzten, Admiral Kaifos, um einiges übertraf – und seiner Vorliebe für aufdringliche Duftwässer. Ihr missfiel auch sein hamsterbäckiges Gesicht und die Art, wie er das ölig schimmernde schwarze Haar straff nach hinten gekämmt hatte, wo es im Nacken ein paar fettige Röllchen bildete. Außerdem war Diranzou ein allzu beflissener Speichellecker, der es ohne den Flammenbund niemals zum Kommandanten der Seeköniglichen Seegarde bringen würde. Da Kaifos treu zu Palamydas stand und als unbestechlich galt, war die Hilfe von Diranzou allerdings unentbehrlich.

Der Vizeadmiral wand sich unter ihrem abschätzenden Blick, und der Spott in ihren Augen entging ihm nicht.

»Über wie viele Schiffe und Leute verfügt die Sieben-Winde-Flotte?«, fragte Elidana scheinheilig, als würde sie die Antwort nicht kennen.

Diranzou nutzte die Gelegenheit, mit seinem Wissen zu glänzen. »Admiral Frelomo stehen in Rethis 300 Seekrieger und Matrosen zur Verfügung, und er kann insgesamt achtundzwanzig Galeeren, drei Holks, zwei Koggen, zwei Karavellen und zwölf Kutter aufbieten. Besonders das Tobrische Seegarderegiment mit seinen kriegserfahrenen Haudegen wäre nicht leicht auszuschalten. In Teremon sind noch einmal 150 Seekrieger …«

»Die interessieren uns nicht«, unterbrach ihn die Südländerin. »Bis die Kunde zur Insel Pailos dringt, ist hier längst alles entschieden.«

Der Vizeadmiral nickte. »Aber wie ich schon sagte, Frelomo wird sich nicht einmischen. Er hat strikten Befehl, sich aus den inneren Angelegenheiten des Seekönigreichs herauszuhalten.«

»Wie Ihr schon sagtet«, wiederholte Elidana mit falscher Freundlichkeit. »Aber wie *ich* schon sagte, gehen wir kein Risiko ein. Wir nutzen das Winter-Seemanöver der Sieben-Winde-Flotte. Damit sind sie erst einmal aus der Stadt. Sollte Frelomo entgegen Euren Erwartungen doch auf die Idee kommen, Palamydas zu helfen, wird er nachts kommen müssen, um uns vermeintlich zu überraschen. Falls er nicht von allein auf die Idee kommt, werden ihm Spitzel von uns dies einflüstern, indem sie behaupten, in Rethis seien mehrere Banner aus Talania eingetroffen.« Sie zuckte die Achseln. »Damit wir uns nicht missverstehen, Admiral Diranzou – ich rede Euch schon mal mit dem Euch demnächst zustehenden Titel an –, ich rechne nicht wirklich damit, dass Frelomo uns angreift. Aber wenn er es tut, verdunkeln wir das Leuchtfeuer des Zyklopen, errichten ein anderes weiter nördlich und locken ihn damit auf die Klippen. Frelomo würde seine Eigenmächtigkeit mit dem Verlust seiner Flotte bezahlen.«

Einfacher wäre es gewesen, Frelomo zu kaufen oder aus dem Weg zu räumen, aber Elidana hatte sich nach Lage der Dinge dagegen entschieden. Es war zu riskant. Wäre dabei etwas schief gegangen, hätte sie das Mittelreich herausgefordert, und dazu war der Flammenbund noch nicht stark genug. Es sei denn ... Ihr kam ein Gedanke, den sie später, wenn sie allein war, weiter verfolgen wollte.

»Ihr seid eine vorzügliche Strategin«, lobte Diranzou.

Es interessierte Elidana nicht im Geringsten, wie der Vizeadmiral ihre Fähigkeiten einschätzte. »Wie viele Leute bringt Ihr ein, sobald Ihr Kaifos ausgeschaltet habt?«

»Zwei Banner Seesoldaten«, verkündete Diranzou stolz. Wahrscheinlich sah er sich vor seinem geistigen Auge bereits als glorreicher Befehlshaber an der Spitze seiner Truppen, dem die Leute in Rethis zujubelten. »Das Langschwerter-Banner ›Delphinkrone‹ ist ebenfalls dem Admiral der Seesoldaten, also mir, unterstellt. Das Gleiche gilt für je fünfzehn Stadt- und Hafengardisten. Ein weiteres Banner Seesoldaten steht zur Verfügung, wenn ich die Leute aus Teremon unter einem Vorwand rechtzeitig nach Rethis bringen kann.«

»Lasst Euch einen solchen Vorwand einfallen«, forderte ihn die Südländerin auf. »Zweihundertdreißig Kämpfer werden zusammen mit unseren nach Rethis eingeschleusten Leuten ausreichen, um jede Art von Widerstand zu brechen.«

»Sagtet Ihr nicht, Ihr erwartet zusätzlich vier talanische Schiffe mit zweihundert Leuten?«, wagte der Vizeadmiral einzuflechten.

Er erntete einen vernichtenden Blick für die Bemerkung. »Denkt nach, Diranzou. Ich kann die Talanier nicht in Rethis einsetzen.« Als keine Antwort kam, wandte sie sich an die Rätin. »Erzählt es ihm, Rätin Lydakis. Ihr wisst, wir haben darüber gesprochen.«

Obwohl die Rätin Elidanas Einschätzung von Diranzou teilte, vermied sie es, ihm gegenüber in Tonart oder Wortwahl Geringschätzung zum Ausdruck kommen zu lassen. »Ihr kennt das gespannte Verhältnis zwischen dem Seekönigreich und Talania unter König Hogard. Wenn wir talanische Soldaten in Rethis einsetzen, haben wir sofort die Hälfte der Bevölkerung gegen uns.«

»Da mögt Ihr allerdings Recht haben«, meinte Diranzou.

»Sie hat nicht möglicherweise, sondern ganz bestimmt Recht«, kanzelte ihn die Brabakerin ab. »Und die zyklopäische Abneigung gegen Talanier ist nicht der einzige Grund. Ihr seid doch so sicher, dass die Sieben-Winde-Flotte neutral bleibt. Was meint Ihr wohl, was passiert, wenn Talanier helfen, die Macht in Rethis zu erringen? Dann könnte Frelomo sehr wohl zu der Überzeugung kommen, dass es sich nicht mehr um innere Angelegenheiten handelt, sondern eine fremde Macht nach dem Seekönigreich greift. Und in diesem Fall würde er wohl tatsächlich für Palamydas Partei ergreifen, obwohl dessen Politik Gareth nicht gefällt.«

Eigentlich war die Südländerin es leid, dem Vizeadmiral, dem offenbar jedes Verständnis für Politik abging, ihre eigenen Entscheidungen zu begründen. Sie musste sich zusammenreißen, um ihn nicht mit einer harschen Bemerkung als Volltrottel darzustellen, der nur geduldet wurde, weil er sich innerhalb enger Grenzen als nützlich erweisen konnte. Allerdings wusste sie sehr gut, dass sie in der Behandlung des Mannes gewisse Grenzen nicht überschreiten durfte. Tat sie es doch, mochte er auf die Idee kommen, es ihr heimzuzahlen –

und konnte dann zu einer Gefahr für ihre Pläne werden. Süßlich fügte sie deshalb hinzu: »Ich schätze Euch sehr als fähigen Soldaten und als einen Mann, der dazu berufen ist, einen höheren Rang und Stand einzunehmen, sei es als Admiral, sei es als jemand, der vom neuen König in den Adelsstand erhoben und mit erheblichen Gütern für seinen Einsatz belohnt werden könnte. Nehmt mir deshalb meine manchmal etwas forsche Art nicht übel. Im Grunde weiß ich natürlich sehr gut, dass ich von Euch nicht erwarten kann, dass Ihr mit den schwierigen politischen Fragen vertraut seid, mit denen sich der Flammenbund befassen muss.«

Die Lydakis hüstelte, aber vielleicht hatte sie sich ja wirklich etwas erkältet. Das dick aufgetragene Lob erfüllte jedenfalls seinen Zweck, denn Diranzou verbeugte sich geschmeichelt und versicherte Elidana seiner allergrößten Wertschätzung.

Die Südländerin nickte, als habe sie nichts anderes erwartet. »Damit Ihr die größeren Zusammenhänge erkennt, will ich Euch gern verraten, wozu ich die Talanier benötige. Sie werden heimlich Phenos anlaufen und die Sache mit Palamydas, der dort mit dem Großteil des ihm nahe stehenden Adels dem Jagdvergnügen nachgeht, ins Reine bringen. Wir wollen ganz sicher gehen, dass seine Leibgarde ausgeschaltet wird und die ihm ergebenen Adeligen entweder das gleiche Schicksal erleiden oder aber die neuen Gegebenheiten anerkennen und sich unterordnen. Palamydas wird nicht nach Rethis zurückkehren, und die Adeligen, die es überleben, dürfen nur zurück, wenn sie sich zuvor dem in Rethis ausgerufenen neuen König Merymakos IV. unterworfen haben.«

Ausnahmsweise bewies Diranzou doch eine gewisse Gabe, Zusammenhänge zu erkennen. »Ich verstehe. Ihr macht es so ähnlich wie vor zwanzig Jahren in Talania, als König Arlos vertrieben wurde.«

»Ihr habt es erfasst, Admiral, nur dass der König diesmal

nicht entkommen wird. Wir haben aus den Ereignissen in Talania gelernt und wollen nicht noch einmal Flüchtlinge dulden, die im Exil gegen uns arbeiten. Wir verkünden in Rethis, dass Palamydas auf Phenos einen tödlichen Jagdunfall erlitten hat, Piraten die Küsten unsicher machen und sich damit die Rückkehr von Palamydas Jagdgästen verzögert. Einige der in Rethis verbliebenen Adeligen – und das sind jene, die Palamydas Politik misstrauen und sich mit uns verbündet haben – und Ihr, mein Bester, als Kommandant der Seegarde, werden fordern, angesichts der unsicheren Lage sofort einen neuen König zu bestimmen, und das wird Merymakos sein. Dem restlichen Adel wird nur die Wahl bleiben, die neuen Verhältnisse zu akzeptieren oder zusammen mit Palamydas Geld, Gut und Leben zu verlieren.«

»Ein genialer Plan!« Diranzou verbeugte sich erneut. »Ich bin stolz, Euch bei der Umsetzung helfen zu dürfen!«

Hatte sie zu viel verraten? Elidana entschloss sich, dem Zuckerbrot die Peitsche folgen zu lassen. »Ihr seid jetzt einer der ganz wenigen auf Dere, die in alles eingeweiht sind und das Ganze überblicken. Mein lieber Admiral Diranzou, ich bin leider gezwungen, Euch auch mit der unangenehmen Seite dieses Wissens vertraut zu machen. Glaubt mir, ich zweifle nicht an Eurer Loyalität gegenüber dem Flammenbund, aber Ihr müsst wissen, dass der Bund Verrat auf schreckliche Weise ahndet. Und der Bund ist mächtig, sehr mächtig. Wer ihn unterstützt, wird reich entlohnt. Wer ihn verrät, kann seiner Strafe nicht entgehen. Ihr dürft niemals auch nur im Traum mit dem Gedanken spielen, Euch auf die andere Seite zu schlagen. Palamydas kann Euch nicht schützen. Kiral Ninaios kann es noch viel weniger. Beide werden sterben, so oder so. Ihre Verbündeten auch. Und Verräter erst recht. Denkt immer daran.«

Eigentlich hatte Elidana damit gerechnet, von Diranzou

weitere Schmeicheleien und Ergebenheitsbekundungen zu hören, aber der dicke Seesoldat sagte nur: »Ich bin mit Leib und Seele dabei, Hohe Frau, und Verrat liegt mir fern. Deshalb kann mich Euer Hinweis nicht schrecken. Im Gegenteil, es freut mich zu hören, dass Verräter gnadenlos bestraft werden.«

Offenbar hatte Diranzou sich schon zuvor gründlich mit diesem Thema beschäftigt, und das machte die Südländerin stutzig. Sie hatte bislang nicht den Eindruck gewonnen, dass der Vizeadmiral ein Mann war, der alles genau überdachte, bevor er eine Entscheidung traf. *Wer sich die Konsequenzen für einen Verrat vor Augen führt, ist schon ein halber Verräter,* dachte sie, *denn er spielt zumindest mit dem Gedanken, zur anderen Seite überzulaufen.* Aber dann fiel ihr ein, dass Diranzou ja bereits ein Verräter war, nämlich an seinem König. Es mochte sein, dass er in diesem Zusammenhang seine eigene Rolle in dem Spiel beleuchtet hatte. Trotzdem blieb sie misstrauisch. Sie musste sich überlegen, welche Folgen es haben würde, wenn sich Diranzou Admiral Kaifos anvertraute. Erneut kam ihr Frelomo in den Sinn. Wenn sie ihn doch irgendwie gewann, konnte ihr die Seegarde gestohlen bleiben.

Der Zyklopen-Leuchtturm begann sie zu langweilen. Sie hatte gesehen, was sie sehen wollte, und der Koloss hatte seinen Zweck erfüllt, ein Gespräch zu ermöglichen, das niemand belauschen konnte. »Es wird Zeit, nach Rethis zurückzukehren«, sagte sie.

Die Verschwörer verließen den Kopf des Zyklopen und stiegen durch den Leib des Giganten zum Sockel hinab. Das war weniger anstrengend als der Aufstieg, und dieses Mal kam Diranzou nicht allzu sehr ins Schnaufen.

Ein Kutter der Seegarde lag nur wenige Schritt vom Leuchtturmsockel entfernt im Meer und war am Poller des Anlegestegs vertäut worden. Die Besatzung bestand aus regulären

Seesoldaten. Nach außen hin war der Besuch des Kolosses auf Wunsch der Hohen Frau Charazzar erfolgt, die sich das Wahrzeichen der Stadt ansehen wollte und als hoch geehrter Gast des Königs Anspruch darauf hatte, von Würdenträgern des Seekönigreichs begleitet und von der Seegarde unterstützt zu werden.

Dem Zeremoniell folgend, kehrte der Vizeadmiral als Erster an Bord zurück und wurde von der Oberbootsfrau, der ranghöchsten Seesoldatin an Bord, mit blankem Säbel, dessen Spitze sie kurz an ihre Stirn führte, begrüßt. Elidana und Rätin Lydakis warteten die Übergabe des Schiffes in Diranzous Befehlsgewalt ab, bevor sie die schwankende Anlegeplanke aufenterten und sich von Seesoldaten über das Schanzkleid helfen ließen. Wenig später gab Diranzou das Kommando zum Ablegen, und der Kutter kehrte in den Hafen von Rethis zurück.

Stunden später ritt Elidana Charazzar auf einem Maultier zu den Hügeln im Osten der Stadt hinauf. Ein zweites Maultier folgte, die Zügel mit dem Sattelknauf ihres Reittiers verbunden. Ihr Ziel war das Merymakon, benannt nach Merymakos II., der das abgeschirmte Anwesen als Gefängnis für privilegierte Verbannte, Feinde und Gesetzesbrecher hatte einrichten lassen. Die Zyklopeninseln wurden traditionell vom Mittelreich genutzt, um unliebsame Personen abzuschieben, und wenn nicht durch politische Umschwünge Urteile aufgehoben oder Begnadigungen ausgesprochen wurden, hatten die Verbannten kaum eine Aussicht, jemals wieder in die Heimat zurückzukehren. Die Gefangenen wurden zwar streng bewacht, aber ansonsten mit Respekt behandelt, und es mangelte ihnen kaum an etwas. Wie oft auf den Zyklopeninseln waren die Befugnisse des Seekönigs im eigenen Reich vom Neuen Reich beschnitten worden. Zwar musste das Seekönigreich für die Wachen und Bediensteten im Merymakon aufkommen, aber der Befehlshaber wurde von Gareth eingesetzt und war allein dem Neuen Reich verantwortlich.

Dem Mann, den die Südländerin besuchen wollte, war die seltene Gnade zuteil geworden, aus der Verbannung an einen beliebigen Ort in Aventurien zurückkehren zu dürfen. Allein Albernia und Garetien – Stätten seines früheren Wirkens – blieben ihm versperrt. Elidana, die den Mann gut kannte, wusste allerdings, dass er sich auch in ihrer Heimatstadt Brabak, tief im Süden von Aventurien, nicht mehr sehen lassen durfte. Er war dort aus der Dunklen Halle der Geister zu Brabak, der schwarzmagischen Akademie der Stadt, ausgeschlossen und obendrein auch noch mit einem Stadtverbot belegt worden.

Die Südländerin fragte sich, wie der Verbannte die Kunde aufnehmen würde, dass er ein freier Mann war. Vermutlich ohne Regung, vielleicht sogar als Selbstverständlichkeit. Obwohl er vor Jahren in ihrer Jugend ihr Geliebter gewesen war, war er ihr stets fremd geblieben. Tatsächlich hatte sie ihn im Verdacht, sie damals unter Anwendung von Magie gefügig gemacht zu haben. Wenn es so gewesen war, trug sie ihm dies allerdings nicht nach, denn sie verdankte ihm einige ungewöhnliche, in den Augen anderer wahrscheinlich abartige Erfahrungen, die sie nicht hätte missen mögen. Obwohl Elidana sich in erster Linie für Macht und kaum für Männer interessierte, hatte sie das, was der Kerl damals mit ihr anstellte, genossen, obwohl oder gerade weil es meistens mit Erniedrigung und Schmerzen verbunden gewesen war. Würde es ihn nach all den Jahren berühren, sie wieder zu sehen? Würde er Scham empfinden? Wohl kaum. Das entsprach nicht seiner Art.

Die Brabakerin hatte sich nicht danach gedrängt, ihn aufzusuchen, aber als Magier und Dämonenbeschwörer konnte er sich als nützlich erweisen. Der Bund, der die Aufhebung des Banns durchgesetzt hatte, wollte auf seine Fähigkeiten nicht verzichten, obwohl er in der Vergangenheit die in ihn gesetzten Erwartungen nicht immer erfüllt hatte. Tatsächlich hatte man ihn schon einmal gegen Rhiana von Talania eingesetzt, und es war ihm weder gelungen, sie zu töten, noch ihr das Geheimnis des Ersten Schwarzen Auges zu entreißen. Die Prinzessin gefügig zu machen, würde auch dieses Mal seine Aufgabe sein. Wenn er wieder versagte … Als Flammenrätin wusste Elidana, wie beim Bund im Allgemeinen mit Versagern verfahren wurde. Im Falle dieses Magiers war sie sich allerdings nicht sicher, wie der Dragor, die Erste Flamme Atamur, entscheiden würde. Es fehlte dem Flammenbund immer noch an mächtigen Magiern, denen es im Verbund und unter Einsatz des Ersten Schwarzen Auges und anderer starker magischer Artefakte gelingen konnte, den Göttlichen Drachen Pyrdacor wieder zu erwecken.

Elidana löste sich von diesen Gedanken. Im Grunde war es ihr gleichgültig, ob der Magier die Gunst des Dragor besaß, gewann oder verlor, solange ihre eigene Position nicht gefährdet war. Als wichtig galt ihr allein, dass der Magister ihr unterstellt war, wenn es darum ging, die Macht im Seekönigreich zu übernehmen. Und die Gedanken, die ihr jüngst durch den Kopf gegangen waren, konnten bei magischer Unterstützung durchaus zu Plänen reifen, die den Umsturz noch sicherer und reibungsloser vonstatten gehen lassen würden.

Als sie eine Hügelkuppe erreichte, lag das Merymakon vor ihr. Man hatte ihr den Ort beschrieben, und er war auch unschwer als weiträumiges Gefängnis zu erkennen. Eine hohe, solide Mauer, die von vier Wachtürmen unterbrochen würde, schloss eine Vielzahl von kleinen und größeren Gebäuden ein. Einige der Gebäude wirkten schlicht, aber es gab auch stattliche Landhäuser, wie sie einem Adeligen oder reichen

Kaufherrn gut angestanden hätten. Hinzu kamen etliche großzügig angelegte Gebäudekomplexe, die an Palastbauten erinnerten. Selbst von hier oben konnte man erkennen, dass dies wirklich alte, aber gut erhaltene Paläste sein mussten, denn die Säulenportale und mächtigen Friese erinnerten an die tausend Jahre zurückliegende Horasherrschaft auf den Inseln.

»Eine richtige kleine Stadt«, murmelte die Südländerin.

Sie ritt den Hügel hinab und erreichte das einzige Torhaus in der Einfriedung. Die Wachen hatten sie längst gesehen, aber das Tor blieb geschlossen.

»Holla, wer seid Ihr, und was wollt Ihr?«, wurde sie von einer älteren Wachsoldatin aus einem Turmfenster angerufen. »Wenn Ihr eine Reisende seid, dann zieht weiter. Ohne Legitimation ist der Zutritt nicht gestattet.«

»Ich bin Elidana Charazzar, und ich komme im Auftrag des Seekönigs Palamydas wie auch des Reichsverwesers des Neuen Reichs Graf Tedesco«, erwiderte die Brabakerin. »Ich begehre Zutritt, um einen begnadigten Verbannten mitzunehmen.«

»Ihr könnt Euch legitimieren?«, fragte die Wachsoldatin.

»Sonst wäre ich wohl kaum hier«, spottete die Südländerin, stieg vom Maultier und wartete, bis die Wachsoldatin aus dem Torhaus herabgestiegen und an das schmiedeeiserne Tor getreten war. Die Frau war mit Helm, Kettenhemd und Schwert gut gerüstet, zog das linke Bein jedoch nach und war zu füllig sowie mit ihren etwa fünfzig Jahren auch zu alt, um in einem Kampf eine ernsthafte Gegnerin abzugeben. Zwei weitere Wachen, beides ältere Männer, lugten um die Ecke, und auch diese beiden wirkten trotz der Lanzen, Helme und gegürteten Schwerter eher wie rotnasige Soldaten eines letzten Aufgebots, die schon bessere Tage erlebt hatten und heute lieber einen Hylailischen Seemost schlürften, als sich mit schweißtreibenden Schwertübungen abzugeben. Elidana vermutete, dass der Hof auf A'Layais Hiphon in die Jahre gekommene

Hafen-, Stadt- oder Leibgardisten ins Merymakon abschob. Offenbar wurde dies von Gareth geduldet. *Warum auch nicht? Aufstände der Häftlinge sind nicht zu befürchten, und Ausbrecher würden auf Hylailos nicht weit kommen.*

Sie klappte die Satteltasche des Maultiers auf, entnahm ihr zwei aufgerollte und verschnürte Dokumente und reichte sie der Frau durch das Gitter. »Eine Verfügung des Reichsverwesers und eine Weisung des Seekönigs, beides mit hoheitlicher Signatur und Siegel. Am besten übergebt Ihr beides Eurem Hauptmann.«

»Hauptfrau«, brummte die Wachsoldatin.

»Dann eben der Hauptfrau.«

Dass jemand Einlass begehrte, den sie nicht kannte, schien ein ungewöhnlicher Vorgang auf Merymakon zu sein. Jedenfalls ließ sich die Wachsoldatin sehr viel Zeit. Umständlich löste sie die Schleife des ersten Dokuments, entrollte es vorsichtig und schien nur Augen für das Siegel zu haben. Offenbar konnte sie nicht lesen. Sie rief die beiden anderen Wachen heran, und auch diese starrten nur das Siegel an. Das Gleiche passierte mit dem zweiten Dokument.

Nachdem die beiden Männer die Sache abgenickt hatten, stellte die Wachsoldatin fest: »Die Siegel scheinen echt zu sein.«

Jetzt reichte es der Südländerin. »Wenn ihr Deppen nicht sofort die Hauptfrau holt, sorge ich dafür, dass Vizeadmiral Diranzou euch alle drei für die Seegarde anfordert und bei der Piratenabwehr einsetzt! Wer dort zu langsam ist, wird kielgeholt, das wisst ihr ja wohl, oder?«

Das wirkte. Die Wachsoldatin schickte einen der beiden Männer mit den Dokumenten zu einem Gebäude im Hintergrund. Dann zeigte sie, dass sie trotz ihrer Behinderung in der Lage war, das Tor erstaunlich flink mit einem großen, am Gürtel hängenden Schlüssel aufzuschließen und zu öffnen.

Elidana führte die beiden Maultiere in den Vorderhof und band sie an einem Torpfosten fest. Damit gerade fertig, erschien bereits die Hauptfrau der Wachmannschaft. Sie war ebenfalls mit einem Schwert bewaffnet, trug aber keine Rüstung. In der Hand hielt sie eines der Dokumente. »Verzeiht, dass man Euch warten ließ, Hohe Frau«, sagte sie mit einer knappen Verbeugung. »Wir sind auf Besuch nicht eingestellt.« Die Frau, ebenfalls nicht mehr ganz jung, grauhaarig, leicht schielend und mit unvollständigem Gebiss, aber drahtig und offenbar in Fragen der Verwaltung beschlagen, verlor keine Zeit mit Nebensächlichkeiten. »Ich habe die Anweisung Seiner Exzellenz des Reichsverwesers zur Kenntnis und zu den Akten genommen. Dieses hingegen …« Sie reichte ihr das Schreiben des Seekönigs. »… ist bei allem schuldigen Respekt für den König ohne weitere Bedeutung.«

Elidana hatte das von vornherein nicht anders erwartet, sich aber für alle Fälle als Gunstbezeugung von Palamydas eine Art Passierschein für Merymakos ausfertigen lassen. Beinahe achtlos ließ sie die Rolle wieder in der Satteltasche des Maultiers verschwinden.

»Wie sollen wir verfahren?«, fragte die Hauptfrau. »Soll ich den Magister bringen lassen? Wollt Ihr ihn sofort mitnehmen? Was soll mit seinem Hab und Gut geschehen?«

»Was sein Hab und Gut angeht, wird Euch der Magister Anweisung geben«, antwortete Elidana. »Er wird auch entscheiden, ob er sofort mit mir kommt, obwohl ich glaube, dass ich ihn mit guten Gründen von der Dringlichkeit seiner Abreise überzeugen kann. In jedem Falle möchte ich ihm jedoch gern selbst die Kunde seiner Freilassung überbringen.« Der Form halber fügte sie hinzu: »Eure freundliche Erlaubnis vorausgesetzt.« Es klang nicht wie eine Bitte, und es war auch keine. Die Urkunde aus Gareth erlaubte ihr, nach Belieben vorzugehen, und die Hauptfrau wusste das.

»Die ich Euch hiermit erteile.« Das klang pflichtschuldig, aber keineswegs begeistert.

»Die Anordnung gefällt Euch nicht?«, konnte sich die Südländerin nicht verkneifen zu fragen. Eigentlich interessierte es sie gar nicht, was die Frau für Ansichten hatte, aber vielleicht gab es eine Möglichkeit, ihr ein paar Flausen auszutreiben. Elidana hasste es, wenn Untergebene widerspenstig waren.

»Ich bin die Befehlshaberin des Merymakon«, sagte die Frau und zuckte die Achseln. »Nicht mehr und nicht weniger. Ich habe mich von Amts wegen nicht dafür zu interessieren, wer von meinen Gästen aus welchen Gründen in den Genuss der Gastfreundschaft dieser Einrichtung kommt. Sehr wohl werden mir jedoch die Urkunden übergeben, in denen diese Gründe aufgeführt werden, und meistens lese ich sie auch.«

Die Brabakerin deutete ein Gähnen an. »Kommt zur Sache.«

»Ihr habt mich gefragt, Hohe Frau«, sagte die Hauptfrau gleichmütig, »und ich versuche, Euch eine Antwort zu geben. Wenn Ihr erlaubt, fahre ich fort.«

Gegen ihren Willen musste Elidana der Hauptfrau zugestehen, dass sie sich durch Dokumente von höchster Stelle offenbar nicht so leicht einschüchtern ließ. »Tut es«, sagte sie knapp.

Die Hauptfrau nickte, was eindeutig als Kenntnisnahme und nicht als Ausdruck von Ehrerbietung oder Dankbarkeit gemeint war. »Ich lese vor allem dann in den Urkunden, wenn ich meine Gäste zum ersten Mal gesehen habe. Manchmal bedaure ich sie dann für ihr Los. Manchmal bedaure ich sie nicht. Euer Magister gehört zu jenen, die ich nicht bedauert habe. Zwar lege ich auf seine Gesellschaft wenig Wert, aber ich hätte mir gewünscht, er hätte Hylailos nur dorthin verlassen.« Sie deutete dabei auf den Boden, und es war klar, was sie damit meinte.

»Es ist nicht mein Magister«, sagte die Südländerin scharf. »Und außerdem solltet Ihr besser Eure Zunge hüten. Der Magister ist bald wieder ein einflussreicher Mann, und er ist ein überaus mächtiger Magier. Und leicht zu beleidigen obendrein. Er könnte den Wunsch haben, Euch zu bestrafen.«

Die Frau winkte ab. »Er kennt meine Meinung, und ich glaube nicht, dass sie ihn interessiert. Im Übrigen habe ich keine Angst vor ihm, auch wenn er mit Dämonen paktiert.« Abrupt brach sie ab, als ob sie sich daran erinnert hätte, dass sie eine Aufgabe zu erfüllen hatte. Sie rief den Wachsoldaten herbei, der ihr die Dokumente überbracht hatte. »Führe die Hohe Frau zu Magister Zaraldus.«

»Zu Befehl.«

Der Mann schlurfte voraus, und Elidana folgte ihm. Das Gespräch mit der eigenwilligen Hauptfrau hatte sie im Nu schon fast wieder vergessen. Innerlich bereitete sie sich auf die Begegnung mit dem Magister vor. Es fiel ihr schwer, jenes Maß an spöttischer Gelassenheit zu finden, das sie sich vorgenommen hatte.

Der Magister bewohnte einen der kleineren Paläste. Als sie ihn dort nicht fanden, befolgten sie den Rat eines Bediensteten und suchten ihn im Garten hinter dem Hause. Elidana erkannte den Mann, der dort mit einer Hacke den Boden bearbeitete, sofort, obwohl er seit den Tagen in Brabak nicht nur deutlich älter geworden war, sondern sich auch zu seinem Nachteil verändert hatte, wie sie fand. Er war hagerer, fast hohlwangig, das schwarzgraue Haar war länger und strähniger, wirkte verfilzt, und diesen seltsamen Zopf, zu dem es zusammengebunden war, hatte er früher auch nicht getragen. Er war immer eitel gewesen und hatte sich wie ein Pfau gekleidet. Niemals fehlten Insignien, die ihn als Akademiezauberer auswiesen: Kostbare dunkelblaue Seidenmäntel mit Diamantensplittern darauf, die wie Sterne schimmerten, spitze oder flache Hüte, ebenfalls mit Diamanten und rätselhaften Symbolen verziert, und gern trug er unter dem Arm einen dicken Almanach mit sich herum, auch wenn es dafür keinen Bedarf gab. Das alles war schlichter grauer Baumwollkleidung gewichen, obwohl Elidana nicht daran zweifelte, dass die geliebte Kleidung irgendwo in einer Truhe aufbewahrt wurde und schnellstmöglich wieder zur Geltung kommen würde, wenn Zaraldus von seiner Begnadigung erfuhr. Als er aufschaute, sah sie hingegen Vertrautes: Die stechenden dunkelgrauen Augen mit rötlichen Einsprengseln, die markante, leicht gebogene und leicht schiefe Nase und die unglaublich dichten, zusammengewachsenen Augenbrauen. Einst hatte sie diese Dinge vergöttert, wenn er nackt über ihr hockte, seine Dämonen dazu brachte, ihrem gefesselten Körper unglaubliche Qualen, aber zugleich auch unglaubliche Wonnen zu entlocken, um sich dann in ihr zu ergießen.

Zaraldus musterte sie nur einen winzigen Augenblick lang intensiv, sah dann gelangweilt zur Seite und sagte: »Aha.«

Dass er sie erkannt hatte, stand für Elidana außer Frage, aber ihre ohnehin nur aufgezwungene Gelassenheit verkehrte sich sofort in Wut über das Desinteresse, das er ihrem Erscheinen entgegenbrachte.

»Magister Zaraldus!«, sagte sie scharf. Sie benutzte den Namen, den sie immer benutzt hatte, selbst im Bett. Er hatte ihr damals verboten, ihn zu duzen und mit dem Vornamen anzureden, und sie hatte gehorcht. Er selbst hatte sie manchmal »kleine Charazzar« genannt, sie weitaus häufiger aber mit beleidigenden oder gar obszönen Namen belegt. Das tat er auch jetzt.

»Das Miststück«, erwiderte er fast beiläufig.

Im nächsten Moment hatte Elidana das blanke Rapier in der Hand, tat ein paar schnelle Schritte und drückte ihm die Klinge an die Kehle. »So werdet Ihr mich nie wieder nennen, Zaraldus, oder ich bringe euch auf der Stelle zu einem Ort, wo Ihr überhaupt nichts mehr zu sagen habt!«

Der Magier nahm es gelassen auf. »Das wirst du auf gar keinen Fall tun«, sagte er ruhig. »Denn du bist hier, weil du etwas von mir willst.« Er schaute den Wachsoldaten an, der die Szene mit offenem Mund verfolgt hatte. »Verschwinde gefälligst, oder ich hetze dir und deiner Familie einen Dämon auf den Hals.«

Der Mann machte, dass er davonkam. Elidana verstand jetzt sehr gut, warum Zaraldus im Merymakon nicht sonderlich beliebt war.

»Nimm die Waffe weg«, forderte der Magister, und die Südländerin gehorchte.

Wie früher, dachte sie. Sie flüchtete sich in Belanglosigkeiten und deutete auf die Hacke. »Ihr arbeitet im Garten?«

»Es gibt im Boden Todesmorcheln«, gab Zaraldus zur Antwort. »Überaus selten und überaus giftig. Ich brauche sie für einen Sud, mit dem ich mich einreibe, um mich gegen dämonische Übergriffe zu schützen.« Er deutete auf vertrocknete Ranken. »Außerdem züchte ich schwarze Rosen, die aber erst im Frühjahr wieder blühen. Wegen der Farbe und weil sie erbärmlich stinken.« Nach einer kleinen Pause fügte er hinzu: »Der Saft aus den Blättern hat aber auch noch andere Eigenschaften, die dir überaus gefallen hätten, kleine Charazzar. Sehr anregende Eigenschaften, brennende. Du weißt schon, was ich meine.«

Die Südländerin hatte sich endlich gefangen. »Ich möchte eines klarstellen, Magister Zaraldus. Ich bin nicht mehr das junge Mädchen aus Brabak, sondern eine erwachsene Frau. Redet mich nicht mehr mit Euren Schimpfnamen an, aber auch nicht mit euren Kosenamen. Geht auf Distanz, Zaraldus, ich fordere es dringend von Euch! Kein Du, keine Anspielungen auf Dinge, die früher waren. Ich bin Elidana Charazzar, und im Allgemeinen nennt man mich wegen meiner Herkunft Hohe Frau. Redet mich also gefälligst mit Hohe Frau an, oder vermeidet eine direkte Anrede.«

»Ich will das tun, wenn andere zuhören«, versprach der Magier, aber in seinen Augen stand nur Boshaftigkeit und Verachtung. »Wenn wir unter uns sind, ziehe ich meine eigenen Namen vor. Kleine Hure zum Beispiel. Denn das warst du doch, oder?«

Jetzt zog die Südländerin eine Waffe, die weitaus schärfer war als ihr Rapier. »Zaraldus«, sagte sie und dehnte den Namen genüsslich. »Ihr werdet mir in dieser Sache auf das Wort gehorchen, weil ich sonst leider dem Dragor Atamur berichten muss, dass Ihr den Befehlen einer Flammenrätin nicht Folge leistet.«

Der Hieb hatte gesessen. Mit heißer Genugtuung stellte Elidana fest, dass der Magister förmlich in sich zusammensackte und sein Gesicht eine aschfahle Färbung angenommen hatte. »Du … Ihr …«, stotterte er, und nichts in seiner Stimme erinnerte noch an den überheblichen Magister.

»Ja, ich«, bestätigte die Südländerin und kostete ihren Triumph aus. »Versteht Ihr, Zaraldus? Versteht Ihr es wirklich? Ich bin Flammenrätin, und Ihr seid nichts weiter als ein untergeordneter Flammenbündler, der bisher immer versagt hat, wenn es galt, eine wichtige Aufgabe für den Bund zu erfüllen.« Sie nahm sich zusammen. Sie durfte den Magier nicht so weit erniedrigen, dass er sich jeder Zusammenarbeit verweigerte. Und sie wollte ihm auch keinen Grund geben, in kleinlicher Rachsucht seine Dämonen auf sie zu hetzen, und dieses Mal gewiss nicht, um ihr Wonnen zu bereiten. Mit erzwungen ruhiger Stimme fuhr sie fort: »Aber ich bin weder hier, um mich von Euch beschimpfen zu lassen, noch Euch zu beschimpfen. In …« Sie wählte die Worte sorgsam, um nicht den Eindruck zu erwecken, dass sie selbst nur einen Befehl ausführte. »… Absprache mit der Ersten Flamme wurde entschieden, dass Ihr noch einmal die Gelegenheit bekommen sollt, Euch zu bewähren. Der Bund hat Eure Begnadigung erwirkt …«

»Das wurde auch Zeit«, unterbrach Zaraldus sie. Es war erstaunlich, wie schnell er sich auf die neue Situation eingestellt und zu seiner herrischen Art zurückgefunden hatte.

Elidana machte dies wütend, und sie brauste auf. »Sagt das nicht mir, sondern dem Dragor, wenn Ihr Euch traut!«, fuhr sie ihn an. Sie sammelte sich wieder. »Ihr wurdet schwerer Vergehen im Mittelreich angeklagt, und es war für den Bund nicht einfach, Euch zu helfen. Ab heute aber seid Ihr wieder ein freier Mann. Allerdings erwartet der Bund dafür eine Gegenleistung von euch.«

»Welche?«, fragte Zaraldus mürrisch.

»Ihr sollt Rhiana fangen und …«

»Rhiana?«, fragte der Magier. »Wenn sie immer noch lebt, war ich ja wohl nicht er Einzige, der sich erfolglos bemüht hat, oder? Wobei ich hinzufügen möchte, dass ich von unfähigen Untergebenen wie Dom Lando …«

»Dom Lando ist tot«, warf die Brabakerin ein.

»Freut mich zu hören!«, schnappte Zaraldus und fuhr fort: »… von unfähigen Untergebenen wie Dom Lando behindert und von unfähigen Vorgesetzten wie Mortenberg …«

»Mortenberg …«, begann Elidana.

»… ist tot?«, fragte der Magister hoffnungsvoll.

»Nein, aber gerügt und aus Albernia abgeschoben worden.«

»Immerhin etwas. Wie ich schon sagte, Dom Lando und Ritter Mortenberg haben meinen Erfolg verhindert. Ohne diese Versager wäre Rhiana kein Thema mehr für den Flammenbund.«

»Ihr müsst Euch trotzdem mit dem Gedanken vertraut machen, dass neu bekannt gewordene Umstände Mortenberg und seiner sanften Vorgehensweise Rhiana gegenüber nachträglich eher Recht gegeben haben. Dass er in Ungnade gefallen ist, hatte andere Gründe. Für Euch hat es durchaus Vorteile, dass die Prinzessin als Gefangene in das Seekönigreich gebracht werden soll. Ihr könnt dann endlich Eure wahren Talente zum Einsatz bringen und ihren Willen brechen.« In knappen Worten erläuterte sie ihm, was von ihm erwartet wurde.

Zaraldus nickte. »Das wird kein Problem sein. Aber ich habe nicht die Absicht, mich zu einem simplen Handlanger degradieren zu lassen.«

»Ihr werdet voll rehabilitiert, und der Flammenrat steht Euch offen, wenn Ihr Erfolg habt«, versprach die Südländerin, obwohl sie insgeheim bereits das Messer wetzte. Sie würde es zu verhindern wissen, dass Zaraldus die volle Ernte einfuhr. Für sie musste dabei auch etwas abfallen. In solchen Fragen dachte sie wie Mortenberg.

»Gut«, sagte der Magister. »Wem bin ich verantwortlich?«

»Letztendlich dem Dragor, das sollte Euch doch bekannt sein«, ließ die Brabakerin ihn auflaufen und fügte spöttisch hinzu: »Ansonsten mir, so wenig es Euch auch behagen mag. Das Seekönigreich – und nur dort nützt uns Rhiana etwas – untersteht mir, mit allem, was darin passiert.« Sie verschwieg, dass sich Atamur gewiss einschalten und sie übergehen würde, wenn es Zaraldus gelang, das Geheimnis des Ersten Schwarzen Auges aus der Prinzessin herauszupressen. Aber das hatte den Magister nicht zu interessieren.

»Dann lasst uns aufbrechen«, sagte Zaraldus. »Meine Sachen lasse ich später holen. Gewiss wird euch die alte Hexe Sematis …«

»Sematis?«

»Die hier das Kommando führt«, knurrte Zaraldus.

»Ich verstehe, Ihr meint die Hauptfrau, die Euch nicht leiden kann.«

»Das beruht auf Gegenseitigkeit. Ich hätte sie irgendwann von einem Dämon holen lassen, aber sie ist viel zu unwichtig, um sich mit ihr abzugeben, wenn ich erst einmal das Merymakon verlassen habe. Sagt der Hexe, ich brauche ein Pferd, und lasst sie den Transport meiner Bücher und der anderen Sachen nach Rethis in Angriff nehmen. Für solche Sachen ist sie gut zu gebrauchen.«

»Sagt ihr selbst, was mit Euren Sachen zu geschehen hat«, erklärte die Südländerin. »Was das Pferd angeht, so braucht Ihr es nicht. Ich habe ein zusätzliches Maultier dabei.«

»Auf Maultieren reiten die Armen«, murrte Zaraldus.

»Dann ist ein Maultier das Richtige für Euch, um Euren Hochmut abzukühlen«, spottete Elidana. »Ihr nehmt jedenfalls das Maultier, ob es Euch nun passt oder nicht. Wenn mir ein Maultier genügt, dann muss es Euch auch genügen. Im Übrigen ist es nur ein Ritt von ein paar Stunden. Das wird Euer magisterlicher Hintern wohl auch auf einem Maultier aushalten.«

Zaraldus schien sich allmählich daran zu gewöhnen, dass sich die Brabaker Verhältnisse umgekehrt hatten und Elidana Charazzar das Heft in der Hand hatte. Zumindest hier auf den Zyklopeninseln und für den Moment. »Dann lasst uns losreiten«, sagte er ungeduldig.

»Nicht so eilig«, bremste ihn die Brabakerin. »Wollt Ihr wie ein Bauer in Rethis einreiten? Zieht Euch um, aber putzt Euch nicht als Magier heraus. Das könnt Ihr tun, wenn Ihr auf See seid. Für den Moment würde es meinen Plänen schaden, mit einem Magier gesehen zu werden. Ich habe nämlich noch eine andere Aufgabe für Euch, die nichts mit Rhiana, sondern dem bevorstehenden Umsturz im Seekönigreich zu tun hat.«

»Und?«, fragte der Magier.

Aus einem Impuls heraus, den sie sich selbst nicht erklären konnte, hielt die Südländerin es für ratsam, im Moment nicht näher darauf einzugehen. »Ich erläutere es Euch bei passender Gelegenheit«, sagte sie.

Vor Kiral Ninaios erhob sich die Wölbung des riesigen Schwarzen Auges, glatt und schimmernd und klar wie die Oberfläche eines still daliegenden Gebirgssees. Im Inneren des Auges war ein alter Palast zu erkennen. Davor standen ein hagerer Mann mit stechenden Augen und eine südländisch aussehende Frau, die sich unterhielten. Sie wirkten so lebendig und plastisch, als seien sie hier an diesem Ort leibhaftig anwesend und nicht Meilen entfernt.

»... Ich habe nämlich noch eine andere Aufgabe für Euch, die nichts mit Rhiana, sondern dem bevorstehenden Umsturz im Seekönigreich zu tun hat«, sagte die Frau.

»Und?«, fragte der Mann.

Die Frau schien einen Moment zu zögern. Dann gab sie zur Antwort: »Ich erläutere es Euch bei passender Gelegenheit.«

Die beiden gingen in das Innere des Gebäudes, und das Auge folgte ihnen, durchdrang die dicken Mauern, als seien sie nichts weiter als eine Nebelwand. Dahinter wurde eine weite, hohe Eingangshalle mit einer Vielzahl von Säulen, Ornamenten und Skulpturen sichtbar. Ein niedriger, lang gestreckter Tisch mit geschwungenen und reich verzierten Beinen aus Bronze sowie einer rotbraunen Schieferplatte beherrschte den Raum. Um den Tisch herum standen mehrere gedrungene Stühle, das Gestell ebenfalls aus Bronze, zwischen dem Rahmen aufgespannt eine durchhängende dunkelbraune Lederdecke als Sitzfläche. Im Hintergrund waren zwei wuchtige Schränke, ein Regal mit Krügen, Bechern und in Leder gebundenen Folianten sowie drei halbrund gewölbte Zugänge zu benachbarten Räumen zu erkennen. Der Mann verschwand in einem der hinteren Räume, während das Auge bei der Frau verharrte, die sich müßig in der Halle umschaute, schließlich einen der schweren Folianten aus dem Regal zog, ihn auf den Tisch legte und aufschlug.

»Lasst das!«, forderte der Mann sie scharf auf, als er in die Halle zurückkehrte. Er trug jetzt Reisekleidung, die ihn als wohlhabend auswies, ohne diesen Wohlstand allzu übertrieben darzustellen, dazu einen großen Lederhut, aus dem hinten der lange Zopf herausragte, und eine Satteltasche. Ärgerlich schlug er den Folianten zu und stellte ihn ins Regal zurück. Stattdessen griff er nach zwei kleineren, aber sehr viel älter aussehenden Büchern in brüchigen Ledereinbänden und legte sie vorsichtig in die bereits prall gefüllte Satteltasche. »Wir können gehen.«

Erschöpft lehnte sich der alte Mann in dem weich gepolsterten Sessel zurück. Seit Stunden war er Elidana gefolgt und hatte wichtige Dinge erfahren. Gern hätte er gewusst, wie die Südländerin den Magier einzusetzen gedachte, aber dafür konnte er sich keine Zeit mehr nehmen. »Ich habe genug gesehen«, sagte er.

»Wie Ihr wünscht«, antwortete eine freundliche Stimme in seinem Kopf

Das Bild im Schwarzen Auge verschwamm, als würde man durch immer dickere Schichten von Butzenglas sehen, löste sich dann ganz auf und wurde durch den schwarzen Glanz der riesigen Kristallkugel ersetzt. Aber das, was in dem Auge lebte, war noch hellwach.

Ninaios sah flüchtig den blassen, durchscheinenden Körper des Wächters, der das Auge umschwebte. Er besaß keine festen Konturen, veränderte sich von Augenblick zu Augenblick. Wenn überhaupt ein Vergleich angebracht war, dann ähnelte er am ehesten einem augenlosen Delphin der Lüfte, geformt aus Dunst, der in stetigem Wechsel auseinander driftete und wieder zusammengefügt wurde.

Warme Freundlichkeit und mildes Verständnis hüllten den Geist des Gelehrten ein. »Dieses war der kleinere Teil des Geschenks, das Euch gegeben wurde und das Ihr Euch durch ein langes Leben im Dienste von Manilon redlich verdient habt. Soll ich Euch nun den anderen Teil des Geschenks öffnen?«

Kiral Ninaios wusste, was der Wächter meinte. Diesen Moment hatte er sich seit vielen Jahren herbeigesehnt, und dass er ihm zum Ende seines Lebens zuteil werden sollte, erfüllte ihn mit so großer Andacht, dass seine Stimme ihm kaum gehorchen wollte. »Bitte beginnt«, flüsterte er.

»Was immer Ihr sehen werdet«, mahnte der Wächter besorgt, »bedenkt stets, dass dies nicht fest und unverrückbar gefügt ist. Noch nicht. Ihr seht die wahrscheinlichsten Möglichkeiten, die sich abzeichnen, und sie sind veränderbar, jedenfalls innerhalb gewisser Grenzen.«

Der Wächter öffnete erneut das Schwarze Auge. Aus der Tiefe des Kristalls stiegen in schnellem Wechsel Bilder empor. Der kundige Wächter durchdrang mit all seiner Güte und all seiner Wärme den Geist des Gelehrten und machte ihn für kurze Zeit zu einem Teil seines eigenen Wesens. Was Ninaios allein niemals vermocht hätte, wurde wahr. Seine Wünsche wurden zu dem Wollen des Wächters, und dieser suchte aus den Myriaden und Abermyriaden von Bildern, die das Auge aus der Vergangenheit, der Gegenwart und der Zukunft aufbewahrte, jene aus, die der alte Gelehrte so sehnlich zu sehen wünschte.

Ninaios sah mehr, als ein menschliches Auge in seiner Zeit jemals von diesen Dingen gesehen hatte, aber der besorgte Wächter bewahrte ihn vor Bildern, die ihn und sein altes Herz überfordert hätte.

Nach einer Zeit, die niemand gemessen hatte und die wohl auch gar nicht messbar war, sagte der Gelehrte dankbar und demütig: »Es ist gut.«

Er weinte. Vor Trauer und vor Glück. Er hätte nicht sagen können, welche der beiden Waagschalen sich tiefer neigte.

Anteil nehmend und tröstend strich der Wächter über den Geist des alten Mannes, bevor er sich aus ihm zurückzog und das Schwarze Auge in den Schlaf schickte.

5 Der Pirat

Meer der sieben Winde, Ende Tsa 916 BF

»Das gefällt mir nicht«, sagte Neel und nahm das Teleskop, das sie sich vom Kapitän der *Bunte Seekuh* ausgeliehen hatte, vom Auge. Der Morgennebel hatte sich gelichtet, und die Sicht war wieder klar. Die Praiosscheibe goss Licht und Wärme über die Planken des Schiffes.

»Was gefällt dir nicht?«, fragte die neben der Amazone an der Heckreling lehnende Finni ohne wirkliches Interesse.

»Dieser Holk folgt uns seit Kuslik.«

»Na und? Er wird das gleiche Ziel haben wie wir und die gleichen Winde nutzen.« Die Halbelfe zeigte auf zwei weitere Segel nahe der Kim. »Siehst du? Wir sind hier nicht die einzigen Schiffe.«

»Ich würde das ja gerne glauben wollen«, meinte Neel, »aber der Holk ist größer als wir und hat mehr Segel. Wenn er wollte, hätte er uns längst eingeholt.«

Menno, der Sohn der Kaufherrin Patrusco, schoss in der Nähe ein Seil auf. Obwohl die *Bunte Seekuh* seiner Mutter gehörte und er eigentlich als bevorrechtigter Gast an Bord war, musste er der Besatzung als Schiffsjunge zur Hand gehen. Das Gleiche galt für seine Schwester Setana, die sich in halber Höhe zum Ausguck mit einer Hand in die Wanten klammerte und mit der anderen einer Matrosin über ihr eine Leine zureichte. Die Patrusco verlangte, dass ihre Kinder wie jeder andere behandelt wurden, und legte außerdem Wert darauf, dass sie alle Arbeiten kennen lernten, die im Handelshaus selbst und auf den Schiffen verrichtet wurden. Nur so konnten die Kinder, wenn sie selbst die Führung des Handelshauses übernahmen, kenntnisreich und umsichtig handeln und die Arbeit auch des Geringsten der Untergebenen angemessen würdigen.

Menno hatte Neels Bemerkung gehört und fühlte sich veranlasst, seine seemännischen Kenntnisse unter Beweis zu stellen. »Wenn Ihr erlaubt, dass ich mich einmische: Der Holk ist klobiger und liegt tiefer im Wasser als wir. Da er dwars einfallenden Wind hat, muss er genau wie wir kreuzen und häufig brassen. Das kostet Zeit, und ich glaube, wir sind dabei wendiger. Das hebt den Vorteil auf, den er durch seine größere Segelfläche hat.«

Neel sah den Fünfzehnjährigen abschätzig an, und ein kleines Lächeln umspielte ihre Lippen. Vielleicht amüsierte sie sich über die altkluge Bemerkung des Jungen, der ihrer Meinung nach noch nicht ganz trocken hinter den Ohren war. Oder sie hatte das Bild vor Augen, als derselbe Junge schamhaft seine Blößen zu verdecken suchte, nachdem die Gefährten ihn auf der Wrackinsel nahe Havena in letzter Minute davor bewahrt hatten, Opfer eines blutigen Rituals des Flammenbundes zu werden. »So mag es sein«, bequemte sie sich schließlich zu sagen, »aber es gefällt mir trotzdem nicht.«

Da sie nicht mehr vorzubringen hatte, versuchte Finni, der Amazone das Heft aus der Hand zu nehmen. »Freust du dich auf Rethis, Menno?«

Der Junge nickte eifrig. »Auf den Zyklopeninseln ist alles ganz anders als in Havena. Das Wetter ist auch viel schöner. Und Piraten soll es hier geben. Das macht bestimmt viel Spaß. Vor allem möchte ich mal einen richtigen Zyklopen sehen. Die Seeleute in Havena haben erzählt, sie könnten mit ihrem Stirnauge in die Zukunft schauen, und ihr König sei blind.«

»Ihr König heißt Palamydas, ist kaum älter als du und hat

zwei gesunde Augen«, sagte die alte Amazone trocken. Offenbar hatte sie heute ihren Nörgeltag. Dabei hatte sie wie die anderen Gefährten eigentlich allen Grund, freundlich zu Menno zu sein. Wäre er ihnen in Kuslik nicht über den Weg gelaufen und hätte seine Hilfe angeboten, würden sie vermutlich noch immer versuchen, das Geld für die Fahrt nach der Zyklopeninsel Hylailos zusammenzubringen.

»Äh …«, begann Menno verlegen. »Wahrscheinlich meinten die Seeleute einen früheren König, damals, als die Inseln noch den Zyklopen gehörten. Einen blinden Zyklopenkönig.«

»Muss lange her sein«, sagte Neel gedehnt. Natürlich wusste sie, dass die Zyklopen die Ureinwohner der Inseln waren, aber schon vor 2000 Jahren von den ersten menschlichen Siedlern bekriegt und fast ausgerottet wurden. Heute lebte man in Frieden mit den wenigen überlebenden Zyklopen, die auf einigen kleineren, zumeist von Menschen nicht besiedelten Inseln anzutreffen waren. Kaufleute aus Rethis trieben Handel mit ihnen, denn die von den zyklopischen Schmieden gefertigten Waffen und Rüstungen waren in ganz Aventurien begehrt. Da Menno und Setana zu einem Kaufherrn in Rethis in die Lehre kamen, hatten sie sogar gute Aussichten, Verhandlungen mit den Zyklopen aus nächster Nähe zu erleben.

Die Bootsfrau tauchte auf, runzelte die Stirn, als sie Menno untätig sah, gab ihm einen nicht allzu derben Fußtritt in den Hintern und befahl ihm, das Hauptdeck so lange mit Bimsstein zu schrubben, bis das Eichenholz schneeweiß geworden sei. Diese Behandlung hätte Finni und Neel normalerweise erstaunt, denn eigentlich müsste Menno für die Bootsfrau unantastbar sein. Aber sie wussten von den Kindern der Patrusco, dass ihre Mutter den Kapitän und die Offiziere in ihrem Beisein eingeschärft hatte, ihre Kinder nicht zu verzärteln, sondern sie auch mal zu züchtigen, wenn sie ihre Arbeiten nicht gewissenhaft erledigten.

Menno sputete sich, zumindest dem ersten Teil des Befehls nachzukommen und sich Bimsstein sowie eine Pütz Wasser zu besorgen.

»Herumstehen und herumsabbeln bekommt jungen Leuten nicht«, entschuldigte sich die Bootsfrau bei Finni und Neel, tippte an ihren abgewetzten Lederhut und trollte sich.

»Am liebsten hätte sie uns auch zum Plankenscheuern geschickt«, raunte Finni der Amazone zu.

Neel zuckte die Achseln. »Für dich wäre das vielleicht gar nicht mal so verkehrt. Gibt Muskeln. Was mich angeht, so will ich mich jetzt mal um meine Schäfchen kümmern.«

Die Amazone verließ das Achterdeck und kletterte die Leiter zum Hauptdeck hinab. Obwohl das Schiff leicht rollte, bewegte sie sich breitbeinig und sicher wie eine erfahrene Seefrau. Finni wusste über Neel eigentlich nur, dass sie den Großteil ihres Lebens in der Burg eines häretischen Amazonenordens verbracht hatte. Aber nach der Zerstörung der Burg und der Auslöschung des Ordens war die Amazone viel herumgekommen, bis sie bei den Talaniern gelandet war und sich um Rhianas Waffenausbildung gekümmert hatte. Neel sprach nur selten über diese Zeit, aber ihrem Handeln war zu entnehmen, dass sie vielerlei Erfahrungen gesammelt hatte, allem Anschein nach auch in der Seefahrt.

Neels ›Schäfchen‹ waren sechs Söldner, die schon am Großmast auf sie warteten. Die Amazone ließ Holzschwerter austeilen, stellte zwei Paare zusammen und befahl ihnen, mit den Schwertübungen zu beginnen. Helme waren erlaubt, Schilde und Brustharnische hingegen nicht. »Ich will, dass ihr alles gebt, ihr Havenaer Pfeifen!«, brüllte sie. »Wer mir hinterher nicht frische Platzwunden und blaue Flecken zeigen kann, muss gegen mich antreten.«

Die beiden restlichen Söldner, einen Burschen mit struppigem roten Bart, dem die Einfalt im Gesicht geschrieben stand, und eine glatzköpfige Frau mit viel zu viel Fett auf den Rippen, hatte Neel als besonders ausbildungsbedürftig erkannt. Sie mussten, und das nicht zum ersten Mal, wie die vielen Abschürfungen und kleinen Wunden zeigten, gegen Neel kämpfen. Sie nahm sich ebenfalls eines der Holzschwerter und fing sofort an, auf die beiden einzuprügeln. »Wehrt euch, ihr Triefnasen! Ihr seid zu zweit, also zeigt es mir! Ich tu das nur für euch! Wenn ihr nicht lernt, euch besser zu verteidigen, wird man euch in einem richtigen Kampf auf der Stelle zu Wagenschmiere verarbeiten. Bei Rondra, selbst ein Tattergreis mit einer Krücke würde euch spielend leicht den Schädel einschlagen!«

Die beiden wehrten sich, so gut sie es vermochten, aber viel konnten sie gegen die Amazone nicht ausrichten. Neel hatte während des Kampfes sogar noch Muße, die beiden anderen Paare im Auge zu behalten und anzubrüllen, wenn sie sich zu lahm bewegten oder gar eine Pause einlegten.

Finni sah vom Achterdeck aus eine Weile zu. Eigentlich hatte Neel den Söldnern überhaupt nichts zu befehlen, denn diese waren von der Patrusco zum Schutz ihrer Kinder abkommandiert worden, während Neel nur ein Gast war, aber keiner von ihnen traute sich, gegen die Amazone aufzumucken.

Die Halbelfe mit ihrem feinen Gehör nahm jedes der Geräusche um sich herum eindringlicher wahr als alle anderen an Bord. Sie hörte das Pfeifen des Windes in der Takelage der Karavelle, besonders hier achtern, wo die Segel havenisch getakelt waren. Eines der Stagsegel war schlecht geschotet und luvte, was Finni wie Peitschenknallen vorkam. Leinen ächzten an den Belegnägeln, Geitaue knurrten, Wasser gluckste leise, und überall im Schiff knarrten Planken und Spanten. Hinzu kamen die Geräusche der Wachgänger an Deck, in der Takelage und im Mastkorb, die Kommandos der Ersten Steuerfrau und der Bootsfrau und natürlich der von Neel angefeuerten

Söldner. Die Halbelfe wünschte sich, die Geräusche des Schiffes und der See genießen und sich dem Rhythmus des Schiffes hingeben zu können, aber sie war eine Landratte, die besser mit den Geräuschen des Waldes vertraut war. Auf See fühlte sie sich nicht wohl, und sie war froh, dass sie, wenn nichts dazwischenkam, in spätestens zwei Tage in Rethis wieder festen Boden unter den Füßen haben würde. Sie überlegte, ob sie besser den Niedergang hinabsteigen und sich in ihre Koje legen sollte. Sie sah zur Sonne hinauf, die hoch am Firmament stand. Es war erst kurz nach Mittag, und sie verspürte keine Müdigkeit. Zu früh also für die Koje. Vielleicht sollte sie sich Rhiana und Rashid zugesellen, die sich mit dem Kapitän in dessen Kajüte aufhielten. Lust auf endlose Gespräche verspürte Finni allerdings auch nicht.

Ihre Gedanken schweiften ab, ließen noch einmal Bilder der langen Reise von Gareth nach Kuslik lebendig werden. Anfangs waren sie gut vorangekommen, vorangetrieben von der ungeduldigen Rhiana, die jede Stunde reute, die sie nicht im Sattel saß. Finni konnte die Freundin gut verstehen. Es musste grausam sein, die engen Vertrauten ihrer Jugend erneut in Gefahr zu wissen, nachdem die talanischen Flüchtlinge ihre zweite Heimat in der albernianischen Zuflucht verloren und seither so viel hatten durchmachen müssen. Immer wieder beschwor Rhiana ihre Gefährten, nicht zu trödeln, denn jeder gewonnene Tag konnte entscheidend sein. Aber es gab keinen Zauber, der sie in Windeseile dahin tragen konnte, und die Pferde durften nicht über Gebühr beansprucht werden. Rhiana mit ihrem innigen Verhältnis zu Sturmbraut und den anderen Tieren wusste dies selbst am besten, und das setzte ihr Grenzen. Sich selbst wollte sie nicht schonen, aber für Sturmbrauts stummen Protest hatte sie ein Ohr. Finni vermutete sogar, dass Rhiana mit der Stute Gedankenbilder austauschen konnte, wie sie dies gelegentlich mit Eisfell tat.

Die ersten beiden Wochen waren anstrengend, aber ereignisarm gewesen. Finni hatte Rashid wieder fester in ihr Herz geschlossen, das sie ihm nach seinem Liebesabenteuer im Firntal versperrt hatte. Inzwischen wünschte sie sich wieder, endlich einmal seinen schlanken Körper leidenschaftlich an sich zu ziehen, seine nackte Haut zu spüren und seine Männlichkeit in sich aufzunehmen. Aber der Novadi hörte niemals auf, sie »kleiner Dschinn« zu nennen und auch so zu behandeln. Für ihn war sie ein netter Kobold und guter Kamerad, aber offenbar keine Frau, die seine Lenden entflammen konnte.

Von Ragath bis Punin waren sie gemeinsam mit fünf blutjungen Offiziersanwärtern aus dem almadanischen Kleinadel gereist, die ihren Dienst in Punin antreten wollten. Das war in jeder Beziehung eine angenehme Abwechslung gewesen, insbesondere für Finni. Was Rashid ihr verweigerte, hatte sie sich in einer lauen Nacht bei einem hübschen siebzehnjährigen Burschen geholt, der sich erst etwas ungeschickt angestellt, dann aber große Ausdauer bewiesen hatte. Finni musste lächeln, als sie daran zurückdachte, dass sie erst im Morgengrauen voneinander ließen und er später ziemlich erschöpft im Sattel hing. Er würde sich gewiss noch lange an diese Nacht erinnern. Was Finni anging, so hatte sie es genossen, aber sie hatte von ihm nur seinen nackten Körper gewollt und diesen auch bekommen.

Als sie auf der Reichsstraße der Khom-Wüste sehr nahe gewesen waren, wurde Rashid schwermütig und unzugänglich. Finni hätte sich nicht gewundert, wenn der Novadi es sich doch noch anders überlegt hätte und in seine Heimat zurückgekehrt wäre. Aber er blieb, und in Vinsalt war er wieder ganz der Alte. Ausgerechnet das vergleichsweise friedliche Vinsalt wurde ihnen zum Verhängnis und hielt sie fünf Tage lang auf. Straßendiebe raubten ihnen die verbliebene Barschaft. Sie konnten zwar zwei der Diebe stellen und sich wenigstens ein paar Silbertaler zurückholen, mussten aber bis zum Markttag bleiben, um als Zeugen vernommen zu werden. Rhiana hatte geschäumt über diesen unfreiwilligen Aufenthalt, aber es war nichts zu machen. Wären sie einfach weitergereist, hätten sie Vinsalter Gesetz gebrochen und wären selbst zu Gejagten geworden.

Als sie endlich in Kuslik ankamen, waren die letzten Silbertaler aufgebraucht, aber dann begegnete ihnen im genau richtigen Moment Menno. Er war mit seiner Schwester aus Havena gekommen, und die *Bunte Seekuh* lag nur kurz im Hafen. Menno hatte nicht vergessen, dass er ihnen sein Leben verdankte, und trotz seiner jungen Jahre und seiner Unterordnung an Bord waren er und Setana auf dem Schiff Bevollmächtigte ihrer Mutter. Menno wies den Kapitän deshalb an, die Gäste kostenfrei nach Rethis zu bringen und ihnen außerdem einen Betrag aus der Schiffskasse auszuzahlen, der sie für eine Weile aller pekuniären Sorgen enthob.

Unwillkürlich musste Finni über Setana nachdenken. Während Menno für sein Alter recht keck auftrat und das schreckliche, selbst verschuldete Erlebnis mit den Flammenbündlern offenbar schnell verdaut hatte, wirkte seine um ein Jahr jüngere Schwester ausgesprochen schüchtern und zurückhaltend, beinahe ängstlich. Wenn Finni es nicht besser gewusst hätte, würde sie niemals vermutet haben, Setana könne die Tochter der robusten Kaufherrin Patrusco sein. Litt Setana unter ihrer herrischen Mutter und ihrem vorlauten Bruder? Erdrückten die beiden sie? Aber eigentlich konnte das doch nicht sein. Die Patrusco war zwar robust, aber zugleich auch mutig und gerecht. Ein Vorbild für beide Kinder. Und klug. Sie würde Menno seiner Schwester niemals vorgezogen haben. Vermisste Setana vielleicht Zärtlichkeit? Fühlte sie sich dem allen nicht gewachsen? Setana wusste schließlich, dass von ihr verlangt wurde, sich wie Menno dem Erbe der Mutter zu stellen.

Ein bisschen erinnerte das an Rhiana, die sich auch den an sie gestellten Erwartungen verweigert hatte und es zum Teil noch immer tat. Nur dass Rhiana eine Kämpferin war und Setana offensichtlich nicht. Finni seufzte. Sie war selbst eine Frau und sollte eigentlich wissen, was im Kopf eines Mädchens vorging, das in ihren Gefühlen noch ein Kind und körperlich schon fast zur Frau gereift war. Aber bei ihr hatte das Leben viel härter zugeschlagen, schon in frühester Kindheit, als die Bestie Dom Lando ihre Mutter schändete und tötete. Und außerdem war sie stets eine Tänzerin zwischen den Welten gewesen, zur Hälfte Mensch, zur Hälfte Elfe. Das war keine Hilfe, wenn man sich in Menschen hineindenken wollte, die nur eine Welt kannten und eher behütet aufgewachsen waren.

Aber wenn ich mir Setana als schüchterne und kraftlose Maus vorstelle, begehe ich womöglich einen großen Fehler, dachte Finni. *Sie hätte es genießen können, endlich den frechen Bruder los zu sein und in Havena die volle Aufmerksamkeit ihrer Mutter zu genießen. Aber Menno hat erzählt, dass Setana darauf bestanden hat, ihn zu begleiten, und ihren Wunsch gegen die Mutter durchgesetzt hat, die nicht beide Kinder zugleich aus dem Haus geben wollte. Also steckt, wenn auch verborgen, doch eine ganze Menge Willen und Durchsetzungsfähigkeit in diesem Mädchen!*

Abrupt wurde die Halbelfe aus ihren Gedanken gerissen.

»Ausguck an Deck«, rief der Mann im Mastkorb. »Schiff an Backbordbug gesichtet. Schwarze Segel. Kommt auf.«

Eigentlich war eine solche Meldung nichts Besonderes, denn zwischen dem Lieblichen Feld und den Zyklopeninseln herrschte reger Schiffsverkehr. Der Holk, der Neel Kummer machte, und zahlreiche andere Schiffe, die ihnen begegnet, von ihnen eingeholt oder von denen sie selbst passiert worden waren, legten davon Zeugnis ab. Aber die Stimme des Ausgucks klang lauter und angespannter als sonst. Finni dachte sofort an den Holk, aber der konnte es nicht sein, da er hinter ihnen lag und die Meldung die Fahrtrichtung betraf.

Die Erste Steuerfrau stieg ein Stück weit in die Wanten und sah durch das Teleskop. Sie wirkte besorgt. »Deck an Ausguck«, schrie sie zum Mastkorb hinauf. »Jede Kursänderung sofort melden.« Sie kehrte an Deck zurück und rief einen Matrosen heran. »Hol sofort den Kapitän!«

Finni konnte die Unruhe spüren, die nahezu jeden an Deck erfasst hatte. Einige Matrosen und die Bootsfrau standen beieinander und flüsterten. Menno hielt beim Deckschrubben inne und versuchte zu lauschen. Allein Neel war unbeeindruckt und schrie ihre Söldner an, gefälligst nicht nachzulassen.

Als der Matrose, den die Erste Steuerfrau zum Kapitän geschickt hatte, auf den Niedergang des Achterdecks zueilte, rief Finni ihm zu: »Warum sind denn alle so aufgeregt?«

»Wegen der schwarzen Segel«, sagte der Mann. »Es könnte ein Pirat sein.« Dann verschwand er unter Deck.

Wenig später polterten hastige Schritte auf der Treppe des Niedergangs. Kapitän Almiratis, ein älterer Mann mit dunklen Augen und einem schon leicht ergrauten, ansonsten schwarzen Backenbart, tauchte auf. Hinter ihm erschienen Rhiana, Eisfell, Rashid und schließlich der Matrose. Der Kapitän ging zu der Ersten Steuerfrau und tuschelte mit ihr. Dann lieh er sich ihr Teleskop aus und stieg in die Wanten, um selbst nach dem Schiff zu sehen. Seit Finni an Bord war, hatte sie Almiratis noch niemals lachen sehen. Er machte eigentlich immer ein so ernstes Gesicht, als rechne er jederzeit mit dem sofortigen Untergang seines Schiffes, aber jetzt sah dieses Gesicht nicht nur ernst, sondern bleich und starr wie eine Maske aus.

»Freiwache an Deck!«, schnauzte er.

Die Bootsfrau gab den Befehl weiter, und wenig später tauchten die ersten Köpfe am Süll des Bugniedergangs auf, der zu den Mannschaftsquartieren führte.

Rhiana und Rashid traten zu der Halbelfe an Backbord. Gemeinsam spähten sie an den Segeln vorbei nach vorn. Man konnte das Schiff jetzt schon mit bloßem Auge erkennen. Es war fast doppelt so lang wie die *Bunte Seekuh* und besaß drei Masten, die große pechschwarze Rahsegel führten. Der raum einfallende Wind ermöglichte eine gute Fahrt, ohne dass Wendemanöver nötig wurden. Zusätzlich zu den Segeln besaß das Schiff Dutzende von weit aus dem Rumpf ragenden Riemen, die im Moment aber keine Wasserberührung hatten. Auffällig war der gewaltige Rammsporn in Form eines Drachenkopfes.

»Eine Galeere«, stellte Rashid fest. »Ich dachte immer, das Meer der Sieben Winde sei zu stürmisch für solche Schiffe.«

»Findest du, dass es hier stürmt?«, fragte Rhiana unschuldig.

»Es wird hier nicht immer so gutes Wetter herrschen, edelste Rose aller Meere«, gab der Tulamide zurück.

»Zwischen dem Lieblichen Feld und den Zyklopeninseln zeigt Efferd nur selten seine ganze Macht«, erwiderte Rhiana und gab damit das wieder, was sie von den älteren talanischen Flüchtlingen gehört hatte. »Weiter nördlich sieht es natürlich anders aus. Da tobt und brodelt die See, wenn Efferd in zorniger Stimmung ist. Dahin würde sich diese Galeere bestimmt nicht trauen. Aber hier findet sie bei schlechtem Wetter schnell Schutz im Windschatten einer der kleinen Inseln, von denen es Hunderte gibt.«

Während sie noch sprach, hatte sich Neel der Gruppe auf dem Achterdeck angeschlossen. Ihre Söldner durften nun doch verschnaufen, da die Amazone im Falle einer drohenden Gefahr ihren Platz an der Seite Rhianas sah. Sie nickte zu dem, was die Prinzessin gesagt hatte. »Piraten lieben Galeeren. Wenn der Kahn dort wirklich ein Piratenschiff ist, werden wir bald erleben, warum.«

Als Finni für einen Moment den Kopf zur Seite wandte, glaubte sie neben der von Menno aufgeschossenen Taurolle eine flüchtige Bewegung wahrzunehmen. Sie sah genauer hin. Tatsächlich, da war etwas. Ein winziger weiblicher Kobold mit roter Strickmütze und Schaftstiefeln, eine langstielige Pfeife im Mundwinkel, winkte ihr zu. Im nächsten Moment war das nur ein oder zwei Spann große Wesen verschwunden.

Finni rieb sich die Augen, ging dann zu der Taurolle, schaute hinein, spähte in jeden Winkel. Nichts. Die Halbelfe spürte die fragenden Blicke ihrer Gefährten, die des Rudergängers, des Kapitäns und der Ersten Steuerfrau auf sich lasten. Sie kehrte zu ihren Leuten zurück. »Ich … ich muss mich wohl getäuscht haben«, stammelte sie. »Für einen Moment glaubte ich, dort drüben Raxilei gesehen zu haben.«

»Die Klabauterfrau aus Havena?«, entfuhr es Rhiana. Das Bild der Koboldfrau, die sie aus einer uralten Trommel befreit hatten, stand ihr wieder vor Augen. »Bist du sicher?«

»Nein, bin ich nicht«, sagte Finni ärgerlich. »Ich sagte doch, dass ich mich wohl getäuscht habe.« *Aber passen würde es,* dachte sie. *Raxilei hat erwähnt, dass sie sich nach der langen Gefangenschaft wieder ein Schiff suchen wollte.*

»Es bringt Unglück, einen Klabauter zu sehen«, orakelte Neel. »Wenn sie sich zeigen, geht meistens das Schiff unter.«

Kapitän Almiratis trat heran. Seine Miene war noch immer wie versteinert. »Auf meinem Schiff gibt es keine Klabauter«, teilte er grimmig mit. »Ich will nichts davon hören!«

»Wir auch nicht, Kapitän«, versuchte ihn Rhiana zu beruhigen und bettelte dabei Neel und Finni mit den Augen an, nicht weiter auf der Geschichte herumzureiten. Sie zeigte nach vorn. »Was ist nun mit dem Schiff?«

»Das wissen wir noch nicht, Weibelin«, antwortete der Kapitän, dem Rhiana als eine mit der Patrusco-Familie befreundete garetische Offizierin vorgestellt worden war. »Es hält Kurs auf uns, aber das muss nichts zu bedeuten haben, wenn es einfach nur den guten Wind nutzt.«

»Und die schwarzen Segel?«

»Die machen uns Sorgen«, gab Almiratis zu. »Aber es gibt auch einen ehrbaren Kaufherrn in Brabak, dessen Schiffe schwarze Segel führen, seit seine gesamte Familie bei einem Piratenüberfall getötet wurde.«

»Und dieser Kaufherr besitzt Galeeren?«, fragte Neel.

»Das weiß ich nicht«, gab der Kapitän zu.

»Warum nehmen wir nicht einfach an, dass es Piraten sind, und versuchen, ihnen zu entkommen?«, schlug Finni vor.

Der Kapitän tauschte einen raschen Blick mit der Ersten Steuerfrau. Offenbar war diese Möglichkeit schon erwogen worden. »Das wäre sinnlos, denn sie haben das schnellere Schiff und den besseren Wind«, erwiderte Almiratis.

»Aber einen Versuch …«, begann Finni, verstummte dann aber. Sie hatte den Eindruck, dass der Kapitän die Wahrheit fürchtete, die sich bei einem Fluchtversuch offenbaren würde. Vielleicht hoffte er auch darauf, sich mit den Piraten – wenn es denn welche waren – irgendwie einigen zu können, ohne das Schiff zu verlieren.

Der Kapitän sah wieder durch das Teleskop.

»Und?«, fragte Rhiana.

»Wenn sie den Kurs beibehalten, werden sie uns an Backbord passieren, aber nicht näher als vielleicht zweihundert Schritt herankommen.«

»Tut sich etwas auf dem Schiff?«

Almiratis zuckte die Achseln. »Sie haben nicht mehr Leute an Deck als irgendein anderes Schiff dieser Größe. Ganz normale Seeleute, wie es scheint. Aber das kann täuschen. Wenn ich ein Pirat wäre, würde ich es auch nicht auf die Segel schreiben.«

»Das tun sie doch schon, wenn sie schwarze Segel führen«,

meinte Neel trocken. Sie nahm das Ganze von der praktischen Seite. »Haben Eure Leute Waffen? Können sie damit umgehen?«

Der Kapitän nahm das Teleskop vom Auge. »Entermesser, Beile, das Übliche. Damit können die Leute auch umgehen. Aber wenn Ihr an Geschütze denkt …«

»Ich habe nur ein Auge, aber ich bin nicht blind«, raunzte ihn die Amazone an. »Dass die *Bunte Seekuh* keine Geschütze führt, habe ich durchaus bemerkt.« Sie machte eine kleine Pause. »Nun, wir haben immerhin die Söldner, was auch immer das heißen mag.« Sie wandte sich dem Hauptdeck zu und schrie: »Havenaer Pfeifenregiment zu mir! Aufstellung vor dem Achterdeck! Und wagt es ja nicht, mit den Holzschwertern zu erscheinen! Wenn ihr Glück habt, könnt ihr euch bald in die albernianischen Heldengesänge einschreiben.«

Die sechs Söldner beeilten sich, dem Befehl nachzukommen.

»Ausguck an Deck!«, brüllte der Mann im Großmast. »Fremde Galeere ändert Kurs!«

Der Kapitän konnte darauf verzichten, erneut nach dem Teleskop zu greifen, denn die Galeere war bereits dicht genug herangekommen, um Einzelheiten mit dem bloßen Auge auszumachen. Er kniff denn auch nur die Augen zusammen und starrte gemeinsam mit den anderen an Bord zu dem Schiff hinüber. An Deck waren jetzt mehr Leute als vorher zu sehen, aber keine Waffen. Eine der drei Gestalten auf dem Achterdeck erteilte Befehle. Vermutlich war es der Kapitän oder die Kapitänin. Genau war dies nicht zu erkennen, aber die Kleidung wirkte seemännisch nüchtern.

Der neue Kurs strafte den friedfertigen Eindruck jedoch Lügen. Die Galeere hielt genau auf die *Bunte Seekuh* zu. Und plötzlich zerbarst die Maske der Friedfertigkeit. Dutzende von abenteuerlich gekleideten und gerüsteten Gestalten quollen laut brüllend aus den Sülls. Alle trugen Waffen und reckten sie drohend in Richtung der Karavelle. Fast im gleichen Moment wurden die Reffs gelöst, Taljen und Lieks rasselten so laut, dass dies über das Wasser hinweg auf der *Bunte Seekuh* zu hören war, und alle drei Segel sackten in sich zusammen. Die Galeere verlor sichtlich an Fahrt, aber dann senkten sich die Riemen ins Wasser und trieben das Schiff kraftvoll voran.

»Das meinte ich vorhin«, sagte Neel, und ihre Stimme klang eher zufrieden als besorgt.

Der Kapitän mochte zu lange gezögert haben, aber jetzt bewies er, dass er weder ein schlechter Seemann noch ein Angsthase war. »Ruder hart Backbord!«, schrie er. »Brassen! An Steuerbord passieren und die Riemen der Galeere brechen! Enterungsversuche abwehren!«

Neel nickte anerkennend. Almiratis setzte die beste Waffe ein, die gegen eine Galeere etwas taugte: den massiven Bug seines Schiffes. Wenn es ihm gelang, die wendige Karavelle am Bug der Galeere vorbeizubringen, würden die Riemen auf der Steuerbordseite wie Reisighölzer brechen. Damit wäre die Galeere manövrierunfähig, bis die Segel neu angeschlagen wurden, und das würde dauern. Eine Flucht konnte aber nur gelingen, wenn die *Bunte Seekuh* keinen Rammstoß der Galeere einfing und während des gesamten Manövers genügend Fahrt machte, um die Piraten daran zu hindern, an Bord zu gelangen.

Auf dem Achterdeck der Galeere gab jetzt einer der bunt gekleideten und bewaffneten Männer die Kommandos. Offensichtlich war das der Kapitän: Ein schwarzbärtiger Mann in mittleren Jahren mit rot gestreiften Hosen und einem roten Hemd, einer dicken braunen Lederweste und einem riesigen, mit allerlei bunten Federn geschmückten Hut. Als Almiratis ihn sah, zuckte sein Gesicht, aber er sagte nichts.

Die Manöver der Karavelle waren eindeutig, und der Pirat erkannte die Gefahr, in der sich die Galeere befand. Er brüllte wütende Befehle, die Schlagzahl der Riemen erhöhte sich deutlich, und der Bug der Galeere schob sich immer schneller durch das Wasser. Der Raum für die Wende der Karavelle wurde immer enger. Zu eng. Almiratis blieb keine Wahl, wenn er den Rammstoß der Galeere vermeiden wollte.

»Ruder hart Steuerbord!«, rief er. »Brassen! An Backbord passieren!«

Bei der Geschwindigkeit des Schiffes war es riskant, die Wende abzubrechen und auf Gegenkurs zu gehen. Der Bug tauchte tief in das Wasser, das Schiff krängte an Steuerbord, die bis zum Äußersten beanspruchten Spanten und Planken ächzten und stöhnten, die Matrosen arbeiteten fieberhaft an den Leinen. Aber dann war es geschafft. Der drohend auf die *Bunte Seekuh* zielende Rammsporn der Galeere wanderte auf die Backbordseite der Karavelle. Das Schiff richtete sich wieder auf. Jetzt zielte sein Bug auf die Backbordriemen der Galeere, die fast greifbar nahe lagen.

Das Gesicht von Almiratis war unbeweglich wie zuvor, und auch die Erste Steuerfrau schaute nicht zufrieden, sondern besorgt drein. Der Kapitän hatte seine Gründe gehabt, die Backbordwende vorzuziehen, die das Schiff vor den Wind gebracht hätte. Jetzt musste er gegen den Wind segeln, was dem Schiff die Fahrt nahm. Ohnmächtig musste Almiratis mit ansehen, wie sich die *Bunte Seekuh* viel zu langsam an die Galeere heranschob und dem Feind dabei die Längsseite zeigte.

Die Piraten schienen nur darauf gewartet zu haben. Bogenschützen hatten sich an Deck postiert, und im nächsten Moment flogen Pfeile heran, die mehrere Besatzungsmitglieder der Karavelle niederstreckten, darunter auch den Rudergänger. Schlimmer noch waren allerdings mit Schleudern verschossene Tonkapseln, in denen sich Hylailer Feuer befand.

Die Schützen konnten die großen Segel der Karavelle überhaupt nicht verfehlen. Im Nu brannten zwei der Segel, und auch auf dem Hauptdeck bildeten sich Brandherde. Die Seeleute kämpften verzweifelt gegen die Flammen an, aber das Abfackeln der Segel konnten sie nicht verhindern. Und die Piraten machten sich zum Entern bereit!

Die Gefährten hatten die doppelte Wende des Schiffes mit Müh und Not überstanden, indem sie sich an die Reling, an Tauwerk und alles geklammert hatten, was Händen und Füßen irgendwie Halt gab. Eisfell wäre in hohem Bogen über Bord geschleudert worden, wenn Neel, die irgendwie immer noch eine Hand frei zu haben schien, den Wolfshund nicht im letzten Moment am Nackenfell gepackt und zu sich herangezogen hätte. Danach hatten sie sich so gut es ging verschanzt. Jetzt, als das Schicksal des Schiffes entschieden zu sein schien, versuchten sie zu retten, was zu retten war, und stellten sich auf den bevorstehenden Kampf ein. Kapitän Almiratis würde ihnen dabei kein Hilfe mehr sein. Er lag neben dem Ruder, das er nach dem Tod des Rudergängers selbst übernommen hatte. Ein Pfeil hatte seinen Hals durchbohrt. Das Schiff trieb führerlos dahin. Als Rhiana zu ihm heranrobbte und in sein Gesicht schaute, sah sie dort zum ersten Mal die Andeutung eines Lächelns. »Die … Wende … war … gut … nicht wahr … Weibelin?«, röchelte er.

»Sie war ganz hervorragend, Kapitän«, sagte die Prinzessin tapfer, obwohl ihr zum Heulen zumute war.

Die Augen des Mannes leuchteten, bevor sie brachen. Im Tod wirkten seine Gesichtszüge entspannt und fast heiter.

Aus den Augenwinkeln heraus sah Rhiana, wie Neel zum Hauptdeck herabkletterte und lautstark ihre Söldner formierte. Die Prinzessin verschanzte sich hinter der Backbordreling und rief so laut sie konnte: »Menno! Setana! Kommt zum Achterdeck, aber seid vorsichtig!«

Zu ihrer Erleichterung sah sie wenig später, wie die Kinder der Patrusco geduckt die Reling entlang schlichen und von Neel unter ihre Fittiche genommen wurden. Sie schienen unverletzt zu sein. Anschließend stürzte sich Neel mit hoch erhobenem Säbel auf die Feinde und brüllte dabei: »Für Rondra! Schwert für Gerechtigkeit!«

Der Beschuss mit Hylailer Feuer hatte aufgehört. Entweder war den Piraten die Munition ausgegangen, oder sie hatten eingesehen, dass aus einem brennenden Schiff keine Beute zu bergen war. Die ersten Piraten schwangen sich an langen Leinen auf die *Bunte Seekuh*. Zwar gelang es den überlebenden Besatzungsmitgliedern und den Söldnern, diese Vorhut niederzustrecken, aber die Lücken wurden sofort durch weitere Piraten ersetzt. Die Schiffe lagen jetzt Seite an Seite, was das Entern einfacher machte. Dutzende von Piraten kletterten das Schanzkleid der Karavelle herauf, unter ihnen auch der Kapitän.

Als Rhiana die Reste der zersplitterten Riemen zwischen den beiden Schiffen sah, überkam sie ein bitteres Gefühl. Am Ende hatte Almiradis, bevor ihn der Pfeil niederstreckte, sein Manöver doch noch beendet. Aber es war ein teuer bezahlter Triumph.

Neel und die Söldner taten ihr Bestes, die heranflutenden Piraten abzuwehren. Zwei der Söldner waren gefallen, und ironischerweise waren es nicht die beiden, denen die Amazone prophezeit hatte, dass sie selbst einem Greis nicht standhalten könnten. Im Gegenteil, diese beiden wehrten sich jetzt, da es um ihre Haut ging, erstaunlich tapfer und geschickt.

Finni hatte bereits mehrere Pfeile abgeschossen, war aber auf dem schwankenden Deck nicht so zielsicher wie gewohnt. Der Pfeil, der dem Piratenkapitän gegolten hatte, streifte ihn zu ihrem Leidwesen nur am Oberarm. Rashid und Rhiana griffen jetzt ebenfalls in den Kampf ein. Der Tulamide tänzelte mit seinem scharfen Rapier umher, während die Prinzessin mit ihrem Schwert austeilte. Da der Angriff der Piraten sich lange genug angekündigt hatte, waren beide mit Helm, Kettenhemd und Schild gut gerüstet. Neel trug ebenfalls Helm und Schild, dazu einen Brustschutz aus Leder. Von den Vieren war Finni am leichtesten zu verletzen, aber sie war auch am flinksten, mied das dickste Kampfgetümmel und setzte dem Feind weiterhin mit Pfeil und Bogen zu.

Rhiana, Rashid, Neel und die verbliebenen vier Söldner bildeten eine Gruppe am Aufgang zum Achterdeck, die sich schnell Respekt bei den Piraten verschaffte. Setana und Menno kauerten hinter dieser Phalanx an der Reling. Das Mädchen hatte sich an Eisfell gekuschelt, der bei ihnen lag.

Rhiana überlegte verzweifelt, wie sie die beiden Patrusco-Kinder vor Zufallstreffern bewahren könnte. Am liebsten hätte sie sie unter Deck geschickt, aber das Süll auf dem Hauptdeck war schon in Piratenhand, und sie zum Niedergang auf dem Achterdeck zu schicken, schien ihr zu gefährlich.

Sie schlug einer jungen dunkelhäutigen Piratin, die mit einem Entermesser auf sie eindrang, den Schild unter das Kinn und schickte sie damit zu Boden. Zwei weitere Piraten lauerten auf eine Lücke in ihrer Verteidigung, wichen bei ihren Ausfällen aber stets zurück. Die Erste Steuerfrau konnte die Prinzessin nirgendwo erblicken, aber der Zweite Steuermann und die Bootsfrau hielten sich mit einem kleinen Rest der Besatzung wacker und verteidigten das Süll am Bug.

»Legt die Waffen nieder, dann passiert euch nichts!«, schrie der Piratenkapitän, der vom Großmast aus seine Leute kommandierte, den Seeleuten im Bug zu. »Wir wollen nur eure Ladung, nicht euer Leben.«

Die Seeleute wollten davon nichts hören. Die meisten von ihnen hatten schon mit Piraten zu tun gehabt und wussten, dass deren Wort nicht zu trauen war. »Nicht unser Leben?«, höhnte die Bootsfrau. »Ihr habt schon die Hälfte von uns umgebracht!«

Der Piratenkapitän lachte. »Wenn sie nicht so lausig gekämpft hätten, würden sie noch leben.« Er wandte sich der Gruppe um Rhiana zu. Der Prinzessin gefiel die Art nicht, wie der Mann mit wieselflinken Blicken die Gruppe taxierte und seine Augen einen Moment zu lange auf den Patrusco-Kindern ruhen ließ. Das Gesicht des Piraten verriet Intelligenz, und Rhiana befürchtete, dass er sofort den Wert der Kinder erkannt hatte. »Das Angebot gilt auch für euch!«, rief er. »Gebt auf! Ihr mögt noch so gut sein, aber gegen diese Übermacht kommt ihr nicht an. Ich verspreche euch anständige Behandlung und die Freiheit, sobald wir eine der Inseln erreicht haben.«

»Wir sterben lieber, als uns der Gnade von Seeräubern auszuliefern!«, antwortete Rhiana.

Der Pirat nickte und raunte einigen seiner Leute etwas zu. Im nächsten Moment stürmten drei von ihnen, alle mit bunten Hemden, Hosen und Kopftüchern bekleidet, auf Rhiana zu und bedrängten sie mit Säbeln und Piken. Die Prinzessin wäre in Bedrängnis geraten, aber Neel und Rashid kamen ihr sofort zu Hilfe. Gemeinsam trieb man die Angreifer zurück.

Der Angriff war ein Ablenkungsmanöver gewesen. Zu spät bemerkten Rhiana und ihre Gefährten, was der Piratenkapitän damit bezweckte. Er hatte erreicht, dass die drei besten Kämpfer der Gruppe sich aus der Ecke lösten, in der die Patrusco-Kinder und Eisfell kauerten. Die List wurde offenbar, als einer der Piraten dem Kapitän eine Leine zuwarf, die aus der halb zerstörten Takelage herabhing. In einer fließenden Bewegung griff der Kapitän nach der Leine, stieß sich ab und schwang sich über die Köpfe der eigenen Leute, aber auch über Rhiana, Neel und Rashid hinweg. Kurz bevor er die zum Achterdeck führende Treppe erreicht hatte, ließ er sich fallen und kam federnd auf. Er hieb der beleibten Söldnerin, die von Neel verhöhnt worden war, die Faust in den Magen, dass sie zusammenklappte, und hatte dann freie Bahn zu den Patrusco-Kindern. Bevor irgendjemand eingreifen konnte, packte er Setana an den schulterlangen braunen Haaren, riss sie zu sich heran, zog ihren Kopf nach hinten und setzte ihr ein Messer an die Kehle. Die braunen Augen des Mädchens waren angstvoll geweitet, und sie wimmerte leise.

»Die Waffen nieder!«, brüllte der Piratenkapitän, der es bei alledem sogar geschafft hatte, seinen Hut auf dem Kopf zu behalten. »Sofort! Sonst schneide ich dem Mädchen die Kehle durch!«

Das Ganze war so schnell vonstatten gegangen, dass Rhiana nicht einmal Zeit gefunden hatte, sich von den Gegnern zu lösen, geschweige denn, den Piraten zu hindern. Um ein Haar hätte sie Schwert und Schild gleichzeitig nach dem Mann geworfen, um dann selbst hinterher zu hechten. Im letzten Moment unterdrückte sie den Impuls. Die Gefahr war zu groß, dass Setana getroffen wurde. Und selbst wenn sie den Piraten traf und tödlich verletzte, konnte er dem Mädchen noch das Messer durch die Kehle ziehen.

»Tut, was er sagt!«, schrie sie. »Hört auf zu kämpfen!«

Der Kampf war bereits weitgehend zum Erliegen gekommen. Jetzt streckten auch die Letzten die Waffen und warteten ab. Rhiana sah aus den Augenwinkeln, wie Finni auf dem Achterdeck den Bogen schulterte. Sie hätte als Einzige vielleicht noch einen tödlichen Schuss wagen können, aber offensichtlich hatte sie Angst davor gehabt, Setanas Leben zu verwirken, wenn der Pfeil den Piraten nicht auf der Stelle tötete.

Eisfell sträubte das Fell, fletschte die Zähne und wollte dem Piraten an die Kehle springen.

»Aus, Eisfell!«, herrschte Rhiana ihn an und schickte ihm gleichzeitig ein Gedankenbild, das scharfe Missbilligung ausdrückte. Knurrend und vor Zorn bebend, zog sich der Hund widerwillig zurück.

Rhiana hatte halb erwartet, dass die Piraten den Moment der Verwirrung nutzten, um die verbliebenen Gegner zu überwältigen, aber sie senkten die Waffen und zogen sich sogar ein paar Schritte zurück. Offenbar hatte der Kapitän seine Leute gut im Griff. Das war erstaunlich, denn das blutige Handwerk der Seeräuberei lockte nicht nur Abenteurer und Leute an, die nichts zu verlieren hatten, sondern auch den Abschaum aller Lande, darunter blutgieriges Gesindel, das kaum zu bremsen war.

»Wie war das, schöne Soldatin?«, fragte der Pirat spöttisch und sah dabei Rhiana an. »Ihr wolltet lieber sterben, als Euch meiner Gnade auszuliefern? Ihr seht, die Sache ist nicht so einfach, wie Ihr Euch das gedacht habt.«

Die Prinzessin erwiderte seinen Blick, und in ihren Augen stand eiskalte Wut. Sie warf Schwert und Schild fort. »Lasst das Mädchen frei und tötet mich stattdessen. Ich werde mich nicht wehren.«

Im Gesicht des Piraten stand Respekt geschrieben. Zu Rhianas Überraschung ließ er Setanas Haare los und nahm das Messer von ihrer Kehle. Er gab dem vor Angst stocksteifen Mädchen einen kleinen Schubs und schickte sie damit zu ihrem Bruder zurück, der sie tröstend in den Arm nahm. »Ich will Euer Leben so wenig wie das des Mädchens«, sagte der Piratenkapitän und steckte das Messer in den Gürtel. »Glaubt Ihr mir jetzt?«

Erst jetzt nahm Rhiana bewusst war, dass der Pirat sich erstaunlich gewählt ausdrückte und sie respektvoll anredete, statt sie einfach zu duzen.

Der Pirat steckte das Messer in eine Stiefelschlaufe, wandte sich seinen Leuten zu und befahl ihnen, zusammen mit den überlebenden Besatzungsmitgliedern das Feuer zu löschen, das sich an einigen Stellen in den Schiffsrumpf hineingefressen hatte.

Menno und Setana suchten Schutz bei Rhiana, und Eisfell schloss sich ihnen an. Die Prinzessin wollte Setana in den Arm nehmen, aber das Mädchen, noch immer starr vor Angst, entzog sich ihr.

»Was wollt Ihr also?«, fragte Rhiana den Piraten, der nur zwei Schritt von ihr entfernt stand, den Säbel im Gürtel. Rhiana hätte blitzschnell ihr Schwert aufheben und einen Angriff wagen können. Aber das wäre keine Lösung gewesen.

»Den Lohn für die Mühe, Euch zu jagen, und einen Ausgleich für die Verwandten vieler guter Männer und Frauen, die dabei umgekommen sind«, erwiderte der Pirat. »Kurzum: Die Ladung, die Schiffkasse und vielleicht auch das Schiff, wenn es noch zu gebrauchen ist.«

»Wenn Euch wohler ist, Euch mit Erlaubnis zu nehmen, was Ihr Euch bereits angeeignet habt, kann ich Euch nicht dienen«, sagte Rhiana spröde. »Wir sind nur Gäste auf diesem Schiff.«

»Er soll alles haben«, meldete sich neben ihr Menno mit etwas zu schriller Stimme.

Der Pirat lächelte. Widerwillig stellte Rhiana fest, dass sie sein Gesicht unter anderen Umständen vielleicht als sympathisch empfunden hätte und der Mann alles in allem kaum dem Bild entsprach, das sie sich von Seeräubern gemacht hatte. Seine Kleidung war sauber und der Bart wohl erst kürzlich gestutzt worden. Er schien einen gewissen Wert auf ein gepflegtes Äußeres zu legen. Und seine Intelligenz stellte er erneut unter Beweis. »Danke, mein Herr«, sagte er und verbeugte sich, wenn auch nicht ohne Ironie, vor Menno. Dann wandte er sich wieder der Prinzessin zu. »Ich dachte mir doch gleich, dass es einen Grund haben musste, weshalb Ihr diese beiden dort so sorgsam zu schützen suchtet. Die Kinder des Kapitäns? Oder gar höheren Standes?« Er lachte laut heraus, als er Rhianas Mienenspiel sah. »Oh ja, Euer Gesicht verrät Euch. Aber seid unbesorgt, wir sind nicht auf Lösegeld aus. Menschenhandel ist nicht unser Ding. Habt Ihr übrigens auch einen Namen, schöne Frau?«

»Weibelin Susmin Montas.« Die Prinzessin benutzte den gleichen Namen, den sie dem Kapitän der *Bunte Seekuh* genannt hatte.

»Nein!«, sagte der Pirat entschieden. »Ihr seid nie und nimmer nur eine Weibelin.«

»Susmin Turibai Montas«, ergänzte die Prinzessin und bat insgeheim Susmin um Entschuldigung, dass sie sich ihren Namen und ihren Titel angeeignet hatte.

»Das ist schon besser. Talanischer Adel?«

»Wir sind Flüchtlinge«, sagte Rhiana.

»Das macht Euch sympathisch. Viele sind von den talanischen Inseln geflüchtet, als die Despoten an die Macht kamen. Unter meinen Leuten sind auch einige, deren Familien aus Talania geflüchtet sind.«

»Was soll das Gequatsche?«, flüsterte Neel der Prinzessin zu. »Ein Wort von Euch, und wir drehen dem Piraten den Hals um oder nehmen ihn als Geisel.«

»Nein, Neel!«, zischte Rhiana. »Ich glaube, wir können ihm einigermaßen trauen.«

Der Piratenkapitän hatte das Getuschel sehr wohl bemerkt, schritt aber nicht ein.

»Habt Ihr auch einen Namen?«, fragte die Prinzessin den Piraten.

»Kapitän Manäo Rastidos«, antwortete dieser, zog mit einer grandiosen Geste den Hut und verbeugte sich leicht. Unter dem Hut kam eine Mähne lockigen schwarzen Haares zum Vorschein.

»Ihr habt einen anderen Kapitän umgebracht, der Euch nichts getan hat!«

»Ich bedaure den Tod von Kapitän Almiratis zutiefst«, sagte Rastidos, und es klang aufrichtig.

»Ihr kanntet ihn?«, fragte Rhiana überrascht.

»Er hat mich zum Steuermann ausgebildet, und ich habe ihn bewundert. Er war ein guter Seemann und in der gemeinsamen Zeit sogar so etwas wie ein Freund. Wenn ich gewusst hätte, dass dies sein Schiff ist, hätte ich mir eine andere Beute gesucht. Als ich ihn auf dem Achterdeck erkannte, war es zu spät – leider auch für den Pfeil.«

Ein Pirat, der Mitleid empfindet?, dachte Rhiana. *Dieser Manäo Rastidos ist ein seltsamer Mann. Was mag ihn zu den Seeräubern getrieben haben? Aber ich darf nicht vergessen, dass er für den Tod von vielen Seeleuten verantwortlich ist. Und er hat Setana bedroht, uns damit auf feige Art erpresst.* Die Prinzessin spürte, dass ihr Zorn anschwoll.

»Ausguck an Kapitän«, kam es vom Mast der Galeere.

»Was ist los, Salida?«, rief Rastidos zurück.

»Der Holk, den wir vorhin schon gesichtet haben, hat den Kurs geändert und kommt auf.«

»Das wurde auch Zeit!«, knurrte Neel.

Rhianas Herz machte einen freudigen Hüpfer. Obwohl Rastidos im Moment niemanden an Bord der *Bunte Seekuh* bedrohte und nicht einmal die Waffen hatte einsammeln lassen, war die Zukunft der Überlebenden unklar und hing vielleicht von den Launen des Piratenkapitäns ab. Selbst wenn er sie wie versprochen auf einer Insel aussetzte, konnte dies bedeuten, dass sie auf unabsehbare Zeit Gefangene dieser Insel waren und damit den Talaniern nicht zu Hilfe eilen konnten.

»Verdammt!«, fluchte der Pirat und brüllte dann über Deck: »Freiwache zurück auf die *Schwarze Hand* und klarmachen zum Gefecht! Die anderen bleiben hier und versuchen, das Schiff segelfähig zu machen.«

Im Nu kletterten zwei Dutzend Piraten auf die etwas tiefer

liegende Galeere zurück, lösten die Leinen, mit denen sie die beiden Schiffe verbunden hatten, und drückten die Schiffe mit Bootshaken auseinander. Als die Schiffe einen genügend großen Abstand gewonnen hatten, wurden die zerbrochenen Riemen durch neue ersetzt. Offenbar war Rastidos auf solche Verluste vorbereitet.

Der Piratenkapitän schickte eine Frau an das Ruder, und seine Leute plünderten die Segelkammer. Sie kehrten mit einem Ersatzsegel für den mittleren Besan zurück. Es gab zwar weiteres Segeltuch, aber es würde Tage dauern, bis es zugeschnitten, zusammengenäht und mit Lieks und Reffbändern versehen war. Außerdem waren die Brandschäden mittschiffs zu groß, um den Hauptbesan nebst dreieckigem Marssegel in kürzester Zeit wieder aufzutakeln. Allein die beiden Besambäume, die sich achtern befanden, waren noch zu gebrauchen. Der kleine Besam am Heck war nebst Segel unbeschädigt, während der größere in Windeseile mit einer neuen Stenge versehen, getakelt und mit dem Ersatzsegel bestückt wurde. Außerdem ließ Rastidos am Bug einen Notmast errichten und zwischen ihm und dem Bugspriet zwei Stagsegel befestigen. Das fehlende Hauptsegel war eigentlich kaum zu ersetzen, aber immerhin war die *Bunte Seekuh* jetzt wieder ein in Maßen manövrierfähiges Schiff. Dies alles wurde in knapp einer halben Stunde vollbracht. Die Piraten allein hätten dies niemals geschafft, aber die überlebenden Besatzungsmitglieder packten mit an, nachdem ihnen Rastidos versprochen hatte, ihnen anschließend die Heuer auszuzahlen und sie auf einer bewohnten Insel abzusetzen.

Rhiana nahm Schwert und Schild wieder auf. Rastidos sah es, kümmerte sich aber nicht darum

Der Holk schien es nicht eilig zu haben. Zwar segelte das Schiff auf einem Kurs, der es in Kontakt zu der Galeere und der Karavelle bringen würde, kreuzte aber häufiger, als dies eigentlich notwendig gewesen wäre. Die Absichten des Schiffes blieben unklar.

Rastidos hätte mit der Galeere flüchten können, aber er hatte nicht die Absicht, die mühsam erjagte Beute aufzugeben.

Da der Piratenkapitän ausreichend beschäftigt war, nutzte Neel die Gelegenheit, Rhiana zur Seite zu ziehen. »Ich wette, der Kerl rechnet sich Chancen aus, den Holk mit beiden Schiffen in die Zange zu nehmen und eine weitere, wesentliche fettere Beute zu nehmen.«

»Er kann nicht im Ernst glauben, damit Erfolg zu haben«, widersprach Rhiana. »An dem Brocken würde er sich verschlucken.«

Neel zuckte die Schultern. »Würde ich nicht sagen. Viele Piraten im Perlenmeer erbeuten große Schiffe, indem sie diese mit zwei oder drei kleinen Schiffen angreifen. Und die Piratengaleere ist zwar viel schmaler, aber fast so lang wie der Holk.«

»Aber die *Bunte Seekuh* ist ein halbes Wrack.«

»Sie taugt nicht als Jäger, aber es wird reichen, sie längsseits des Holks zu bringen, während ihn die Galeere auf der anderen Seite mit Hylailer Feuer eindeckt.«

»Ihr meint, wir dürfen uns keine Hoffnung auf Rettung machen?«, fragte Rhiana enttäuscht.

»Wenn der Holk mit Torsionsgeschützen ausgerüstet ist, dürfte er kaum zu bezwingen sein«, gab Neel zurück. »Fragt sich nur, was die Leute auf dem Holk unter Rettung verstehen. So ungern ich es sage, aber diese Pestbeule Rastidos ist mir immer noch lieber als das, was uns vielleicht auf dem Holk erwartet.«

»Ihr denkt, der Flammenbund …«

»Wer sonst?«

»Das ist doch Schwarzmalerei, Neel«, meinte die Prinzessin ärgerlich. »Woher soll der Flammenbund denn wissen, dass wir unsere Perricum-Pläne aufgeben haben und zu den Zyklopeninseln unterwegs sind?«

»Dann ist es eben Schwarzmalerei«, schnappte die alte Amazone beleidigt. »Aber ich habe Euch gewarnt. Es wäre nicht das erste Mal, dass der Flammenbund Dinge weiß, von denen wir glauben, dass er sie gar nicht wissen kann.«

Rhiana ging nicht weiter darauf ein. Sie beschäftigte etwas ganz anderes. »Neel, wenn Rastidos den Holk wirklich angreifen will, kann er nicht dulden, dass wir ihm in den Rücken fallen.«

Die Amazone nickte. »Richtig, deshalb rede ich ja mit Euch. Wir müssen ihm ein Abkommen vorschlagen, bevor er auf dumme Ideen kommt.«

»Was für dumme Ideen?«, wollte Rashid wissen, der herangekommen war und den beiden Frauen zugehört hatte.

»Na was für welche schon?«, brummte Neel. »Entweder lässt er uns kurzerhand niederstechen und über Bord werfen, oder wir landen gefesselt im Laderaum.«

»An welche Art von Abkommen habt Ihr gedacht?«, fragte Rhiana ihre alte Ausbilderin.

»Dass wir an seiner Seite kämpfen«, sagte Neel schlicht. »Gegen Beteiligung an der Beute, versteht sich. Nicht dass wir uns wirklich daran bereichern wollen, aber eine solche Sprache versteht er. Dann wirkt es glaubhafter.«

»Ich stelle mich beim Lügen meistens nicht sehr geschickt an«, sagte Rhiana.

»Ihr sollt nicht lügen, sondern die Wahrheit sagen!«

»Ihr wollt, dass wir mit den Piraten gemeinsame Sache machen? Das kann nicht Euer Ernst sein!«, empörte sich die Prinzessin.

Neel sah sie beschwörend an. »Nicht so laut … Turibai. Bitte. Man wird schon auf uns aufmerksam.« Als niemand von den Piraten herankam, fuhr sie fort: »Ich meine es todernst.

Mein kleiner Finger sagt mir, dass von dem Holk Gefahr ausgeht.« Sie grinste. »Wenn ich mich täusche, drehen wir den Spieß um und jagen die Piraten von Bord.«

»Genau damit wird Rastidos rechnen und deshalb verhindern, dass es dazu kommen kann.«

»Sagt dem Kerl einfach, dass wir für ihn kämpfen, weil wir vermuten, dass auf dem Holk Feinde von uns sind. Wenn er das nicht schluckt, könnt Ihr ihm anbieten, dass wir uns aus den Kämpfen heraushalten, wenn es sich anders verhält.«

»Er wird mein Ehrenwort einfordern.«

Neel zuckte die Schultern. »Und wenn schon. Ein Mörder und Halsabschneider hat keinen Anspruch darauf, dass man sein Wort hält.«

»Ein Ehrenwort ist ein Ehrenwort!«, widersprach Rhiana. »Ich mache das nicht.«

Neel dachte nach. »Ja, Ihr habt Recht«, sagte sie schließlich reuevoll. »Verzeiht mir. Ich habe mich zu etwas hinreißen lassen, das ich vor Rondra nicht hätte verantworten können.«

»Was machen wir also?«, fragte Rhiana in die Runde, zu der sich inzwischen auch Finni gesellt hatte.

»Wir bieten ihm an, nicht einzugreifen, und halten uns auch daran«, schlug Rashid vor.

»Und wenn er mir nicht glaubt und unsere Waffen verlangt?«, fragte Rhiana.

»Ausgeschlossen!«, erwiderte Rashid. »Mein Rapier gebe ich nicht her!«

Neel und Finni äußerten sich im gleichen Sinne, und auch Rhiana war nicht bereit, sich waffenlos den Piraten auszuliefern.

Da keine anderen Vorschläge kamen, ging die Prinzessin zu dem Piratenkapitän, der auf dem Hauptdeck letzte Anweisungen zum Setzen der Segel gab und dabei ab und zu mit einem Teleskop den sich nähernden Holk beobachtete. Er deutete ein

Lächeln an, aber sein Mund wurde sofort wieder schmal wie ein Strich. »Dieser Holk …«, begann er. Er sah Rhiana prüfend an. »Ihr habt mich nicht belogen, Turibai, oder? Ihr seid wirklich vor den Despoten auf Talania geflüchtet?«

»Mein Vater …« Um ein Haar hätte Rhiana sich verplappert. »Ja, das ist die volle Wahrheit.«

»Dann habe ich eine schlechte Nachricht für Euch. Wenn Ihr darauf gehofft habt – und das habt Ihr, nicht wahr? –, dass Eure Befreiung bevorsteht, muss ich Euch enttäuschen. Ich kenne dieses Schiff dort drüben. Es ist die *Elon Uriba Machartes* aus Talania.«

Der Name Machartes versetzte Rhianas Herzen einen Stich. Die Familie Machartes hatte sich maßgeblich an dem Umsturz beteiligt, dem ihr Vater König Arlos zum Opfer gefallen war. Es war anzunehmen, dass die Führer des Machartes-Klans dem Flammenbund angehörten oder zumindest mit ihm gemeinsame Sache machten.

»Kein normales Handelsschiff«, fuhr Rastidos fort, »allerdings auch kein Kriegsschiff. Aber ein Schiff der talanischen Krone. Ihr werdet auf Feinde treffen.« Er machte eine kleine Pause. »Aber vielleicht macht es Euch nichts aus, von Feinden gerettet zu werden? Ihr seid zu jung, als dass sie Euch von Angesicht zu Angesicht kennen könnten. Andererseits seid Ihr so auffallend schön, dass sie vielleicht von Euch gehört haben. Was werdet Ihr tun?«

Rhianas Absicht, dem Piraten anzubieten, sich und die Gefährten aus den Kämpfen herauszuhalten, geriet ins Wanken. Wahrscheinlich befanden sich dort drüben ganz normale Seeleute, obendrein Männer und Frauen ihres eigenen Volkes, die sich nicht um Politik scherten, aber Rastidos hatte klug erkannt, dass Rhiana zu stolz war, um sich vom Feind retten zu lassen. Als sie nicht antwortete, reichte der Pirat ihr das Teleskop. »Seht selbst.«

Die Prinzessin nahm das Teleskop und schaute hindurch, obwohl sie sich wenig davon versprach. Tatsächlich entdeckte sie an Bord des Holks auffällig viele blonde Seeleute, was darauf hindeuten mochte, dass es Talanier waren. Ein Beweis war dies allerdings nicht, denn blonde Haare gab es auch anderswo. Sonst fiel ihr wenig auf. Es gab Bewaffnete an Bord, aber das war auf größeren Schiffen nichts Ungewöhnliches. Am Bug befand sich ein kleines Torsionsgeschütz, das im Sprachgebrauch der Seeleute als Rotze bezeichnet wurde. An Bord des Holk schien gespannte Aufmerksamkeit zu herrschen, und mehrere Schiffsoffiziere beobachteten die Karavelle und die Galeere durch ihre Teleskope. Rhiana fragte sich, ob sie aus der Ferne den Kampf zwischen den beiden Schiffen verfolgt hatten oder zumindest aus dem Zustand der *Bunte Kuh* ihre Schlüsse zogen. Ob der Holk sich näherte, damit die Offiziere sich ein besseres Bild machen konnten, oder der Angriff bereits beschlossene Sache war, vermochte die Prinzessin nicht zu beurteilen.

Als ihr durch das Teleskop geschärfter Blick auf dem Achterkastell verharrte, tauchte gerade eine weitere Gestalt am Süll des Niedergangs auf. Zuerst sah sie nur einen vornehmen, mit kostbarem Zobelpelz verzierten, flachen, breitkrempigen Hut. Der Besitzer dieses Hutes stieg vollends an Deck. Er war in einen nicht minder kostbaren dunkelgrünen, mit winzigen Edelsteinen verzierten Umhang gehüllt, der von den Schultern bis zum Boden reichte. Ohne Frage handelte es sich um eine wichtige Persönlichkeit, vielleicht sogar einen Angehörigen des Machartes-Klans. Die Gestalt wandte sich um, und Rhiana konnte das Gesicht erkennen.

Sie erstarrte.

Rhiana schaute noch einmal durch das Teleskop, um sich zu vergewissern, dass sie sich nicht getäuscht hatte. Nein, ein Zweifel war nicht möglich. Zu auffällig waren die hageren

Gesichtszüge, die dichten Augenbrauen und die leicht gebogene, schiefe Nase. Sie reichte dem Piraten das Teleskop zurück. Ihr Gesicht war blass geworden, der Mund schmal.

»Kapitän Rastidos«, sagte sie tonlos und benutzte zum ersten Mal seinen Namen und seinen Rang. »Meine Gefährten und ich möchten an Eurer Seite kämpfen. Und wir werden bis zum letzten Blutstropfen kämpfen, das kann ich Euch versprechen!«

Das Gesicht des Piraten drückte Freude, aber auch Überraschung aus. »Ihr habt dort drüben jemanden erkannt?«

»Allerdings«, sagte Rhiana. Sie hob die Stimme an und rief den Gefährten zu: »Neel, Ihr hattet Recht: Es ist der Flammenbund. Zaraldus ist auf dem Schiff!«

6 Wasser hat Balken

Der Kapitän der *Elon Uriba Machartes* schien wenig Angst vor Piraten zu haben und auf die Überlegenheit des Holks zu vertrauen. Er achtete lediglich darauf, nicht zwischen die gut hundertfünfzig Schritt auseinander liegenden Schiffe der Seeräuber zu geraten. Sein Zielschiff war eindeutig die Karavelle, und er beantwortete jede von Rastidos angeordnete Kursänderung mit einem Gegenmanöver, um weiterhin auf ihrer Steuerbordseite zu bleiben. Der Piratenkapitän tauschte Flaggensignale mit der Galeere aus, woraufhin diese den Abstand vergrößerte und scheinbar abdrehte.

Meer der sieben Winde, Ende Tsa 916 BF

»Sie soll einen weiten Bogen laufen und sich dem Holk von Norden nähern«, erläuterte Rastidos seinen Plan. »Wenn sich die *Machartes* nicht zurückzieht, nehmen wir sie doch noch in die Zange.«

»Und was ist, wenn der Feind die Lage ausnutzt und uns angreift?«, fragte Neel, die den Piraten, wenn auch murrend, als Bündnisgenossen in Kauf genommen hatte. »Die *Bunte Seekuh* könnte ihm nicht lange standhalten.«

»Aber lange genug, bis die *Schwarze Hand* das Manöver abgeschlossen hat«, sagte Rastidos.

Der Wind hatte aufgefrischt, und an der Kimm zogen dunkle Wolken auf. Der Piratenkapitän runzelte die Stirn, als er den Wetterumschwung bemerkte. »Efferd zürnt uns«, meinte er missmutig. »Ein Unwetter zieht auf. Das ist nicht gut für uns, weder für unser angeschlagenes Schiff noch für die Galeere.«

»Das hättet Ihr Euch vorher überlegen sollen und sparsamer mit dem Hylailer Feuer umgehen sollen.« Die Häme in der Stimme der alten Amazone war nicht zu überhören.

Der Kapitän ging nicht darauf ein und gab Anweisung, die Sülldeckel zu schließen und vom Feuer zerstörte Teile des Rumpfes mit Notsegeln abzudichten, um einem Sturm trotzen zu können. Die Besatzung der Karavelle gehorchte ihm, sodass Rastides seine Piraten für den Kampf aufsparen konnte. Er ließ sie Planken und Schalholz aus den Vorräten des Schiffes an Deck bringen und daraus Verschanzungen errichten, die, so gut es ging, mit Leinen an den Relings und Masten gesichert wurden, um nicht von den ersten Brechern von Bord gespült zu werden. Vier der achtzehn verbliebenen Piraten besaßen Bögen und wurden im Bug postiert. Wie die seemännische Besatzung der *Bunte Seekuh* sich im Kampf verhalten würde, blieb abzuwarten. Immerhin hatte Rhiana den Frauen und Männern erklärt, warum sie und die Gefährten gemeinsame Sache mit den Piraten machten, und Menno hatte sie dabei unterstützt. Seiner Stimme als Sohn der Patrusco kam dabei gewiss größeres Gewicht zu. Es fragte sich nur, ob der Gehorsam, den sie dem Handelshaus Patrusco schuldig waren, ausreichte, ihnen die Angst davor zu nehmen, im Fall einer Niederlage als ganz normale Piraten angesehen und gehängt zu werden.

»Ich wünschte, wir hätten Schleudern und Hylailer Feuer mit an Bord gebracht«, sagte Rastidos. »Das würde es einfacher machen. Aber die *Schwarze Hand* wird dem Despotenschiff schon noch einheizen.«

»Wir glaubten, Ihr hättet bereits alle Tonkugeln verschossen, Sohn der Wasserwüste«, warf Rashid ein, der sich überraschend gut mit dem Piraten verstand, obwohl er ihm den

Überfall und insbesondere den Angriff auf Setana noch nicht verziehen hatte.

Rastidos blinzelte ihm zu. »Ihr reitet doch auch nicht los, ohne einen zusätzlichen Schlauch voll Wasser am Sattel zu haben, Sohn der Wüste, oder? Wenn ich ein Schiff kapern will, nehme ich stets genug Vorräte mit, um es mit dreien aufzunehmen.«

Ohne Zweifel waren die Vorbereitungen für einen Kampf auf der *Machartes* zur Kenntnis genommen und richtig gedeutet worden. Die Absichten des talanischen Schiffes blieben jedoch weiterhin unklar, und den besten Moment für einen Überraschungsangriff hatte man längst verpasst.

Endlich tat sich etwas auf dem Holk. Eine schlanke junge Frau mit ebenholzschwarzer Haut, offenbar eine Moha oder Utulu von den Waldinseln, trat mit einem Sprachtrichter an die Reling des Bugkastells. Sie besaß mittellanges krauses Haar und trug auf dem Oberkörper nur eine knappe, offen stehende Weste, die ihre wohl geformten Brüste kaum verdecken konnte. Neben ihr postierten sich wie zufällig zwei in Leder gekleidete Bogenschützen, die ihre Bögen allerdings noch geschultert hatten.

»Karavelle *Bunte Seekuh,* hoi«, rief die Frau durch den Trichter. »Ich bin Kapitänin Tonko-Takeh von der *Elon Uriba Machartes* aus Aylannya und will mit eurem Kapitän reden.«

Der alt vertraute Name der talanischen Hauptstadt ließ Rhiana erzittern, aber ihr Gesicht blieb unbewegt.

Rastidos ließ sich ebenfalls einen Sprachtrichter bringen und antwortete. »Ihr sprecht mit Kapitän Manäo Rastidos. Ich nehme an, mein Name ist Euch nicht ganz unbekannt.«

»Wir wissen, dass Ihr ein mit Kopfgeld gesuchter Pirat seid, Kapitän Rastidos.« Die Frau schien nicht überrascht zu sein und war offensichtlich trotzdem bemüht, einen gewissen Respekt walten zu lassen. Dann kam sie ohne weitere

Umschweife zur Sache. »Ihr habt etwas, das wir gerne hätten.«

»Meint Ihr meinen Hut?«, erwiderte Rastidos. »Den gebe ich nicht her!«

»Sehr witzig«, gab Tonko-Takeh zurück. »Wir wollen etwas, was für Euch einen weitaus geringeren Wert haben dürfte als Euer Hut. Ich rede von der blonden Amazone, die neben Euch steht.«

Rastidos rülpste in den Trichter. »Die könnt Ihr auch nicht haben.« Munterer fügte er hinzu. »Wie wär's stattdessen mit einem noch fast neuen, nur leicht angekokelten Mastbaum? Kann man immer gebrauchen.«

Während er sprach, glitt sein Blick über den Holk hinweg zu der Galeere, die gegen den Wind gerudert wurde und sich planmäßig langsam von Norden näherte. Es war offensichtlich, dass der Pirat Zeit gewinnen wollte. Aber sein Blick streifte auch die dunklen Wolken, die rasch näher kamen und eine Sorgenfalte in seine Stirn gruben.

»Wir zahlen Euch fünfzig Goldstücke«, lockte ihn die Kapitänin.

»Das ist ein guter Preis für ein altes Stück Holz«, lobte Rastidos. »Einverstanden, Ihr könnt den Mast haben.«

Kapitänin Tonko-Takeh verlor die Beherrschung. »Hör zu, du lausiger Pirat. Entweder übergibst du uns die Blonde für siebzig Goldstücke, oder wir holen sie uns, und du kriegst nur den blanken Stahl zwischen die Rippen. Oder, noch besser, wir hängen dich an die Großrah!«

Der Pirat wandte sich Rhiana zu. »Siebzig Goldstücke sind ein stolzer Preis. Ihr müsst weit mehr als nur eine Turibai sein.« Er setzte den Sprachtrichter wieder an den Mund. »Sag deinem Herrn und Meister, diesem Affenzauberer Zaraldus, und auch deinem sabbernden Lumpenkönig Hogard, sie können mich beide mal im Arsche lecken!«

»Danke«, sagte Rhiana schlicht.

Rastidos zog den Hut. »War mir ein Vergnügen, Turibai. Aber ich erwähnte wohl schon, dass ich Räuber bin und kein Menschenhändler.«

Kapitänin Tonko-Takeh zog sich von der Bugreling zurück. Die Bogenschützen nahmen ihre Bögen, knieten nieder und legten Pfeilen auf die Sehnen. Auf der Backbordseite, die der Karavelle zugewandt war, tauchten weitere Bogenschützen auf. Rastidos warf den Sprachtrichter zur Seite und stieß auf drei Fingern einen gellenden Pfiff aus. Bevor ein einziger Pfeil die Sehnen der talanischen Bogenschützen verließ, schwirrten bereits die Pfeile der Piraten durch die Luft. Zwei der Bogenschützen brachen zusammen. Ein Dritter kippte zur Seite, als Finni vom Achterdeck aus einen Pfeil abschoss, der dieses Mal zielsicher ankam. Die Pfeile der verbliebenen Talanier bohrten sich in die Verschanzungen der Piraten.

Aber jedem an Bord war klar, dass der Tanz erst begonnen hatte.

Rhiana, Rashid und Neel hatten sich ebenso wie die Söldner und Rastidos hinter eine der Schanzen begeben. »Finni!«, rief Rhiana der Halbelfe zu, die am Mast des mittleren Besans kauerte und durch Segel und Stenge halbwegs geschützt war. »Kümmere dich einzig und allein um Zaraldus!«

»Ich werde mein Bestes tun!«, antwortete Finni.

»Schleudere deine zornige Blitze auf den Affenzauberer, kleiner Dschinn!«, forderte Rashid sie auf. Er machte sich den Ausdruck, den Rastidos benutzt hatte, offensichtlich mit großen Vergnügen zu Eigen.

»Es wird wohl bei Pfeilen bleiben«, meinte die Halbelfe. »Seiner Magie bin ich nicht gewachsen.«

Magister Zaraldus machte Rhiana die größten Sorgen. Es war mehr als zwei Jahre her, seit der Schwarzmagier sie und Finni gemeinsam mit Dom Lando erbarmungslos gejagt hatte.

Sie hatte schon gehofft, er sei ebenso wie Dom Lando den Weg allen Fleisches gegangen. Der Magier, der einst an der Akademie zu Brabak gelehrt hatte, war ein gefährlicher Gegner, woran sein Scheitern im Farindelwald nichts ändern konnte. Welchen Rang Zaraldus im Flammenbund bekleidete, wusste die Prinzessin nicht, aber das Machtgefüge des Feindes war ohnehin undurchsichtig. Es gab einen so genannten Dragor, der den Bund führte, dazu Leute wie Elidana, Zaraldus und Mortenberg, die hohe Positionen bekleideten. Wer von diesen dreien – und sicher noch vielen anderen – aber wem etwas zu sagen hatte, blieb weitgehend im Dunklen. Aber das war im Moment auch nicht wichtig. Entscheidend war allein, dass Zaraldus offenbar den Auftrag hatte, sie daran zu hindern, den talanischen Flüchtlingen zu Hilfe zu kommen.

Es könnte mehr dahinter stecken. Sie haben bisher noch nicht ernsthaft versucht, mich mit Magie gefügig zu machen. Mortenberg dürfte das verhindert haben, weil er sich von einer freiwilligen Zusammenarbeit mehr verspricht. Aber Mortenberg wurde nach Perricum geschickt. Vielleicht herrscht jetzt ein anderer Wind beim Flammenbund. Zaraldus könnte den Auftrag haben, mich zu brechen. Ich will lieber sterben, als diesem … Affenzauberer in die Hände zu fallen!

Die *Elon Uriba Machartes* hatte direkten Kurs auf die Karavelle genommen. Die Absicht, die *Bunte Seekuh* in einen Enterkampf zu verwickeln, war unverkennbar. Rastidos würde das talanische Schiff kaum daran hindern können, und es lag auch nicht in seiner Absicht, dies zu tun. Nur den Zeitpunkt wollte er selbst bestimmen – und dabei die Frage aufwerfen, wer am Ende wen entern würde.

Die Kapitänin des Holks war voll und ganz damit beschäftigt, das Schiff in eine günstige Position für den Einsatz des Torsionsgeschützes und der Bogenschützen zu bringen. Um die Galeere konnte sie sich nicht kümmern, obwohl ihr deren Annäherung ohne Frage gemeldet worden war.

Den Pfeilen vermochte Rastidos nicht auszuweichen, aber er bewies großes Geschick darin, die Karavelle, so schwerfällig sie auch auf das Ruder ansprach, immer wieder aus dem Schusswinkel des Geschützes herauszumanövrieren. Die Talanier verschossen kein Hylailer Feuer, sondern Kettenkugeln, aber die meisten Geschosse versanken hinter oder neben der *Bunten Seekuh* im Meer. Nur einmal landete eine der Kettenkugeln an Bord und schlug ein Loch in die Planken, während eine weitere den hinteren Besan zerfetzte. Das setzte die Lenkbarkeit der Karavelle weiter herab, aber darauf kam es dem Piratenkapitän nicht mehr an.

Die Galeere war auf der Steuerbordseite des Holks in Position gegangen und griff an. Dutzende von kleinen Tonkugeln mit Hylailer Feuer wurden mit Handschleudern und Langbögen verschossen, und die Flammen fraßen sich in das Holz und die Segel des Holks. Kapitänin Tonko-Takeh blieb keine Wahl. Was immer ihr auch befohlen worden war und so sehr Magister Zaraldus auch geiferte: Sie musste sich von der Karavelle abwenden, um den Kampf mit der Galeere aufzunehmen.

Darauf hatte Rastidos gewartet. Wenn nur der aufziehende Sturm nicht gewesen wäre! Er reckte seine Faust hinauf zu den dunklen Wolken, während er sich mit der anderen Hand schon festklammern musste, weil die stürmisch gepeitschten Wogen das Schiff krängten. »Ich bin ein Räuber und Sünder, aber Euch und Phex war ich stets gehorsam, gütiger Efferd. Und ist Phex nicht auch der Gott der Diebe? Dann verdamme mich nicht. Schenke mir nur ein Halbstundenglas, um mit den Speichelleckern des Lumpenkönigs abzurechnen!«

Aber Efferd ließ nicht mit sich reden. Der Wind jaulte und pfiff und peitschte die See. Die von der Kimm heranziehenden Wolken näherten sich beängstigend schnell und hatten die

Praiosscheibe bereits verschluckt. Dicke, schwere Regentropfen, durch den steifen Wind schräg einfallend, trommelten auf dem Schanzkleid, den Segeln und den Deckplanken. Und die tiefschwarzen Wolken, die den Großteil der Kimm in den Mantel der Nacht schlugen, versprachen einen wilden Tanz, gegen den das Unwetter, dem die Schiffe bereits ausgesetzt waren, wie ein gemütlicher Spaziergang wirken würde.

Rastidos traf seine Anordnungen, um das Schiff zu retten und brüllte sich dabei heiser. Seeleute und Piraten, triefend nass vom Regen und das eine oder andere Mal von Brechern überrollt, stemmten sich gemeinsam gegen den Sturm und bargen die Segel, bevor diese von Efferds schnaubendem Atem zerfetzt wurden. Allein die Stagsegel am Bug ließ der Pirat stehen. Die Karavelle ritt auf schäumenden Wellenbergen, um im nächsten Moment in steile Täler hinabzugleiten, die bis zum Meeresboden zu reichen schienen.

An Kampf war nicht mehr zu denken. Die Galeere hatte längst abgedreht und versuchte, mit eingeholten Riemen und einem nur halb aufgezogenen Hecksegel, den Bug gegen die Hauptrichtung des Sturms zu richten. Der Holk hatte bis auf das Großsegel alle Segel gerefft, soweit sie nicht durch das Hylailer Feuer verbrannt waren. Die wolkenbruchartigen Regenfälle hatten den Talaniern geholfen, die Brandherde unter Kontrolle zu bringen.

Obwohl der Kampf zwischen den Schiffen sich auf Distanzwaffen beschränkt hatte, waren ihm mehrere Talanier, aber auch einige Männer und Frauen auf den Schiffen der Piraten, zum Opfer gefallen. Zu den Verletzten zählte Finni, der ein Pfeil in den Oberarm gedrungen war. Mit schmerzverzerrtem Gesicht und zusammengebissenen Zähnen kletterte sie zu einer der Schanzen auf dem Hauptdeck. Später würde ihr jemand helfen müssen, die Pfeilspitze aus dem Fleisch zu schneiden, denn mit einem Heilzauber allein war es nicht getan. Aber solange der Sturm weiter wütete, hatte niemand zwei Hände frei, um ihr diesen Dienst zu erweisen.

An der Kimm hatte es sich aufgehellt, was jedoch nichts daran änderte, dass ihnen die volle Wucht des Sturms noch bevorstand. Bleich klammerte sich Rhiana an der Reling fest. Sie war südlich von Burg Draustein in Albernia groß geworden und kannte die tobende See nur aus Erzählungen. Und sagte man nicht, dass Seeleute zu Übertreibungen neigten und allerlei Garn zusammenspannen, um ihre Schilderungen zu würzen? Niemals hätte sie gedacht, dass das Meer wirklich so wild und unbeherrscht sein konnte und aus einer glatten Wasserfläche eine dämonisch anmutende Berg- und Tallandschaft wurde. Wie konnte ein angesichts der riesigen Wasserberge winzig wirkendes Schiff – eine zerbrechlich anmutende Ansammlung von roh zusammengefügten Hölzern, durch Teer und Werg mühsam abgedichtet – überhaupt so etwas aushalten? Sie war froh, dass niemand Muße hatte, sie an Ihre altkluge Äußerung zu erinnern, mit der sie einen heftigen Sturm zwischen den Zyklopeninseln und dem Festland in das Reich der Fantasie verwiesen hatte. Aber so war es ihr schließlich erzählt worden. In Zukunft würde sie anders darüber denken, mochten Efferd und Rondra diesen Teil des Meeres auch noch so selten peitschen.

Finni klammerte sich neben ihr fest und litt stumm. Die Halbelfe, obendrein gepeinigt und behindert durch den Pfeil in der pochenden Wunde, war ebenso wenig ein Kind der See wie die Prinzessin und hoffte nur, dass dies irgendwann ein Ende finden mochte, so oder so. Die dritte Landratte, Rashid ay Thalusa, saß starr hinter seiner Schanze und hatte sich mit Seilen an den Balken festgebunden. Seine Lippen bewegten sich, ohne dass ein Wort zu hören war. Wer ihn kannte, wusste, dass er Rastullah in diesem Moment auch all jene Sünde beichtete, von denen er bisher gehofft hatte, sie irgendwie der Aufmerksamkeit seines Gottes entziehen zu können. Allein Menno und Setana waren auf Rhianas Geheiß längst unter Deck gebracht worden, aber die Prinzessin zweifelte nicht daran, dass sie sich dort genauso fürchteten, wie sie es an Deck getan hätten. Nur trockener war es dort. Die Kinder der Kaufherrin Patrusco waren von frühester Jugend mit allem vertraut, was mit Seefahrt zu tun hatte, aber Rhiana bezweifelte, dass sie bisher über die küstennahen Gewässer bei Havena hinausgelangt waren.

Neel sah trutzig drein. Zum einen hatte sie schon ähnliche Stürme erlebt, zum anderen fügte sie sich willig in alles, was die Götter für sie bereithalten mochten. Ihre einzige stumme Frage an Rondra lautete, ob es wirklich in ihrem Sinne war, wenn sie hier ersoff, ohne die Möglichkeit zu haben, im Kampf noch ein paar Feinde mit sich zu nehmen.

Auch Rastidos hatte keine Angst vor dem Sturm, sosehr er davon auch überrascht worden war. Wäre er vorher befragt worden, hätte er Rhiana Recht gegeben: Solche Stürme waren hier ungewöhnlich. Aber er nahm es, wie er alles nahm, seit er zur See fuhr, und erst recht, seit er dies auf eigene Rechnung und nach eigenem Gesetz tat. Auf gewisse Weise sah er die Dinge wie Neel, wenngleich ohne ihren Eifer und ihre Uneigennützigkeit. Manchmal wunderte er sich, dass er überhaupt noch lebte. Deshalb sah er den Sturm als Efferds und Rondras Aufforderung zum Tanz, wenn auch zu einem absolut unpassenden Moment, und er tat sein Allerbestes, um sich den Respekt der Götter zu verdienen. Er ärgerte sich nur darüber, dass Efferd ihm nicht das erbetene Halbstundenglas geschenkt hatte, um mit dem Holk fertig zu werden. Aber vielleicht hatte Rondra ihn daran gehindert, weil ihr der Sturm im Moment wichtiger war als der Waffengang.

Der ohnehin durch das Feuer geschwächte Großmast brach, und jene Teile der Takelage, die nicht bereits ein Opfer der

Flammen geworden waren, rasselten auf das Deck. Eine Frau wurde von einem Eisenteil getroffen und blieb leblos liegen. Allein eine Leine, die mit ihrem rechten Fuß verschlungen war, verhinderte, dass sie über Bord gespült wurde. Kameraden zogen sie zu sich heran. Das Schiff ächzte und knirschte. Rastidos kannte die Geräusche von Schiffen sehr gut. Was da knackte, das waren nicht irgendwelche Planken, sondern die Spanten und Querverbände. Es bedurfte nicht mehr viel, um das Schiff auseinander brechen zu lassen. Er klammerte sich am Ruder fest und tat sein Bestes, um den nächsten Brecher, der dem Schiff den Garaus zu versetzen vermochte, frontal anzugehen und abzureiten. Noch immer gehorchte das Ruder, was ein kleines Wunder war, und noch immer blähte sich eines der Stagsegel im Wind, was ein großes Wunder war.

Auf dem Backbordbug der Karavelle kämpfte der Holk mit dem Sturm. Kapitän Tonko-Takeh schien trotz ihrer jungen Jahre eine erfahrene Seefrau zu sein oder hatte zumindest sturmerprobte Offiziere an Bord. Immer wieder drehte sich der schwerfällige, mit seinen hohen Kastellen windanfällige Holk gegen die Hauptrichtung des Sturms, was bei nur einem Segel eine Kunst war. Rastidos hatte selbst einmal einen Holk kommandiert und wusste, wie schwer er bei einem Sturm zu führen war. Seit er sich der Seeräuberei zugewandt hatte, bevorzugte er leichtere und schnellere Schiffe. Eine Galeere wie die *Schwarze Hand* hatte sich für seine Zwecke als ideal erwiesen, und seine Erste Steuerfrau Mefronidis, die das Schiff führte, war eine gute Seefrau. Auf einen Sturm wie diesen war allerdings keiner der Piraten eingestellt gewesen. Rastidos hatte große Sorge, dass die *Schwarze Hand* dem Sturm nicht gewachsen war. Aber er konnte ihr nicht helfen und hatte selbst genug damit zu tun, sein Schiff über Wasser zu halten.

Ein schwerer Brecher fegte über das Hauptdeck, riss eine der Barrikaden aus ihrer Verankerung und spülte sie fort. Nur mit größter Mühe gelang es den beiden Frauen, die dahinter gekauert hatten, sich in Sicherheit zu bringen. Jetzt erwischte eine Böe die Stenge des mittleren Besanmasts und wirbelte sie wie eine riesige Lanze durch die Luft. Die meisten Schotleinen und Geitaue rissen wie mürbe Bindfäden. Nur zwei Taue hielten stand und verhinderten, dass die Stenge davonflog, zogen sie nach unten und bremsten ihre Wucht. Gleichzeitig bewirkten sie jedoch, dass das Ende der Stenge nicht zur Ruhe kam und über das Deck zuckte. Rhiana wurde am Kopf getroffen und sank auf die Planken. Ohne den Helm hätte sie den Hieb kaum überlebt. Aber es war auch so schlimm genug. Das Schiff krängte erneut, ein Brecher erfasste ihren Körper und riss ihn hinaus in die See. Das alles ging so schnell, dass niemand eingreifen konnte. Die meisten bemerkten es nicht einmal, weil sie mit ihrem eigenen Überleben beschäftigt waren.

Finni, die neben Rhiana gekauert hatte und um ein Haar selbst getroffen worden wäre, musste ohnmächtig mit ansehen, wie die Freundin niedergestreckt und über Bord gespült wurde. Sie überlegte nicht lange, schlüpfte aus den Stiefeln und sprang hinterher. Das war eine Entscheidung des Herzens. Sie konnte die geliebte Freundin nicht ihrem Schicksal überlassen. Lieber wollte sie mit ihr sterben. Mit Vernunft hatte dies nichts zu tun. Auch ohne ihre Verletzung wäre die Halbelfe kaum in der Lage gewesen, in der tobenden See ihr eigenes Leben zu bewahren, geschweige denn die Prinzessin über Wasser zu halten.

Dann geschah etwas Bemerkenswertes. Auf dem Holk war der Vorgang beobachtet worden. Ein junger Mann mit halblangen blonden Haaren warf Schwertgurt und Stiefel beiseite, riss sich die Kleider vom Körper und sprang ebenfalls in die See.

Rashid hatte dies alles wie erstarrt beobachtet und wäre um ein Haar Rhiana und Finni gefolgt, aber Neel, die erst aufmerksam wurde, als Finni über Bord sprang, griff nach ihm und hielt ihn unerbittlich fest. »Wir können den beiden nicht helfen!«, schrie sie ihn an. »Die Götter werden sich um sie kümmern müssen.« Sie wandte sich den dunklen Wolken über ihr zu. »Rondra, bitte hilf der Frau, die du deine Tochter nennst!«, flüsterte sie.

»Mein Gott ist Rastullah, und er würde mir niemals verzeihen, wenn ich es nicht wenigstens versuchte!«, schrie Rashid zurück und wollte sich losreißen.

Neel, deren Herz nicht weniger schmerzte als das des Tulamiden, gab ihm eine derbe Ohrfeige. »Komm zur Besinnung, du verfluchter Wüstensohn! Wenn du der Prinzessin treu sein willst, dann hilf mir, ihr Volk zu retten. Das war ihr wichtiger als ihr Leben. Wir sind jetzt die Einzigen, die den Flüchtlingen zu Hilfe kommen können.«

Rashid funkelte die Amazone mit seinen dunklen Augen wütend an. Er schien nahe daran zu sein, ungeachtet der widrigen Umstände das Rapier zu ziehen und Neel niederzuschlagen. Aber nach und nach sickerten ihre Worte zu ihm durch, und schließlich nickte er. Er wandte das Gesicht von ihr ab, allerdings nicht schnell genug, als dass die Amazone nicht gesehen hätte, dass sich die eben noch so zornigen Augen mit Tränen gefüllt hatten. Sie selbst weinte nicht, aber sie fühlte sich elend wie seit dem Tod von Tjalmar nicht mehr. Sie spähte hinaus zu der Stelle im Meer, wo Rhiana und Finni verschwunden waren. Nichts war in den Wellentälern oder auf den Wogenkämmen von den beiden Frauen zu sehen. Auch von dem jungen Mann, der von der *Machartes* ins Wasser gesprungen war, gab es kein Lebenszeichen. Vielleicht waren die drei inzwischen bereits tot.

Der Sturm trieb die drei Schiffe immer weiter auseinander, und es würde schwer sein, die Stelle des Unglücks zu lokalisieren und die Gegend nach Überlebenden abzusuchen, wenn sich der Sturm gelegt hatte. Auf dem Heckkastell des sich entfernenden Holks konnte Neel einen Mann erkennen, der mit einem Teleskop die See absuchte. Sie war ziemlich sicher, dass es sich bei dem Mann um den Magier Zaraldus handelte. Was würde der Affenzauberer jetzt empfinden? Trauer bestimmt nicht. Eher wohl Wut darüber, dass ihm Rhiana erneut entwischt war – dieses Mal vielleicht für immer. Flüchtig kam Neel in den Sinn, ob Zaraldus nicht Magie einsetzen konnte, um Rhiana und Finni zu retten – und sei es nur für seine eigenen finsteren Zwecke. Die Amazone verstand wenig von Magie, aber sie bezweifelte, dass dies aus großer Entfernung und ohne direkten Sichtkontakt möglich war.

Neel klammerte sich an die einzige Hoffnung, die ihr blieb: Dass Rondra – oder am Ende sogar Efferd – ein Einsehen gehabt und die Prinzessin gerettet hatte. Alles andere war so unvorstellbar, dass sie es sich nicht ausmalen mochte. Egal was sie Rashid erzählt hatte: Rhiana war unersetzbar. Wenn ihr Tod nicht mehr zu leugnen war, würden Maruna und die anderen talanischen Flüchtlinge, die schon in Havena schier verzweifelt waren, daran zerbrechen. Und für die alte Amazone würde damit ebenfalls ein letzter Traum zerstört sein. All die Jahre, die sie mit Rhiana verbracht hatte, waren dann umsonst gewesen, Jahre, in denen sie versucht hatte, ihr alles beizubringen, was sie selbst beherrschte, immer in der Hoffnung, in ihr eines Tages eine neue und bessere Kämpferin für Rondra zu erleben, als sie selbst es jemals hatte sein können. Neel fragte sich, warum sie niemals mit der Möglichkeit gerechnet hatte, dass die Prinzessin sterben könnte. Es hatte so viele Kämpfe gegeben, bei denen dies leicht möglich gewesen wäre, immer und immer wieder. Aber da waren ihre eigenen Hoffnungen gewesen, ihre stillen Gebete an Rondra, die niemals dem eigenen Schutz, sondern stets dem von Rhiana gegolten hatten. Und dann gab es das Gerede von Rhianas Bestimmung,

Rhianas Träume, in denen ihr Rondra erschien und behauptete, ihre Mutter zu sein. Das alles, verbunden mit der Schönheit und dem Liebreiz der jungen Prinzessin, hatte ihr einen Nimbus verliehen, in dem der Tod keinen Platz zu haben schien. Und doch war Rhiana nur ein Wesen aus Fleisch und Blut, dem das Sterben zu einem früheren oder späteren Zeitpunkt als menschliches Erbe in die Wiege gelegt worden war.

Ganz allmählich schwächte sich der Sturm ab. Es herrschte noch immer ein steifer Wind, aber das Meer glättete sich, und erstmals lugte die Praiosscheibe wieder zwischen den Wolken hervor. Von den anderen Schiffen war nichts mehr zu sehen. Rastidos peilte mit dem Hylailer Dreikreuz die Praiosscheibe und die Kimm an und versuchte, die Position zu bestimmen. Die Seeleute nahmen das Lot, dessen Höhlung mit Talg ausgestrichen war. An den daran haftenden Bestandteilen des Meeresbodens konnten sie – aus eigener Erfahrung oder mithilfe der kostbaren Seekarten, die jeder Kapitän wie seinen Augapfel hütete – weitere Rückschlüsse auf die Position ziehen. Aber das alles war ohne Landmarken und ohne Kenntnis des genauen Kurses und der Geschwindigkeit äußerst ungenau. Fest stand allein, dass sie weit vom Kurs abgekommen waren. Das allein wäre für den Piratenkapitän nicht besonders beunruhigend gewesen, denn er kannte sich in diesen Gewässern aus und würde bei der ersten auftauchenden Insel wissen, wo sich das Schiff genau befand. Was ihm Sorgen bereitete, war hingegen der Zustand der Karavelle. Der Sturm hatte die meisten Notsegel, mit denen die Brandlöcher abgedichtet worden waren, zerrissen und gnadenlos in den Wunden des Schiffes herumgewühlt. Wild fluchend rannte Rastidos von einem Leck zum anderen, während die Seeleute und die Piraten bereits einträchtig nebeneinander die Lenzpumpen bedienten. Besonders schlimm war ein Leck in Höhe des Wasserspiegels. Der Piratenkapitän seilte sich selbst ab, um den Schaden an der

Bordwand von außen zu beurteilen. Als er zurückkehrte, sagte er grimmig zu Neel: »Wir sinken. Das Leck ist zu groß, als dass wir es nochmals mit Notsegeln abdichten könnten. Das Schiff ist nicht zu retten.«

Neel nickte, als hätte er ihr mitgeteilt, dass heute kein Bitterwein zum Schiffszwieback gereicht werden könne. »Wie lange wird es dauern?«, fragte sie nur.

»Drei Stundengläser, höchstens. Wir haben jetzt bereits eine Schieflage. Wenn die *Bunte Seekuh* nicht kentert, wird sie auseinander brechen.«

»Das bedeutet?«

»Drei Stunden würden der *Schwarze Hand* genügen, um eine Insel zu erreichen – wenn der Wind nicht reicht, durch Rudern. Aber die Karavelle kann praktisch nicht mehr gesegelt werden, denn sie liegt zu tief im Wasser, und wir können nur noch einen Besan neu auftakeln. Das ist zu wenig. Und unser Beiboot haben wir im Sturm verloren. Unsere einzige Hoffnung ist, dass die *Schwarze Hand* uns findet, bevor dieser Kahn absäuft. Zweifellos wird sie uns suchen – falls sie nicht im Sturm gesunken ist. Wenn wir Pech haben, sucht uns auch der Holk. Wenn der uns zuerst findet, landen wir alle am Galgen.«

Wenn man bedachte, dass Rastidos möglicherweise beide Schiffe verloren hatte, ohne den Holk als Beute nehmen zu können, wirkte er gefasst. Er hatte sogar die Größe, nicht nur an sich zu denken. »Es tut mir Leid, dass die Turibai vermutlich umgekommen ist«, sagte er. »Sie war nicht nur eine schöne Frau, sondern auch willensstark und mutig.«

»Nicht war, sondern ist!«, korrigierte ihn die Amazone trotzig, als wollte sie sich damit selber Mut machen.

Der Piratenkapitän ging nicht darauf ein. »Auf jeden Fall werdet Ihr verstehen, dass wir unter den gegebenen Umständen nicht nach ihr und der kleinen Halbelfe suchen können.

Sollte uns die Galeere auffischen, sieht das allerdings anders aus.« Er grinste schwach. »Dann lasse ich auch den Holk nicht so ohne weiteres ziehen.«

»Rastullah sagt: Wo große Karawanen keinen Weg finden, finden kleine ihn«, meldete sich Rashid zu Wort. »Warum bauen wir nicht ein Floß? Holz ist doch genug vorhanden.«

»Das werden wir«, sagte Rastidos. »Wenn uns die Zeit bleibt. So ein Schiff kann auch ganz plötzlich wegsacken. Aber ein Floß wird nicht Platz genug für alle bieten.« Er machte eine kleine Pause. »Vergesst nicht, dass ich ein Pirat bin und dass wir unsere eigenen Gesetze haben. Die Reihenfolge ist in diesem Fall: Der Piratenkapitän, die Wertsachen, die sich auf dem Schiff befinden, die Piratenoffiziere. Die restlichen Plätze werden im Kampf auf Leben und Tod vergeben.«

Neel hatte nichts anderes vermutet. »Was ist mit den Kindern?«, fragte sie leise, denn Menno und Setana waren an Deck und halfen beim Lenzen des Schiffes, so wenig Sinn es auch haben mochte. Rashid hatte sie nach oben geholt, weil es unter Deck zu gefährlich geworden war.

Rastidos zuckte die Achseln. »Sie werden wie jeder andere behandelt.«

Neel und Rashid sahen sich stumm an und sagten nichts dazu. Aber die Amazone und der Tulamide hatten in den Augen des jeweils anderen die stille Übereinstimmung entdeckt, dass sie die so genannten Gesetze der Piraten nicht respektieren würden. *Keine Piraten, keine Wertsachen,* dachte Neel. *Stattdessen die Patrusco-Kinder, die überlebenden Mitglieder der Stammbesatzung, Rashid, ich selbst und Eisfell. In dieser Reihenfolge.* Sie und Rashid würden ihr Bestes tun, mit Säbel und Rapier diese Rangfolge durchzusetzen.

Der Piratenkapitän mochte sich so etwas gedacht haben, als er den Blickkontakt bemerkte, denn er grinste. Sicherlich hatte er nicht nur die Absicht, im Fall des Falles seine eigene Rangfolge durchzusetzen, sondern war auch zuversichtlich, dass ihm dies gelingen würde.

Um die Lage zu entspannen, meinte Rashid: »Warum segelt Eure Galeere eigentlich mit schwarzen Segeln, Sohn der Wasserwüste? Man sagte uns zwar, es würde auch einige andere Schiffe mit solchen Segeln geben, aber man argwöhnt sofort, dass sich Piraten nähern, wann man die schwarzen Segel sieht. Ist das nicht sehr dumm – aus Eurer Sicht?«

Rastidos lachte. »Wir verstecken uns nicht und geben der Beute die Möglichkeit zu flüchten. Wenn sie schnell genug ist. Sonst spielen wir gern ein bisschen mit ihr, wie die Katze es mit der Maus tut. Und es bleibt der Rest an Ungewissheit. Wie bei Euch. Aber wenn Ihr es genau wissen wollt: Wir haben auch ganz normale Segel. Die benutzen wir, wenn wir keine Beute machen und selbst in Ruhe gelassen werden wollen. Oder wenn wir Beute machen wollen, die Beute aber zu schnell ist, als dass man sie frühzeitig aufscheuchen dürfte.«

»Rastullah würde Euch solche Heimtücke niemals verzeihen!«, entfuhr es dem Novadi.

»Verzeiht Rastullah es dem Gläubigen, sich in der Gesellschaft ungläubiger Frauen aufzuhalten, Sohn der Wüste?«, fragte der Piratenkapitän listig zurück.

Bevor Rashid darauf etwas sagen konnte, kam ein Ruf vom Bug. »Bug an Kapitän. Holk gesichtet!«

Statt zu fluchen, nahm Rastidos es gelassen. »Sie lassen nicht locker«, sagte er. »Na schön, ich lasse mich von denen jedenfalls nicht hängen. Wie ist es mit Euch? Verkauft Ihr Euer Leben auch so teuer wie möglich?«

»Worauf Ihr einen lassen könnt«, sagte Neel grimmig. »Für Rondra. Schwert für Gerechtigkeit!«

Und Rashid ergänzte: »Für die Ehre von Rastullah al Ankhra!«

»Dann sind wir uns ja einig, auch wenn ich nur für meinen

Ruf als Pirat kämpfe. Na ja, ein bisschen vielleicht auch gegen die talanischen Despoten. Mal sehen, ob dieses schwarze Weib mit dem Säbel genauso gut umgehen kann wie mit dem Sprachtrichter. Und wenn sie wieder mit dem Ding ankommt, zeige ich ihr den nackten Arsch.« Er blinzelte den Gefährten zu. »Ist doch besser, Seite an Seite gegen das Despotenpack zu kämpfen, als sich um einen schäbigen Platz auf einem Floß, das ohnehin bald gesunken wäre, gegenseitig die Schädel einzuschlagen, oder?«

Der Holk, der wieder ausreichend Segel führte, kam schnell auf. Die Piraten und die Seeleute beachteten ihn kaum. Dass von ihm keine Hilfe zu erwarten war, wusste auch der Dümmste, und alle waren vollauf damit beschäftigt, die Karavelle schwimmfähig zu halten. Rastidos hatte Anweisung erteilt, den Holk kampflos herankommen zu lassen. Erst wenn dieser die Feindseligkeiten eröffnete, wollte man versuchen, ihn schwimmend zu erreichen und zu entern. Natürlich wusste jeder, dass dies nicht gelingen würde. Aber der Versuch war besser, als sich aus der Distanz abschießen zu lassen oder mit der nicht mehr ausreichend gelenzten Karavelle unterzugehen.

Bisher war noch kein Pfeil geflogen. Stattdessen standen Bewaffnete im Bug des Holks und feixten. Offensichtlich war ihnen die hoffnungslose Lage auf dem anderen Schiff nicht verborgen geblieben.

Kapitänin Tonko-Takeh tauchte tatsächlich wieder mit dem Sprachtrichter auf und rief: »Wir wollen immer noch das Gleiche, Rastidos.«

Da der Sprachtrichter der Karavelle bei dem Sturm über Bord gegangen war, nicht aber der Hut des Piraten, zog er ihn vom Haupt und benutzte ihn als Sprachverstärker. »Meinen Hut kriegst du immer noch nicht, und der Mast, für den du hundert Goldstücke zahlen wolltest, ist leider über Bord gegangen. Aber wir haben ein paar noch fast neue Sülldeckel.

Ihr könnt sie für hundertzwanzig haben. Wir wollen das Schiff ohnehin etwas leichter machen.«

»Wenn du uns die Tochter von Arlos auslieferst, könnten wir vielleicht Milde walten lassen und euch unser Boot geben«, erwiderte Tonko-Takeh ungerührt.

Rastidos ließ sich nicht anmerken, ob es ihn überraschte, dass die vermeintliche Turibai die Tochter des einstigen und rechtmäßigen Königs von Talania war. »Habt ihr nicht gesehen, dass sie im Sturm über Bord gegangen und ertrunken ist?«, schrie er.

»Davon stimmt nur die erste Hälfte«, erwiderte die Kapitänin. »Rhiana lebt.«

In den Herzen von Neel und Rashid keimte wilde Hoffnung auf, als sie dies hörten.

»Woher willst du das wissen?«, schrie der Pirat.

»Wir haben einen hoch gelehrten Magier an Bord, der seine Mittel hat, solche Dinge in Erfahrung zu bringen. Sie lebt. Das wissen wir genau. Vermutlich habt ihr sie aufgefischt. Gib sie heraus, Rastidos, wenn du auch nur einen Funken Verstand besitzt.«

»Ich denke darüber nach«, versprach der Pirat. »Du kannst einweilen schon das Boot bringen lassen.«

»Hältst du mich für blöd, Pirat?«, kam die Antwort.

»Jaaa!«, brüllte Rastidos zurück.

Die Kapitänin wollte sich abwenden.

»Nein, warte noch!«, beschwor der Pirat sie. »Ich habe denen hier vorhin etwas versprochen.«

Tonko-Takeh wandte ihm wieder ihre volle Aufmerksamkeit zu.

»Das hier!«, brüllte Rastidos, drehte sich um, ließ blitzschnell die Hose herab und zeigte ihr den blanken Hintern.

Die Piraten johlten, obwohl ihnen das Wasser buchstäblich bis zum Halse stand.

Rastidos beeilte sich, schnell wieder in seine Hosen zu kommen, bevor die talanischen Bogenschützen das gut zu erkennende Ziel mit Pfeilen eindeckten. Aber kein Pfeil bewegte sich auf das Schiff zu. Stattdessen herrschte plötzlich eine Betriebsamkeit an Bord des Holks, die nichts mit Angriffsvorbereitungen zu tun haben konnte. Tonko-Takeh schrie mit sich fast überschlagender Stimme in höchster Aufregung Befehle. Matrosinnen und Matrosen rannten über Deck und stießen Bewaffnete einfach um, wenn sie ihnen im Wege standen. Als die *Elon Uriba Machartes* zu der Karavelle aufgeschlossen hatte, waren fast alle Segel gerefft worden. Jetzt wurde in Windeseile Vollzeug gesetzt und gebrasst. Das Schiff vollzog eine Wende und segelte davon. Genauer gesagt: Es flüchtete. Anders konnte man es wirklich nicht ausdrücken.

Der Piratenkapitän sah sich verblüfft um. An Steuerbord sah er ein Schiff auftauchen. »Die *Schwarze Hand*?«, murmelte er, als wollte er nur sich selbst befragen. Tatsächlich konnte er sich eigentlich nicht vorstellen, dass die Kapitänin des Holks in Panik geraten und Reißaus genommen hatte, nur weil ihr die Sichtung einer Galeere gemeldet worden war. Er setzte das Teleskop ans Auge und betrachtete das sich rasch nähernde Schiff.

Es war nicht die Piratengaleere. Auch kein anderes Schiff mit schwarzen Segeln. Dieses hier war sehr viel größer und höher als seine Galeere. Und es trug purpurrote Segel. Rastidos war diesem Schiff noch niemals begegnet, aber er hatte von ihm gehört. Alte, sehr alte Fahrensleute erzählten manchmal davon.

»Bei den Seelenmühlen der Niederhöllen!«, fluchte er. »Jetzt kommen wir vom Regen in die Traufe!«

Rashid suchte seine Erinnerungen vergeblich nach Hinweisen ab, was Rastullah dem Gottgefälligen mit purpurroten Segeln sagen wollte. Der Novadi war jedoch überzeugt davon, dass es etwas Wichtiges sein musste. Eine eindringliche Ermahnung, alle Verstöße gegen die 99 Gesetze sofort zu beenden? Dann müsste er auf der Stelle über Bord springen, und das konnte nicht Rastullahs Wille sein. Oder war es die Verheißung des Paradieses? Diese Vorstellung gefiel Rashid schon besser. Allerdings zog er es vor, noch einige Zeit auf Dere zu bleiben, und sei es nur, um sich durch ein gottgefälligeres Leben besser auf die jenseitigen Wonnen vorbereiten zu können. Er schickte ein Stoßgebet in diesem Sinne an Rastullah und bat gleichzeitig um Vergebung, dass er in den letzten Tagen durch die Umstände an Bord das morgendliche Ritual der geistigen Reinigung und Weihung etwas zu kurz hatte kommen lassen.

Neel hatte solche Probleme nicht. Mit einer steilen Falte auf der Stirn sah sie den Piratenkapitän an. »Was wollt Ihr damit sagen? Was hat es mit dem Schiff auf sich? Sind es mit euch verfeindete Piraten?«

Rastidos lachte rau. »Damit habt Ihr gar nicht mal so Unrecht, Amazone. Leider sind es aber ganz besondere Piraten.«

»Was soll das heißen?«

»Ich sage nichts mehr. Wartet es einfach ab.«

Etwas anderes blieb ihnen sowieso nicht übrig. Mit gemischten Gefühlen oder auch mit vor Angst geweiteten Augen blickten alle an Bord dem rasch aufkommenden Schiff entgegen. Niemand arbeitete mehr an den Lenzpumpen, niemand warf eine Pütz mit Leine in den Laderaum, um Wasser abzuschöpfen und über das Schanzkleid zu kippen. Man konnte förmlich sehen, wie schnell der Wasserspiegel im Innern des Schiffes stieg, als die Arbeiten eingestellt wurden. Rastidos unternahm nichts gegen die Untätigkeit der Leute. Stumm fragte er sich, wie viele Äonen man ihn in den Seelenmühlen der Niederhöllen quälen würde, bevor die Dämonen ihn als einen der ihren davontrugen. Oder würde Efferd doch einen guten Kern in ihm entdecken und ihn zu sich holen?

Das fremde Schiff war größer als zwei hintereinander fahrende Karacken und besaß vier Masten, die beiden mittleren rahgetakelt und so hoch, dass über dem Hauptsegel und dem Marssegel noch ein weiteres Segel gesetzt worden war. Rastidos hatte niemals zuvor ein derartiges Schiff gesehen. Es hieß, dass es im Südmeer sehr große Schiffe mit zusätzlichen Segeln gab, die Brahmsegel genannt wurden. Aber gewiss kannte auch das Südmeer kein Schiff, das diesem hier glich. Die Segel waren nicht nur purpurrot, sondern auch löchrig und teilweise zerfetzt. Der Pirat wollte gerne glauben, dass der Sturm der letzten Stunden daran schuld war, aber es wollte ihm nicht gelingen. Wenn die alten Geschichten stimmten, dann waren diese Segel schon seit langer Zeit in diesem Zustand, hielten trotzdem jedem Sturm stand und hinderten das Schiff nicht, gute Fahrt zu machen. Seine Vermutungen reiften zur Gewissheit, als er das Teleskop benutzte und sah, dass auch der Rumpf voller Löcher war und das Holz morsch und brüchig aussah.

Neels einziges Auge war scharf genug, um auch ohne Teleskop Einzelheiten zu erkennen. Am meisten wunderte sie, dass niemand an Deck zu sehen war. Achtern gab es nicht einmal einen Rudergänger. Und doch musste das Schiff auf irgendeine Art gelenkt werden. Ein herrenloses Schiff, das zum Spielball der Winde geworden war, bewegte sich anders.

Plötzlich gab es Bewegung an Deck. Aus den Niedergängen quollen Dutzende von Gestalten, die unverzüglich die Wanten enterten und die halb zerstörten Segel refften. Neel erstarrte, als sie die Gestalten erblickte. Aus dem Augenwinkel heraus sah sie, dass Rastidos, der alles viel besser durch sein Teleskop beobachten konnte, bleich geworden war. Einige Besatzungsmitglieder und Piraten stießen entsetzte Schreie aus, andere fluchten unterdrückt, riefen die Götter an oder murmelten verstört vor sich hin.

»Allmächtiger Rastullah!«, presste Rashid mit vor Erregung heiserer Stimme heraus. »Skelette! Vater der Weisheit, Meister aller Meister und Gott aller Götter, wiegen meine Sünden denn so schwer? Hat es dir nicht genügt, mich in Nahemas Turm mit einem von ihnen zu prüfen?«

»Es sind keine Skelette«, knurrte der Piratenkapitän. »Eher schon Untote. Leute, die eigentlich auf dem Grunde der See ihre Ruhe gefunden haben sollten.«

»Wo ist da der Unterschied?«, fragte Neel, die sich wieder gefangen hatte. Den Gegner zu kennen, so Furcht erregend er auch sein mochte, war ihr schon immer lieber gewesen als die Ungewissheit.

»Den seht Ihr doch«, erwiderte Rastidos mit mühsam beherrschter Stimme. »Diese hier haben noch etwas ... nun ja ... Fleisch auf den Rippen, wenn auch nicht viel.«

Neel schaute genauer hin, so unerfreulich der Anblick auch war, der sich ihr bot. Der Pirat hatte Recht. Ihr erster Eindruck war gewesen, dass die Mannschaft dieses merkwürdigen Schiffes aus Skeletten bestand. Blankes Totengebein turnte in den Wanten herum, und hohle Totenschädel schienen sie anzugrinsen. Aber den meisten Gestalten hingen Fleischfetzen und Reste von inneren Organen an den Knochen, beinahe so wie die zerfetzten Segel an den Masten. Einige hatten Haare auf dem Kopf oder Bärte, andere trugen zerlumpte Reste früherer Kleidung. Der eine oder andere besaß ein an Muskelsträngen herabhängendes Auge, eine pergamentartige schlaffe Brust oder ein halb verdorrtes Gemächt. Die Amazone zuckte die Achseln. »Und wenn schon, für mich bleiben das Skelette. Erzählt endlich, was Ihr über dieses Schiff wisst.«

Rastidos setzte das Teleskop ab und wandte sich ihr zu. »Man nennt dieses Schiff *Roter Tod.* Wenn man den alten

Geschichten glauben will, wird es nur selten gesichtet, höchstens einmal in fünfzig Jahren. Es greift jedes andere Schiff an, das ihm in die Quere kommt, und raubt es aus. Noch niemals ist ihm eines entkommen. Die Untoten sind unbesiegbar und auch nicht durch Magie zu bannen.«

»Kein Wunder, dass die *Machartes* geflüchtet ist«, murmelte Neel.

Rastidos nickte. »Ein Rätsel ist nur, dass die *Roter Tod* sie nicht verfolgt hat und sich stattdessen uns zuwendet. Auf dem Holk wäre mehr zu holen gewesen.« Aus seinen Worten sprach der Pirat, der es anders gemacht hätte.

»Wenn sie jedes Schiff einholen können, sparen sie sich die *Machartes* vielleicht für später auf«, meinte Rashid.

»Kann sein«, stimmte der Pirat zu. Er schien sich inzwischen in das Unabänderliche gefügt zu haben und versuchte, das Beste daraus zu machen. »Vielleicht kann man mit ihnen verhandeln.«

»Verhandeln?«, sagte die Amazone verächtlich. »Mit Skeletten?«

»Untoten.« Rastidos bestand auf seiner Bezeichnung. »Warum nicht? Vielleicht wollen sie nur ein paar Fässer Wein oder so etwas«

»Wein?«, höhnte Neel. »Was sollten Skelette ...«

»Untote.«

»... mit Wein anfangen wollen?«

»Woher soll ich das wissen?«, murrte der Pirat. »Um die alten Knochen mal wieder richtig durchzuspülen? Vielleicht will der Kapitän auch darin baden. Ich kenne die Gebräuche von Untoten ...«

»Skeletten.« Nur aus Trotz blieb Neel dabei.

»... nicht, und außerdem war es nur eine Idee. Vielleicht wollen sie auch Segeltuch. Ein bisschen haben wir noch – auch rote Farbe zum Einfärben.«

»Und dann?«

»Verlangen wir ein Boot dafür. Sie haben eines im Schlepp, sehr Ihr?«

»Rastidos, Ihr hättet nicht Pirat, sondern Kaufmann werden sollen. Sagtet Ihr nicht, sie nehmen sich, was sie haben wollen, und kriegen es immer?«

Der Pirat blinzelte ihr zu. »Man muss die alten Geschichten nicht wortwörtlich nehmen. Irgendwie sind es doch Piraten, wenn auch sehr alte und etwas vom Fleisch gefallen. Und Piraten sind faul. Wenn sie etwas bekommen können, ohne sich anstrengen zu müssen, können sie manchmal auch großzügig sein. Man gibt ihnen nur meistens nicht die Gelegenheit dazu und erzürnt sie durch unüberlegte Gewalttaten.«

Die Amazone schnaubte. »Ihr habt nicht nur die verborgene Seele eines Kaufmanns, sondern auch die eines Rechtsgelehrten, der sich darauf versteht, die Wahrheit zu verdrehen. Ich glaube, dass Ihr in der Tat der geeignete Mann seid, um Skelette …« Sie machte eine kleine Pause, aber Rastidos war das Spielchen wohl leid und verzichtete auf einen Einwand.

»… übers Ohr – oder die Stelle, wo mal eines war – zu hauen, wenn sie sich denn auf einen Handel einlassen sollten.« Sie konnte sich einen Nachsatz einfach nicht verkneifen. »Immerhin müsst Ihr dauernd mit der Gefahr leben, nach Eurem Tode am Galgen von Raben ähnlich zugerichtet zu werden wie die dort drüben.«

Rastidos grinste. »An welchem Galgen habt Ihr denn gehangen, Amazone, als Euch die Raben das eine Auge herausgehackt haben?«

Einen Moment lang fühlte sich Neel versucht, den Säbel zu ziehen und die Unverschämtheit zu bestrafen. Rashid ahnte wohl, was in ihr verging, und warf schnell ein: »Rastullah sagt, der Gottgefällige soll bei einem Sandsturm das Haupt verhüllen und nicht nach Sandkörnern Ausschau halten.«

Die Amazone beherrschte sich und ließ ihre Vernunft siegen. Erstens hatte sie mit den Unverschämtheiten angefangen, und zweitens gab es wirklich anderes zu tun, als sich gegenseitig den Schädel einzuschlagen. Immerhin befanden sie sich auf einem Schiff, das jederzeit sinken konnte, und sahen sich obendrein grässlichen Gestalten gegenüber, die ihnen jederzeit den Garaus machen konnten. Eines von beiden hätte wahrlich ausreichen sollen, jeden Gedanken an Spott und Streit zu ersticken. *Aber bei Rondra, so sind wir nun einmal. Wahrscheinlich können wir es anders nicht ertragen.*

Die *Roter Tod* dümpelte vor ihnen in der See, ohne dass die grauenvoll aussehende Besatzung Anstalten machte, irgendetwas gegen die *Bunte Seekuh* zu unternehmen. Neel war fast enttäuscht, dass die Skelette untätig in den Wanten hingen oder sich gegen die Reling lehnten. Nirgendwo konnte sie eine Knochenhand entdecken, die ihnen einen schartigen Säbel entgegenreckte. Es schien Neel, als hätten die Skelette fünfzig Jahre lang geschlafen, den Schlaf kurz unterbrochen, um die Segel zu reffen, und seien nun erneut in Untätigkeit verfallen.

Aber die Amazone täuschte sich. Drei der Skelette lösten sich jetzt von der Reling, zogen das Beiboot von achtern zur Längsseite, warfen eine Strickleiter hinab und kletterten hinein. Gemächlich ruderten zwei von ihnen, während das dritte Skelett steuerte.

Alle an Bord der Karavelle starrten dem sich nähernden Boot entgegen. Den meisten standen Furcht, Unbehagen oder Ratlosigkeit im Gesicht, aber einige zeigten trotzige Mienen. Ein paar, darunter Rastidos und Neel, musterten verlangend das Boot. Es war weniger löchrig als der Rumpf der *Roter Tod,* lag gut im Wasser und besaß einen Mast, um ein Segel zu führen. Und es war eher ein Kutter als ein Boot, groß genug, alle Männer und Frauen aufzunehmen, die sich an Bord der Karavelle befanden.

»Da kommen sie und wollen Wein«, spottete Neel. »Und das Tauschobjekt haben sie gleich mitgebracht. Fragt sich nur, wie sie die Weinfässer dann ohne Boot hinüberschaffen wollen.«

Rastidos ging nicht darauf ein. Er tuschelte mit seiner Bootsfrau, und diese übermittelte ebenso leise den anderen Piraten seine Befehle.

»Wenn das Boot nahe genug heran ist, schwimmen meine Leute zu ihm hin und schmeißen die Untoten ins Meer«, erläuterte er Neel und Rashid seine Pläne.

»Wie?«, wunderte sich Rashid. »Wolltet Ihr nicht mit ihnen verhandeln?«

»Ich bin eben doch mehr Pirat als Kaufmann oder Rechtsgelehrter«, knurrte Rastidos. »Eine gute Gelegenheit muss man beim Schopfe packen. Oder, wie euer Rastullah sagen würde, iss die gute Dattel, bevor die schlechte dich vergiftet.«

Der Novadi beschloss, bei Gelegenheit darüber nachzudenken, ob Rastullah einen solchen Satz gesagt hatte oder gesagt haben könnte. Im Moment war dafür keine Zeit.

Der Pirat ließ ihm ohnehin keine Zeit für eine Erwiderung, denn im nächsten Moment stieß er einen Fluch aus. »Bei Efferds Darmwinden!« Er zeigte zur *Roter Tod* hinüber, wo jetzt Bogenschützen an der Reling und in den Wanten in Stellung gegangen waren und obendrein ein Torsionsgeschütz im Bug ausgerannt wurde. »Es wäre auch zu schön gewesen. Aber diese Piraten der Niederhöllen scheinen den Braten gerochen zu haben.« Dann brüllte er über Deck: »Befehl belegt und abwarten!«

Die Zeit brannte den vom Untergang des Schiffes bedrohten Frauen und Männern auf den Nägeln, aber die Skelette schien dies wenig zu bekümmern. Sie ruderten weiterhin gemächlich auf die Karavelle zu. Zwei Bootslängen von ihrer Längsseite entfernt, zogen sie schließlich die Riemen ein. Das dritte Skelett am Ruder ließ das Boot beidrehen und schaute zum Achterdeck hinauf. »Wir wollen Rhiana von Talania«, sagte es mit hohl klingender weiblicher Stimme, wobei erstaunlich war, dass die kaum noch als solche zu erkennende Zunge überhaupt etwas formulieren konnte. Der vom Fleisch entblößte Kiefer klappte und knackte, während Reste von Stimmbändern an Knorpeln zuckten und sich wanden.

Neel, Rashid und sogar dem Piratenkapitän blieb die Spucke weg, als sie das hörten. Rastidos erholte sich am schnellsten. Er sah der Untoten in das zerstörte Gesicht, und sein Blick blieb auf dem vorderen Ende des dicken Schiffsnagels hängen, der quer im nahezu blanken Totenschädel steckte. »Offenbar will jeder diese Frau«, sagte er. »Aber sie ist leider nicht mehr bei uns. Sie wurde über Bord gespült, und wir wissen nicht, was aus ihr geworden ist.«

Die Untote schien darüber nachzudenken. »Wer von euch ist Rastidos?«, fragte sie dann.

»Selbst in den Niederhöllen ist mein Name schon bekannt«, flüsterte der Pirat und wusste nicht, ob er stolz darüber sein sollte oder damit seine Hoffnung, irgendwie doch noch in Efferds Paradies zu gelangen, endgültig gestorben war. Er räusperte sich. »Du sprichst mit ihm.«

»Mitkommen!«, befahl die Untote.

»Warum?«, fragte Rastidos trotzig.

»Weil Rastidos es befiehlt.«

»So eine Idiotin!«, zischte der Pirat den Gefährten zu. »Offensichtlich hat ihr Hirn unter dem Nagel schwer gelitten.«

»Gelitten?«, flüsterte Rashid. »Ich sehe überhaupt kein Hirn.«

Rastidos überlegte. Sollte er trotz der Bedrohung durch die Bogenschützen und das Geschütz seinen Leuten befehlen, das Boot zu entern …? Nein, sie würden den Niederhöllen-Piraten nicht entkommen können. Wenn er hingegen dem Befehl folgte … Was wollten sie von ihm? Mit ihm auf direktem Weg in die Niederhöllen segeln? Vielleicht. Aber was auch immer ihn an Bord der *Roter Tod* erwartete, es würde zumindest den Versuch unternehmen können, seinen ersten Plan zu verfolgen und mit den Gerippen zu verhandeln.

»Warte einen Moment«, rief er der Untoten zu. Dann befahl er seine Bootsfrau zu sich und schickte sie in die Kapitänskajüte, die noch nicht unter Wasser stand. Wenig später kehrte sie mit einem Seesack zurück, den ihr Rastidos sofort aus der Hand nahm.

»Ich bin bereit mitzukommen«, rief er dann zum Boot hinunter. »Schließlich habe ich es selbst befohlen, oder? Aber was ist mit meinen Leuten? Unser Kahn sinkt, wie Ihr rein zufällig vielleicht bemerkt habt.«

Die Untote mit dem Nagel im Kopf brüllte in einer fremden Sprache etwas Gutturales zur *Roter Tod* hinüber. Ihre Stimmbänder flatterten dabei so sehr, dass sie fast davongeweht wären. Jemand brüllte eine Antwort zurück. Also war mindestens noch ein weiterer Untoter der Sprache mächtig. Es wurde mehrmals hin und her gebrüllt, und Neel glaubte, Rhianas Namen verstanden zu haben.

Die Bootsführerin wandte sich wieder Rastidos zu. »Das Schiff sinkt erst, wenn wir es wollen. Ihr, Rastidos kommt mit uns. Die Gefährten von Rhiana von Talania auch. Und der Hund. Außerdem die Kinder der Patrusco. Die anderen holen wir später.«

»Bei Rondra!«, zischte Neel. »Ist es schon so weit gekommen, dass wir sogar von Skeletten ausgespitzelt werden? Hier bei den Zyklopeninseln scheint wirklich jeder über jeden alles zu wissen.«

Die Piratenbootsfrau raunte Rastidos etwas zu. Der nickte. »Erstaunlich«, sagte er zu Neel und Rashid, »aber der Wasserpegel im Schiff ist nicht mehr gestiegen, seitdem wir mit den

Untoten verhandeln.« Ob sie auch ihr zweites Versprechen einhalten würden, wagte er allerdings zu bezweifeln. Natürlich verzichtete er darauf, seine Bedenken laut zu äußern, um seine Leute nicht zu beunruhigen.

»Verhandeln?«, meinte Rashid. »Tun wir das? Für mich hörte es sich mehr so an, als würden uns Befehle erteilt.«

»Wir würdet Ihr es denn nennen, Sohn der Wüste«, antwortete Rastidos, »wenn Euch der Feind nicht den Kopf abschlägt, sondern Euch in sein Zelt bittet?« Er wandte sich seinen Leuten zu. »Es gibt Hoffnung, denn das Schiff sinkt tatsächlich nicht mehr. Ihr könnt selbst nachsehen. Vergesst einfach alles, was ihr über magere Leute gehört habt. Diese wollen uns offenbar Gutes tun. Harrt aus, bis sie euch holen.«

Einige Leute murrten, aber alle fügten sich. Das Boot dockte längsseits an, und Strickleitern wurden ausgebracht. Rastidos warf als Erstes seinen Seesack hinab. Dann stieg er selbst hinterher. Die Untoten auf der Ruderbank machten ihm Platz. Der Pirat schnüffelte misstrauisch, als er sie passierte, wurde aber angenehm überrascht. Obwohl das, was sie außer ihren Knochen sonst noch spazieren führten, verdächtig faul aussah, schien es wenigstens nicht zu stinken. Neel folgte als Nächste, dann Eisfell, der in einer Trage aus Segeltuch abgeseilt wurde und alles mit bewunderungswürdiger Geduld ertrug. Zum Glück bemerkte die Amazone rechtzeitig, dass der Wolfshund die flatternden Innereien der Untoten mit unverkennbarem Interesse betrachtete. Mit scharfer Stimme befahl sie ihn zu sich, bevor er auf dumme Ideen kommen konnte.

Menno kletterte wieselflink hinterher, und Setana folgte. Unwillig wehrte sie Rashids Versuch ab, ihr zu helfen, und dem Tulamiden fiel ein, dass er sie schon in den Wanten gesehen hatte. Während Menno die Untoten mit mehr Neugier als Ekel betrachtete, wies das Gesicht seiner Schwester eine grünliche Färbung auf. Sie hielt sich den Ruderern so fern wie möglich und bestand darauf, im Bug Platz zu nehmen.

Rashid enterte als Letzter das Boot und gesellte sich zu Setana.

Obwohl sich alle hingesetzt hatten, machte die Bootsführerin keine Anstalten abzulegen.

»Worauf wartest du noch, Pirat?«, fragte Rastidos und bemühte sich, nicht dauernd auf den Kopfnagel zu starren.

»Eine fehlt«, sagte die Untote.

»Nein, nein«, versicherte Rastidos. »Alle, die mitkommen sollten, sind hier, sogar der Hund.«

»Ich weiß, wen sie meint«, sagte Neel. »Finni.« Sie wandte sich zu der Bootsführerin um. »Als Rhiana in der See verschwand, ist ihre Freundin Finni ihr hinterhergesprungen.«

Die Untote nickte, was sie fast den Kopf gekostet hätte, und ließ ablegen. Die Ruderer betätigten die Riemen genauso träge wie vorhin, aber langsam vergrößerte sich der Abstand zur Karavelle. Von der Seeseite aus sah man erst richtig, wie tief das Wrack bereits im Wasser lag und wie stark die Schlagseite war. Der geringste Windhauch, so schien es, könnte das Schiff kentern oder auseinander brechen lassen.

Neel und Rashid schauten mit gemischten Gefühlen zur *Bunte Seekuh* zurück, bevor sie sich nach vorn wandten, um mit kaum angenehmeren Gefühlen der *Roter Tod* entgegenzusehen. Was Menno anging, so nahm er das Ganze wohl mehr als aufregendes Abenteuer, denn er wirkte recht munter. Seine Schwester dagegen wäre dem Gesichtsausdruck zufolge wohl am liebsten ins Meer gesprungen. Wen konnte es verwundern? Hinter sich drei Skelette, einen Piratenkapitän, der ihr vor noch gar nicht so langer Zeit das Messer an die Kehle gesetzt hatte, und ein Schiff, das sie fast in den Tod gezogen hätte, vor sich ein anderes Schiff, dessen grauenvolle Geheimnisse sie sich kaum auszumalen wagte. Eisfell lag auf den

Bootsplanken über der Bilge und hatte den Kopf halb unter die Vorderpfoten gesteckt. Wahrscheinlich vermisste er Rhiana und trauerte.

Allein Rastidos wirkte abgeklärt und ruhig, fast vergnügt. Da die anderen bei ihm waren, glaubte er nicht mehr, dass die *Roter Tod* in die Niederhöllen segeln würde. Er freute sich fast auf die Möglichkeit, vielleicht mit dem Kapitän der *Roter Tod* über Seefahrt und Piraterie fachsimpeln zu können. Und wenn die Untoten tatsächlich ihr Wort hielten und seine Leute an Bord brachten, ergaben sich unter Umständen auch andere Möglichkeiten …

»Was habt Ihr eigentlich in dem Seesack?«, unterbrach Neel seine Überlegungen.

»Was für ein Seesack?«, tat der Pirat unschuldig.

»Den dort«, sagte die Amazone und trat mit dem Fuß dagegen. Sie traf auf etwas Schweres, Hartes. »Den Ihr aus der Kapitänskajüte habt bringen lassen.«

»Ach den …« Rastidis winkte ab. »Nichts von Belang.«

»Was also? Wein für die Skelette?«

Rastidos grinste. »Unterwäsche zum Wechseln.«

»Die Kapitän Almiratis gehörte? Was ist so Besonderes an ihr? Und warum ist sie so hart und schwer?«

Rastidos gab das Leugnen auf. »Na schön«, sagte er. »Es ist die Schiffskasse. Hinzu kommt etwas Schmuck. Unbedeutend. Das Teleskop des Kapitäns. Und natürlich seine Seekarten.«

»Ihr denkt an *so etwas* in einem solchen Augenblick?«, empörte sich die Amazone. *Bei Rondra, ich wusste es von Anfang an: Der Kerl ist für den Strick geboren und das Eisen nicht wert, das man in seinen Körper versenkt!*

»Ein Pirat denkt immer an so etwas in jedem Augenblick«, antwortete Rastidos gereizt. »Was wollt Ihr denn? Sollte ich das, was zu erringen mich viele gute Piraten gekostet hat, einfach mit der Karavelle absaufen lassen?«

»Ihr versteht es offenbar stets, Eure Habgier als göttergefällig zu verkaufen, Pirat.« Die Amazone spuckte aus.

»Jeder geht den Weg, der ihm in die Wiege gelegt wurde. Ob der Weg in den Augen der Zwölfgötter etwas getaugt hat, wird am Ende des Weges entschieden. Und Ihr entscheidet darüber so wenig wie ich.«

»Jetzt auch noch Philosoph und Denker? Ihr habt viele Seelen in der Brust. Und jede übertrifft die andere in ihrem Eifer, dem rabenschwarzen Piraten in Euch gefällig zu sein.«

»Und Ihr neigt dazu, im Angesicht von Gefahren an anderen herumzunörgeln«, meinte Rastidos verärgert.

Neel grummelte nur etwas in sich hinein. Im Grunde hatte der Kerl ja Recht. Was bedeutete es schon, ob das Geld hier im Boot oder auf der Karavelle war? Rastidos würde es so oder so nichts nützen. Sie richtete ihre ganze Aufmerksamkeit auf das Schiff mit den purpurroten Segeln.

Aus der Nähe sah es noch unheimlicher aus als aus der Ferne. Und größer, sehr viel größer. Die Bordwand schien wie eine Burgmauer vor ihnen aufzuragen. Aber diese Burgmauer war brüchig und rissig, mit so großen Löchern darin, dass es Eisfell möglich gewesen wäre, sich in den Rumpf zu zwängen. Die Amazone nahm dies ebenso hin wie die zerrissenen Segel und Leinen und fragte sich nicht länger, warum ein solches Wrack nicht absoff, wie es das Schicksal der *Bunte Seekuh* war. Sie war eine Frau, die sich darauf verstand, eine scharfe Klinge zu führen. Magie war ihrem Wesen fremd. Aber sie lebte nun mal in einer Welt, in der Magie eine nicht zu leugnende Macht darstellte. Sie sah ein Schiff, das eigentlich nicht schwimmen konnte. Sie war von einem Schiff gekommen, das gegen alle Wahrscheinlichkeit für den Moment nicht mehr sank. Und sie bewegte sich in der Gesellschaft von Skeletten, die sich standhaft weigerten, in Beinhäusern zu vermodern. *Na schön, Magie also. Mächtige Magie.*

Das Boot dockte an. Hoch über ihnen kauerten Skelette an der Reling, die grinsende Totenschädel ihnen zugewandt. Keines von ihnen machte Anstalten, Strickleitern herabzulassen. Das war auch nicht nötig, wie die Amazone erkannte. Ihre untoten Begleiter machten das Boot an einem Eisenring fest, der in der Bordwand verankert war. Direkt darüber befand sich eine Ladeluke, von der aus eine verrostete Eisenleiter in die See hinabführte. Das Doppeltor der Luke wurde von innen aufgestoßen. Die Torflügel quietschten in den Angeln und knallten gegen die Bordwand. Unwillkürlich schreckte die Amazone zusammen. Bei sich stellte sie fest, dass es bislang auf der *Roter Tod* so still gewesen war wie in einer Gruft.

»Jetzt wird es ernst«, murmelte Rashid im Bug, während Setana sich hinter ihm auf der dem Meer zugewandten Seite des Bootes versteckte. »Rastullah, hilf deinem reuigen Sünder!«

In der Luke rasselte es. Zwei Untote erschienen. Beide zeigten mehr Knochen als Fleisch. Einer, der ein rostiges Kettenhemd und einen zu großen Helm trug, winkte mit dem Knochenfinger. Der andere, ein baumlanges Skelett mit einem Speer, trug nur sein Totenkopfgrinsen.

»Aufentern!«, befahl der Bootsführer. »Ihr zuerst, Rastidos!«

»Schon klar«, meinte der Pirat. »Weil ich es so befohlen habe, nicht wahr?«

Er krallte sich den kostbaren Seesack, stiefelte im leicht schwankenden Boot zu der Leiter und kletterte die wenigen Sprossen hinauf. Das Begrüßungskomitee machte ihm Platz.

Neel hatte keine Lust zu warten, bis sie einen Marschbefehl erhielt. Sie packte den geduldigen Eisfell, hob ihn hoch, bis er von allein in die Luke sprang, und folgte ihm.

»Setana! Menno!«, rief die Amazone.

Menno war begierig darauf, das unheimliche Schiff kennen zu lernen, und begab sich flugs zur Leiter.

»Erst deine Schwester!«, wies ihn Neel zurecht. Sie hatte Sorge, dass Setana, seit der Attacke des Piraten und den sich anschließenden Ereignissen noch scheuer und unzugänglicher als zuvor, etwas Unüberlegtes anstellte, wenn sie allein mit Rashid und den Knochenmännern im Boot verblieb.

So etwas schien sich in der Tat anzubahnen, denn das Mädchen saß bereits auf dem Schanzkleid und versuchte, sich noch weiter von allem wegzudrücken, was ihm Angst bereitete. Aber Rashid packte blitzschnell zu und zog sie mit sich. Sie stieß einen spitzen Schrei aus, war dann aber wieder ruhig.

»Ganz ruhig, kleine Honigblüte«, flüsterte er ihr zu. »Es wird alles wieder gut.«

Da Setana wie gelähmt dastand und keine Anstalten machte, die Leiter hinaufzuklettern, nahm der Tulamide sie kurzerhand auf den Arm und stemmte sie hoch. Neel fackelte nicht lange, ging in die Hocke, umschlang die Brust des Mädchens und zog es in das Schiff. Setana trug dabei gewiss ein paar blaue Flecken davon, aber darauf konnte die Amazone keine Rücksicht nehmen. Sie schleifte Setana ein Stück weit hinein in den Verkehrsgang, lockerte dann den Griff, ließ sie aber nicht los. Die Patrusco-Tochter ließ alles stumm über sich ergehen und wirkte viel zu verängstigt, um etwas zu unternehmen, aber Neel wusste, dass die Angst auch Flügel verleihen konnte. Sie hatte schon erlebt, dass Menschen, die in ihrer Furcht wie versteinert wirkten, sich oder anderen plötzlich ein Messer in das Herz jagten.

Rashid ließ den ungeduldigen Menno passieren und kletterte dann als Letzter nach oben. Er trat zu den anderen, während die Knochenmänner die Lukentore schlossen und verriegelten. Ihre untoten Kameraden blieben im Boot. Den Geräuschen nach zu urteilen, legte es wieder ab. Riemen tauchten in Wasser, Dollen ächzten und knarrten. Die Geräusche wurden leiser. Offenbar machten die Untoten ihr Versprechen wahr und fuhren zur Karavelle zurück, um den Rest der Besatzung zu holen.

Der Tulamide spannte seinen Körper an. Seine Rechte ruhte in der Nähe des Rapiers. Er glaubte nicht, dass Stahl etwas gegen die Untoten ausrichten konnte, wollte aber nicht kampflos sterben, wenn es zum Schlimmsten kam. Alle seine Sinne nahmen die neue Umgebung wahr.

Es roch muffig, aber eher nach abgestandener Luft als nach faulen, unguten Dingen. Im Gang herrschte ein diffuses rötliches Licht, das den hölzernen Wänden selbst zu entspringen schien. An Bord schien weiterhin alles totenstill zu sein. Zu hören waren nur die Atemzüge der Besucher, gelegentlich das leise Klirren oder Schaben, wenn ein Waffengurt oder ein Rüstungsteil mit dem Holz in Berührung kam, sowie das Klacken der Fußknochen, als die Untoten sich in Bewegung setzten. Die Knochenmänner sprachen nicht, waren dazu vielleicht auch nicht in der Lage, benahmen sich aber nicht bedrohlich. Dass sie am vom Fleisch fast völlig entblößten Becken halb vermoderte Waffengurte trugen, in denen rostige, aber durchaus tauglich aussehende Säbel steckten, blieb Rashid allerdings nicht verborgen.

Als die Besucher einen Moment lang unentschlossen verharrten, wandte sich der Untote, der ihnen zuvor bedeutet hatte, an Bord zu kommen, um. Er vollführte genau die gleiche lockende Bewegung mit seinem Fingerknöchel wie vorhin.

»Killekille«, murmelte Rastidos. Lauter fügte er hinzu: »Ja doch, Pirat, wir folgen dir. Wenn es sein muss, bis in die Niederhöllen.« Er schulterte den Seesack und marschierte den Untoten hinterher. Bei jedem Schritt klirrten im Seesack die Münzen aus der Schiffskasse.

Neel, immer noch einen Arm um Setanas Schulter gelegt,

setzte sich ebenfalls in Bewegung und zog das Mädchen mit sich. Eisfell, der neugierig am Boden geschnuppert, sich dann aber wie ein fürsorglicher Bewacher Setana zugewandt hatte, blieb hauteng an ihrer Seite. Menno und Rashid bildeten den Schluss.

»Das Schiff erinnert mich an die Wrackinsel vor Havena«, flüsterte Menno.

»Mich auch«, gab Rashid leise zurück. Er nahm an, dass der Junge sich in diesem Moment wahrscheinlich noch an andere Dinge erinnerte, die mit der Wrackinsel zu tun hatten. Wenig erfreuliche Dinge. Wenn es so war, kümmerte ihn dies allerdings wenig, denn er schritt unternehmungslustig aus. Eine Memme war der Patrusco-Junge wahrhaftig nicht. Rashid erinnerte sich, dass Neugier und Abenteuerlust dafür verantwortlich gewesen waren, dass Menno die Wracks erkunden wollte und vom Flammenbund, der die Insel für seine Zwecke nutzte, geködert wurde. Aber es stimmte schon. Die Wracks auf der Insel waren ebenfalls sehr große, sehr seltsame und auf rätselhafte Art erhalten gebliebene Schiffe aus einer fernen Vergangenheit. Die *Roter Tod* mochte in der Tat ein Schwesterschiff der Wracks sein. *Wie lange sind die Knochenmänner schon auf den Meeren unterwegs?* Ihn fröstelte bei dem Gedanken.

Der Verkehrsgang führte nur wenige Schritt in den Schiffsbauch hinein und endete vor der gähnenden Leere des Laderaums. Links davon führte allerdings eine schmale Treppe nach oben. Die Treppe wirkte so morsch wie jedes Stück Holz, das sie bisher auf der *Roter Tod* zu Gesicht bekommen hatten, aber nichts knackte und knarrte, nichts gab nach. Es war eher so, als würde man sich auf Quadern aus einem holzfarbenen Gestein bewegen. Die Besucher unterdrückten ihre unguten Gefühle beim Blick in die bodenlose Tiefe des Laderaums und hielten sich möglichst eng an der verschalten Wand zur Linken. Die Amazone schob Setana auf die sichere Seite und umkrallte ihre Schulter nun mit der linken Hand. Wie betäubt ließ das Mädchen alles mit sich geschehen und bewegte sich stocksteif wie eine Holzpuppe.

Die Treppe mündete an einem offenen Sülldeckel. Erleichtert entflohen sie der düster glosenden Tiefe. An der frischen Luft fühlten sie sich gleich viel wohler, und dankbar nahmen sie die Geräusche des Windes wahr. Die an der Reling lehnenden Untoten, die ihre zerstörten oder knochenblanken Gesichter nicht mehr der See, sondern dem Deck zugekehrt hatten, versuchten sie nicht zu beachten.

Neel und Rashid fiel erneut auf, dass von den typischen Geräuschen, die man gar nicht mehr bewusst wahrnahm, wenn man sich längere Zeit auf einem Schiff aufhielt, auf der *Roter Tod* die meisten fehlten. Außer den von ihnen selbst und dem Wind verursachten Lauten gab es nur das Rauschen der Wellen, die sich am Schiffsrumpf brachen. Kein Knacken im Rumpf, kein Quietschen von Planken, kein Knarren des Ruders, kein Glasen, keine Befehle der Schiffsführung, keine Schritte der Matrosen. Sogar das Knallen und Stöhnen der Leinen und Segel fehlte, obwohl diese sich im Wind zu bewegen schienen. Immerhin zeigten Wind und Wellen an, dass ihnen wirklich etwas den Weg versperrte und dies nicht alles Lug und Trug war.

Die Stille wurde jäh unterbrochen durch den scharfen Befehl einer dröhnend lauten Bassstimme, die vom Großmast kam. »Manäo! Tritt näher, mein Sohn!«

Verblüfft darüber, dass ihn an diesem gespenstischen Ort jemand mit dem Vornamen anredete, bewegte sich der Pirat in die Richtung, aus der die Stimme erklungen war. Den Seesack hielt er unverdrossen geschultert. Die anderen Besucher folgten ihm zögernd. Allein die beiden Untoten blieben zurück und standen so steif und unbeweglich da wie ihre an der Reling lehnenden Kameraden. Im nächsten Moment schien Rastidos dieses Schicksal zu teilen. Jedenfalls erstarrte er mitten im Schritt, als er unter dem zerfetzten Großsegel hindurchtauchte und den Mastbaum erreichte. Der Seesack fiel polternd und klirrend auf die Planken.

»Was starrst du mich so an?«, fragte die Stimme von vorhin. »Ist irgendetwas mit meiner Kleidung nicht in Ordnung?«

»Ich … äh … nein, alles bestens«, stammelte der Pirat.

Neel, Rashid, die Patruscos und Eisfell passierten ebenfalls das Segel. Sie sahen jetzt das, was dem Piraten zu schaffen machte, und blieben ebenfalls wie angewurzelt stehen.

Am Großmast stand eine dralle, splitternackte Frau mit üppigen Brüsten, rotem Lockenhaar auf dem Kopf und an der Scham, die eine Hand in die breite Hüfte gestemmt, die andere lässig gegen den Mastbaum gelehnt.

»Ah«, meinte die Nackte mit der überaus männlichen Bassstimme. »Da sind ja auch die anderen. Schade, dass die schöne Prinzessin nicht dabei ist. Ich hätte sie gerne kennen gelernt.« Dann ließ sie, als habe sie einen prächtigen Witz gerissen, ein dröhnendes Gelächter ertönen, das über das Deck rollte wie eine aus der Verankerung gerissene Lafette eines Torsionsgeschützes.

Rastidos hatte sich von der Überraschung erholt. »Lasst uns an Eurer Heiterkeit teilhaben, edle Frau«, sagte er mutig, »denn ich fürchte, wir haben den Scherz nicht verstanden.«

Das Gelächter steigerte sich zu einem wahren Rondrikan. Im nächsten Moment löste sich die Gestalt der nackten Frau in Luft auf. Eine andere Gestalt war jetzt zu sehen. Ein dickbäuchiger, vollbärtiger Mann in einer prächtigen, mit Litzen und Tressen verzierten dunkelroten Uniform, polierten Stiefeln und mit einem riesigen, nicht minder prächtigen roten Hut stand am Großmast. Man hätte ihn für einen höchst lebendigen beleibten Admiral halten können, der auf einem solchen

Schiff eigentlich genauso wenig zu suchen hatte wie eine nackte Frau. Zwei Dinge bewiesen allerdings, dass er ohne weiteres zu diesem Schiff passte. Das eine war sein triefäugiges, halb zerfressenes Gesicht. Das Zweite war ein mindestens anderthalb Spann langer und sehr dicker Nagel, der vorn in seiner Stirn und hinten im Mastbaum steckte und dabei den Hut gleich mit durchbohrte.

»Noch einer mit Nagel«, seufzte Rashid. »Rastullah, ich verdiene die Strafen für meine Sünden, aber ich finde, dass du ein bisschen übertreibst!«

Der Mann lachte immer noch, und ihm kullerten vor Erheiterung sogar Tränen aus den grausig anzusehenden, tief herabhängenden Augen. »Ihr solltet eure Gesichter sehen!« Endlich beruhigte er sich wieder. »War das ein guter Scherz, Sohn?«, wollte er schließlich wissen.

Rastidos kam erheblich besser damit zurecht, einem weiteren Untoten statt einer nackten Frau gegenüberzustehen. »Ohne jeden Zweifel«, versprach er. »Aber ich fürchte, wir sind heute nicht so recht in der Stimmung, dem Humor zu frönen. Darf ich annehmen, dass Ihr der Kapitän seid?«

»Das darfst du, Manäo«, antwortete der Untote. »Aber was soll der Quatsch mit dem ›Ihr‹? Wir sind doch miteinander verwandt, oder?«

»Wenn Ihr … wenn du meinst, dass wir als Piraten Verwandte im Geiste sind, dann hast du allerdings Recht«, meinte Rastidos etwas ratlos. »Mit wem habe ich die Ehre, Kapitän …«

Der Dicke prustete wieder los. »Rastidos«, sagte er schließlich.

»Ja, bitte?«, fragte der Pirat irritiert.

»Rastidos!«, brüllte der untote Kapitän am Mast wütend. »Stellst du dich nur blöd an, oder habt ihr verdammten Nachfahren Inzucht getrieben, und du bist tatsächlich blöde? Mein Name ist Vilgor Rastidos, und ich bin dein Urahn!«

»Das ist nicht dein Ernst!«, stöhnte der Pirat.

»Ich habe seit Jahrhunderten nur zweimal Spaß gemacht!«, herrschte ihn der Kapitän an. »Einmal, als ich einem meiner Leute den Kopf weggespuckt habe, und das andere Mal, als ich euch meine Konkubine zeigte!« Er beruhigte sich wieder und fügte etwas freundlicher hinzu: »Sie ist übrigens auch an Bord, sieht aber inzwischen ein wenig … anders aus. Nicht mehr so üppig im Fleische, wenn du verstehst.«

Der jüngere Spross der Rastidos-Linie musste die Sache erst einmal verdauen. Dann allerdings begann sie ihm ausnehmend gut zu gefallen. Im Geiste spielte er schon mit den Möglichkeiten und Vorteilen, die sich daraus ergeben konnten. Gewiss hatte sein Urahn gewaltige Schätze zusammengerafft, für die er in seiner Lage kaum Verwendung haben dürfte. »Ich wusste schon immer, dass mir der Pirat im Blute steckt«, behauptete er. Dass sein Vater kein Pirat, sondern ein eher ängstlicher Koch in einer Kaschemme gewesen war, verschwieg er allerdings.

»Na also!«, sagte der Kapitän der *Roter Tod.* »Außerdem sieht man die Ähnlichkeit zwischen uns beiden ja wohl auf den ersten Blick.«

»Hm«, meinte der jüngere Rastidos und schaute zweifelnd auf die aus den Höhlen hängenden Augen des anderen. »Ein paar kleine Unterschiede gibt es wohl schon. Aber im Großen und Ganzen … Und sind nicht die inneren Übereinstimmungen viel wichtiger? Du warst … äh … bist Pirat, und ich bin es. Und wie es scheint, lieben wir beide schöne große Hüte.«

»Das ist wahr«, bestätigte der untote Pirat. »Obwohl man mir meinen Hut mit dem verdammten Nagel ruiniert hat. Aber ich habe noch einen viel schöneren in meiner Kajüte. Leider komme ich da im Moment nicht hin.«

»Äh, wie ist das mit dem Nagel denn passiert?«, fragte Manäo Rastidos.

Sein Urahn machte eine wegwerfende Handbewegung. »Wie so was eben passiert unter Freunden. Wir hatten Streit, und da ist einer grantig geworden. Nichts weiter von Belang. Von dem Hut mal abgesehen. Das habe ich ihm bis heute nicht verziehen. Ich liebe meine Hüte! Wenn ich hier wieder loskomme, hänge ich das verdammte Gerippe an die Großrah!«

»Ich würde es Meuterei nennen«, wagte der jüngere Rastidos einzuwenden.

»Ach, Unsinn, denk doch nicht so was! Ich bin immer noch Kapitän, und die Leute sind mir treu ergeben.«

»Wenn ich dir behilflich sein kann mit dem Nagel ...«, erbot sich Manäo Rastidos und überschlug im Kopfe schon die Anzahl von Schatztruhen, die er dafür fordern würde.

»Zwecklos, Sohn«, zerstörte der untote Rastidos seine Träume. »Das ist ein magischer Nagel. Nichts zu machen. Man kann nicht einmal den Mast absägen. Aber mit den Jahrtausenden gibt sich das.«

Menno, der alles mit großen Augen und weit aufgesperrten Ohren verfolgt hatte und den Kapitän wohl eher für einen witzigen Großvater hielt, brannte eine Frage auf den Nägeln. »In Eurer Besatzung gibt es noch jemanden mit einem Nagel im Kopf«, platzte er heraus.

»Auf meinem Schiff haben Schiffsjungen nur zu reden, wenn sie gefragt werden!«, herrschte ihn Vilgor an. »Noch ein Wort, und ich lasse dir die Gedärme herausziehen und sie zum Trocknen am Mastkorb aufhängen!«

Menno wurde blass.

»Aber es stimmt, was der Junge sagte«, meinte Manäo Rastidos. »Die Bootsführerin ...«

»... ist die Rothaarige, die ihr vorhin gesehen habt«, fiel ihm Vilgor mürrisch ins Wort. »Bei dem kleinen Streit, den ich erwähnte, ging es um sie. Ich hatte sie als Einsatz beim Würfeln verloren, aber sie wollte den Kerl nicht rübersteigen lassen. Na, da hat er erst sie festgenagelt und dann mich, weil ich ihm den Kopf abschlagen wollte, aber dafür zu besoffen war. Ihr Nagel war allerdings nicht magisch, und später haben die beiden sich wieder vertragen. Was soll's auch? Der Kerl ist ja ebenfalls nicht gerade ganz taufrisch geblieben. Im Gegensatz zu mir, denn ich finde, ich habe mich noch ganz gut gehalten. Findest du nicht auch, Sohn? Wahrscheinlich verdanke ich das meinem Nagel.«

Neel hörte dies alles mit Unmut und wachsender Ungeduld. Piratenkapitäne, die man an den Mast genagelt hatte und die trotzdem nicht aufhörten zu schwadronieren, waren ihr ein Graus. »Sollten wir nicht allmählich mal Dinge erörtern, die mit dem Hier und Heute zu tun haben?«, murrte sie.

Manäo Rastidos hieb sofort in die gleiche Kerbe. »Ganz meine Meinung. Vilgor, meine Leute …«

»Werden gerade an Bord gebracht«, beschied ihn der untote Rastidos. Er gestikulierte mit den Händen, die in feinen Lederhandschuhen steckten. »Hört ihr? Da kommen sie. Aber sie bleiben unter Deck, verstanden! Meine Leute drehen durch, wenn sie zu viel Fleisch sehen.«

Tatsächlich waren außenbords Geräusche zu hören.

»Seid ihr das, Leute?«, rief Manäo Rastidos.

Ein paar zaghafte Stimmen antworteten ihm.

»Geht unbesorgt an Bord und bleibt unter Deck«, rief Manäo Rastidos. »Hier passiert euch nichts. Der Kapitän des Schiffes ist mein Urgroßvater.«

»Urgroßvater ist geschmeichelt«, meinte der untote Kapitän. »Ich habe nachgerechnet. Wenn ich Rastidos I. bin, dann müsstest du Rastidos XV. sein. Aber du bist ein guter Junge, Manäo. Hältst die Familientradition aufrecht. Bin stolz auf dich.«

»Und ich erst auf dich, Ururururgroßpapa!«, beteuerte Manäo Rastidos. »Vor dir erschaudern sie alle.« Listig fügte er hinzu: »Du musst ein Vermögen zusammengeraubt haben. Wahrscheinlich stapeln sich im Laderaum die Schatztruhen, oder?«

Der untote Rastidos machte eine wegwerfende Handbewegung. »Mit den Jahren haben wir das Interesse an diesem Plunder verloren.«

»Aber ihr raubt doch weiterhin Schiffe aus!«

»Nur aus alter Gewohnheit und um in Übung zu bleiben. Wir kippen das Zeug hinterher ins Meer.«

Jetzt wurde Manäo Rastidos so blass, wie es Menno gewesen war, als ihn der untote Pirat zurechtgewiesen hatte. »Was für eine Verschwendung!«, stöhnte er.

»Davon versteht ihr jungen Spunde nichts!«, knurrte der Alte. »Komm erst mal in mein Alter, dann denkst du auch anders darüber.«

»Da habt Ihr es, Rastidos!«, konnte sich Neel nicht verkneifen zu sagen. »Zumindest in dieser Beziehung ist Euer Ahnherr ein weiser Mann geworden. Vielleicht fehlt Euch auch nur ein Nagel im Kopf, um zu solchen Einsichten zu gelangen.«

Bevor der jüngere Rastidos den alten Disput mit Neel wieder aufleben lassen konnte, griff Rashid ein. »Bei allem Respekt, weit gereister Herr Kapitän«, wandte er sich an den untoten Piraten, »würde ich Euch gern ein paar Fragen stellen, die mich und meine Begleiter betreffen.«

»Fragt, Sohn der Wüste«, brummte der untote Kapitän.

Etwas verunsichert, weil Rastidos I. ihn genauso nannte wie Rastidos XV., begann der Novadi erst nach einer kleinen Pause. Aber dann machte er entgegen seinen sonstigen Gewohnheiten keine langen Umschweife. »Warum habt Ihr uns an Bord bringen lassen? Woher kennt Ihr unsere Namen? Was habt Ihr mit uns vor? Seid Ihr unser Feind oder unser Verbündeter?«

»So viele Fragen auf einmal kann ich mir nicht merken«, erwiderte der untote Kapitän. »Nehmt Rücksicht auf meinen Nagel im Kopf. Beginnt neu, Sohn der Wüste.«

Rashid nickte und entschied sich dafür, die wichtigste Frage zuerst zu stellen: »Seid Ihr Freund oder Feind?«

»Schon wieder zwei Fragen auf einmal«, erwiderte der untote Kapitän. »Seht mich gut an, Sohn der Wüste. Sehe ich wie einer eurer weisen und gütigen Mawdliyat aus? Handle ich so? Und wenn Ihr noch nicht von mir gehört haben oder die Herzlichkeit meinem Nachfahren gegenüber missverstanden haben solltet, dann will ich Euch verraten, dass ich Hunderte abgemurkst habe. Weil sie es verdient hatten, weil sie mir dumm kamen oder einfach so. Könnt Ihr Euch vorstellen, dass ich Euer Freund bin?«

Das fängt ja gut an, stöhnte der Novadi innerlich. »Rastullah sagt, auch der Sünder …«, begann er.

»Ich fragte nicht Rastullah, sondern Euch, Rashid ay Thalusa!«, sagte der untote Pirat herrisch.

Der Novadi entschied sich für eine ehrliche Antwort. »Nein.«

»Könnt Ihr Euch vorstellen, dass ich Euer Feind bin?«, donnerte Rastidos I.

»Ja.«

Wenn der Nagel ihn nicht gehindert hätte, würde der untote Pirat wohl genickt haben. »Seht Ihr«, sagte er zufrieden, »es geht doch. Und wisst Ihr was, Sohn der Wüste? Ihr habt Euch beide Male geirrt!«

»Wie darf ich das verstehen?«, fragte Rashid verwirrt.

»Stellt Eure nächste Frage, dann wird es vielleicht klarer.«

»Warum habt Ihr uns an Bord bringen lassen?«

»Weil wir darum gebeten wurden.«

»Wer bat Euch darum?«, fuhr Neel dazwischen. »Der Flammenbund?«

»Ich kenne keinen Flammenbund«, antwortete der untote Kapitän unwirsch.

»Wer war es dann?«, fragte die Amazone ungeduldig.

»Eine Macht, die Ihr nicht kennt und auch nicht kennen sollt, die Euch aber kennt – euch alle. Sie hat mir eure Namen mitgeteilt. Ich bin dieser Macht in mancherlei Hinsicht verbunden, und deshalb bin ich der Bitte nachgekommen.« Düster fuhr er fort: »Es wird dieser Macht nicht gefallen, dass Rhiana von Talania nicht bei euch ist.«

»Wollt Ihr uns ernsthaft zum Vorwurf machen, dass die Prinzessin …«, brauste Neel auf.

»Mäßigt Euren Ton, Amazone!«, brüllte der untote Kapitän dazwischen. »Ihr werdet hier nur geduldet!«

Neel lag eine scharfe Erwiderung auf der Zunge, aber sie verkniff sie sich. Bei einem ernsthaften Streit mit dem herrischen Rastidos I. würde sie bestimmt den Kürzeren ziehen. Obwohl der Untote bewegungsunfähig war, gebot er ohne Frage über dieses Schiff. Und es waren starke magische Kräfte im Spiel. Die Amazone fragte sich, ob Rastidos I. selbst oder die geheimnisvolle Macht, der er verpflichtet war, darüber verfügte. Wahrscheinlich Letztere. Sie neigte dazu, den Untoten als Diener, wenn nicht als Sklaven dieser Macht anzusehen, vielleicht als Fokus ihrer magischen Kraft. Offenbar konnte oder wollte diese Macht ihn aber nicht von seinem magischen Nagel befreien, obwohl sie ihm andere Wünsche wie den Illusionszauber mit der Konkubine erfüllte. Oder war er doch ein Magier von eigenen Gnaden? Sie schob die Gedanken beiseite. Jede Art von Antwort lief darauf hinaus, dass sie sich für den Moment besser fügte.

»Weit gereister Meister der Meere.« Rashid versuchte den Jähzornigen mit der Schmeichelei zu beruhigen. »Wir wissen, dass wir auf Euer Wohlwollen angewiesen sind, und werden uns bemühen, uns als respektvolle Gäste zu erweisen. Ihr wollt uns nicht sagen, wer die Macht ist, von der Ihr gesprochen habt?«

»Nein!«, kam die harsche Antwort.

»Dann erlaubt mir, die letzte Frage zu stellen: Was habt Ihr mit uns vor?«

Besänftigt durch die Höflichkeit des Tulamiden, antwortete der untote Kapitän beinahe freundlich: »Wir bringen euch alle zu einer bewohnten Insel und booten euch aus. Nicht mehr und nicht weniger.«

Neel und Rashid fielen bei diesen Worten dicke Felsbrocken vom Herzen. Menno schaute ebenfalls wieder munterer drein. Seine Schwester dagegen wirkte immer noch abwesend.

Der jüngere Rastidos hatte ohnehin auf das Wohlwollen seines Urahns ihm gegenüber vertraut. Seiner Meinung nach war es an der Zeit, wieder auf seine eigenen Interessen zurückzukommen. »Hör mal«, raunte er dem untoten Kapitän zu. »Deine Leute werden doch nicht *jede* klitzekleine Schatztruhe über Bord geworfen haben, oder? Wie wär's, wenn ich mich mal ein bisschen auf dem Schiff umschaue?«

7 Das Heiligtum

Ingrasch,
Ende Tsa 916 BF

Als Rhiana wieder zu sich kam, brauchte sie eine Weile, um zu begreifen, was passiert war. Ihre letzte Erinnerung war, dass sie in einem Sturm ums nackte Überleben gekämpft hatte. Die Besanstenge riss sich los und …

Irgendetwas musste mit ihr passiert sein. Inzwischen hatte sich offenbar der Sturm gelegt, denn das Schiff lag ganz ruhig. Das Schiff? Die Prinzessin war jetzt wach genug, um die Augen zu öffnen. Nein, sie befand sich nicht mehr auf einem Schiff, sondern lag im Sand, über ihr ein blauer Himmel, zur Linken steil ansteigende Felsen. Die Praiosscheibe schien von einem strahlend blauen Himmel herab. Trotzdem fror sie, und sie stellte fest, dass sie nackt war.

Sie richtete sich auf, sah vor sich das Meer – jetzt glatt und friedvoll – und zur Rechten weitere Felsen. Eine kleine Bucht mit einem Strand. Sie bemerkte Fuß- und Schleifspuren im Sand. Als sie den Kopf bewegte, stellte sie fest, dass er schrecklich wehtat. Sie befühlte ihn, durchwühlte ihre langen blonden Haare, konnte aber keine Verletzung entdecken.

»Endlich, Rhiana!«, jubelte hinter ihr eine Stimme, die sie sofort als die von Finni erkannte.

Im nächsten Moment kniete die Halbelfe neben ihr, nahm sie in den Arm, küsste und streichelte sie. Finni war genauso nackt wie sie. Ein abgebrochener Pfeil steckte im rechten Oberarm. Rhiana fiel ein, dass Finni während des Kampfes mit dem talanischen Schiff verletzt worden war.

»Ich dachte schon, du wolltest überhaupt nicht mehr aufwachen«, seufzte die Halbelfe.

»Was ist passiert, Finni?«, fragte die Prinzessin benommen. »Hilf mir bitte.«

»Du wurdest von einer losgerissenen Stenge getroffen und über Bord gespült. Ich bin hinterhergesprungen, konnte dich aber nicht halten. Dann kam uns jemand von der *Machartes* zu Hilfe. Gemeinsam versuchten wir deinen Kopf über Wasser zu halten, aber in dem aufgewühlten Meer war das fast unmöglich. Der Pfeil im Arm hat mich ziemlich behindert, aber du weißt, ich bin eine gute Schwimmerin. Ich kam besser zurecht als der Fremde von dem talanischen Schiff, aber der hatte unglaublich viel Kraft. Er hat dich immer wieder hochgestemmt, bis er selbst so viel Wasser geschluckt hatte, dass er die Besinnung verlor und in die Tiefe sank. Du hinterher, und ich wäre die Nächste gewesen. Ich war so verzweifelt, dass ich dir nicht helfen konnte. Und dann … Wir wären alle drei ertrunken, wenn nicht … Etwas Seltsames ist passiert. Neben und unter uns tauchten Dutzende von Delphinen auf, die von zwergenhaften Fischmenschen geritten wurden. Die Delphine bildeten mit ihren Leibern um uns herum so etwas wie eine Wanne, die uns über Wasser hielt. Du lagst wie tot da, aber ich habe deinen Puls gespürt und wusste, dass du lebtest. Nach einiger Zeit haben uns die Delphine hier am Strand abgeladen und sind zusammen mit ihren Reitern verschwunden.«

»Mein Kopf …«, stöhnte Rhiana.

»Sei unbesorgt, er ist heil«, sagte die Halbelfe fröhlich. »Ich habe ihn genau untersucht. Du hattest zum Glück einen Helm auf, als die Stenge dich traf.«

»Diese Geschichte, Finni …«, meinte die Prinzessin. »Bist du sicher, dass es diese Delphine und die Fischreiter wirklich gab und du das Ganze nicht bloß geträumt hast? Vielleicht sind wir tot und …«

»Glaub die Geschichte, oder glaub sie nicht. Tot sind wir jedenfalls ganz bestimmt nicht. Tote haben keine Schmerzen, oder? Und sie liegen auch nicht an fremden Stränden in der Sonne.«

»Warum sind wir beide nackt, Finni? Ich hatte doch …«

»Das war ich. Sollte ich dich in dem Kettenhemd und in den nassen Klamotten im Sand liegen lassen? Ich habe unsere Kleidung zum Trocknen auf die Felsen gelegt.« Sie zeigte zu einigen Felsbrocken hinter ihnen. »Wahrscheinlich sind sie bereits trocken. Wir können froh sein, dass es auf den Zyklopeninseln auch im Winter warm ist.«

»Was ist mit dem Pfeil?«, fragte Rhiana und deutete auf Finnis Arm.

»Den Schaft habe ich abgebrochen, aber die Spitze bekomme ich nicht allein heraus. Du musst mir dabei helfen.«

»Das machen wir jetzt gleich«, entschied die Prinzessin. Sie untersuchte die Wunde. »Steckt tief drin, aber ich denke, ich kann das schaffen. Ich muss mit einem Dolch in der Wunde bohren. Es wird schrecklich wehtun, Finni, und entsetzlich bluten.«

Die Halbelfe nickte tapfer. »Das halte ich aus. Und wenn der Pfeil erst mal draußen ist, kann ich die Wunde mit einem Heilzauber schließen.« Sie stand auf, holte einen Dolch und legte sich vor Rhiana auf die Seite, den verletzten Arm nach oben gerichtet.

Die Prinzessin nahm das Messer, zögerte aber noch. Sie hatte so etwas noch nie gemacht, sondern nur dabei zugeschaut, wenn andere dies taten. Sie wünschte, Neel wäre hier. Die hatte bestimmt Erfahrung in solchen Dingen. Was mochte aus Neel und Rashid und den Patruscos geworden sein? Und aus Eisfell? Waren sie alle mit der Karavelle untergegangen? Sie wünschte mit aller Kraft, dass sie lebten. »Wenn du durchhältst, kann vielleicht ein Heiler oder ein Bader …«, sagte sie.

»Rhiana, ich bin auf die Felsen da hinten gestiegen. Wir befinden uns auf einer sehr kleinen und offenbar unbewohnten Insel. Hier gibt es weder einen Heiler noch einen Bader. Wir sind Schiffbrüchige und ganz auf uns allein gestellt.«

»Ich habe verstanden.« Entschlossen packte sie mit der Linken den Rest des Pfeilschaftes, schickte ein Stoßgebet zu Peraine und führte mit der Rechten den Dolch behutsam in die Wunde ein, die sofort heftig zu bluten begann.

Finn biss die Zähne zusammen und war blass geworden. »Mach schnell«, quetschte sie zwischen den Zähnen hervor.

Die Prinzessin nickte, erweiterte die Wunde und rüttelte zugleich an dem Pfeil. Finni stieß einen kleinen Schrei aus.

Rhiana führte den Dolch tiefer hinab, bis sie die Widerhaken der Pfeilspitze erreicht und freigelegt hatte. Zum Glück waren keine Sehnen durchtrennt worden. Mit einem kurzen Ruck zog sie den Pfeil heraus und schleuderte ihn fort.

Das Blut pulste aus der offenen Wunde. Aber Finni murmelte einen Heilzauber. Während Rhiana den Dolch beiseite legte, begann sich die Wunde bereits langsam zu schließen, um dann völlig von frischem Fleisch verdeckt zu werden. Neue Haut bildete sich, und es blieb nicht einmal eine Narbe zurück. Nur die Blässe der Haut verriet, dass es an dieser Stelle eine schwere Verletzung gegeben hatte.

Schluchzend lagen sich die beiden blutüberströmten Frauen in den Armen.

»Niemand hätte es besser gekonnt«, erklärte Finni. »An dir ist eine Heilerin verloren gegangen.«

»An dir aber auch«, meinte Rhiana. »Ich wusste gar nicht, dass du so gut im Heilen von Wunden bist.«

»Bin ich auch nicht. Bei anderen klappt es weniger gut. Du kennst ja meine Schwierigkeiten mit Zaubersprüchen. Aber in diesem Fall hat mir mein elfisches Blut geholfen.«

»Aber Elfen können doch nicht …«

»Nicht so, wie du denkst. Ich meine damit, die elfische Magie hat mir geholfen. Meistens stört mich die in meinem Blut angelegte elfische Magie, wenn ich Menschenmagie anwenden will. Aber wenn es um den eigenen Körper geht, arbeiten beide irgendwie zusammen. Ich kann dir das nicht erklären, denn ich verstehe es ja selbst kaum.«

Sie löste sich von Rhiana, sah an sich herab und betrachtete dann die Prinzessin. Sie kicherte. »Wenn uns jemand sieht, denkt er, wir hätten ein Schwein geschlachtet. Los, Dicke, komm mit! Wer zuletzt im Wasser ist, muss die andere huckepack zurücktragen!« Damit rannte sie in Richtung See.

Lachend folgte Rhiana ihr. Ihre Kopfschmerzen waren vergessen. »Du wagst es, mich Dicke zu nennen? Na warte!«

»Gegen mich bist du dick, oder?«, alberte Finni herum, die sich schon in der Brandung tummelte. »Schau nur, wie groß deine Brüste im Vergleich zu meinen sind.«

»Kein Wunder, wenn man nur Mückenstiche vorzuweisen hat.«

Beide wussten, dass es nur Spaß war. In Wahrheit bewunderte Finni den wunderschönen, fraulich gerundeten Körper ihrer Freundin ebenso sehr wie Rhiana die knabenhafte Zierlichkeit der Halbelfe.

Der Übermut, geboren aus den überstandenen Ängsten und Strapazen, wich einer flüchtigen, fast scheuen Zärtlichkeit, als sie sich gegenseitig säuberten. Später lagen sie nebeneinander im Sand, um sich von der Sonne trocknen zu lassen. So sehr sie dabei die Strahlen der Praiosscheibe auf der Haut genossen: Die Gelöstheit war verflogen und hatte einer nachdenklichen Stimmung Platz gemacht.

Siedend heiß fiel Rhiana etwas ein, und sie schämte sich, dass sie erst jetzt daran dachte. »Der Talanier, der sich für mich aufgeopfert hat, ist tot, nicht wahr?«

Finni sprang auf, als hätte sie etwas gestochen. »Verdammt,

den hatte ich ganz vergessen! Nein, er ist nicht tot. Jedenfalls war er es noch nicht, als ich ihn den Strand hinaufgeschleift habe. Er war nur ohne Besinnung, so wie du. Wir müssen nach ihm sehen!«

Wortlos rannten die beiden Frauen los. Finni führte die Freundin an einem Felsen vorbei zum südlichen Zipfel der Bucht. Abrupt blieb sie stehen. »Er ist weg.« Sie deutete auf den Abdruck eines Körpers im Sand. »Hier habe ich ihn zurückgelassen.«

Rhiana sah Fußspuren im Sand, die zu den Felsen führten, von denen die Bucht eingerahmt wurde. Es waren die Abdrücke von nackten Fußsohlen und Zehen. Sie waren zu groß, um von Finni zu stammen. Sie war erleichtert. »Er muss aufgewacht sein und erkundet die Insel. Den Göttern sei Dank, dass er lebt!«

»Ich bin auch froh, dass er lebt«, sagte Finni. »Aber vergiss nicht, dass er auf der *Machartes* war. Trotz allem ist er unser Feind.«

»Er hat versucht, mein Leben zu retten, Finni!«

»Das ehrt ihn, aber er ist ein Mann der Thronräuber oder des Flammenbundes oder beides.«

»Kann er nicht auch einfach nur ein anständiger talanischer Seemann sein?«

»Er sieht nicht aus wie ein Seemann«, erklärte Finni.

»Wie sieht er denn aus?«, fragte Rhiana neugierig.

»Eigentlich ganz gut«, gestand die Halbelfe ein. »Ein etwas kantiges, aber angenehmes Gesicht und ein kraftvoller, wohlgestalteter Körper. Aber das hat nichts zu sagen. Der Geist kann trotzdem hässlich sein.«

Rhiana blinzelte der Halbelfe zu. »Sag mal, Finni, hast du ihn etwa auch ausgezogen, um seine Kleider zu trocknen?«

Die Halbelfe lächelte. »Musste ich nicht. Er war schon nackt.«

»Ganz nackt?«

»Du willst es ganz genau wissen, wie? Ich finde, du solltest dich endlich mal einem Mann hingeben, dann erfährst du mehr über diese Dinge.«

»So wie du es mit dem almadanischen Jungen gemacht hast?«, fragte die Prinzessin unschuldig.

»Das hast du mitbekommen?«

»Das haben wohl alle, denke ich. Du wirst ziemlich laut, wenn Rahjas Wonnen dich überwältigen.«

»Ach du«, erwiderte Finni schelmisch und gab ihr einen flüchtigen Kuss auf die linke Brustwarze. »Um auf deine Frage zurückzukommen: Nein, er trug eine kurze Hose, und die habe ich ihm auch gelassen.« Sie wurde ernst. »Was hältst du davon, wenn wir uns etwas anziehen? Immerhin könnten wir bald Besuch bekommen, der uns im Moment zumindest ein Kleidungsstück voraushat.«

Die Frauen kehrten zur Mitte der Bucht zurück. Wie Finni vermutet hatte, waren die Kleidungsstücke inzwischen trocken. Während sie in ihre Tunika schlüpfte und den Waffengurt um die Taille legte – auf das Kettenhemd und den Helm verzichtete sie, denn die Rüstung schien am Strand einer unbewohnten Insel wenig Sinn zu ergeben –, spürte Rhiana, dass sie Hunger hatte. Zum ersten Mal wurde ihr bewusst, was es bedeutete, auf einer einsamen Insel gestrandet zu sein. Sie würden nach Nahrung Ausschau halten müssen. Verhungern mussten sie nicht, denn in der See gab es Fische, Muscheln und anderes Meeresgetier, und beide Frauen hatten Zündsteine dabei, um Feuer zu machen. An brennbarem Material gab es zumindest einiges Treibholz, und getrocknete Algen mochten als Zunder dienen, falls man nichts Besseres fand. Aber Rhiana hatte nicht die Absicht, den Rest ihres Lebens auf diesem Eiland zu verbringen.

»Gibt es Holz auf der Insel?«, fragte sie, während sie die

Stiefel anzog. Sie waren noch feucht, aber sie wollte nicht mit nackten Füßen in den Felsen herumklettern. *Kettenhemd, Helm, Schwertgurt und Stiefel,* dachte sie. *Es muss für Finni und den Fremden Schwerstarbeit gewesen sein, mich über Wasser zu halten.*

Die Halbelfe knöpfte ihr fliederfarbenes Wams aus weichem Hirschleder zu und nickte eifrig. »Daran mangelt es nicht. Die Mitte der Insel ist ein einziges Dickicht aus Korkeichen, Zedern und Pinien.«

»Dann bauen wir ein Floß!«, rief Rhiana ungeduldig.

»Das muss aber nicht sofort sein, oder?« Die Halbelfe wuschelte ihr kurzes dunkles Haar zurecht. Da sie ihre Stiefel von sich geschleudert hatte, bevor sie in die See sprang, musste sie barfuß bleiben. Das machte ihr allerdings wenig aus. Sie war es gewohnt, ohne Schuhwerk auszukommen.

Die Prinzessin schüttelte den Kopf. »Nicht sofort, aber möglichst bald. Finni, wir müssen hier schnell wieder weg! Jeder Tag, den wir verlieren, kann für meine Leute den Untergang bedeuten. Wir ...«

Ein sechs Schritt langer Speer schwirrte durch die Luft und bohrte sich vor den beiden Frauen in den Sand. Erschrocken sprangen sie zurück, gingen hinter einem dicken Steinbrocken in Deckung und schauten zu den Felsen auf, von denen aus der Speer heran geflogen war. Rhiana zog das Schwert. Finni griff nach ihrem Dolch. Zu sehen war niemand.

»Dieser Schuft!«, stieß die Halbelfe hervor. »Ich hätte ihn im Wasser liegen und ersaufen lassen sollen!«

»Finni, überleg doch mal«, sagte Rhiana. »Warum sollte der Fremde uns angreifen, nachdem er versucht hat, mir das Leben zu retten? Und wo soll er denn den Speer herhaben?« Sie musterte das riesige Ding. »Du sagtest, er ist kräftig. Aber traust du ihm wirklich zu, einen so großen Speer fünfzig Schritt weit zu werfen? Er müsste ein Hüne sein, um das zu schaffen.«

»Du hast Recht«, gestand Finni ein. »Aber jemand hat ihn geworfen, oder? Von allein wird er nicht herangeflogen sein.«

Das Rätsel löste sich schnell. Auf der Felskuppe tauchten sechs riesige Gestalten auf, vier Männer und zwei Frauen, allesamt in Tuniken aus grobem grauem Leinen gekleidet, in den Händen riesige Speere oder eigenwillig geformte Beidhänder, mehr Kriegsaxt als Schwert. Das Auffälligste an ihnen war jedoch, dass sie nur ein einziges großes Auge besaßen, das sich mitten auf der Stirn befand.

»Zyklopen!«, stöhnte Finni.

»Die Insel ist also doch nicht unbewohnt«, meinte Rhiana.

»Oder sie sind mit einem Schiff gekommen«, sagte die Halbelfe.

Die Prinzessin schüttelte den Kopf. »Kann ich mir nicht vorstellen. Es gibt heutzutage nur noch wenige Zyklopen auf abgelegenen Inseln, und sie verfügen über keine Boote oder Schiffe. Niemand weiß, wie sie in Vorzeiten von Insel zu Insel gelangt sind.«

»Ist doch egal. Jedenfalls sind sie hier.«

»Was wollen die von uns?«

»Genügt dir der Angriff mit dem Speer nicht? Damit ist doch alles gesagt.«

Rhiana zuckte die Schultern. »War es wirklich ein Angriff? Dann hätten sie mehrere Speere auf ein Mal geworfen und uns sicher auch getroffen. Ich glaube, sie wollten uns nur einschüchtern.«

Die Zyklopen verharrten auf dem Felsen und machten keine Anstalten hinabzuklettern. Fast schien es so, als würden sie auf etwas warten. Tatsächlich erschien wenig später ein siebter Zyklop, der einen gefesselten blonden Mann auf die Felsplattform zerrte, der fast nackt war.

»Das ist der Talanier!«, flüsterte Finni.

»Dachte ich mir.«

Neben den Zyklopen sah der Talanier wie ein Kind aus, obwohl er ein hoch gewachsener Mann war. Die Zyklopen waren mehr als doppelt so groß wie er. Rhiana schätzte ihre Größe auf fünf Schritt oder mehr. Allein die Beidhänder, die einige von ihnen vor sich in den Fels gestemmt hatten, mochten drei Schritt hoch sein. Die Prinzessin, die sich mal an einem für menschliche Maße geschmiedeten Beidhänder versucht hatte und daran gescheitert war, bezweifelte, dass sie eine derart schwere Waffe überhaupt hochstemmen konnte. Damit wirkungsvoll zu kämpfen, schien völlig ausgeschlossen. Für sie. Dass die Zyklopen es konnten, war bekannt. Und dass sie sich darauf verstanden, hervorragende Waffen und Rüstungen zu schmieden, wusste jeder in Aventurien. Sie waren begehrt und entsprechend teuer.

So sehr sich der Blonde auch sträubte, sein Führer zog ihn bis an den Rand des Plateaus und drehte ihn so, dass er das Gesicht der Bucht zuwenden musste. »Bringt euch in Sicherheit!«, schrie der Mann, als er die hinter ihrer Deckung hervorlugenden Frauen bemerkte.

Sein Bewacher sah ihn ungerührt mit seinem Stirnauge an und unternahm nichts.

»Habt ihr nicht gehört?«, rief der Talanier. »Flieht! Ich weiß nicht, was sie von uns wollen, aber ihr seht ja, dass sie keine freundlichen Absichten haben.«

Jetzt schien es seinem Bewacher zu reichen. Der Blonde erhielt einen derben Stoß mit dem Knie. Einen Moment lang sah es so aus, als sei es die Absicht der Zyklopen, den Mann den Felsen hinabzustoßen. Unter den Füßen löste sich bereits Geröll und rollte scheppernd den steilen Abhang hinab. Der Blonde verlor den Halt und wäre dem Geröll wahrscheinlich gefolgt, doch der Bewacher riss ihn im letzten Moment zurück. Wenig später verschwanden der Talanier und sein Bewacher völlig aus dem Blickfeld der beiden Frauen.

Einer der anderen Zyklopen trat an den Rand des Plateaus. Es schien sich um einen Mann zu handeln. Er baute seinen Beidhänder vor sich auf und stützte sich auf das Heft.

»Sehen, was mit Gefährten geschehen?«, rief er in holprigem Garethi zu den Frauen herab. Er besaß eine tiefe, polternde Stimme und musste sie nicht sonderlich anheben, um sich verständlich zu machen.

Rhiana war es leid, wie eine verängstigte Magd hinter dem Felsbrocken zu kauern. Sie trat aus der Deckung heraus und rief zum Plateau hinauf: »Was wollt ihr von uns?«

»Ihr folgen. Gefährten nicht töten, wenn folgen. Gefährten töten, wenn nicht folgen.«

»Das ist zumindest eine eindeutige Aussage«, sagte Finni, die neben Rhiana getreten war. Die Halbelfe bedauerte flüchtig, keine Distanzwaffe zur Verfügung zu haben. Der Bogen und der Köcher, in dem sich ohnehin nur noch drei Pfeile befunden hatten, waren auf der Karavelle zurückgeblieben. Aber dann sagte sie sich, dass die paar Pfeile gewiss nicht gereicht hätten, auch nur einen dieser Hünen zu fällen, und ein Angriff hätte das Schicksal des Talaniers mit Sicherheit besiegelt.

»Wohin sollen wir euch folgen?«, rief Rhiana.

»Zu Heiligem Mann.«

»Was für einen heiligen Mann?«

»Heiliger Mann ist ... Oberster Diener von Ingrasch.« Offenbar suchte er nach Worten. »Oberster Diener auch ... Führer ... König.«

»Was will er von uns? Warum habt ihr unseren Gefährten gefangen genommen?«

Der Zyklop schien eine Weile zu überlegen. »Heiliger Mann euch sagen.« Dann wiederholte er die Worte von vorhin. »Ihr folgen. Gefährten nicht töten, wenn folgen. Gefährten töten, wenn nicht folgen.« Er fügte hinzu: »Euch auch töten, wenn nicht folgen.«

»Schöne Aussichten«, schimpfte Finni. »Wenn wir ihnen nicht folgen, werden wir getötet, und wenn wir ihnen folgen, wahrscheinlich auch.«

»Was bliebt uns übrig?« Rhiana deutete auf die See hinaus. »Willst du dahin zurück? Das ist der einzige Weg, der uns offen steht.«

»Sie müssen uns erst einmal kriegen«, sagte Finni trotzig.

»Finni, das ist ihre Insel, auf der sie sich besser auskennen als wir. Und die Insel ist klein, wie du gesagt hast. Sicher zu klein, als dass wir uns lange darauf verstecken können. Früher oder später kriegen sie uns. Wir wissen uns beide gut unserer Haut zu wehren, aber denen sind wir nicht gewachsen. Es sei denn, dir fällt ein mächtiger Kampfzauber ein.«

Die Halbelfe schüttelte den Kopf.

»Na also. Wenn wir mitgehen, haben wir zumindest eine Chance, mit dem Leben davonzukommen und auch den Talanier zu retten, wie klein diese Chance auch sein mag. Der Heilige Mann ... Vielleicht will er uns gar nichts Böses, sondern nur mit uns reden.«

»Ich habe schon freundlichere Einladungen zu einem netten Plausch erhalten.«

Ich auch, dachte Rhiana, sprach es aber nicht laut aus. Sie wandte sich dem Zyklopen zu und versuchte ihr Glück im Verhandeln. »Wir kommen nur mit, wenn wir unsere Waffen behalten dürfen und nicht bedroht werden. Und unser Gefährte muss auch freikommen.«

»Ihr folgen«, antwortete der Zyklop. »Waffen behalten. Gefährte frei, wenn bei Heiligem Mann.«

»Schwörst du es bei ...« Sie überlegte rasch. Offenbar war Ingrasch eine Gottheit. »... bei Ingrasch?«

»Schwören bei Ingrasch«, erwiderte der einäugige Hüne.

Rhiana suchte ihr Gedächtnis nach Erzählungen über die Zyklopen ab. Sie galten als unzuverlässig und weigerten sich manchmal, schon im Voraus bezahlte Rüstungen oder Waffen herauszugeben. Ein Schwur mochte ihnen wenig oder gar nichts bedeuten. Allerdings hatte sie niemals davon gehört, dass ein Zyklop überhaupt etwas geschworen hatte. Der Handel mit Waffen lag sicherlich unterhalb der Schwurebene. *Sicherheit gibt es sowieso nicht. Auf den Schwur eines Menschen kann man sich auch nicht verlassen.*

»Zeigt uns den Weg zum Heiligen Mann«, rief sie zum Plateau hinauf.

»Wir zeigen und führen«, kam die Antwort.

Die Zyklopen zogen sich vom Plateau zurück und tauchten wenig später an einer tiefer gelegenen Stelle der Felskette auf. Auch der Blonde und sein Bewacher waren bei ihnen. Der Zyklop, der mit ihnen verhandelt hatte, bedeutete ihnen, zu ihm zu kommen. Rhiana bemerkte, dass es dort einen Pfad gab, der die Felsen hinaufführte. Finni nickte nur. Genau diesen Pfad hatte sie vor Stunden benutzt, um sich einen Überblick zu verschaffen.

Rhiana hatte die Zeit genutzt, um sich mit Kettenhemd und Helm zu rüsten. Das Schwert hielt sie in der Rechten. Sie nickte Finni zu, und die Frauen setzten sich in Bewegung.

Die Zyklopen warteten, bis Rhiana und Finni bis auf zehn Schritt zu ihnen aufgeschlossen hatten, wandten sich dann um und marschierten mit schwerfällig aussehenden Schritten voran. Sie machten nicht den Versuch, die Gruppe aufzuspalten und die beiden Frauen in die Mitte zu nehmen. Sie schienen ihrer Sache sehr sicher zu sein.

Rhiana und Finni achteten sorgsam darauf, den Abstand von zehn Schritt beizubehalten. Gern hätte sich Rhiana bei dem Talanier bedankt, aber dazu bestand keine Möglichkeit, denn der Blonde und sein Bewacher gingen an der Spitze des Trupps.

Der Pfad führte auf gewundenem Pfad noch eine Weile aufwärts. Die Prinzessin sah zum ersten Mal die gesamte Insel vor sich liegen. Wie Finni gesagt hatte, handelte es um ein sehr kleines Eiland. Es mochte zwei Meilen lang und eine Meile breit sein. Außer der Bucht, aus der sie kamen, gab es im Osten zwei weitere, deutlich kleinere Einschnitte. Der Rest der Insel bestand aus felsigem Boden, der sich zur Mitte hin absenkte. Offenbar hatte sich im Laufe der Jahrtausende dort genug Humus angesammelt, um einem Meer von Bäumen Halt und Nahrung zu geben. Das Pflanzendickicht schien ein undurchdringlicher Dschungel zu sein, aber das konnte von hier oben täuschen. Rhiana ließ ihren Blick über das Meer ringsum schweifen. Sie sah nirgendwo die Segel eines Schiffes. Am meisten enttäuschte sie jedoch, dass auf allen Seiten bis zur Kimm nur Wasser zu sehen war. Keine andere, größere Insel.

Wie kommen wir hier bloß wieder weg? Selbst wenn wir ein Floß und ein Segel hätten, wüssten wir nicht einmal, wohin wir uns wenden sollten.

Die Zyklopen folgten einem Pfad, der den Dschungel nur streifte. Wie Rhiana vermutet hatte, verlor das Pflanzendickicht trotz der dicht an dicht stehenden Bäume aus der Nähe den Nimbus einer grünbraunen Wand. Das dichte Unterholz und das tote Holz umgestürzter Bäume zeigten hier und da Lücken, die man passieren konnte. Trotzdem führten keine erkennbaren Wege in das Dickicht, und die Zyklopen schienen nicht die Absicht zu haben, zum Zentrum des Waldes vorzustoßen. Der Wind rauschte im Laub der immergrünen Korkeichen und beugte leicht die Wipfel der Nadelbäume. Vereinzelt waren Vogelstimmen zu hören. Einmal ratschte ein Eichelhäher aus Protest gegen die Störung durch die Vorbeiziehenden. Die Zyklopen selbst schienen wortkarg zu sein und verständigten sich nur gelegentlich mit ein paar Worten in ihrer eigenen Sprache.

Die Gruppe bewegte sich auf eine Ansammlung von einfachen Holzhütten am Fuße des höchsten Felsmassivs der Insel zu. Mitten in der Flanke des Massivs gähnte eine gewaltige Höhle, deren ebenmäßiger, halbkreisförmiger Eingang ahnen ließ, dass er nicht durch die Natur allein geformt worden war, sondern Werkzeuge der Zyklopen nachgeholfen hatten. Rhiana kannte die Vorliebe der einäugigen Hünen für Hügel und Berge, in denen sie gerne wohnten und ihre Schmiedewerkstätten betrieben – eine Vorliebe, die sie mit den Zwergen teilten. Es hieß, dass Zyklopen auch in den Kegeln von Feuerbergen siedelten und die dort herrschende Hitze ihnen offensichtlich nichts ausmachte. Halb erwartete die Prinzessin, dass man sie in den Berg hineinführen würde, aber die Zyklopen verharrten vor der Öffnung der Höhle. Die Hütten, hoch genug gebaut, um den Riesen Platz zu bieten, schienen unbewohnt zu sein, aber das Eintreffen der Gruppe war keineswegs unbemerkt geblieben. Aus der Höhle kamen Dutzende weiterer Zyklopen, Männer wie Frauen, die meisten nur mit Lederschürzen bekleidet, die freien Oberkörper nass vor Schweiß. Der scharfe Geruch des Schweißes wehte Rhiana und Finni beißend in die Nase.

Die neu hinzugekommenen Zyklopen starrten mit ihren großen Stirnaugen die Menschen an, ohne dass den Mienen irgendetwas zu entnehmen war. Allerdings wurden in der kehligen Zyklopensprache Bemerkungen ausgetauscht, die zum Teil Gelächter hervorriefen. Rhiana konnte sich gut vorstellen, dass die Bemerkungen spöttischer oder gehässiger Natur waren und dem Aussehen der Menschen galten. Immerhin hielten die Zyklopen, die sie hergebracht hatten, Wort. Der Bewacher des Blonden befreite den Talanier von den Fesseln, und dieser stolperte zu den Frauen hinüber.

Die Tatenlosigkeit der Zyklopen ließ vermuten, dass man auf den Anführer wartete, den man ›Heiliger Mann‹ nannte.

Der jedoch ließ sich Zeit. Oder er wohnte tief im Innern des Berges und musste erst geholt werden.

Rhiana musterte den Blonden, den sie zum ersten Mal aus nächster Nähe betrachten konnte. Finni hatte Recht. Es war ein nicht unbedingt schöner, aber interessanter junger Mann, der etwa in ihrem Alter sein mochte. Er besaß graue Augen, eine hohe Stirn, die auf Intelligenz schließen ließ, eine kräftige Nase und einen großen Mund. Das alles ergab keine perfekte Harmonie, aber doch ein angenehmes Gesicht, und die schönen, glatt fallenden blonden Haare halfen, die kantigen Züge etwas weicher zu zeichnen. Auffallend war ein fast handtellergroßes Muttermal auf der rechten Halsseite am Schulteransatz. Da er bis auf die kurze Hose und einen kunstvoll ziselierten Bronzering mit einem kleinen Smaragd am Ringfinger der Linken nackt war, konnte die Prinzessin feststellen, dass er einen kraftvollen, muskulösen Körper besaß, dabei aber trotzdem schlank wirkte. Sie entdeckte einige Narben, die auf Erfahrung im Kampf hindeuteten.

Erneut gab sie Finni Recht. Der Blonde konnte kein einfacher Matrose sein. War er ein talanischer Edelmann, der mit den Thronräubern gemeinsame Sache machte? Dann musste er in der Tat ein Feind sein. Rhiana bemerkte sehr wohl, dass der Fremde sie ebenso neugierig betrachtete, wenn er sich auch bemühte, sie mit seinen Blicken nicht zu belästigen.

»Ich danke dir dafür, dass du mich vor dem Ertrinken bewahrt hast«, sagte sie leise zu ihm. Sie hatte sich entschlossen, ihn zu duzen. Wie auch immer es um seine Herkunft bestellt sein mochte, im Augenblick waren sie Kameraden, die im gleichen Boot saßen. Was nicht bedeutete, dass sie ihm vertraute. »Ich bin Rhiana.«

»Und ich heiße Ulrik«, erwiderte der Blonde. »Ihr … du musst mir nicht danken, denn ich habe es gerne getan. Ich bin froh, dass es sich gelohnt hat.«

»Ob es sich wirklich gelohnt hat, wird sich noch zeigen«, warf Finni ein.

»Das ist Fianna, meine geliebte Freundin«, stellte Rhiana die Halbelfe vor und benutzte ihren richtigen Vornamen.

Ulrik lächelte ihr zu. »Ohne dich wäre ich verloren gewesen. Wie hast du es geschafft ...«

»Frage mich später«, unterbrach ihn Finni knapp, ohne das Lächeln zu erwidern. Für sie war Ulrik trotz allem in erster Linie ein Feind.

»Warum hast du versucht, mich aus der See zu retten?«, wollte Rhiana wissen.

»Muss ich mich dafür verteidigen?«, meinte Ulrik. »Ich sah dich über Bord gehen und sprang hinterher.«

»Du musst ein sehr edler Mensch sein, wenn du immer dein Leben aufs Spiel setzt, um Feinde aus dem Wasser zu ziehen«, sagte Finni.

Der Spott in ihrer Stimme war nicht zu überhören. »Hättest du es auch für mich getan? Oder für den Piratenkapitän?«

»Für dich ja, für einen Piraten nicht.«

»Weil wir Frauen sind?«, fragte Finni.

»Das ist nicht der Grund«, behauptete der Blonde. »Ich wusste, dass ihr Gefangene der Piraten wart. Man sprach an Bord darüber.«

»Welchen Rang hast du auf der *Machartes* bekleidet?«, nahm Rhiana ihn ins Verhör.

»Ich habe in Kuslik als Leichtmatrose auf dem Schiff angeheuert«, gab Ulrik zur Antwort. »Aber wir reden über die Dinge, die der Vergangenheit angehören.« Er senkte die Stimme. »Sollten wir uns nicht besser überlegen, wie wir den Zyklopen entkommen? Sie scheinen sich im Moment nicht um uns zu kümmern.«

»Ohne ihre Hilfe oder zumindest ihre Duldung wird es uns nicht möglich sein, die Insel zu verlassen«, sagte Rhiana. »Solange sie nicht versuchen, uns einzukreisen, sollten wir abwarten und hören, was der Heilige Mann uns zu sagen hat.« Am Eingang der Höhle hatte sich noch immer nichts getan. Trotz der Anspannung ging ihr Ulriks letzte Antwort im Kopf herum. Sie glaubte ihm nicht. »Wie lange fährst du schon zur See, Ulrik?«

»Seit drei Tagen«, gestand der Blonde ein. »Ich habe mich nur verdingt, um nach Rethis zu gelangen und dort mein Glück zu versuchen. Ich will dem Seekönig meine Dienste ...«

Er brach ab, denn am Höhleneingang gab es Bewegung. Zwei Frauen erschienen, die sich deutlich von den anderen Zyklopen unterschieden. Sie trugen feuerrote Seidengewänder, und die krausen Haare waren hoch gebürstet und an den Spitzen rot eingefärbt. Die Gewänder konnten die dicken Bäuche der Frauen nicht verbergen. Offensichtlich waren beide hochschwanger. Hinter ihnen schritt mit langsamen, offenbar mühsamen Schritten ein Mann heran, wie die Frauen in ein rotes Seidengewand gehüllt, die grauen Haare hoch gebürstet und die Spitzen rot gefärbt.

Rhiana war überrascht. Es hieß, die Zyklopen seien vor Tod durch Krankheit und Alter gefeit. Von alten oder schwangeren Zyklopen war niemals berichtet worden. Offenbar wurden diese und die Kinder tief im Innern der Berge normalerweise den Blicken von Fremden entzogen.

Der Alte musterte die Menschen mit seinem trübe wirkenden Auge und begann dann in seiner Sprache zu reden. Der Zyklop, der vorhin Garethi mit ihnen geredet hatte, übersetzte die Worte, als der Alte eine Pause machte. »Heiliger Mann sagt, ihr habt die Heilige Flamme beleidigt.«

»Wir wissen von keiner Heiligen Flamme, und wenn wir sie beleidigt haben sollten, dann geschah es unwissend und ohne Absicht«, erwiderte Rhiana. »In diesem Fall bitten wir um Vergebung.«

Der Übersetzer wandte sich dem Alten zu und unterhielt sich mit ihm. Dann verkündete er in Garethi: »Heiliger Mann sagt, er wissen, dass keine Absicht. Sonst ihr längst tot. Aber Beleidigung bleiben.«

»Womit haben wir die Heilige Flamme beleidigt?«, fragte die Prinzessin.

Wenig später kam die Antwort. »Heiliger Mann sagt, ihr Insel Ingrasch betreten. Ingrasch-Insel ist Wohnsitz von Ingrasch. Ingrasch ist Heilige Flamme. Nur Pathari dürfen Ingrasch-Insel betreten.«

»Wir sind halb tot als Schiffbrüchige zu der Insel gelangt«, verteidigte Rhiana sich und ihre Gefährten. »Nichts würden wir lieber tun, als sie auf der Stelle wieder zu verlassen. Helft uns, ein Floß zu bauen, und ihr seid uns los.«

»Heiliger Mann sagt, Ingrasch-Holz heilig. Kein Floß.«

»Dann lasst uns von Kaufleuten unseres Volkes abholen. Ihr handelt doch mit ihnen.«

»Heiliger Mann sagt, Kaufleute dürfen Ingrasch-Insel nicht betreten.«

Finni flüsterte: »Die Pathari oder wie sie sich nennen sind wirklich verbohrt. Jetzt begreife ich, warum es heißt: Stur wie ein Zyklop.«

Verzweifelt suchte Rhiana nach einer Lösung des Problems, aber ihr wollte nichts einfallen. Sie sah Finni und Ulrik an. »Helft mir doch! Wie kommen wir aus dieser Sackgasse heraus?«

»Wir könnten versprechen, ins Meer hinauszuschwimmen«, sagte der Blonde leise. »Was wir dann wirklich tun, steht auf einem anderen Blatt.«

Rhiana schüttelte den Kopf. »Das werden sie uns nicht glauben. Zyklopen sind keineswegs dumm. Nein, wir müssen erreichen, dass sie uns helfen.« Hilflos fügte sie hinzu: »Irgendwie.«

Als keine weiteren Vorschläge der Gefährten kamen, entschloss sich die Prinzessin, auf die einzige Karte zu setzen, die vielleicht stechen konnte. Sie wandte sich wieder dem Übersetzer zu. Sie sprach langsam und wartete nach jedem Satz, bis der Zyklop ihn in die eigene Sprache übertragen hatte. »Ich bin Rhiana von Talania, die Tochter von König Arlos von Talania, der von Verrätern vertrieben wurde. Vielleicht hat der Heilige Mann von ihm gehört. Auch wenn sich die Pathari nicht für die Streitigkeiten unter Menschen interessieren, sollten sie doch wissen, dass eine dunkle Macht nach Dere greift. Sie nennt sich Flammenbund. Der Flammenbund hat meinen Vater gestürzt und greift nach allen Königreichen auf Dere, nicht nur nach denen der Menschen. Mehr noch, der Flammenbund sucht nach dem Ersten Schwarzen Auge, das sich auf den Zyklopeninseln befinden soll. Mit diesem mächtigen magischen Artefakt will der Flammenbund den Drachengott Pydacor in die Welt zurückbringen und Dere seinem Willen unterwerfen. Ich gehöre zu den wenigen Menschen, die von diesen Dingen wissen und sich dem Flammenbund entgegenstellen. Bitte helft mir. Meine Bitte gilt nicht meinem Leben oder dem meiner Gefährten, sondern der Aufgabe, die mir übertragen wurde.« Fieberhaft versuchte sie in ihrem Gedächtnis zusammenzutragen, was ihre Lehrer ihr einst an Wissen über die Zyklopen vermittelt hatten. »Ich weiß, dass die Pathari einst selbst gegen dämonische Mächte gekämpft haben und dass all die Waffen und Rüstungen, die sie schmieden, für einen Kampf gegen das Böse gedacht sind, der am Ende aller Zeiten stattfinden wird. Hat nicht Gil'Pathar die Klinge Gnor'a-'Khir geschmiedet, die Ilkhold Zottelhaar führte?« *Hoffentlich habe ich die Namen richtig behalten!* »Verdanken wir in Schicksalstagen nicht immer wieder den unvergleichlichen Waffen der Pathari unser Überleben? Ich weiß, dass die Güldenländer den Pathari übel mitgespielt haben, als sie diese Inseln für sich erobert haben, und schäme mich dafür. Aber das war lange vor meiner Zeit, und ich hoffe, die Pathari haben inzwischen ihren Groll gegen die Menschen begraben. Ich bitte den Heiligen Mann und alle Pathari, mir und meinen Gefährten das Verlassen der Insel zu ermöglichen, ohne die Heilige Flamme zu beleidigen.«

Ihre Rede war leidenschaftlich gewesen, und als sie schwieg, fühlte sie sich erschöpft. Sie hatte getan, was sie konnte, und hoffte nur, dass der Übersetzer alles richtig verstanden und in ihrem Sinne in seine eigene Sprache übertragen hatte.

»Das war ganz großartig«, flüsterte Finni ihr zu. »Ich würde dir nach dieser Rede sofort mein letztes Hemd geben.«

»Ach, Finni«, seufzte die Prinzessin, »das würdest du doch sowieso tun.«

Ulrik sagte nichts, aber er sah Rhiana mit großen Augen an, in denen unverhohlen Bewunderung stand.

Zu Rhianas Erleichterung zeigte sich der Heilige Mann interessiert, denn er ließ sie Einzelheiten der Rede wiederholen oder erläutern. Insbesondere über den Flammenbund stellte er weitere Fragen, die Rhiana ihm so gut es ihr möglich war beantwortete. Selbst von den zuhörenden Zyklopen war hin und wieder beifälliges Gemurmel gekommen, als von den Verdiensten der Pathari und dem Unrecht, das ihnen von den Güldenländern zugefügt wurde, die Rede war.

Danach kehrte Ruhe ein. Der Alte ließ nicht erkennen, ob er beeindruckt war, aber er nahm sich zumindest die Zeit, in Ruhe über das Gehörte nachzudenken. Dabei schloss er das Stirnauge. Rhiana wusste selbst nicht, welche Art von Hilfe sie sich von den Zyklopen erhoffen konnte. Selbst wenn sie ihnen erlaubten, Holz zu schlagen und ein Floß zu bauen, blieb immer noch die geringe Wahrscheinlichkeit, mit diesem Floß eine bewohnte Insel zu erreichen. Sie versuchte sich in den Heiligen Mann hineinzuversetzen. Wenn er die Heiligkeit und

Heimlichkeit der Ingrasch-Insel bewahren wollte, durfte er die Fremden eigentlich nicht gehen lassen. Das höchste Maß an Wohlwollen mochte darin bestehen, die Gefährten bis zum Ende ihrer Tage als Gefangene auf der Insel zu dulden. Und wenn ihre Worte sein Herz und seinen Pathari-Stolz nicht erreicht hatten, dann gab es für ihn gewiss nur eine Lösung: Die Eindringlinge mussten sterben.

»Macht euch bereit zu flüchten und, wenn es sein muss, um euer Leben zu kämpfen«, flüsterte die Prinzessin Finni und Ulrik zu. Eine Hand auf dem Rücken, schmiegte sie sich leicht an Ulrik und schob ihm ihren Dolch zwischen Hosenbund und Körper.

Er nickte, als sie sich wieder von ihm löste.

Der Alte öffnete das Auge und begann zu reden. Erleichtert stellte Rhiana fest, dass die Zyklopen sich auch weiterhin nicht rührten. Zumindest hatte der Heilige Mann nicht befohlen, die Fremden anzugreifen. Wie zuvor Rhiana sprach der Alte immer nur einen Satz, um dem Übersetzer Zeit zu geben, ihn in Garethi zu übertragen, bevor er fortfuhr.

»Heiliger Mann sagt, du führen gute Rede«, meldete sich der Übersetzer zu Wort. »Heiliger Mann sagt, du Freund von Pathari ... Heiliger Mann sagt aber auch, Pathari müssen Ingrasch gehorchen ... Kein Holz für Floß ... Heiliger Mann sagt, gewähren größte Gnade der Pathari ... Heiliger Mann sagt, ihr gehen zu Heilige Flamme ...«

Sowohl der Alte als auch der Übersetzer zeigten zum Dschungel.

»Heiliger Mann sagt, Ingrasch wird entscheiden«, fuhr der Übersetzer fort. Er lauschte den letzten Sätzen des Alten, die dieser hervorstieß, bevor er sich ohne Gruß umwandte und zusammen mit den beiden schwangeren Frauen im Berg verschwand. Der Übersetzer wandte sich ein letztes Mal den Menschen zu. »Heiliger Mann sagt, ihr sofort gehen und niemals zurückkehren. Sonst ihr sterben.« Er zögerte einen Moment und fügte dann hinzu: »Ich erklären, was Heiliger Mann nicht gesagt. Ihr finden Tempel von Ingrasch mitten im Wald. Für Pathari verboten, Wald betreten und Heilige Flamme sehen. Euch auch nur das eine Mal erlaubt und nur den einen Weg. Bis Tempel, nicht weiter. Keine Rückkehr. Ihr gehört, was sonst passieren.«

Abrupt wandte er sich ab. Die meisten Zyklopen kehrten in den Berg zurück. Niemand bedrängte Rhiana, Finni und Ulrik. Sie wurden nicht einmal mehr mit sonderlichem Interesse betrachtet. Offenbar war es für die Zyklopen unvorstellbar, dass sie der Anweisung des Heiligen Mannes nicht folgen könnten.

»Mit anderen Worten, wir werden in den Wald geschickt und dürfen die Nase daraus nicht wieder hervorstecken!«, zischte Finni.

»Ich glaube eher, das ist eine Art Freibrief für uns«, raunte Ulrik den beiden Frauen zu. »Der Heilige Mann hat seiner Göttin gehorcht und will es damit gut sein lassen. Ich wette, die Zyklopen werden einfach nicht hinschauen, wenn wir am anderen Ende des Dschungels mit Baumstämmen auftauchen und uns über die Felsen davonstehlen.«

»Nein«, widersprach Rhiana. »So würde es vielleicht ein menschlicher Priester machen, aber nicht ein Zyklop. Der Heilige Mann meinte, was er sagte. Er ist davon überzeugt, dass Ingrasch sein Problem löst.«

»Dann wird dieser Tempel im Wald eine Todesfalle sein!«, meinte Finni. »Oder im Dschungel selbst gibt es irgendetwas, das jeden Eindringling tötet.«

»Möglich«, sagte Rhiana, »obwohl ich nicht glaube, dass der Alte uns wissentlich in den Tod schickt.« Sie straffte sich. »Schauen wir uns den Dschungel und den Tempel doch einfach mal an. Uns bleibt sowieso keine andere Wahl, oder? Wenn es brenzlig wird, können wir es immer noch so machen, wie Ulrik es vorgeschlagen hat.« Sie setzte sich in Bewegung. »Kommt, bevor sie es sich anders überlegen.«

Die Gefährten bewegten sich am Rande des Dickichts entlang den Weg zurück, den sie gekommen waren. Sie sahen nicht zurück. Ob sie von dem einen oder anderen Zyklopen beobachtet wurden, war ohne Belang. Rhiana suchte nach einer Lücke, um in den Dschungel einzudringen, und hatte sie nach kurzer Zeit auch gefunden. Sie wandte sich der Halbelfe zu und nahm sie kurz in den Arm. »Führe du uns, Finni, du bist ein Kind der Wälder. Wenn dort unbekannte Gefahren lauern, wirst du sie früher aufspüren als ich.«

Finni nickte. Verächtlich schaute sie auf die Füße des Blonden, die von dem Marsch über die Felsen blutverkrustet waren, während ihre eigenen, obwohl genauso ungeschützt, nicht den kleinsten Kratzer aufwiesen. »Du gehst in der Mitte«, wies sie ihn an. »Falls es Raubtiere gibt, werden sie dein Blut riechen. In der Mitte bist du noch am sichersten.«

»Du rechnest mit Raubtieren, die uns gefährlich werden können?«, fragte Rhiana.

Finni schüttelte den Kopf. »Nein, eigentlich nicht. Die Insel selbst kann keines hervorgebracht haben, und der Wald wird auch keines ernähren können. Wenn es hier etwas gibt, das Menschen töten kann, dann wurde es von den Zyklopen ausgesetzt und wird von ihnen gefüttert.«

Die Halbelfe und Ulrik hatten ihre Dolche gezückt, Rhiana hielt das Schwert in Brusthöhe. Sie war die Einzige, die für einen ernsthaften Kampf, sei es nun mit einem Tier und mit anderen Gegnern, gut gerüstet war, und bemühte sich, die Gruppe abzuschirmen. Allerdings glaubte sie nicht wirklich, dass ihnen vor Erreichen des Tempels eine Gefahr drohte. Trotzdem war sie wachsam.

Mühsam bahnte sich die Gruppe einen Weg zur Mitte des Waldes. Man merkte dem Wald an, dass er seit vielen Jahren, wahrscheinlich seit Jahrhunderten, weder von einem Menschen noch einem Zyklopen betreten worden war. Die Korkeichen, Pinien, Zedern und einige mächtige Platanen standen dicht an dicht und machten sich in ihrem Kampf um das Licht der Praiosscheibe jeden Quadratfinger des Bodens streitig. Wo ein bisschen Raum geblieben war, weil der Boden zu karg war, machten sich Büsche und Stauden und Klettergewächse breit, viele davon mit Dornen und Stacheln versehen. Finni bewegte sich geschmeidig zwischen ihnen hindurch, ihre nackten Füße fanden überall einen Halt, und weder die tief herabhängenden Zweige, noch die Dornen und Stacheln der kleineren Pflanzen ritzten auch nur ein einziges Mal ihre Haut oder ihre Kleidung. Ulrik hatte es da schwerer. Seine Beine und sein nackter Oberkörper sahen bald genauso blutig aus wie seine Füße. Rhiana trug ein paar Kratzer an den Beinen und im Gesicht davon, hielt ansonsten aber mit dem Schwert allzu aufdringliche Pflanzen auf Distanz. Immer wieder mussten sie umgefallene Baumriesen umgehen, auf deren morschen, gespaltenen Leibern sich mehrere Spann große Boronspilze, die mit ihren weißgrauen Blähbäuchen an pockennarbige Riesenkröten erinnerten, zotteliges Perainemoos, giftiges Loderkraut, Nesselsterne und Schösslinge aller Art angesiedelt hatten, die von Efeu, wildem Wein, Bärentatzen, Farnen, Feuerdorn, Stechginster und Brennkletten umrankt und verwoben wurden. Auf dem Waldboden lag fast überall eine dicke Schicht halb vermoderten Laubs und braun verfärbter Nadeln.

Finni lauschte auf die Geräusche des Waldes. Sie hörte die Blätter im Wind wispern, trockene Zweige unter den Schritten von Rhiana und Ulrik knacken und Insekten summen. Gelegentlich flatterte ein Vogel davon, einmal lärmte eine Wacholderdrossel, ein anderes Mal ein Eichelhäher – vielleicht der Gleiche von vorhin –, gelegentlich huschte ein kleines Tier durch das Unterholz, ohne mehr als einen pelzigen Schwanz zu zeigen, und überall gab es Kolonnen von geschäftigen Ameisen, die auf der Suche nach Nahrung und Baumaterial waren. Die Halbelfe selbst bewegte sich fast geräuschlos. Aufmerksam betrachtete sie ihre Umgebung und kam immer mehr zu der Überzeugung, dass ihnen keine Gefahr durch größere Lebewesen drohte. Sie verstand sich darauf, die Zeichen der Natur zu lesen, aber es gab hier weder geknickte noch gebrochene Zweige. Gelegentlich entdeckte sie Losung, aber die Urheber mussten Tiere sein, die keinesfalls größer als ein Fuchs waren.

Allein wäre die Halbelfe wesentlich schneller vorangekommen, aber darauf bildete sie sich nichts ein. Rhiana hatte andere Talente, bei denen Finni nicht mithalten konnte. Und der Blonde ... Nun, er hatte seine Kraft schon unter Beweis gestellt, als er Rhiana über Wasser hielt. Ob er noch weitere Vorzüge besaß, würde sich erweisen. Oder auch nicht. Wenn der Tempel sich als Todesfalle erwies, würde niemand von ihnen mehr Gelegenheit haben, irgendetwas unter Beweis zu stellen. Dass die Stachel und Dornen ihn so zerkratzt hatten, nahm sie zur Kenntnis, ohne Schadenfreude, aber auch ohne Bedauern. Wäre er einfach nur Rhianas Retter, hätte ihm ihr Mitgefühl gegolten. Doch sie misstraute ihm. Eine Geschichte, wie er sie erzählt hatte, konnte wahr sein, aber sie konnte auch erfunden sein. Wenn er in Wahrheit zu den Häschern gehörte, die Rhiana fangen wollten, würde er dies gewiss nicht zugeben.

Obwohl der Wald kaum mehr als eine Meile durchmaß, schien er, wenn man mitten darin steckte, keinen Anfang und kein Ende zu haben. Die vielen Umwege, die ihnen aufgezwungen wurden, trugen das ihrige dazu bei, dass die Gefährten ihn als grünes Labyrinth empfanden, das sich von hier bis in die Niederhöllen erstreckte. Die im Zenith stehende Praiosscheibe, deren Licht sich nur als flirrendes, vielfach gebrochenes Funkeln durch Blätter, Nadeln und Äste einen Weg bahnte, war wenig hilfreich, um sich zu orientieren. Allein Finnis Gabe, auch die scheinbar unbedeutenden Zeichen des Waldes zu lesen, bewahrte sie davor, sich im Kreis zu bewegen.

Nach einer halben Ewigkeit und drei Tagen, so schien es Rhiana, veränderte sich die Umgebung. Das Unterholz verschwand fast völlig, und die Bäume standen weniger dicht beieinander. Jenseits einer Phalanx von riesigen Kastanien öffnete sich eine kleine, erhöht liegende Lichtung, die etwa vierzig Schritt durchmaß und ausschließlich von hüfthohen, vielfarbigen Gräsern bewachsen war. Fast schien es, als habe ein heimlicher Gärtner Bäume gerodet, um hier eine Wiese anzulegen, auf der im Frühjahr gewiss ein Meer von Blumen blühte. Aber der karstige Boden ließ vermuten, dass es der Wind war, der die kleine Anhöhe umsorgte, indem er das Laub der Bäume hinwegfegte und nur eine dünne Humusschicht zuließ, die größeren Pflanzen weder Halt noch Nahrung bot.

Als die Gefährten in die Lichtung hinaustraten, schlossen sie für einen Moment geblendet die Augen, denn nach dem langen Marsch durch das grün gefilterte Zwielicht des Waldes empfangen sie das Licht der Praiosscheibe als grell und beinahe schmerzhaft. Als sie sich umschauten, erkannten sie, dass sie ihr Ziel erreicht hatten. Mitten in der Lichtung erhob sich ein kleiner Pavillon. Sieben Marmorsäulen stützten ein sternförmiges, zur Mitte hin ansteigendes Dach, das ebenfalls aus Marmor bestand. Die Marmorquader waren so glatt und so fein verfugt, dass nicht ein einziges Samenkorn genug Platz gefunden hatte, um Wurzeln zu bilden und den Stein aufzubrechen.

»Der alte Zyklop hat die Wahrheit gesagt.« Rhiana trat an Finni und Ulrik vorbei und bahnte sich als Erste einen Weg durch das sich sanft wiegende Meer der winterlich verfärbten Gräser. Finni erkannte rotes Sedum, Weißen Knirps, Herbstpurzel, ausgeblühten Bergwundklee, Flüstergras, Ramonda und Polsterstauden.

Die Gefährten verharrten vor dem Tempel, der nicht mehr als vier Schritt durchmaß und nach allen Seiten hin offen war. Die siebenzackige Bodenfläche bestand ebenfalls aus Marmor, und dass darauf nicht ein einziger Grashalm, kein Blatt und nicht einmal ein Staubkorn lagen, verwunderte sie. Es schien fast so, als habe jemand den Tempel kurz vor ihrer Ankunft gründlich ausgefegt. In der Mitte des Siebensterns gab es eine Mulde, in der eine winzige Flamme zu sehen war, die durch den Wind, der spürbar durch den Tempel fuhr, weder gebeugt wurde noch zum Flackern gebracht wurde. Es war nicht erkennbar, wie sie gespeist wurde.

»Ingrasch«, flüsterte Finni, als würde sie sich scheuen, die Ruhe der Flamme zu stören. »Die Heilige Flamme der Pathari.«

Rhiana hatte das Schwert in die Scheide gesteckt. Der Tempel wies keine verdeckten Räume auf, nicht einmal schattige Nischen. Wenn hier Gefahren lauerten, dann waren sie gewiss nicht mit einer scharfen Klinge zu bekämpfen.

»Mir ist bekannt, dass die Zyklopen trotz ihrer großen Hände kunstvolle Schmiedearbeiten ausführen«, meinte Ulrik. »Dass sie auch vollendete Baumeister sind, wusste ich allerdings nicht.«

»O doch, das sind sie«, widersprach Rhiana. »Oder besser, sie waren es einst. Es gibt bedeutende Zeugnisse ihrer Hochkultur, vor allem auf Phenos.« Die Prinzessin schüttelte den Kopf. »Trotzdem glaube ich nicht, dass die Parathi diesen Tempel erbaut haben. Er ist zu makellos – und zu zierlich. Er hat menschliche Maße, keine Zyklopenmaße wie die Ruinen auf Phenos, die ich zwar nie gesehen habe, aber von denen man mir erzählt hat.«

»Wer sonst soll den Tempel erbaut haben?«, sagte der

Blonde. »Es ist schließlich ihr Heiligtum, und sie lassen keine Fremden auf die Insel.«

»Der Tempel sieht aus, als habe man ihn erst vor ein paar Jahren oder Jahrzehnten errichtet.« Rhiana deutete auf den Marmor, der nirgendwo auch den kleinste Haarriss oder sonst eine Unvollkommenheit aufwies. »Und doch sagt mir irgendetwas, dass er in Wirklichkeit uralt ist. Erklären kann ich es allerdings nicht. Was meinst du, Finni?«

Die Halbelfe hatte in stummer Andacht auf die Flamme geschaut und schreckte hoch. »Ja«, sagte sie. »Er strahlt etwas aus ... Magie ... oder etwas Ähnliches ... Wenn es sich um Magie handelt, dann ist es eine Magie, die ich nicht kenne ... Sehr alte Magie, vom Anbeginn der Zeiten ... Es heißt, dass es einmal eine Zeit gab, in der alle magischen Kräfte eine Einheit bildeten ...«

Im Gegensatz zu Finni konnte Rhiana magische Ströme nicht erspüren. Aber sie besaß einen Geist, der sich Tieren mitteilen und deren Botschaften aufnehmen konnte, obwohl dies eher zufällig als durch die Kraft ihres Willens geschah. Nur mit Eisfell und innerhalb gewisser Grenzen auch mit Sturmbraut verband sie ein so festes Band, dass es ihr häufiger gelang, sich mit ihnen auszutauschen. Diese besondere Gabe ließ sie mitunter auch andere Dinge spüren, die unter der Oberfläche lagen und anderen Menschen nicht zugänglich waren. Sie *fühlte*, dass dies ein Ort war, den es schon sehr lange gab.

»Im Grunde ist es ja auch unwichtig, wer den Tempel gebaut hat«, lenkte Ulrik ein. »Ich frage mich nur, wem er nützt. Ein Tempel ist doch eigentlich ein Ort, an dem Gläubige einem Gott huldigen, oder? Aber die Zyklopen behaupten, dass sie diesen Ort nicht aufsuchen. Und nach unseren Erfahrungen in diesem Urwald ist es tatsächlich so. Wie können sie dann der Heiligen Flamme huldigen?«

»Sie wohnen *in* den Bergen«, warf Finni ein. »Vielleicht gibt es einen Stollen …«

»Siehst du einen?«, fragte Rhiana. »Eine Falltür? Irgendetwas in der Art?

»Nein«, gab Finni zu. »Aber vielleicht ist das, was wir sehen, nur die Spitze des Eisbergs. Der eigentliche Tempel könnte sich unter diesem Marmorstern erstrecken. Es würde Sinn ergeben. Der Zyklop hat nur gesagt, dass es ihnen verboten ist, den Wald zu betreten und die Heilige Flamme zu sehen. Dass sie sich der Flamme von unten nicht nähern dürfen, hat er nicht gesagt.«

»Bringt uns das in irgendeiner Weise weiter?«, wollte Ulrik ungeduldig wissen.

Die Halbelfe sah den Blonden verärgert an. »Ist das deine Art, die Dinge zu nehmen? Es kann ja wohl nicht schaden, sich Gedanken zu machen, oder? Nur wenn man etwas versteht, kann man sinnvoll damit umgehen.«

Ulrik war rot geworden und schaute betreten zu Boden.

»Sei nicht so streng mit ihm, Finni«, sagte die Prinzessin. »Ulrik …« Sie wandte sich dem Blonden zu. »Hast du eigentlich auch einen Nachnamen?«

»Junker Kellm«, antwortete Ulrik spröde.

»Du bist der Sohn eines Grafen?«, fragte Rhiana erstaunt. Sofort erwachte wieder ihr Misstrauen. Kam er doch aus Talania? Allerdings war ihr nicht bekannt, dass es dort einen Grafen Kellm gab. Aber das musste nichts heißen. Die Thronräuber hatten gewiss die Ländereien jener Adligen, die mit ihrem Vater geflüchtet waren, an Günstlinge vergeben.

Ulrik winkte ab. »Mein Vater ist ein Graf ohne Land, der sich in Wehrheim als Händler durchschlägt. Meine Familie besaß früher reiche Güter im Svelltal, aber mein Großvater hat alles durchgebracht. Deshalb suche ich mein Glück an fremden Höfen.«

Wenn das stimmt, dann macht es ihn sympathisch, dachte die Prinzessin. *Noch ein Habenichts. Er würde gut zu uns passen.*

Sie nahm den Faden wieder auf. »Ulrik wollte, glaube ich, nur sagen, dass wir irgendetwas unternehmen müssen. Wir wurden an diesen Ort geschickt, um Ingrasch entscheiden zu lassen, was mit uns geschehen soll. Und es wurde uns ausdrücklich verboten zurückzukehren. Was also sollen wir tun?«

»Das hast du doch schon gesagt«, meinte Finni. »Ingrasch entscheiden lassen.«

Rhiana schaute sie fragend an. »Eine Flamme?«

»Eine Heilige Flamme.«

»Finni, sie ist die Gottheit der Pathari und nicht unsere. Wie sollen wir zu ihr sprechen? Wie teilt sie sich mit?«

»Sie könnte eine Art Orakel sein. Vielleicht teilt sie sich uns überhaupt nicht mit, sondern den Zyklopen. Und sei es nur, dass sie dem Heiligen Mann auf irgendeine Weise bedeutet, dass wir heiliges Holz schlagen und ein Floß bauen dürfen. Wir müssen es einfach ausprobieren.«

Was sie eigentlich erwartet hatte, konnte Rhiana nicht sagen, aber ein Orakelspruch schien ihr zu wenig zu sein. Und doch mochte Finni Recht haben. Es kam auf einen Versuch an. »Gut«, sagte sie. »Versuchen wir, mit Ingrasch zu sprechen.«

Sie wollte den Tempel betreten, aber Ulrik hielt sie am Arm fest. »Warte!«, sagte er eindringlich.

Rhiana mochte es nicht, ohne ihre Einwilligung angefasst zu werden, und schlug seine Hand herunter. »Mach das nicht wieder!«

»Entschuldige bitte.« Der Blonde wurde erneut rot. Ob aus Verlegenheit oder Ärger, war nicht zu erkennen.

Armer Junge, dachte Rhiana halb mitleidig und halb amüsiert. *Er muss ganz schön einstecken. Erst von Finni, jetzt von mir.* Laut sagte sie: »Warum hast du mich zurückgehalten?«

»Unwichtig«, sagte er unwirsch. »Geh doch!«

»Hör mal zu, Junker Kellm«, knöpfte Finni ihn sich vor. »Ist dir eigentlich klar, dass Rhiana die Tochter des rechtmäßigen Königs von Talania ist? *Prinzessin* Rhiana von Talania ist nach dem Willen ihres verstorbenen Vaters Thronfolgerin und ...«

»Auf dem Thron sitzt ein anderer«, warf Rhiana ein.

»Das spielt keine Rolle«, erklärte Finni. »Der Wind kann sich drehen, und dann wird man dich zur Königin von Talania krönen.«

»Ach, Finni ...«, seufzte die Prinzessin, der das alles peinlich war.

»Lass mich!«, forderte die Halbelfe. »Ich versuche doch nur, diesem Grafensohn etwas Respekt einzuflößen.«

»Ich will keinen Respekt, der sich auf einen Titel gründet!«, sagte Rhiana ärgerlich. Sie wandte sich Ulrik zu. »Du hast mir das Leben gerettet, und wir sind Gefährten in der Not. Ich bin für dich Rhiana und keine Prinzessin, klar? Aber fass mich nicht an, und versuche nicht, mir deinen Willen aufzuzwingen. Ich mache es umgekehrt auch nicht mit dir. Respektiere mich einfach als Frau und Kriegerin.«

»Ich habe verstanden«, erwiderte Ulrik schlicht. Er besann sich. »Ich wollte dich vorhin nur bitten, nicht übereilt zu handeln. Dass sich der Urwald als harmlos erwiesen hat und der Tempel auf den ersten Blick keine Gefahr darstellt, sollte uns nicht unvorsichtig machen.« Er sah Finni an. »Du warst es doch, die als Erste auf den Gedanken kam, der Tempel könnte eine Todesfalle sein ...«

»Richtig«, sagte Finni. »Weil es zu den Äußerungen des Alten gepasst hätte, die ja irgendwie darauf hinausliefen, dass er uns auf einen Weg ohne Wiederkehr schickte. Aber ich hatte dabei ein altes Gemäuer mit Falltüren im Sinn, in dem unwillkommene Besucher geköpft, aufgespießt oder vergiftet werden. Dieses Gemäuer sehe ich nicht.«

»Und doch könnte es diese Falltüren geben!«, beharrte der Blonde. »Auch wenn wir sie nicht sehen.« Er zuckte die Schultern. »Ich will keine Glaubensfrage daraus machen. Wahrscheinlich gibt es wirklich keine Falltüren. Und es ist ganz einfach, das herauszufinden: Lasst mich als Ersten in den Tempel gehen.«

»Das ist edel gedacht, Ulrik«, sagte Rhiana. »Aber das kommt nicht infrage. Entweder überleben wir gemeinsam, oder wir sterben gemeinsam.«

Während sie noch sprach, betrat sie den Siebenstern des Tempels. Finni und Ulrik beeilten sich, ihr zu folgen. Im Innern wirkte das Gebäude nicht bedrohlicher als von draußen. Die Gefährten setzten ihre Schritte vorsichtig, den Boden misstrauisch prüfend und jederzeit bereit, sich mit einem Sprung in Sicherheit zu bringen, falls unter der Belastung etwas nachgab. Aber der Marmorstern fühlte sich so hart und unnachgiebig an, wie man dies von einem solchen Gestein erwarten durfte. Finni und Ulrik empfanden ihn zudem angenehm kühl an den nackten Füßen.

Ab und an schaute einer der Gefährten zu der makellos weißen Kuppel des Tempels hinauf, aber auch dort schienen keinerlei Gefahren zu lauern. Schritt um Schritt näherten sie sich der kleinen Mulde in der Mitte des Siebensterns, wo die Flamme brannte, die von den Zyklopen Ingrasch genannt und als heilig empfunden wurde. Schließlich bildeten Rhiana, Finni und Ulrik einen Kreis um die Flamme, die einen Spann groß war und so gleichmäßig und ruhig brannte wie zuvor. Merkwürdig war, dass von ihr keinerlei Wärme ausging.

Rhiana spürte, wie ihr beim Betrachten der Flamme ein leichtes Schaudern den Nacken herab lief. Dafür gab es eigentlich keinen Grund, denn wenn dies eine Gottheit war, dann nicht die ihre. Unwillkürlich fiel ihr der Feind ein, für den Flammen ebenfalls eine göttliche Bedeutung besaßen. Nach allem, was sie in Erfahrung gebracht hatte, hielt sich der Flammenbund für feuergeboren, bezeichnete leitende Mitglieder als Flammenräte, und der Dragor, der geheimnisvolle Anführer der Verschwörer, trug den Titel Erste Flamme.

Kann es sein, dass der Flammenbund irgendetwas mit Ingrasch zu tun hat? Dann müssten die Zyklopen die natürlichen Verbündeten des Feindes sein. Die Prinzessin verwarf den Gedanken. Der Flammenbund betete nicht Ingrasch oder eine andere Flamme an, sondern den Drachengott Pyrdacor – und auf diesem Pfad würden ihm die Zyklopen niemals folgen. Dass Zyklopen, für die Feuer und Feuerberge eine besondere Bedeutung hatten, eine Flamme vergötterten, entsprach ihrem Wesen. Aber was war an Ingrasch so Besonderes, dass diese Flamme den Rang einer Gottheit einnahm?

Sie versuchte, sich selbst eine Antwort zu geben, indem sie laut sagte: »Kann einer von euch erklären, warum die Flamme überhaupt brennt?« Sie deutete auf die Mulde, der die Flamme entsprang und in der kein Öl oder sonst etwas Brennbares zu entdecken war.

Ulrik zuckte die Achseln. »Magie?«, fragte er.

»Keine Magie«, erwiderte Finni. »Aber vielleicht ist dieser Stein, den wir für Marmor halten, in irgendeiner Weise brennbar, so wie Ölschiefer.«

»Er sieht nicht so aus«, meinte Rhiana.

Wieder bewies der Blonde, dass er sich wenig für verborgene Geheimnisse interessierte. »Na schön, da brennt also eine Flamme, und wir wissen nicht, warum sie das tut. Müssen wir das wissen? Wäre es nicht wichtiger festzustellen, was die Flamme für uns tun kann? Oder aber – wenn sie nichts für uns tun kann – zu überlegen, wie wir zur anderen Ende der Insel kommen, um dort ein Floß zu bauen?«

Bevor die beiden Frauen darauf antworten konnten, veränderte sich die Flamme. Sie wuchs innerhalb von zwei oder drei

Augenblicken auf die doppelte Größe an, blieb dabei aber schlank und unbeugsam wie zuvor. Nach einer kurzen Pause wuchs sie erneut, stetig, ohne bedrohlich zu wirken, bis sie fast einen Schritt groß, aber nach wie vor nur ein oder zwei Finger dick war.

Die Gefährten hatten einen Schritt rückwärts getan und starrten die Flamme verwundert an.

»Wie ein Feuerschwert«, flüsterte Rhiana.

»Jedenfalls scheint sie zu leben und uns wahrzunehmen«, meinte Finni. »Wir sollten ihr mit Respekt begegnen.« Ohne darauf zu warten, dass die anderen etwas unternahmen, sprach sie Ingrasch direkt an. »Die Pathari nennen Euch Ingrasch, die Heilige Flamme. Verzeiht unser Unwissen, aber wir wissen nicht, wie wir Euch anreden sollen und was Ihr von uns erwartet. Uns wurde gesagt, Ihr könntet uns behilflich sein, die Insel zu verlassen. Könnt Ihr mich hören, Heilige Flamme?«

»Wenn sie dich hören kann, wird sie wohl kaum Garethi verstehen«, sagte Ulrik leise, und seiner Stimme war nicht zu entnehmen, ob dies ein ernster Einwand oder Spott war.

Die Flamme verfärbte sich auf sonderbare Weise. Unten wurde sie blau, fast schwarz, während sich oben ein silberfarbener Kegel bildete. Im gleichen Moment stiegen an den Rändern des Siebensterns milchig weiße Dämpfe auf, die im Nu den Tempel ausfüllten.

»Gift!«, keuchte Ulrik.

Den Frauen gelang es überhaupt nicht mehr, ihre Eindrücke in Worte zu fassen.

Betäubt sanken die Gefährten zu Boden.

8 Der Schlupfwinkel

Phenos,
Ende Tsa 916 BF

Als auf der *Roter Tod* der Anker gelichtet und die zerfetzten Segel gesetzt wurden, standen die Überlebenden der Karavelle auf den Felsen am Rande der Bucht und schauten zu. Rastidos schwenkte wild seinen Hut, als das Schiff Fahrt aufnahm, und einige der Untoten erwiderten den Abschiedsgruß, indem sie mit verrosteten Helmen, halb vermoderten Mützen, Hutskeletten oder löchrigen Halstüchern winkten. Einer der Matrosen war dabei so ungestüm, dass der halbe Schädel an dem Helm hängen blieb. Es schien ihn wenig zu kümmern.

»Schade, dass Großväterchen nicht zum Abschiednehmen an die Reling gekommen ist«, seufzte der Piratenkapitän. »Aber ich fürchte, er ist in seinem doch schon recht hohen Alter etwas unbeweglich geworden.«

»Oder die Rührung hat ihn übermannt, und er wollte nicht, dass Ihr seine Tränen seht«, meinte Neel gallig.

Rastidos grinste. »Ja, wir Piraten sind nun mal empfindsame Seelen.« Er öffnete den Seesack, zog vier blitzende Ringe, eine schwere Kette, die aus Knochenstücken und Goldstücken gefertigt war, und schließlich einen anderen Hut hervor, der noch prächtiger war als der alte. Er beulte ihn sich zurecht, setzte ihn auf und stopfte den alten Hut in den Sack. Die Kette legte er um, drei der Ringe steckte er sich an die Finger, nachdem er sie zuvor angehaucht und an seiner Kleidung aufpoliert hatte.

Neel hatte ihm staunend zugeschaut. Rastidos warf ihr den letzten Ring zu. »Da habt Ihr auch einen. Als kleines Andenken an die Familie Rastidos.«

»Woher habt Ihr die Sachen?«, forschte die Amazone.

»Gefunden.«

»Wo gefunden?«

»Müsst Ihr immer alles ganz genau wissen?«

Neel kam ein Verdacht. »Euer … Ahnherr sprach von einem zweiten Hut, den er …«

»Ja, ja, ich war in Großväterchens Kajüte«, gestand der Pirat ein.

»Ihr habt Euren eigenen Urahn bestohlen?«, fragte die Amazone ungläubig.

»Na und?«, fragte Rastidos unschuldig.

»Und wenn er es bemerkt?«

»Ich sehe wirklich nicht, wie er in den nächsten Jahrhunderten in der Lage sein sollte, seine Kajüte aufzusuchen. Hattet Ihr nicht auch den Eindruck, dass er wie festgenagelt an Deck ausharrt?«

»Er könnte eines der Skelette schicken, um nach dem Rechten zu sehen.«

»Niemals! Meine Leute dürfen meine Kajüte auch nicht betreten, und bei denen muss ich nicht einmal befürchten, dass sie überall Innereien oder Knochen verlieren. Da ist Vilgor wie ich, das weiß ich. Schließlich sind wir enge Verwandte.«

»Und wenn er doch irgendwie von dem gestohlenen Hut, den Ringen und der Kette Wind bekommt?«

Der Piratenkapitän winkte ab. »Da wird er nicht pingelig sein. Schließlich bleibt alles in der Familie. Und vergesst nicht: Ich bin gewissermaßen sein Lieblingsenkel.«

»Mit einigen Urs davor.«

»Das macht es noch wertvoller. Ich bin sogar überzeugt davon, dass er es krumm nehmen würde, wenn ich ihn nicht bestohlen hätte. Schließlich sind wir beide Piraten. Es ist die Aufgabe von Piraten zu stehlen!«

»Ich will diesen Ring nicht!«, entschied die Amazone und wollte ihn zurückgeben.

Rastidos weigerte sich, ihn zurückzunehmen. »Dann gebt ihn der Prinzessin, wenn Ihr sie wieder sehen solltet. Als kleine Entschädigung für den Unfall, den sie auf meinem Schiff erlitten hat.«

»Auf *Eurem* Schiff?«, höhnte Neel. »Die *Bunte Seekuh* war Eigentum der Kaufherrin Patrusco!«

»Gekapert ist gekapert. Es war mein Schiff.«

Neel sah ein, dass dieser schwarzen Piratenseele nicht beizukommen war. Sie steckte den Ring ein, um ihn Rhiana zu geben. Mochte die entscheiden, was sie damit anstellte.

Die purpurroten Segel der *Roter Tod* waren inzwischen nur noch in weiter Ferne auszumachen. Die Besatzungsmitglieder der Karavelle und die Piraten hatten es sich nach dem Ausbooten auf den von der Praiosscheibe angewärmten Felsen bequem gemacht. Die meisten reckten das Gesicht der Sonne entgegen und genossen die Strahlen auf der Haut. Beide Gruppen hatten eigene Lager gebildet. Auf der sinkenden Karavelle und auf der gespenstisch anmutenden *Roter Tod* war man darauf angewiesen gewesen, sich gegen tatsächliche oder vielleicht im Verborgenen lauernde Gefahren zu verbünden, aber hier auf Phenos gab es keinen Grund mehr für irgendeine Kumpanei. Allen gemein war lediglich, dass sie der Hunger plagte und dass sie mehr oder weniger ungeduldig darauf warteten, endlich aufzubrechen.

Die sonstigen Unterschiede verwischten sich allein in der dritten Gruppe, die sich ein Stück von den beiden Lagern entfernt zusammengefunden hatte. Neben Rastidos, Neel und Rashid bestand sie aus den Patrusco-Kindern, Eisfell, zwei Offizieren aus den Reihen der Piraten sowie dem Zweiten

Steuermann und der Bootsfrau der Karavelle. Seine eigenen Offiziere und die der gesunkenen *Bunte Seekuh* hatte der Piratenkapitän herbeigerufen.

»Hinsetzen und herhören!«, befahl Rastidos und machte es sich selbst auf dem Felsen bequem.

Bis auf Rashid und Neel folgten alle dem Befehl

Neel runzelte die Stirn. »Nicht in dem Ton, Pirat!«

Rastidos zuckte die Schultern. »Was wollt Ihr, Amazone? Euch habe ich nicht gemeint. Ich will nur meinen Offizieren und den Seeleuten Anweisungen geben.«

Fragend sahen der Zweite Steuermann und die Bootsfrau erst Neel, dann Rashid und schließlich die Patrusco-Kinder an, als erwarteten sie von ihnen Hilfe.

Neel schwieg. Sie hielt es nicht für ihre Aufgabe, den Seeleuten etwas zu raten oder gar zu befehlen. Sie war Gast auf der *Bunte Seekuh* gewesen, aber die Karavelle war letztendlich gesunken. Hier an Land verband sie nicht mehr viel mit den Seeleuten – und mit den Piraten überhaupt nichts. Sie interessierte sich einzig und allein dafür, möglichst bald mit Rashid, den Patrusco-Kindern und Eisfell aufzubrechen, um eine Möglichkeit zu finden, von der nördlichsten Zyklopeninsel nach Rethis auf Hylailos zu segeln. Das war ihr ursprüngliches Ziel gewesen, und dort wollte sie hin. Um Rhiana zu finden und ihr dabei zu helfen, ihre Leute aus den Händen der Talanier zu befreien. Sie war sicher, dass Rhiana, wo immer sie sich im Moment befinden mochte, ebenfalls versuchen würde, nach Rethis zu gelangen. Was die Piraten und die Seeleute taten, interessierte sie nicht. Es sei denn, dass sie versuchten, sie von ihren Plänen abzuhalten. Sie würde sich nicht abhalten lassen. So viel stand fest.

Bei Rashid hatten der Zweite Steuermann und die Bootsfrau mehr Glück, denn er hielt es für an der Zeit, einige Dinge zu klären. Anstandshalber wartete er, ob Menno oder Setana ihren Leuten Rat erteilten. Immerhin standen die Seeleute im Dienste ihrer Mutter. Als die Patrusco-Kinder stumm blieben, wandte sich der Tulamide an den Piraten. »Ich würde es bedauern, wenn es auf dieser Insel zu neuen Feindseligkeiten zwischen Euren und unseren Leuten käme, nachdem wir gemeinsam einiges durchgemacht haben. Aber Ihr solltet wissen, dass die Seeleute zu uns gehören, Rastullah sei mein Zeuge.«

Rastidos nahm es erstaunlich leicht auf. »Ereifert Euch nicht, Sohn der Wüste, und Euer Rastullah hat gewiss anderes zu tun, als einem ziemlich armen und viel zu gutmütigen Piraten auf die Finger zu sehen.« Er blinzelte Rashid zu. »Ihr könnt machen, was Ihr wollt. Ihr, die widerborstige Amazone und die beiden jungen Leute. Und es wird zwischen uns keinen Streit um die Seeleute geben. Sie können sich mir oder euch anschließen, jeder wie er mag.« Nach einer kleinen Pause fuhr er listig fort: »Allerdings hätte es Vorteile zusammenzubleiben.«

»Welche?«, fragte Neel, die dem Piraten erst trauen würde, wenn er wie sein Ahnherr einen Nagel im Kopfe hatte oder an einem Galgen baumelte. Und selbst dann würde sich ihr Vertrauen auf Fragen der Beweglichkeit beschränken.

»Zusammen erreicht man manches schneller und von manchem mehr«, erwiderte der Pirat.

»Wie meint Ihr das, Sohn der Wasserwüste?«, fragte Rashid.

»Er meint damit, dass wir alle zusammen Piraten werden sollen«, knurrte Neel.

Rastidos lachte. »Ich hätte nichts dagegen, obwohl es mich gewiss in ein frühes Grab treiben würde, mir tagtäglich die Meckereien von Euch anhören zu müssen.« Er wandte sich Rashid zu. »Ihr wisst, dass Vilgor Rastidos es mir überließ, die Insel zu bestimmen, auf der wir abgesetzt würden. Was glaubt Ihr, weshalb ich Phenos gewählt habe und nicht Hylailos?«

»Bei Rastullah, ich weiß es beim besten Willen nicht«, gestand der Novadi. »Ich bin hier fremd. Aber Hylailos hätte mir natürlich besser gefallen, weil Rethis auf Hylailos unser Ziel war und ist.«

Der Pirat lachte erneut. »Ach, Rethis sogar? Die *Roter Tod* hätte uns im Hafen von Rethis anlanden sollen? Wisst Ihr, was dann passiert wäre? Man hätte mich und meine Leute auf der Stelle gehängt. Und wisst Ihr, was noch passiert wäre? Man hätte Euch und Eure Leute auf der Stelle gehängt. Habt Ihr vergessen, dass wir gemeinsam gegen das talanische Schiff gekämpft haben? Und selbst wenn davon noch keine Kunde in die Häfen des Seekönigreichs gelangt sein sollte, hätte es genügt, dass wir alle zusammen an Bord der *Roter Tod* waren.« Als weder Rashid noch Neel etwas erwiderten, fuhr er fort: »Hylailos kam weder für uns noch für euch infrage, auch nicht Pailos, Phrygaios oder Tenos. Phenos dagegen kommt den Interessen beider Seiten entgegen. Es ist eine ziemlich einsame Insel. Hier leben außer ein paar Zyklopen nur eine Hand voll Fischer und Bauern. Ihr findet sie im Süden, und von dort ist es nur ein Katzensprung nach Pailos, leicht mit einem Fischerboot oder sogar einem Ruderboot zu bewältigen. Und wenn ihr Glück habt, bringt euch ein Fischer direkt zum Hafen von Teremon. Von dort laufen täglich Schiffe nach Rethis aus. Wenn ihr diesen Weg wählt, gebe ich euch sogar noch einen guten Ratschlag obendrauf: Bleibt in Küstennähe, denn im Innern von Phenos gibt es einen Zauberwald, der schon manchem zum Verderben wurde.«

»Dann lasst uns aufbrechen«, sagte Neel und machte Anstalten, die Absicht sofort in die Tat umzusetzen.

»Warte, Neel«, bat der Tulamide die Amazone und wandte sich dann wieder an den Piraten. »Wieso nützt Phenos auch Euren Interessen? Und was meintet Ihr vorhin wirklich damit, als Ihr sagtet, gemeinsam würden wir schneller vorankommen?«

»Hat Großväterchen Euch nicht schon ermahnt, nicht mehrere Fragen auf einmal zu stellen?«, spottete der Piratenkapitän. »Aber ich will sie Euch beide beantworten. Wir haben hier einen Schlupfwinkel und darin ein gutes Boot. Außerdem rechne ich damit, dass die *Schwarze Hand* Phenos anläuft, falls sie den Sturm überstanden hat. Da ihr Feinde des talanischen Despoten seid, wäre ich bereit, euch nach Rethis zu bringen und in der Nähe des Hafens nachts an der Küste abzusetzen. Bedenkt mein Angebot.«

»Und Ihr verlangt dafür was?«, fragte Neel schroff.

»Beleidigt mich nicht damit, dass Ihr mir den Ring als Lohn anbietet, den ich Euch geschenkt habe«, erwiderte der Pirat. »Ich verlange nichts weiter, als dass Ihr Euch meinem Kommando fügt, solange wir auf Phenos oder auf einem meiner Schiffe sind.«

Rashids Blick war eher zufällig über das Meer geschweift. Er hatte gute Augen, und von seiner Position aus konnte er mehr sehen als die Piraten und Seeleute, die auf tiefer gelegenen Felsen ausharrten. Jetzt zeigte er nach Südwesten. »Und was ist das? Seht Ihr die Segel? Es müssen drei oder vier Schiffe mit Kurs auf die Insel sein. Sagtet Ihr nicht, dies sei eine einsame Insel?«

Der Pirat sprang auf, zauberte sein Teleskop aus der Kleidung und setzte es ans Auge. »Talanier!«, fluchte er. Dann schrie er wild zu den Seeleuten und Piraten hinüber: »Alles in Deckung! Vorwärts, ihr Niederhöllenfutter, oder ich hetze die Dämonen aller Höllen auf euch!«

Seine eigenen Leute folgten ihm aufs Wort, aber nach kurzem Zögern gehorchten auch die Seeleute. Rastidos selbst begab sich ebenfalls in Deckung. Neel und Rashid schlossen sich an. Der Piratenkapitän winkte seine Leute weiter landeinwärts, wo sie der Sicht der Ausgucks auf den Schiffen vollends entzogen waren. Er bot erst Neel, dann Rashid das Teleskop an.

»Schaut selbst, wenn Ihr mir nicht glaubt. Es sind vier große Schiffe, entweder Koggen oder Holks. Ich habe Metall blinken sehen. Das deutet auf Bewaffnete hin. Achtet auf das achtern geführte Banner. Ihr habt das gleiche Banner auf dem Holk gesehen, der die Übergabe von Prinzessin Rhiana forderte. Erinnert Ihr Euch? Es zeigt ein Nesselblatt und einen Schwertfisch.«

»Das Wappen von Talania zeigt einen gelben Löwen auf blauem Grund«, widersprach die Amazone.

»Das war das Wappen der alten Könige«, sagte der Pirat bitter. »Hogards Wappen zeigt Nesselblatt und Schwertfisch. Ein Drachenmaul oder die Fratze eines Seeungeheuers hätten besser gepasst.«

Rashid, der sich an das Banner des talanischen Holks gut erinnern konnte, nahm das Teleskop und schaute hindurch. »Bei Rastullah, Ihr habt Recht«, sagte er nach einer Weile und gab das Teleskop zurück. »War ich vorschnell, als ich sagte, sie nehmen Kurs auf Phenos?«

»Ihr wart keineswegs vorschnell«, erwiderte Rastidos. »Sie steuern tatsächlich die Insel an. Alles andere wäre auf diesem Kurs auch kaum denkbar. Alle größeren Schiffe, auch die von Talania, laufen südlich von Pailos und nicht nördlich von Phenos. Der Seeweg ist sicherer. Außer uns Piraten, die sich hier auskennen, segeln nur wenige ins Meer der Sieben Winde hinaus und wenn, dann auf einem anderen Kurs.«

»Was haben die Schiffe zu bedeuten?«, fragte die Amazone.

»Ich weiß es nicht«, gestand der Pirat ein. »Aber wahrscheinlich nichts Gutes, weder für uns noch für euch.« Er seufzte. »Schade, dass Großväterchen so schnell davongesegelt ist. Es wäre ihm bestimmt ein Vergnügen gewesen, den Talaniern zu zeigen, was man mit Nägeln alles anstellen kann.«

»Könnte es sein, dass sie uns suchen?«, wollte Rashid wissen. Im Stillen flehte er Rastullah um Rat an. Er überlegte, ob vier gleichzeitig erscheinende Schiffe in den Schriften etwas zu bedeuten hatten, konnte sich aber an keine Stelle erinnern. Nun ja, Rastullahs Zeichen und Hinweise galten schließlich den Novadis der Wüste und weniger den Seefahrern.

»Vier Schiffe in so kurzer Zeit?«, meinte Rastidos. »Selbst wenn eines davon der Holk ist, mit dem wir uns auseinander gesetzt haben, bleiben es drei talanische Schiffe auf ungewöhnlichem Kurs. Wo sollen die so schnell hergekommen sein?«

»Mir hat schon das eine Schiff gereicht, das uns von Kuslik aus gefolgt ist«, sagte Neel. »Wenn es nun vier Schiffe sind, kann dies nur bedeuten, dass sie einem Plan folgen, der lange zuvor geschmiedet wurde. Ich bin sicher, das alles hat mit der Prinzessin zu tun. Oder mit anderen finsteren Machenschaften des Flammenbundes.« Plötzlich fiel ihr noch eine weitere Möglichkeit ein. Sie sah den Novadi an. »Maruna hat der Prinzessin mitgeteilt, dass das Schiff der Flüchtlinge aufgebracht wurde und die Flüchtlinge nach Talania gebracht werden sollen.«

»Es war aber nur von einem Schiff die Rede, das selbst schwer beschädigt wurde«, wandte Rashid ein.

»Die Reparatur könnte abgeschlossen sein, und zusammen mit dem gekaperten Schiff wären es schon zwei. Die beiden anderen Schiffe könnten zu Hilfe geeilt sein, um Geleitschutz zu leisten.« Sie sah den Piraten an. »Ich nehme an, Ihr habt überall im Seekönigreich Augen und Ohren. Wisst Ihr etwas von einem Schiff, das von Talaniern gekapert wurde, oder von einem beschädigten talanischen Schiff, das auf irgendeiner der Inseln eine Werft aufsuchen musste?«

»Davon ist mir nichts bekannt«, antwortete Rastidos. »Aber wie ich vorhin schon sagte, wäre dies der falsche Kurs, um nach Talania zu segeln. Nein, nein, das Ziel dieser Schiffe ist Phenos.«

»Und was wollen sie ausgerechnet auf Phenos?«, fragte Rashid. »So viel Aufwand, um uns zu fangen?«

»Sie können unmöglich wissen, dass wir hier sind, und sie wollen im Grund ja auch nicht uns fangen, sondern die Prinzessin«, erwiderte die Amazone.

Rastidos schnippte plötzlich mit den Fingern. »Ich glaube, ich kenne den Grund. Er heißt Palamydas. Der Seekönig hat zu einer Jagdgesellschaft auf Phenos eingeladen.«

»König Palamydas lädt Talanier zur Jagd ein?«, wunderte sich Neel. »Ich denke, das Seekönigreich ächtet die Thronräuber?«

Der Pirat wiegte das Haupt mit dem prächtigen, mit Kleinodien geschmückten neuen Hut, der aus einem goldenen Vlies gefertigt war. »Eingeladen wurden sie bestimmt nicht, und wenn, dann wären sie viel zu früh dran. Sie haben irgendetwas anderes vor. Vielleicht wollen sie den Seekönig zwingen, Hogard anzuerkennen.«

»Hat der Seekönig denn keine Leibgarde?«, fragte Rashid.

»Schon«, gab Rastidos zur Antwort. »Aber das sind nur zwanzig Gardisten.«

»Und die Jagdgesellschaft?«

»Vielleicht dreißig Adelige mit ein paar Lakaien und Leibgardisten. Alles in allem keine hundert Leute, und richtig kämpfen kann von denen höchstens die Hälfte. Man rechnet auf Phenos mit keinem Überfall.«

»Warum seid Ihr dann nie auf die Idee gekommen?«, meinte Neel bissig.

»Ich habe Euch schon mehrfach zu erklären versucht, dass ich ein Räuber bin und kein Erpresser!«, sagte Rastidos wütend. »Die paar Klunker, die dort zu holen wären, sind mir den Aufwand nicht wert. Obendrein hätte ich anschließend das gesamte Seekönigreich auf dem Hals.« Stolz betrachtete er die neuen Ringe. »Seht Ihr? Die richtigen Verwandten muss man haben. Das bringt mehr ein. Allein die Schatztruhe, die meine Leute von der *Roter Tod* …« Er brach ab, als sei ihm bewusst geworden, dass er schon zu viel gesagt hatte.

»Also doch!«, triumphierte die Amazone. »Ich habe sehr wohl gesehen, dass Eure Leute etwas Schweres von Bord trugen, das in Decken eingehüllt war.«

Rastidos grinste. »Seit Großväterchen wegen des Nagels nicht mehr selbst nach dem Rechten schauen kann, sind seine Leute etwas nachlässig geworden. Ich habe tatsächlich noch eine Truhe gefunden, die versehentlich nicht über Bord gekippt wurde. Aber das sollte Euch nicht weiter interessieren. Gönnt es mir, ich habe schließlich auch meine Unkosten.«

»Strebt nicht nach schnödem Mammon, sondern nach geistiger Erleuchtung, Sohn der Wasserwüste!«, ermahnte ihn der Novadi.

»Es kommt uns allen zugute, wenn ich nicht zu knapp bei Kasse bin«, behauptete der Pirat. »Und was die geistige Erleuchtung angeht, so sollten wir uns allmählich überlegen, wie wir den Talaniern entwischen, wenn sie ausgerechnet hier an Land gehen.« Er schaute wieder durch das Teleskop. »Und ich fürchte, dass sie genau dies vorhaben. Kein Wunder eigentlich, denn diese Felsenbucht gehört zu den wenigen Stellen an der Ostküste der Insel, die so etwas erlauben. Jedenfalls haben die Talanier schon die Segelfläche verkleinert. Wenn sie die Küste hinauf- oder hinabsegeln wollten, würden sie das nicht tun.«

Neel überlegte. Sich jetzt von den Piraten zu trennen, könnte ein großer Fehler sein. Wenn die Piraten überhaupt zu irgendetwas taugten, dann zum Kämpfen. Auch gemeinsam würden sie den Talaniern kaum gewachsen sein, aber wenn es zu Feindberührungen kommen sollte, hatten sie bessere Möglichkeiten, sich der Gefangennahme zu entziehen, als dies der Fall sein würde, wenn sie sich aufteilten. »Ziehen wir uns weit genug ins Zentrum der Insel zurück, dass sie uns nicht bemerken«, sagte sie. »Dann sehen wir weiter.«

Rastidos winkte ab. »Zu gefährlich. Wenn wir uns ihnen wirklich entziehen wollen, müssen wir in den Zauberwald eindringen. Da gehe ich nicht rein. Lieber schlage ich mich mit Hogards Arschkriechern herum.«

»Welche anderen Möglichkeiten bleiben uns dann, Sohn der Wasserwüste?«, fragte Rashid.

»Wenn ich wüsste, was die Talanier vorhaben, wäre ich schlauer«, brummte der Pirat. Er deutete nach Norden. »Dort liegt unser Versteck – eine Felsengrotte mit Zugang zur See, die von der Wasserseite aus schwer zu erkennen ist. Ich hätte meine Leute längst dorthin geschickt, aber wir müssen über einen Felspfad, der meerseitig einzusehen ist – jedenfalls von weitem. Wenn die Schiffe in Küstennähe ankern, werden sie uns dort oben nicht mehr entdecken können. Aber wenn wir Pech haben, schwärmen sie entlang der Küste aus und schneiden uns den Weg ab.«

»Bei Rondra«, warf Neel ein. »Was spricht dagegen, alles aus dem Weg zu hauen, was uns den Weg versperrt, und von der Grotte aus mit Eurem Boot das Weite zu suchen?«

»Wenn sie uns jagen, haben wir keine Chance«, erwiderte Rastidos. »Die Talanier haben mindestens zweihundert Bewaffnete, soweit ich das erkennen konnte. Und die weitaus schnelleren Schiffe. Ich habe nichts dagegen, ein paar Talanier vor den Säbel zu bekommen, aber sie dürfen uns nicht bis zur Grotte verfolgen.« Er wandte sich an seine Offiziere: »Geht mit den Leuten zum Blutfelsen und versteckt euch dort. Wir kommen nach. Dass mir keiner auf die Idee kommt, auf eigene Faust zur Grotte zu gehen!« Bevor die beiden Piraten dem Befehl folgen konnten, sah er in die Runde und deutete auf die Offiziere der Karavelle und die Patrusco-Kinder. »Ihr geht auch mit!«

Eisfell, der es sich zur Aufgabe gemacht hatte, die Patrusco-Kinder zu beschützen, und sich in den vergangenen Stunden stets in ihrer Nähe aufgehalten hatte, begleitete die beiden, als sie der Anweisung des Piraten wortlos gehorchten. Während sich die Gruppe davonmachte, robbte der Piratenkapitän zu einer Stelle, von der aus er die Felsenbucht überblicken konnte, ohne selbst gesehen zu werden. »Wie ich vermutet habe«, sagte er. »Sie gehen vor Anker und machen die Boote klar.«

»Sollten wir dann nicht auch …«, begann der Tulamide.

»Das Ausbooten wird eine Weile dauern«, unterbrach ihn Rastidos. »Ich will wissen, womit wir zu rechnen haben. Wenn wir Glück haben, wählen sie den Weg nach Süden.«

Aus einer Eingebung heraus robbte die alte Amazone zu der Stelle, wo Rastidos seinen Beobachtungsposten eingenommen hatte. Sie stieß Rastidos in die Seite. »Gebt mir das Teleskop«, verlangte sie.

Der Pirat reichte es ihr.

Neel suchte eines der Schiffe nach dem anderen ab. Zwei Holks und zwei Koggen. Besonders die Holks interessierten sie. Einer von ihnen wies Beschädigungen durch Feuer und schwere See auf, die nur notdürftig ausgebessert worden waren.

»Aha!«, murmelte sie. »Wenn mich nicht alles täuscht, dürft Ihr Eure Bekanntschaft mit der Kapitänin erneuern, der Ihr den blanken Hintern gezeigt habt.« Nach einer kurzen Pause fügte sie hinzu: »Ja, ohne Zweifel, das ist die *Machartes.*«

»Lasst sehen!«

»Einen Moment noch.«

Plötzlich geriet ihr der Mann ins Blickfeld, nach dem sie gesucht hatte. »Zaraldus!«, stieß sie hervor.

»Der Affenzauberer?«

»Unterschätzt ihn nicht. Er ist ein gefährlicher Gegner, der Dämonen beschwören kann und der Prinzessin schwer zugesetzt hat.«

»Ich mag keine Magier!«

»Da haben wir endlich mal eine Gemeinsamkeit – ich mag sie nämlich auch nicht.« Sie überdachte ihre Aussage. Die weise Druidin Maruna fiel ihr ein. Und Finni. »Jedenfalls keine Akademiemagier«, schränkte sie ein. »Vor allem nicht die Schwarzmagier unter ihnen.«

»Ganz meine Meinung. Aber sie machen mir keine Angst. Ich verfüge nämlich über ein starkes antimagisches Mittel.«

»Wirklich? Ihr habe nicht bemerkt, dass Ihr selbst einen Magier unter den Piraten habt.«

»Habe ich nicht und würde ich auch nicht dulden.«

»Was ist es dann?«

Rastidos grinste. »Mein Säbel. Es heißt, dass Magier nicht zaubern können, wenn sie Eisen am Körper haben. Was mich angeht, wurde mir die Erkenntnis zuteil, dass sie auf jeden Fall nicht mehr zaubern können, wenn sie es *im* Körper haben. Oder wenn ihnen selbiges irgendwie falsch durch die Kehle gerutscht ist.«

Fast hätte die alte Amazone laut herausgelacht, aber dieses Ausmaß an Kumpanei mit einem Piraten erlaubte sie sich nicht. Stattdessen sagte sie: »Zaraldus ist zu schlau, um Euch auf Säbellänge an sich heranzulassen.«

»Das wird sich zeigen.«

»Du sagst ja gar nichts dazu, Rashid«, wandte sich Neel an den Tulamiden.

»Rastullah hat den Magiern ihren Platz in dieser Welt zugewiesen«, sagte Rashid, »denn es ist eine Welt voller Magie, und Rastullah erlaubt es uns Menschen, sie uns untertan zu machen – natürlich nur im Rahmen dessen, was die 99 Gesetze gebieten. Aber was diesen Zaraldus angeht …« Er dachte darüber nach, ob es in den Schriften Hinweise auf Dämonenbeschwörer gab. Offenbar war das nicht der Fall, doch Rastullahs Wille schien ihm eindeutig zu sein. »Er hat keinen Platz in Rastullahs Welt. Wenn es mir erlaubt ist, werde ich dem Affenzauberer mein Rapier zwischen die Rippen jagen. Es wäre eine überaus gottgefällige Tat und würde viele seiner Sünden gegen die 99 Gesetze verblassen lassen.«

»Und rondragefällig wäre es auch«, fügte die alte Amazone hinzu. »Schwert für Gerechtigkeit!«

»Dann sind wir uns ja ausnahmsweise alle einig«, meinte der Pirat. »Zumal der Affenzauberer einen schönen Hut hat, den ich gerne meiner Sammlung einverleiben möchte.«

Die drei verstummten und beobachteten das Ausbooten. Die Boote, die außer den Ruderern nicht mehr als fünfzehn oder zwanzig Leute aufnehmen konnten, pendelten mehrmals zwischen den Schiffen und der Bucht hin und her. Die Beobachter behielten vor allem jene Bewaffneten im Auge, die schon an Land gegangen waren. Aber sie lagerten auf den Felsen weit unter ihnen und machten keine Anstalten, höher hinaufzusteigen. Offenbar hatten sie Anweisung, die Ankunft der restlichen Soldaten abzuwarten.

Neel musterte die Bewaffneten. Rastidos hatte gut geschätzt. Mit denen zusammen, die noch in den Booten herangerudert wurden, waren es zweihundert oder sogar zweihundertfünfzig Leute. Das war beileibe kein zusammengewürfelter Söldnerhaufen, sondern eine gut gerüstete Streitmacht. Schwertkämpfer, Lanzen- und Hellebardenträger, Bogenschützen, Armbrustschützen. Insgesamt vier oder fünf Banner. Die Amazone wusste nicht, über wie viele Soldaten das Seekönigreich verfügte und wie groß die Flotte des Mittelreichs war, die auf den Inseln stationiert war. Sie bezweifelte, dass die Zyklopeninseln mit dieser Streitmacht erobert werden konnten – was auch wohl kaum beabsichtigt war –, aber es blieb erstaunlich genug, dass die Thronräuber in Talania derart dreist die Hoheitsrechte eines benachbarten Königreichs missachteten. Was mochte dahinter stecken? Eine Demonstration der Macht? Kam eine Bedrohung von König Palamydas nicht einer Kriegserklärung gleich? Fühlte sich der Flammenbund schon stark genug, um es mit dem Mittelreich, der Schutzmacht des Seekönigreichs, aufzunehmen? Neel konnte dies nur schwer glauben. Auch wenn das Neue Reich nach dem Tod von Valpo dem Trinker in Agonie verfallen war, weil sich die Diadochen um den Thron zankten, bildeten die Perlenmeerflotte und die Sieben-Winde-Flotte noch immer eine gewaltige Seestreitmacht, die auch ohne Kaiser jederzeit in der Lage war, die Machtansprüche des Mittelreichs zu wahren und von außen vorgetragene Angriffe jedweder Art zurückzuschlagen. Mit einem Emporkömmling wie Talania würde man so leicht fertig werden wie eine Lederklatsche mit einer Mücke. Worum ging es also?

Ihre Gedanken wurden unterbrochen, als sich unten in der Bucht etwas tat. Offenbar war der Befehlshaber eingetroffen und ließ die Soldaten antreten. Die Amazone entdeckte auch Zaraldus, der aus einem Boot gestiegen war, sich aber im Hintergrund hielt. Was immer seine Rolle sein mochte: Die Truppen schienen nicht unter seinem Kommando zu stehen. Einen Moment lang schaute der Magier die Felsen hinauf, und sein Blick schien genau an der Stelle haften zu bleiben, wo Neels Teleskop aus einer Felsspalte hervorragte. Ihr ging ein Schauer über den Nacken. Konnte der Kerl sie mit seiner Magie etwa spüren? Aber der Moment verging, und Zaraldus schaute wieder weg.

Dann passierte alles sehr schnell. Die Soldaten wurden in Trupps von zehn bis fünfzehn Leuten aufgeteilt, die gemischt bewaffnet waren. Im Nu schwärmten die Trupps aus und suchten nach Möglichkeiten, im Norden, Süden und Westen Zugang zu den höheren Felsen zu finden.

Rastidos fluchte. »Sie machen das, was ich befürchtet habe. Jetzt wird es brenzlig. Los, wir müssen den Blutfelsen erreichen, bevor sie den Aufstieg geschafft haben!«

Neel, Rashid und der Pirat räumten in der gebotenen Eile, aber ohne überstürzte Hast ihren Beachtungsposten. Rastidos führte sie über die zur Inselmitte abfallenden Felsen Richtung Norden. Vor ihnen lagen Geröllfelder, mit Moos und Flechten bedeckte Flächen und dahinter dichte Wälder. Der Pirat gab das Marschtempo vor, und der geschulterte schwere Seesack, den er niemandem seiner Leute anvertraut hatte, schien ihn kaum zu behindern. Sobald der Untergrund es erlaubte, stürmte er in raumgreifenden Schritten voran. Er zeigte nach vorn, wo einzelne Felsgruppen Deckung boten. »Bevor jemand von den Bastarden die Nase über die Klippen schiebt, müssen wir dort sein.«

Er legte zu, aber Neel und Rashid hatten keine Mühe, ihm zu folgen. Obwohl die Amazone nicht mehr die Jüngste war, kam sie nicht so leicht außer Atem. Aber sie spürte, wie ihr Herz galoppierte. *Bei Rondra, das muss es abkönnen!*

Es war ein weiter Weg, aber sie schafften es. Allerdings keinen Moment zu früh. Offenbar standen den Talaniern kräftige junge Leute zur Verfügung, denen das Erklimmen von Felsen nichts ausmachte. Kaum hatten die Flüchtlinge die erste Felsgruppe erreicht und dahinter für einen Moment verschnauft, tauchten Gestalten auf den höheren Klippen über ihnen auf. Wer immer dort Ausschau hielt, konnte sie allerdings nicht entdecken. Die Felsen, hinter denen sie steckten, ragten wie Zahnstummel aus der Landschaft und gruppierten sich zu einem fast lückenlosen Gebiss, das ein Stück weiter nahtlos in die Küstenfelsen überging, als sei dies ihre Kieferplatte. Vor sich sah Neel einen besonders großen, dunkelrot marmorierten Felsen, und es bedurfte keiner großen Fantasie, um in ihm den von Rastidos erwähnten Blutfelsen zu vermuten. Tatsächlich entdeckte die Amazone dort eine Vielzahl von Leuten. Sie war froh, dass Rastidos seine Piraten so gut im Griff hatte. Alle verhielten sich still, und keiner lugte naseweis hervor.

»Weiter!«, zischte der Piratenkapitän und führte seine Begleiter durch die Lücken zwischen den einzelnen Felsen hindurch, immer Deckung wahrend, zum ausladenden Blutfelsen. Sie passierten die regungslos verharrenden Leute und nahmen die Spitze.

»Dort geht's weiter«, sagte er und zeigte auf das, was Neel wie eine Kieferplatte vorgekommen war. Sie erkannte jetzt, was Rastidos vorhin gemeint hatte. Man musste einen Pfad hinaufsteigen, der immer noch Deckung gegenüber den höheren Klippen bot und dann seewärts einbog. Der Pirat schien das Gelände wie aus der Westentasche zu kennen, denn es stimmte, was er gesagt hatte. Der letzte Teil des Pfads öffnete sich zur See hin, war aber immer noch zur Bucht hin abgeschirmt.

Sie verloren keine Zeit und folgten dem Pfad. Hinter ihnen setzte sich der Tross der Piraten und Seeleute in Bewegung, in ihrer Mitte die Patruscos und Eisfell.

Einmal löste sich unter dem schweren Schritt eines Seemannes, der die Planken eines Schiffes, aber nicht einen Bergpfad gewohnt war, ein größerer Felsbrocken und kollerte scheppernd in die Tiefe. Alle erstarrten für einen Moment. Rastidos schickte Späher aus, um zu erkunden, ob die Talanier Verdacht geschöpft hatten. Aber die Späher meldeten, die Talanier auf den Klippen hätten kaum aufgeschaut.

Der Pirat nickte. »Sie verhalten sich so, wie ich mich auch verhalten hätte, wenn ich nicht damit rechne, dass ein Feind in der Nähe ist. Steine lösen sich auch unter dem Tritt einer Ziege oder aus gar keiner erkennbaren Ursache. Gut so. Jetzt wissen wir wenigstens, dass wir nicht der Grund für ihre Anwesenheit auf der Insel sind.«

Es blieb der einzige Zwischenfall. Die seeseitige Passage war kurz und tatsächlich von den vor der Bucht ankernden Schiffen nicht einsehbar. Wenig später begann der Abstieg, der steil in bizarr geformte Klippen hineinführte, die wie ein Teppich aus riesigen Drachenschuppen aus dem Meer ragten. Eine Entdeckung war kaum noch zu befürchten, aber die Überwindung der Klippen erforderte Umwege und viel Geduld.

»Da ist sie!«, rief Rastidos plötzlich und zeigte nach vorn, wo sich ein Einschnitt zwischen den Felsen befand. Mitten darin lag ein Schiff. »Meine *Schwarze Hand!* Sie haben es also doch geschafft. Ich könnte dich küssen, Sefi, obwohl mir danach wahrscheinlich speiübel würde.«

Die Kunde verbreitete sich schnell nach hinten, und unter den Piraten brach verhaltener Jubel aus. Die Seeleute der Karavelle nahmen es gelassen auf. Sie hegten keine freundlichen Gefühle für die Piraten, aber wie die Dinge sich entwickelt hatten, waren ihnen die Piraten lieber als die Talanier. Vor allem aber bedeutete die Galeere die Möglichkeit, möglichst bald die Insel zu verlassen. Falls das Zweckbündnis zwischen den Piraten und ihnen Bestand hatte.

Die Neuankömmlinge waren längst entdeckt worden.

»Da seid ihr ja endlich!«, rief eine gedämpfte Frauenstimme von unten. »Bei Phex, ihr habt euch reichlich Zeit gelassen! Wo wart ihr denn so lange?«

»Eine kleine Familienfeier, nur für geladene Gäste, hat uns aufgehalten«, rief Rastidos zurück, während er die letzte Klippe überwand. »Großväterchen war dort, seine Konkubine auch, und ein paar schon etwas ältere Piraten, alle ziemlich klapperdürr, aber ansonsten noch gut beieinander. Auf jeden Fall hatten wir jede Menge Spaß.« Er hob die Stimme drohend an. »Wo wart ihr denn? Hatte ich euch nicht befohlen, den Holk zu entern? Das bisschen Wind kann euch doch noch nicht ernsthaft davon abgehalten haben!«

»Natürlich nicht«, versicherte die Frau. »Aber wir hatten den Eindruck, dass ihr es auch ohne uns schaffen würdet, und sind inzwischen einen trinken gegangen.«

Im nächsten Moment lagen sich die beiden auf der schmalen Felszunge, an der die Galeere und ein Kutter vertäut lagen, lachend in den Armen.

Neel und Rashid, die sich hinzugesellt hatten, stellten fest, dass die Frau schlank und Ende dreißig war. Sie besaß wild wucherndes blondes Haar, das ihr tief ins Gesicht fiel, es beinahe verdeckte. Als sie es zurückstrich, erschraken sie. Die Frau war verunstaltet. Mitten im Gesicht trug sie eine mit Bändern befestigte Nase aus Wachs.

»Das ist meine Erste Steuerfrau Sefi Mefronidis«, stellte Rastidos sie vor. »Oder auch Kapitänin Mefronidis, wenn ich ein zweites Schiff habe. Sie stammt übrigens aus Talania.«

An ihnen vorbei fluteten Piraten und Seeleute in die geräumige Höhle, in die der Felseinschnitt mündete. Dort gab es wilde Verbrüderungsszenen zwischen den Piraten der Galeere und den Neuankömmlingen, in die sogar die Seeleute der Karavelle einbezogen wurden. Als es zu laut wurde und Krüge mit Bitterwein und Elenviner die Runde machten, schritt Rastidos ein. »Sofort Schluss mit dem Gröhlen und der Sauferei!«, brüllte er. »Wir sind hier nicht auf einer fröhlichen Kaperfahrt, sondern haben ernsthafte Probleme am Hals!« Er wandte sich einem der Männer zu, einem stiernackigen, glatzköpfigen Mann, der nur einen Lendenschutz trug. Er hatte Muskeln so dick wie Schiffspoller und Hände so groß und so tief wie Pützen. »Makkos, du gibst jedem was auf die Rübe, den du beim Saufen erwischst! Und sperr den ganzen Fusel weg. Gib den neuen Leuten lieber etwas zu essen. Ihr werdet ja wohl unmöglich in der kurzen Zeit die ganzen Vorräte weggefressen haben, oder?«

»Iss für je'n noch genug da, um sich 'ne dicke Wampe anzufuttern«, sagte der Glatzkopf. »Un' das mit'em auffe Rübe haun mag ich gern. Wirkt sowieso schneller als Fusel.«

»Diese Einstellung gefällt mir«, lobte Rastidos. Er warf Makkos den Seesack zu. »Bewache ihn gut. – Wie gefällt dir übrigens mein neuer Hut?«

Makkos zuckte die Achseln. »Musse mich nich' frag'n. Hab's nich' so mit Kleidern.«

»Banause!«, brummte Rastidos und wandte sich dann wieder seiner Ersten Steuerfrau zu. »Hast du Wachen aufgestellt? Und hast du mitbekommen, was sich auf der Insel getan hat?«

Mefronidis nickte. »Klar. Was wollen Hogards Ratten hier? Sind sie euch gefolgt?«

»Nein, sind sie nicht. Ich denke, sie werden sich den König greifen wollen.«

»Den König?« Mefronidis bekam runde Augen.

»Hast du was mit den Ohren? Ja, den König. Palamydas.« Beiläufig deutete er auf Neel und Rashid. »Das sind übrigens Freunde von mir – oder jedenfalls was Ähnliches. Die Amazone hat ein schändliches Mundwerk, aber sonst hat sie viel mit uns gemeinsam.«

»Bei Rondra!«, rief Neel und griff nach dem Säbel.

»Da siehst du es, es geht schon los«, meinte Rastidos. »Der andere ist ein Sohn der Wüste und folgt Rastullah. Er ...«

»Kein falsches Wort über meinen Gott!«, zischte Rashid und griff nach seinem Rapier.

»Habe ich je ein böses Wort über Rastullah geäußert?«, fragte der Pirat. »Ich hatte es auch jetzt nicht vor, Sohn der Wüste.« Er wandte sich wieder Mefronidis zu. »Ich wollte nur sagen, er hält uns nicht gerade für Leute, die Rastullahs 99 Gesetze auswendig können, und er stellt gern so viele Fragen auf einmal, dass man auch ohne einen Nagel im Kopf ins Trudeln kommt, aber sonst kann man es mit ihm aushalten.« Er nahm den Faden wieder auf. »Solange die Talanier-Schiffe dort draußen liegen, sitzen wir hier fest. Die *Schwarze Hand* kann Koggen und Holks gut angreifen, ihnen aber nicht davonlaufen. Wir werden uns etwas einfallen lassen müssen.«

»Sie werden schon von allein wieder verschwinden«, meinte die Frau. »Oder haben wir es eilig?«

»Wir nicht«, gab der Kapitän zur Antwort. Er zeigte auf Neel und Rashid. »Aber die. Und ich habe ihnen versprochen, sie hier rauszubringen.«

»Warum?«

»Weil sie Freunde von Rhiana von Talania sind«, erklärte Rastidos, »und die Prinzessin ihre Hilfe braucht.«

»Freunde von Prinzessin Rhiana?«

»Das sagte ich. Du solltest dir wirklich einmal die Ohren waschen oder die Haare kürzer tragen.« Er wandte sich an Neel und Rashid. »Ich weiß, Ihr haltet nicht viel von uns Piraten. Aber Ihr solltet wissen, dass diese Frau hier ihre Nase nicht als Piratin verloren hat. Sie wurde ihr, zusammen mit anderen Dingen, die man für überflüssig hielt, von Hogards Folterknechten abgeschnitten. Und wollt ihr wissen warum? Weil sie das Versteck eines Mannes nicht preisgeben wollte, der König Arlos treu geblieben ist. Sie hat das Versteck übrigens trotzdem nicht verraten.«

Neel steckte ein Kloß im Hals, und sie fühlte sich beschämt. »Ich danke Euch dafür im Namen von Prinzessin Rhiana«, sagte sie zu der Frau.

Mefronidis winkte ab. »Es geht auch ohne Nase. Die Kerle, die das getan haben, haben heute weniger als ich. Es waren vier. Ich habe sie mir im Laufe der Jahre nacheinander vorgenommen und ihnen auch etwas abgeschnitten. Allerdings nicht die Nase.«

Rastidos lachte. »Habt Ihr es gehört, Sohn der Wüste? Was würde Rastullah dazu sagen?«

»Rastullah ist mild zu den Gerechten und hart zu den Ungerechten«, gab der Novadi zur Antwort. »Bei uns gibt es auch harte Strafen für die Ungerechten. Allerdings müssen sie von einem Mawdli ausgesprochen werden. In diesem Fall allerdings …«

»… war die Erste Steuerfrau Mefronidis die Hand eines Mawdli«, ergänzte die Amazone. »Ich hätte es genauso gemacht, wenn sich kein Mawdli findet, der so etwas ahndet.«

Der Piratenkapitän kehrte zu den Problemen der Gegenwart zurück. »Wie also bringen wir unsere Gäste nach Rethis? Hast du eine Idee, Sefi?«

»Durch den Zauberwald zur Westküste und …«

»Habe ich schon als zu gefährlich abgetan.«

»Dann eben doch auf dem Seeweg. Wir könnten nachts auslaufen, dann sehen sie uns nicht.«

»Und wir sehen auch nichts. Im Ernst, Sefi, würdest du dir zutrauen, die *Schwarze Hand* bei Dunkelheit um die Klippen der hundert Wracks herumzusteuern?«

Die Steuerfrau schüttelte den Kopf. »Nein, aber wir könnten die Küste hinaufrudern.«

»Bis zu den Klippen? Was wäre dadurch gewonnen? Der einzig mögliche Weg führt nach Süden und damit direkt auf die talanischen Schiffe zu. Und sie ankern zu weit auseinander, als dass wir uns an ihnen vorbeischmuggeln könnten.«

Sefi Mefronidis schwieg.

»Wir müssen die Talanier irgendwie dazu bringen abzusegeln …«, warf Rashid ein.

»Aussichtslos!«, widersprach Neel. »Ihre Schiffe liegen vor Anker, und die Bewaffneten sind an Land. Warum sollten sie absegeln? Offensichtlich haben die Kapitäne Befehl, hier zu warten.«

»Manäo, wir haben doch noch ausreichend Hylailer Feuer«, sagte die Steuerfrau. »Warum greifen wir die Schiffe nicht an und fackeln sie ab?«

Rastidos brauchte nur kurze Zeit, um zu überlegen. »Ausgezeichnet, Sefi!«, rief er begeistert. »Ich hätte wirklich selbst darauf kommen müssen. Wahrscheinlich habe ich auch schon einen Nagel im Kopf wie Großväterchen! Oder ich habe mich davon blenden lassen, dass es vier Schiffe sind, was normalerweise unsere Möglichkeiten übersteigt. Aber sie liegen fest, können nicht manövrieren.« Sofort entwickelte er einen Plan. »Wir greifen die Schiffe heute Nacht an, fackeln aber nur zwei mit Hylailer Feuer ab. Die anderen beiden entern wir. Wir haben genug Leute dafür. Dann haben wir eine feine Flotte beieinander.«

Der Amazone lag eine scharfe Erwiderung auf der Zunge, aber sie schluckte sie herunter. Dass Rastidos seinen eigenen Vorteil niemals vergaß, hatte sie inzwischen zur Genüge erfahren. Dennoch kam sie an der Tatsache nicht vorbei, dass der Pirat sein Leben und das seiner Leute einsetzen wollte, um ihr und Rashid zu helfen. Allerdings fragte sie sich, ob es rondragefällig war, wenn sie mit den Piraten gemeinsame Sache machte. Sich gegen erklärte Feinde zu wehren, war eine Sache, vier talanische Schiffe zu überfallen, eine andere. Aber sie musste sich entscheiden, hier und jetzt. Mit dem festen Vorsatz, sich nicht selbst einlullen und damit betrügen zu wollen, dachte sie nüchtern über das nach, was sie über diese Schiffe und ihre Besatzungen wusste. Eines der Schiffe hatte mit Zaraldus einen der ärgsten Feinde der Prinzessin nach Phenos gebracht. Man konnte davon ausgehen, dass dieses Schiff ganz unmittelbar den Thronräubern und dem Flammenbund diente. Was die anderen drei Schiffe anging, so hatten sie sich gewiss nicht zufällig Zaraldus' Schiff angeschlossen, und das Anlanden einer Streitmacht auf der Insel wies ebenfalls auf Umtriebe des Flammenbundes hin. Sie entschied, dass ihre Klinge eindeutig der Gerechtigkeit diente, wenn sie an diesem Kampf teilnahm. »Vergesst Zaraldus nicht!«, warnte sie. »Ich weiß nicht, was er als Dämonenbeschwörer kann, aber ich traue ihm zu, dass er einen solchen Angriff ins Gegenteil verkehrt.«

»Zaraldus übernehmen wir!«, erklärte Rashid und schaute Neel an.

»Wie meinst du das?«

»Wir greifen ihn uns!«

»Mitten aus einer Streitmacht von vier oder fünf Bannern? Spinnst du?«

»Haben wir nicht schon andere Sachen geschafft? Wir müssen das hier einsetzen.« Der Novadi tippte sich an die Stirn. »Ich habe auch schon eine Idee.«

»Bei dieser Geste musste ich sofort wieder an Großväterchen denken«, seufzte Rastidos und rollte mit den Augen.

»Genau damit hat meine Idee zu tun!«, sagte Rashid. »Und Ihr wart es, der mich darauf gebracht hat, Sohn der Wasserwüste!«

Nachdem der Novadi seinen Plan erläutert hatte, halfen ihm sowohl die Piraten als auch die Seeleute bei der Umsetzung. Die Dinge, die Rashid brauchte, waren im Schlupfwinkel der Piraten vorhanden: ein Torsionsgeschütz und ein großes Holzfass, randvoll angefüllt mit langen, kurzen, dünnen, dicken, gerade oder krummen Nägeln, einige so groß wie der Nagel von Rastidos I. und für die Schiffsreparatur gedacht, andere klein genug, um einem Schuster beim Besohlen von Schuhen dienlich zu sein. Der Novadi fischte genügend viele der größeren Nägel aus dem Fass, bis eine Pütz gefüllt war. Die Seeleute, die in diesen Dingen geübter waren, nahmen ihm die mühevolle Arbeit ab, die Köpfe abzumeißeln, alle die Enden möglichst spitz zu feilen und krumme Nägel gerade zu klopfen. Darüber vergingen Stunden, aber die Praiosscheibe stand noch im Zenith, und vor Einbruch der Abenddämmerung mussten sie nicht fertig sein. Derweil besprach Rashid mit dem Piratenkapitän, welches Geschütz am besten geeignet war. Die Piraten besaßen vier Torsionsschleudern, zwei Hornissen und zwei Onager, wobei drei der Torsionsschleudern und ein Onager für den Angriff auf die talanischen Schiffe benötigt wurden.

»Warum nehmt Ihr nicht die Hornisse?«, fragte Rastidos. »Sie schießt genauer, und Ihr könntet Euch die Arbeit mit den Nägeln ersparen.«

Der Novadi schüttelte den Kopf. Hornissen benutzten überschwere Armbrustbolzen als Munition, die in einem Trichtermagazin ruhten. Das war eine wirkungsvolle Waffe, mit der bis zu fünf Bolzen pro Minute abgeschossen werden konnte, aber für seine Zwecke war sie nicht tauglich. »Zu geringe Reichweite«, sagte er. »Außerdem können wir den Vorteil der Waffe ohnehin nicht nutzen, denn Zaraldus wird kaum mehr als einen Schuss zulassen. Da wäre es sogar sinnvoller, ein paar Armbrust- oder Bogenschützen gleichzeitig schießen zu lassen, aber ich glaube nicht, dass er die nah genug an sich heran lässt. Nein, ich brauche ein Geschütz, das 150 Schritt oder mehr überbrückt.«

»Dann nehmt den Onager, aber denkt daran, er kann nicht unter hundert Schritt Reichweite eingesetzt werden.«

»Das habe ich auch nicht vor.«

»Seid Ihr erfahren im Umgang mit Torsionsgeschützen, Sohn der Wüste?«

»Nein.«

»Dann gebe ich Euch Shoshon mit. Er ist der verdammt beste Onagerschütze zwischen Talania und dem Perlenmeer.« Rastidos rief den Mann herbei. Es handelte sich um einen schmächtigen, schmuddeligen Südländer mit abstehenden Ohren, stark ausgeprägten O-Beinen und einem zahnlosen Grinsen.

Der Kapitän erklärte ihm das Problem.

»Interessant«, nuschelte Shoshon.

»Was heißt hier interessant?«, knurrte Rastidos. »Hast du nicht mehr dazu zu sagen?«

»Nee.«

»Meinst du, du kannst den Affenzauberer mit dem ersten Schuss erwischen?«

Shoshon grinste. »'türlich.«

»Einfach so?«

»Nee.«

»Ha, dieser Kerl treibt mich zur Verzweifelung!«, stöhnte Rastidos. »Kannst du auch einen vollständigen Satz sagen? Oder sogar zwei?«

Shoshon versuchte es. »Müssen was abändern. Probeschuss wäre gut.«

Rastidos wandte sich an den Tulamiden. »Mir reicht es! Redet Ihr mit ihm. Er ist maulfaul, aber im Kopf ist er munterer. Und er kann was – nicht nur gut schießen. Wahrscheinlich weiß er längst, wie es zu packen ist.«

Die Einschätzung des Piratenkapitäns erwies sich als richtig. Zwar gelang es Rashid auch nicht, mehr aus dem Südländer herauszulocken, aber der begann einfach mit der Arbeit. Er pfiff ein paar andere Piraten herbei, und gemeinsam zog man den überzähligen Onager aus der Höhle. Shoshon überprüfte jedes einzelne Teil der Waffe und ersetzte schließlich die Seile in dem Torsionsbündel, weil sie ihm zu mürbe erschienen. Dann ließ er den Schiffszimmermann der Seeleute und zwei weitere Piraten kommen. Zu dritt sägten sie eine dicke Holzplatte zurecht und bohrten Hunderte von Sacklöchern hinein. Als dies geschehen war, befestigten sie die Platte auf dem Wurflöffel des Geschützes.

Shoshon prüfte die Konstruktion. »Besser abstützen«, nuschelte er. »Vorne und hinten.«

Erneut machten sich die Handwerker an die Arbeit und

sicherten die Platte mit weiteren Verstrebungen, damit sie beim Abschuss nicht davongeschleudert wurde. Endlich war der Südländer zufrieden, suchte eine größere Anzahl von Nägeln aus und steckte sie in die Löcher. Er achtete darauf, dass die Nägel locker in den Löchern steckten, und erweiterte mit Reibahlen die Bohrungen, wenn sie ihm zu eng erschienen. Da die Platte schräg nach hinten geneigt war, konnten die Nägel nicht herausfallen.

Rashid hatte einmal den Einwurf gewagt, dass er eigentlich an eine große Wachskugel gedacht hatte, in der sich die Nägel steckten, aber Shoshon winkte nur ab. Der Tulamide ließ ihn gewähren und hoffte, dass der Südländer wusste, was er tat.

Als alle Vorbereitungen abgeschlossen waren, zupfte ihn Shoshon am Ärmel. »Probeschuss.«

Der Südländer visierte eine Stelle weit draußen auf den Klippen an. »Hundertfünfzig Schritt?«, fragte er nach.

Rashid nickte.

Mit Richtkeilen besserte Shoshon mehrmals den Winkel des Onagers nach. Die Spindel mit den Seilen war inzwischen von seinen Gehilfen bis zum Anschlag gedreht worden, die Seile spannten sich bis zum Bersten, der Wurfarm hatte seine äußerste Rücklage erreicht. Erneut peilte der Südländer durch die Visiervorrichtung und korrigierte vorsichtig die Position eines Richtkeils.

Dann löste er die Sperre, und der Wurfarm federte kraftvoll nach vorn. Ein Hagel aus Nägeln sauste durch die Luft und prasselte auf die anvisierte Klippe.

Rashid jubelte.

Shoshon fluchte.

»Was ist denn?«, fragte Rashid, der mit diesem Erfolg nicht gerechnet hatte. Nur wenige Nägel waren wirkungslos kurz hinter vor dem Geschütz zu Boden gefallen.

»Zu kurz«, murrte der Südländer, prüfte die Spannung der

Torsionsseile und ließ eine weitere Leine auflegen und mit den anderen verdrillen. Erneut steckte er Nägel ein, erweiterte Löcher, justierte das Geschütz und schoss eine weitere Ladung ab.

Diesmal schien er zufrieden zu sein. »Einsatzbereit«, sagte er. »Wohin damit?«

»Zum Blutfelsen«, gab Rashid zur Antwort.

Shoshon nickte, ging zu Rastido und bat ihn um Leute für den Transport. Der Piratenkapitän, voll damit beschäftigt, die Galeere und den Kutter seeklar zu machen, runzelte die Stirn und wandte sich an Neel und Rashid. »Einige Eurer Seeleute wollen bei uns anmustern«, sagte er. »Ich nehme sie gern, und sie kriegen die üblichen Anteile an der Beute. Andere stehen nur rum, und ich bin knapp an Leuten. Könnt Ihr denen irgendwie klarmachen, dass sie auch etwas tun müssen? Wenn sie keine Piraten werden wollen, dann sollten sie Euch wenigstens helfen. Geht ja auch um ihre Gurgeln, oder? Wenn sie sich weigern, sagt ihnen, wir schicken sie zu Großväterchen zurück.«

»Das werde ich nicht tun!«, erwiderte die Amazone. Sie fühlte sich eigentlich nicht zuständig, und Bitten war nicht ihre starke Seite. Aber sie rief Menno herbei. »Du bist ein wacher Bursche, wie ich weiß. Du hast alles mitbekommen?«

Menno nickte eifrig.

Neel deutete auf das Geschütz und dann auf die verbliebenen Seeleute. »Frag sie, ob sie noch bei deiner Mutter in Heuer stehen und sich ihr Geld verdienen wollen. Du weißt, worum es geht. Wir müssen dieses klobige Geschütz zum Blutfelsen schaffen und brauchen Leute, die gut anpacken können.«

Der Junge war froh, endlich eine Aufgabe zu haben, wieselte zu den Leuten herüber und redete wild gestikulierend auf sie ein. Neel und Rashid verstanden nur Wortfetzen, aber sie hatten den Eindruck, dass der junge Patrusco an ihre Loyalität appellierte und wohl auch eine Belohnung drauflegte. Auf jeden Fall meldeten sich acht Freiwillige.

Die Seeleute begannen damit, das schwere Geschütz mit Flaschenzügen und Stricken über die Klippen zu heben und zu zerren. Shoshon begleitete sie und beschimpfte sie – einsilbig, aber höchst wirkungsvoll, denn er kannte erstaunliche Kraftausdrücke –, sobald der Onager irgendwo aneckte.

Neel und Rashid beobachteten den Abtransport.

»Wenn ich das richtig sehe, hast du eine neue Waffe erfunden, oder?«, fragte die Amazone. »Um ehrlich zu sein, hätte ich dir das gar nicht zugetraut.«

»Ich traue dir auch manches nicht zu, und du machst es trotzdem.«

»Hast du nun, oder hast du nicht?«

»Nicht ich, sondern dieser Shoshon«, wehrte der Novadi ab.

»Aber die Idee mit den Nägeln stammt von dir.«

»Ach was«, meinte Rashid. »Im Südmeer sind Tonkugelgeschosse mit Nägeln Gang und Gäbe.«

»Wusste ich nicht.«

»Kannst du auch nicht, denn es war gelogen. Nun ja, ab und an schenkt Rastullah auch den größten Sündern eine Eingebung.« Rashids Miene wurde ernst. Er schaute zum Himmel. Die Sonne – er wollte sich nicht daran gewöhnen, das Gestirn wie die Zwölfgöttergläubigen zu bezeichnen – senkte sich allmählich der Abenddämmerung entgegen. Es war abgesprochen, dass Neel, Rashid und Shoshon mit dem Geschütz in Stellung gingen und versuchten, Zaraldus unschädlich zu machen, bevor die Piraten in der Dunkelheit die Talanier angriffen. Das musste gut abgestimmt erfolgen. Wurde Zaraldus zu früh und möglicherweise erfolglos angegriffen, würden die talanianischen Truppen ausschwärmen und möglicherweise bis zum Schlupfwinkel vorstoßen. Wurde er zu spät angegriffen, konnte er seine Magie gegen die Piraten richten.

Wenn der Plan hingegen gelang, wurde Zaraldus getötet oder außer Gefecht gesetzt, und der Überfall sorgte für Verwirrung unter den Truppen. Bevor sich diese legte, würde der Angriff der Piraten den Talaniern das Gefühl geben, in eine Falle getappt zu sein und es mit massiv vorgehenden Feinden zu tun zu haben. Rashid schwindelte es, wenn er daran dachte, was alles schief gehen konnte. Nachträglich kam ihm sein Plan recht abenteuerlich vor. *Rastullah hilf, dass er trotzdem gelingt!*

»Neel«, sagte er. »Du musst mit Eisfell reden. Auf ihn kommt jetzt viel an!«

»Wieso ich?«, murrte die Amazone.

»Es ist Rhianas Hund, und du kennst ihn länger als ich.«

»Es war Tjalmars Hund«, stellte Neel klar, »und er hat sich nach Tjalmars Tod der Prinzessin angeschlossen.« Sie sprach ganz ruhig, obwohl der Name Tjalmar traurige Erinnerungen in ihr aufwühlte.

»Was sollen die Spitzfindigkeiten, gerechteste aller Schwertblumen?«, fragte der Novadi. »Es geht doch nur darum …«

»… dass Eisfell etwas Besonderes ist, viel mehr als irgendein Hund«, unterbrach ihn die Amazone. »Tjalmar konnte auf seine Art mit ihm reden, und Rhiana vermag sich auf magische Art mit ihm verständigen. Ich hingegen kann nur versuchen, mich ihm so verständlich zu machen, wie dies normalerweise ein Mensch mit einem Hund macht.« Plötzlich kam ihr eine Idee. »Seit Rhiana über Bord gegangen ist, hält sich Eisfell an Setana. Will er sie nur beschützen, weil er spürt, dass das Mädchen verstört ist und Hilfe braucht, oder hat sie vielleicht die Gabe, die Rhiana besitzt?«

Das machte Rashid Hoffnung. »Frag sie!«

»Frag du sie! Du weißt, mir fehlt die Geduld für so etwas. Ich kann nur mit gradlinigen Leuten umgehen, nicht mit Kindern.« Sie senkte die Stimme. »Ich kenne viele Mädchen und Jungen, die in Setanas Alter schon voll in die Pflicht genommen werden, manche von ihnen haben sogar schon eigene Kinder. Aber Setana ist immer noch mehr Kind als Frau. Rede du mit ihr! Becirce sie. Das kannst du doch.«

Der Novadi seufzte, aber wenn er es recht überlegte, wirkte Neel wirklich nicht wie eine mütterliche Beschützerin, die das Vertrauen der kleinen Honigblüte erringen konnte. Er sah zum Himmel. Die Zeit drängte, und zur Not musste Eisfell eben an der Leine mitgezerrt werden. Aber einen Versuch war es wert.

Er ging zu den Patrusco-Geschwistern und Eisfell hinüber. Eisfell wedelte kurz mit dem Schwanz, beachtete den Novadi dann aber nicht weiter.

»Menno«, redete Rashid den Jungen an, »dir muss ich das nicht erklären, denn du weißt, warum es geht, und hast uns ohnehin schon sehr geholfen. Aber deine Schwester, die kleine Honigblüte, kann uns vielleicht einen ebenso großen Dienst wie du erweisen. Wenn sie will.«

Da Setana zu Boden schaute und sich für das Ganze nicht zu interessieren schien, hob er ihr Kinn an. Eisfell knurrte. »Bitte, kleine Honigblüte, schau mir in die Augen.«

Setana tat ihm den Gefallen. Sie war verschüchtert, aber das kannte er von ihr, und die Angst und Verzweiflung der letzten Stunden und Tagen schienen immerhin zurückgedrängt zu sein.

»Eisfell steht dir sehr nahe, ja?«

Das Mädchen nickte nur.

»Kannst du mit ihm reden? So wie Rhiana es kann?« Ihm fiel ein, dass Setana die besondere Verbindung zwischen der Rose aller Rosen und Eisfell gar nicht bekannt war, und er fügte hinzu: »Sie erreicht Eisfell mit ihrem Geist, mit ihrem Herzen, oder wie immer man es nennen will.«

Setana zögerte, aber dann sagte sie: »Ja, ich spüre ihn irgendwie in meinem Kopf. Er ist so … so unglaublich ruhig und sicher … und so freundlich … Er hat mich getröstet und mir Kraft gegeben. Wenn ich ihn nicht gehabt hätte, wäre ich nicht mehr am Leben.«

Die durchlittene Pein des Mädchens, die in ihren Worten zum Ausdruck kam, stach Rashid tief ins Herz. Er selbst hatte die Ereignisse der letzten Zeit als erstaunlich und ungewöhnlich empfunden, aber er konnte gut verstehen, dass sie einem jungen Mädchen wie Setana schwer aufs Gemüt schlugen. Er hatte ihre Todesangst gespürt, als er neben ihr im Boot saß. *Rastullah, strafe mich für meine Sünden, aber doch nicht andere!*

Langsam kroch aber auch ein bisschen Genugtuung in sein Denken zurück. *Sie kann es!*

»Kleine Honigblüte«, sagte er behutsam, »es ist unheimlich wichtig, dass Eisfell versteht, was wir vorhaben. Und dass wir es für Rhiana tun. Meinst du, du kannst ihm solche Dinge mitteilen?«

»Ich weiß nicht …« Aber dann wurde Setana mutiger, und ihre Stimme klang fester. »Ja, das kann ich! Aber ich kann und will ihm nichts befehlen.«

Rashid atmete vor Erleichterung tief aus. »Das sollst du auch nicht, süßeste aller Honigblüten. Bitte ihn nur, etwas zu tun, was Rhiana und uns allen nützt.«

Als sie gemeinsam hinter dem Blutfelsen kauerten, stand die Sonne tief im Westen, spendete aber immer noch ausreichend Licht. Rashid war dankbar dafür, dass dieses Licht nicht rötlich, sondern gelbweiß flirrte, denn er brauchte einen Wolfshund, der unverkennbar ein eisgraues, fast weißes Fell besaß und nicht mit einem beliebigen Hund verwechselt werden konnte.

O Rastullah, das kann überhaupt nicht klappen! Wie konnte ich mir so etwas ausdenken!

Und doch hatte bisher jede kleinste Einzelheit seines Plans geklappt. Trotz allen Fluchens und literweise vergossenen Schweißes war der Onager über die Klippen und den Felspfad hierher gezogen worden. Shoshon hatte ihn auf einer ebenen Felsplatte aufgebaut und Dutzende Male alles überprüft, was gelitten haben mochte. Noch öfter hatte er über die Visierkerbe gespäht und nuschelnd die Richtkeile justieren lassen. Am Ende hatte er alle davongejagt, die im Wege waren, und mit einem winzigen Hammer Stück um Stück diesem oder jenem Keil einen winzigen Tick gegeben, wieder gespäht und den Tick zurückgenommen oder verstärkt. In der Holzplatte steckten inzwischen nicht fünfzig oder hundert Nägel wie bei den Probeschüssen, sondern dreihundert.

»Hundertfünfzig Schritt«, fragte er schließlich und steckte das Hämmerchen ein. »Die Moosplatte. Da landen die Nägel.«

Rashid schaute zu dem Pfad hinauf, den sie vor Stunden bezwungen hatten, und versuchte, die Entfernung abzuschätzen. Er entdeckte eine einzige Stelle, die auffallend mit Moos bewachsen war. »Neben den Brombeerbüschen?«, fragte er.

»Richtig.«

Dem Tulamiden schien die Moosplatte aus der Entfernung winzig zu sein. Er konnte sich nicht vorstellen, dass ein derart präziser Schuss mit dem Onager möglich war. »Ihr seid sicher, Shoshon?«

»Ja.«

Auf die Gefahr hin, den Piraten zu verärgern, fragte er nach: »Ganz sicher?«

»Ganz sicher sind nur die Niederhöllen. Ich habe getan, was ich konnte, und sogar die Drillung verstärkt, um das höhere Nagelgewicht auszugleichen. Ich schwöre, der Schuss geht auf die Moosplatte!« Für Shoshons Verhältnisse war dies eine schon fast geschwätzig zu nennende Ansprache, die sich wohl nur aus der Zufriedenheit mit seiner Arbeit erklären ließ.

Dass der Pirat etwas von seinem Handwerk verstand, hatte er schon bewiesen. Der Rest lag in Rastullahs Händen. Im Übrigen blieb Rashid gar keine andere Wahl, als Shoshon zu vertrauen. Er schaute sich um. Sie bildeten nur einen kleinen Trupp. Er selbst, Neel, Shoshon, die Männer und Frauen, die das Geschütz an Ort und Stelle gebracht hatten, Menno, Setana und Eisfell. Hinzu kamen drei Armbrustschützen und zwei Bogenschützen, die ihnen Rastidos zu ihrem Schutz aufgenötigt hatte. Immerhin waren auch die acht Seeleute mit Schwertern oder Säbeln ausgerüstet worden, aber ob sie damit auch umgehen konnten, blieb ungewiss.

Wenn sich Zaraldus nicht hereinlegen lässt und uns stattdessen einen Banner auf den Hals schickt, sind wir geliefert!

Immer wieder schaute Rashid zum Horizont. Es war so unglaublich wichtig, den richtigen Moment abzupassen, und er wusste nicht einmal, ob Zaraldus überhaupt noch in der Nähe war. Der Tulamide fühlte sich unwohl in der Rolle des Anführers. Eine feine Sache hatte er sich da eingebrockt!

»Worauf wartest du noch?«, fragte Neel ungeduldig.

Rashid hatte sich entschieden. »Auf nichts mehr!« Er wandte sich an seinen Trupp. »Neel und ich mischen jetzt zusammen mit Eisfell die Talanier auf. Die Bogen- und Armbrustschützen kommen mit uns. Der Rest bleibt in Deckung. Shoshon – erst schießen, wenn der Euch beschriebene Mann unter den Verfolgern ist und sich genau auf der Moosplatte befindet! Alles andere wird sich ergeben.« Bittend schaute er Setana an. »Kleine Honigblüte, jetzt brauchen wir deine Hilfe.«

Eisfell war Setana willig gefolgt und schien zu spüren, dass von ihm etwas erwartet wurde. Er setzte sich vor dem Mädchen hin, blickte es aufmerksam an und spitzte die Ohren.

Sie beugte sich zu ihm herab und nahm ihn in den Arm. »Eisfell«, sagte sie leise. »Du musst etwas für Rhiana tun.« In den vergangenen Stunden hatte sie seine geistige Gegenwart oft gespürt, wenn auch eher schattenhaft, und dabei etwas über die Art erfahren, wie er sich mit Menschen verständigte. Daher wusste sie, dass es nicht auf Worte, sondern auf Bilder ankam. Sie konzentrierte sich auf ihn und spürte, dass ein Etwas ihren Geist berührte, ein Etwas, das mehr war als ein Hund, und auf ihre Bilder wartete. So gut ihr das möglich war, versuchte sie ihm zu vermitteln, was man sich von ihm erhoffte.

Als sie glaubte, dass er sie verstanden hatte, richtete sie sich wieder auf. »Mehr kann ich nicht tun. Ich bin es nicht gewohnt, mit dem Geist zu sprechen, und wusste bisher nicht einmal, dass ich so etwas kann. Ich hoffe, er weiß jetzt, was wir uns wünschen. Ob er es auch tut, müssen wir abwarten. Eisfell ist sehr … eine eigene Person. Er lässt sich nichts befehlen. Man kann ihn nur bitten.«

»Danke schön, kleine Honigblüte. Ich bin überzeugt, dass du dein Bestes getan hast.« Rashid lächelte ihr zu. Das Mädchen wirkte viel munterer als die ganze Zeit zuvor. Ihre innere Erstarrung seit dem Überfall der Piraten schien sie weitgehend abgelegt zu haben. Vielleicht half auch, dass Rastidos sich nicht in der Nähe aufhielt.

Rashid gab ein Zeichen und setzte sich selbst als Erster in Bewegung. Neel sowie die Bogen- und Armbrustschützen folgten ihm. Zu seiner Erleichterung schloss sich Eisfell ebenfalls an. Er schien zumindest verstanden zu haben, dass er mitgehen sollte.

Der Tulamide führte seinen Trupp bis zum letzten der Felsen, die ihnen Deckung geben konnte. Die Schützen suchten sich geeignete Positionen. Rashid betrachtete die Leute als Absicherung, wenn es zu einem Kampf kommen sollte. Dass sie Gelegenheit bekommen würden, Zaraldus tödlich zu treffen, glaubte er allerdings nicht. Nicht umsonst setzte er auf den Onager. Die moosbewachsene Felsplatte, die von dem Geschütz mit einem Hagel aus Nägeln überzogen werden sollte, lag etwa achtzig Schritt vor ihnen. Eine Möglichkeit, in größerer Nähe der Felsplatte in Deckung zu gehen, gab es nicht.

Neel spähte an dem Felsen vorbei zu den Felsen der Küstenlinie. Während ihrer Flucht aus der Bucht waren dort Soldaten aufgetaucht. »Zu sehen ist niemand«, gab sie ihre Beobachtungen weiter. »Das muss aber nicht viel zu bedeuten haben. Wenn Wachen aufgestellt wurden, dann haben die sich vermutlich ein paar Schritt unterhalb der Kuppe verschanzt.« Sie zuckte die Achseln. »Aber vielleicht sind sie mitsamt Zaraldus abgezogen. Dann erledigt sich das Ganze.«

Eisfell hatte die Vorbereitungen mit großem Interesse beobachtet. Jetzt schaute er abwechselnd Neel und Rashid an. Er schien ungeduldig zu sein.

»Ab, Eisfell!«, sagte der Novadi leise.

Der Wolfshund rannte los. Zügig legte er den Weg zurück, den er am Morgen zusammen mit den anderen gekommen war. Rashid schaute zum Firmament hinauf. Ja, es würde noch hell genug sein, um Eisfell klar und deutlich als das zu erkennen, was er war: Ein ungewöhnlich großer weißgrauer Hund, den man auf Phenos kaum vermuten würde und von dem der Flammenbund wusste, dass er Rhiana zuzuordnen war. Wenn der Magier selbst den Hund nicht entdeckte, würde er es von den Soldaten erfahren. Ob Zaraldus dann wirklich so handelte, wie Rashid es sich erhoffte, blieb abzuwarten. *Bei Rastullah, es ist schwer, sich in den verdammten Schädel eines Schwarzmagiers zu versetzen. Doch wenn sein Auftrag darin besteht, Rhiana zu fangen, kann er nicht gleichgültig bleiben, wenn ihr vierbeiniger Begleiter auftaucht!*

Eisfell spielte seine Rolle perfekt. Als er den oberen Teil des Pfades erreicht hatte und von etwaigen versteckten Beobachtern gut gesehen werden konnte, bellte er laut und tollte herum wie ein zum Spielen aufgelegter Welpe. Das Bellen hallte zwischen den Felsen wider und musste auch unten in der Bucht zu hören sein. Aber Eisfell wollte offenbar ganz sicher sein, dass er gehört und gesehen wurde. Scheinbar übermütig zeigte er sich an den oberen Klippen, tänzelte herum und bellte in Richtung Meer. Er war auffällig und laut genug, dass jeder in der Bucht ihn wahrnehmen musste. Wahrscheinlich hörte man ihn sogar auf den vor Anker liegenden Schiffen. *Das wird ihre Wachsamkeit schärfen,* dachte der Tulamide, *aber sie werden nicht damit rechnen, dass ein Angriff bevorsteht. Mit vier großen Schiffen fühlen sie sich sicher und hätten auf See auch kaum einen Gegner zu fürchten.*

Rashid hätte etwas darum gegeben, mit den Augen des Hundes in die Bucht hinabzuschauen. Da Eisfell sein Spiel nicht abbrach, konnte man jedoch davon ausgehen, dass sich Leute in der Bucht aufhielten.

»Er sollte es nicht übertreiben«, meinte Neel, »sonst könnte er sich leicht einen Pfeil einfangen.«

Als hätte der Wolfshund sie gehört, bellte er eine letzte, entschiedene Aufforderung zum Spiel in die Bucht und machte sich davon. Er ließ sich Zeit dabei und schaute immer wieder zurück. Für Rashid waren diese Signale eindeutig. »Ich glaube, er hat sein Ziel erreicht und weiß, dass ihm Leute folgen.«

»Was nicht heißt, dass der Magier dabei ist«, gab die Amazone zurück.

»Dann haben wir Pech gehabt. Ich an seiner Stelle wäre jedenfalls neugierig genug geworden, um mir selbst ein Bild machen zu wollen. Immerhin besteht aus seiner Sicht die Möglichkeit, dass Rhiana irgendwo hier oben nichts ahnend lagert und leicht zu überraschen ist.«

Gespannt warteten sie in der Deckung des Felsens darauf, dass sich irgendetwas auf den Küstenfelsen tat. Plötzlich tauchten an der Stelle, wo Eisfell seinen Tanz aufgeführt hatte, behelmte Köpfe auf. Es mochten rund zwanzig Soldaten sein, die sich über die Klippen schoben, sich einen Moment lang sammelten und dann dem spielerisch mal vor ihnen davonrennenden, mal zögernd zurückkehrenden Eisfell auf seinem Pfad folgten.

»Nur Bewaffnete, kein Affenzauberer!«, fluchte Neel verhalten.

Rashids Enttäuschung war mindestens genauso groß. *Der schöne Plan! Aber Zaraldus gibt sich keine Blöße.* »Das sind zu viele für uns«, sagte er. »Wir müssen uns zurückziehen. Hoffentlich kann Eisfell ihnen entkommen, ohne sie direkt zum Schlupfwinkel zu führen.« Er wollte gerade den Befehl zum Rückzug geben, als ein weiterer Mann auf den Klippen erschien. Er war zu weit weg, als dass man sein Gesicht hätte erkennen können, aber der auffällig glitzernde Mantel und der hohe Hut verrieten ihn sofort. Zaraldus! Drei Bewaffnete erklommen neben ihm die Felsen. Das war offenbar seine persönliche Leibgarde.

»Der Kerl hat geargwöhnt, dass es eine Falle sein könnte, und abgewartet«, flüsterte Neel.

Diese Formation – rund zwanzig Bewaffnete als Vortrupp und die Vierergruppe fünfzig Schritt dahinter – hatte keiner von ihnen erwartet. Sie waren davon ausgegangen, dass der Magier inmitten eines Pulks von Soldaten herankam. Die Nagelgeschosse hätten dann auf einen Schlag Zaraldus und die meisten der Bewaffneten unschädlich gemacht. Nun sah dies weniger günstig aus: Sie konnten die Magier erst bezwingen, wenn sie zuvor den Vortrupp bekämpft hatten. Aber genau das durfte nicht passieren, weil Zaraldus dann gewarnt war und Magie einsetzte.

Zum Glück bewies Eisfell ein erstaunliches Gespür für die Situation – oder Setana gelang es, ihm aus der Ferne neue Wünsche zu übermitteln. Rashid hielt Ersteres für wahrscheinlicher, denn wie sollte die Patrusco-Tochter die veränderte militärische Lage erkennen und darauf strategisch richtig antworten? Tatsächlich passierte der Wolfshund die moosbewachsene Felsplatte, bog dann aber in Richtung Wald zum Zentrum der Insel ab. Sorgenvoll dachte Rashid daran, dass Rastidos sie vor einem Zauberwald gewarnt hatte. Er hoffte, dass Eisfell wusste, was er tat. Der Trupp folgte ihm, und in gehörigem Abstand taten dies auch Zaraldus und seine Leibgarde. Und als sie die Felsplatte betraten, ergab sich plötzlich die Möglichkeit, die der Tulamide sich herbeigewünscht hatte. Er traute sich nicht, aus der Deckung herauszutreten und in Richtung Blutfelsen zu winken, und hoffte nur, dass Shoshon nicht inzwischen geflüchtet war.

Ganz offensichtlich hatte der Pirat seine Stellung nicht verlassen und tat genau das, was abgesprochen war. Am Blutfelsen erklang ein wuchtiges, schepperndes, nachwippendes Geräusch, und im nächsten Moment sirrten Hunderte von Nägeln wie winzige Pfeile durch die Luft.

Der Schuss war so präzise, wie Shoshon es versprochen hatte. Alle Nägel landeten exakt auf der Felsplatte. Zwar hatte sich mindestens die Hälfte der Geschosse im Flug verdreht, und sie kamen nicht mit der Spitze auf, aber der Rest war eine tödliche Fracht. Alle drei Bewaffneten fielen und regten sich nicht mehr. Offenbar hatte ihre Rüstung sie nicht vor tödlichen Verletzungen bewahren können. Allein Zaraldus wurde nicht voll getroffen, obwohl er sich zum Zeitpunkt des Abschusses genau auf der Mitte der Felsplatte befunden hatte. Irgendetwas schien ihn gewarnt zu haben. Vielleicht war es sein Misstrauen gewesen, ein magisches Gefühl für Gefahr oder auch die aus dem Augenwinkel heraus wahrgenommene Bewegung des Schleuderarms des Geschützes. Auf jeden Fall versuchte er, mit einem gewaltigen Satz aus der Gefahrenzone zu springen. Fast wäre ihm dies auch gelungen, und er brachte zumindest den Oberkörper in Sicherheit. Ein Teil der Ladung bohrte sich allerdings abwärts der Hüfte in den Körper, und nach wenigen Schritten brach er zusammen. Selbst wenn er noch lebte, würde ihn das in seinem Körper und seiner Kleidung steckende Eisen davon abhalten, Dämonen zu beschwören und sich zu rächen.

Die Leute des Vortrupps hatten sich zu Boden geworfen, als die Geschosse des Onagers den Magier und seine Beschützer niederstreckten. Während sich Eisfell in die Büsche schlug, wurden sie von den Bogen- und Armbrustschützen angegriffen, und es gelang den Piraten, fast die Hälfte von ihnen niederzustrecken, bevor der Rest zu einem Gegenangriff ansetzen konnte. Dabei befanden sich die Talanier in einer deutlich schlechteren Position, da sie sich ohne Deckungsmöglichkeit bergauf bewegen mussten. Neel und Rashid stürmten vor und erhielten Unterstützung durch ihre Schützen sowie die vom Blutfelsen heraneilenden Kämpfer. Ohne Fragen waren die verbliebenen, gut gerüsteten Talanier noch immer eine große Gefahr, aber Neel und Rashid gelang es, eine Bresche in ihre Phalanx zu schlagen. Danach war der Kampf schnell entschieden, und aufseiten der Verbündeten gab es nur zwei Tote und einige Verletzte zu beklagen.

Rashid war am linken Arm verletzt worden, aber es handelte sich lediglich um eine Fleischwunde, die er sich von Neel verbinden ließ. Die Amazone hatte einen kleinen Schmiss an der Wange davongetragen, der eine weitere Narbe ergeben würde, was sie aber wenig kümmerte. Sie tupfte das Blut ab und stillte die Wunde mit Alaun.

»Zieht euch zum Schlupfwinkel zurück!«, befahl Rashid seinen Leuten. »Früher oder später wird es hier von Talaniern nur so wimmeln.«

Während das Gros der Leute Beutestücke einsammelte und dann abzog, fand der Novadi endlich Zeit, sich um den Schwarzmagier zu kümmern.

Aber Zaraldus war verschwunden. Eine Blutspur führte den Felspfad hinab zum Wald.

»Bei Rastullah, er darf nicht entkommen!«, rief Rashid.

9 Der Zauberwald

Phenos,
Ende Tsa 916 BF

Eine ferne Stimme versuchte zu Rhiana durchzudringen.

»... zess ...... ana ...... ört ... mi ...?«

Es dauerte eine Weile, bis es der Prinzessin gelang, sich auf die Geräusche zu konzentrieren. Als Erstes stellte sie dabei fest, dass die Stimme nicht an ihr Ohr drang, sondern in ihrem Kopf ertönte.

»Prinzessin Rhiana ... Hört Ihr mich?«

Zu der Stimme gesellte sich jetzt das Bild einer älteren, schlanken Frau in einem schlichten grauen Gewand. Sie war von zeitloser Schönheit, und ihre Haltung strahlte Unbeugsamkeit und Würde aus.

»Mutter Maruna!«, stieß Rhiana hervor. »Endlich! Ich hatte gehofft, Ihr würdet Euch früher melden. Wir waren in großer Sorge, nicht rechtzeitig zu kommen. Wo seid Ihr?«

Die Frau runzelte die Stirn. »Nicht rechtzeitig kommen? Wollt Ihr uns denn besuchen? Alle würden sich darüber freuen, ganz besonders Eure Freundin Muir. Und ich natürlich. Aber warum fragt Ihr, wo wir sind, wenn Ihr es offensichtlich doch schon wisst? Ich nehme an, die Kauffrau Patrusco hat es Euch mitgeteilt?«

»Aber ...«, stammelte Rhiana. »Mutter Maruna, Ihr selbst habt mir doch gesagt, dass Ihr und die anderen Flüchtlinge von den Thronräubern abgefangen wurdet und nach Talania gebracht werdet sollt!«

»Prinzessin, was redet Ihr da?« Die Druidin schüttelte den

Kopf. »Ich habe nichts dergleichen gesagt. Wie könnte ich auch? Wir haben eine unbewohnte Insel nordwestlich von Talania gefunden, die zum Siedeln geeignet ist. Allen geht es gut, alle sind zufrieden, und viele sprechen schon von einer neuen Heimat. Natürlich liegt viel Arbeit vor uns, und wir werden uns stark einschränken müssen, aber die Kaufherrin hat versprochen, zweimal im Jahr ein Schiff zu senden, um uns mit allem zu versorgen, was uns die Insel nicht bieten kann. Und vor Hogards Talania haben wir keine Angst. Es ist ein schwieriger Seeweg von Talania bis zur Neuen Zuflucht, wie wir die Insel getauft haben. Und außerdem lässt sich die Insel sehr gut verteidigen, und wir haben uns geschworen, jederzeit wachsam zu bleiben.«

»Mutter Maruna, ich freue mich so sehr, dass es Euch und den anderen gut geht!«, stieß Rhiana hervor und schränkte dann ein: »Wenn es denn wahr ist. Wie kann es sein, dass Ihr mir vor einigen Wochen erschienen seid und diese andere Geschichte erzählt habt? Ihr werdet doch nicht etwa vom Flammenbund gezwungen, mir Lügen zu erzählen?«

Die Druidin versteifte sich. »Ihr wisst, dass man mich nicht zwingen kann. Ich würde lieber sterben, als magischen Zwang zu dulden.« Sie dachte kurz nach. »Diese andere Botschaft, die angeblich von mir stammte, muss magisches Blendwerk des Flammenbunds gewesen sein. Versucht Euch bitte zu erinnern, Prinzessin. War irgendetwas anders als sonst?«

Rhiana wollte dies verneinen, aber dann fiel ihr ein, dass es zwei Dinge gab, die ihr an dieser Botschaft aufgefallen waren. »Ihr habt mich geduzt, wie in Kindertagen. Und dann …« Sie zögerte. »Lasst mich bitte in Eure Augen schauen, Mutter Maruna.«

Die Druidin sah Rhiana fest an und wich ihrem prüfenden Blick nicht aus. In den Augen der Druidin stand tiefe Güte und Freundlichkeit, auch eine gewisse Distanz, die Druiden gegenüber jedem einhielten, der nicht selbst diesem besonderem Pfad der Magie folgte – aber ganz bestimmt keine Feindseligkeit.

»Beim letzten Mal glaubte ich etwas Rätselhaftes in Euren Augen zu sehen, das ich als feindselig empfand«, erklärte die Prinzessin. »Ich schob es auf einen versteckten Groll, den Ihr vielleicht gegen mich hegen könntet, weil ich die Flüchtlinge nicht begleitet habe.«

»Rhiana, Mädchen … wie könnte ich jemals gegen Euch einen Groll oder gar Feindseligkeit empfinden? Ihr seid für mich meine geliebte Ziehtochter, und das wisst Ihr. Diese andere Botschaft … Ihr habt die Augen desjenigen gesehen, der sich für mich ausgab – oder zumindest das in ihnen, was er trotz allen Blendwerks nicht unterdrücken konnte. Um was wurdet Ihr in der Botschaft gebeten?«

»Zu den Zyklopeninseln zu reisen, um den Abtransport der Flüchtlinge zu verhindern«

»Dann seid Ihr jetzt im Seekönigreich?«

»Ja.« Irgendetwas in Rhiana wollte der Frage genauer nachgehen, aber die Druidin ließ ihr keine Zeit dafür.

»Hattet Ihr eine angenehme Reise?«, forschte Maruna weiter.

»Überhaupt nicht. Der Flammenbund hat zweimal versucht, mich gefangen zu nehmen, und es gab auch sonst große Not. Ich bin in großer Sorge um Neel, Rashid und die Patrusco-Kinder. Ich weiß nicht, ob sie noch am Leben sind.«

»In diesem Punkt kann ich Euch beruhigen. Als ich Euch vorhin nicht erreichen konnte, versuchte ich, mit Neel Kontakt aufzunehmen. Zwar gelang mir dies nicht, aber ich spürte ihre Gegenwart ebenso wie die von Rashid und den Patruscos.«

Rhiana fiel ein Stein vom Herzen. »Ihr wisst gar nicht, wie glücklich Ihr mich mit dieser Mitteilung macht.«

»Prinzessin, meine Kraft schwindet, und ich kann den Kontakt nicht mehr lange aufrechterhalten. Was die gefälschte Botschaft angeht, scheint der Sinn klar zu sein: Man wollte Euch auf die Zyklopeninseln locken, um Euch für die Zwecke des Flammenbundes zu missbrauchen. Seid weiter auf der Hut vor dem Feind! Ich spüre, dass er sich in Eurer Nähe aufhält.«

Das lange Gespräch schien die Druidin vollständig erschöpft zu haben, denn ihr Bild verblasste rapide und schwand schließlich ganz.

Rhiana schlug die Augen auf und begriff erst jetzt, dass sie sich die ganze Zeit im Halbschlaf befunden hatte. Sie lag auf hartem, nacktem Stein in einer Art Höhle. Bis auf das Licht einer einzigen kleinen Lampe und ein diffuses Schimmern an einer Stelle weiter oben war es dunkel.

Lampe? Schlagartig kehrten die Erinnerungen zurück. Das war keine Lampe, sondern die Heilige Flamme, die jetzt wieder zusammengesunken war. Der Ingrasch-Tempel hatte so harmlos ausgesehen, sich am Ende aber doch als Falle erwiesen. Aber was war mit ihr, Finni und Ulrik passiert? Was war mit dem Tempel passiert?

Als sie sich rührte, hörte sie neben sich die besorgte Stimme der Halbelfe. »Rhiana? Bist du wieder bei dir? Du hast eine Menge geredet, aber wir konnten dich nicht wach bekommen. Du musst geträumt haben.«

»Kein Traum, sondern Maruna ist mir erschienen«, erklärte die Prinzessin. »Ihr und den anderen Flüchtlingen geht es gut, und sie waren überhaupt nicht Gefangene der Talanier. Offenbar war Marunas frühere Botschaft eine Fälschung des Flammenbundes, der mich zu den Zyklopeninseln locken wollte.« Sie wechselte das Thema. »Aber im Moment haben wir gewiss andere Probleme. Kannst du dir erklären, was Ingrasch mit uns gemacht hat?«

Statt Finni antwortete Ulrik, der sich am anderen Ende des

Tempels befand und dort herumtastete. Rhiana nahm ihn nur als undeutlich wahr. »Mit dem Tempel ist etwas passiert«, sagte er. »Er steht leicht schief und scheint so tief in den Boden eingesunken zu sein, dass nur ein Stück der Kuppel herausschaut. Aber wir können uns einen Weg hinausgraben.«

»Wie kann das sein?«, fragte Rhiana ungläubig.

»Während wir schliefen, muss ein Feuerberg ausgebrochen oder sonst etwas Dramatisches passiert sein«, meinte Finni. »Vielleicht haben wir auch Hunderte von Jahren geschlafen, und inzwischen ...«

»Nein«, wurde sie von Rhiana unterbrochen. »Wenn Hunderte von Jahren vergangen wären, hätte Maruna mich nicht erreichen können. Sie wäre dann längst tot, wie all die anderen auch.«

»Dann sind wir nicht mehr auf der Ingrasch-Insel«, behauptete Ulrik.

»Wie kommst du denn auf so was?«, fragte Rhiana erstaunt. Sie hatte sich so weit gesammelt, dass sie zu Ulrik und dem fernen Lichtschein kroch, der von draußen hereindrang.

»Fühl doch mal den Stein an«, forderte der Blonde sie auf. »Er ist rissig, ungleichmäßig, körnig und wirkt irgendwie sehr alt. Der Tempel, den wir betreten haben, wirkte dagegen, als sei er erst vor kurzem errichtet worden. Die Veränderungen können nicht allein durch den Ausbruch eines Feuerberges bewirkt worden sein. Das muss das Werk von Jahrhunderten oder besser Jahrtausenden sein.«

Als die Prinzessin mit der Hand über den Stein strich, musste sie Ulrik Recht geben. Wäre Marunas Botschaft nicht gewesen, hätte sie wie Finni an einen unglaublich langen Schlaf gedacht, der sie weit aus ihrer eigenen Zeit hinausgeführt hatte. »Die Magie der Heiligen Flamme muss uns an einen anderen Ort getragen haben«, sagte sie. »Der Heilige Mann der Pathari hatte Recht mit seinen seltsamen Andeutungen. Ingrasch hat uns auf einem Weg von der Insel geführt, der eines Floßes nicht bedurfte.«

»Aber wo sind wir dann?«, fragte der Blonde und begann damit, mit den bloßen Händen den Stollen zu erweitern, der in nicht allzu steilem Anstieg zu dem Lichtfleck über ihnen führte.

»Offensichtlich in einem anderen, sehr viel älteren Ingrasch-Tempel«, gab Rhiana zur Antwort.

»Und wo genau?«

»Du stellst Fragen!«, mischte sich Finni ein. »Finden wir es doch einfach heraus, bevor Ingrasch es sich wieder anders überlegt.«

Die Frauen halfen Ulrik dabei, den Stollen zu erweitern. Es war einfacher, als die Gefährten dies befürchtet hatten. Der eigentliche Stollen war bereits von anderen gegraben worden und nicht älter als zwanzig oder dreißig Jahre. Die Hauptarbeit bestand darin, die Pflanzen zu beseitigen, die sich im oberen Bereich angesiedelt hatten und den Ausgang versperrten.

Als sie schließlich zur Oberfläche durchbrachen, umfing sie das Licht des frühen Tages, getrübt allerdings durch dichte Wolken, aus denen es auf sie herabregnete. Dichter Wald umgab sie, der die aus dem Boden herausragende Kuppel des Tempels in ein dickmaschiges Netz aus grünen, roten und blauen Ranken und Trieben eingewoben hatte. Wenn es überhaupt noch einen Zweifel gegeben hätte, dass sie den Heiligen Wald auf der Ingrasch-Insel verlassen hatte, dann wäre er beim Anblick ihrer unmittelbaren Umgebung zerstoben.

Nichts erinnerte mehr an den Dschungel, den sie mit so viel Mühe durchquert hatten, der aber dennoch nur ihnen vertraute Pflanzen und Tiere aufgewiesen hatte. Dieser Wald hingegen wirkte wie der geöffnete Rachen eines Raubtiers, das sich daranmachte, die letzten Reste des Tempels zu verschlucken. Es waren sehr merkwürdige Pflanzen, die die Gefährten zu Gesicht bekamen. Am eindrucksvollsten waren etwa fünfzig Schritt hohe Bäume mit einen Spann langen und einen halben Finger breiten Nadeln in allen nur denkbaren Farbschattierungen, die einander eng und dicht wie Zwiebelschalen überwucherten und so dichte Kleider ergaben, dass sie wie Pelze riesiger, pummliger Tiere aussahen. Der Regen perlte an ihnen herab, ohne sie wirklich nass zu machen. Die Nadeln schienen ständig in Bewegung zu sein, wodurch der Eindruck entstand, dass die Bäume sich aufpumpten, um im nächsten Moment wieder in sich zusammenzufallen. Finni berührte die Nadeln eines Baumes. Sie fühlten sich kalt und hart wie Glas an. Wo immer zwischen den Bäumen Platz war, reckten sich fünf oder sechs hohe Riesenpilze mit gewaltigen, in Regenbogenfarben schillernden Lamellenköpfen empor. Hier und da ragten zwischen den pelzigen Pflanzen und den Riesenpilzen von Salz überkrustete weiße Stümpfe aus dem Boden, die abgestorbene Baumriesen sein mochten, aber aussahen, als hätte ein besessener Steinmetz versucht, Säulen aus Kalkstein zu winzigen, sich vielfach verästelnden Treppenkaskaden umzuformen.

Finni war still stehen geblieben und ließ den seltsamen Wald, der nichts glich, was sie kannte, auf sich einwirken. »Magie«, flüsterte sie schließlich. »Um uns herum ist unglaublich viel Magie.«

»Glaubst du, dass uns Gefahr droht?«, fragte Rhiana.

Die zierliche Halbelfe wiegte den Kopf. »Das vermag ich nicht zu sagen. Diese Magie scheint nicht freundlich, aber auch nicht feindlich zu sein. Sie ruht in sich selbst, geht eigenen Zielen nach. Sie nimmt uns wahr, glaube ich, aber sie bereitet keinen Angriff auf uns vor, jedenfalls im Moment nicht.«

»Wird uns der … Wald erlauben, ihn zu durchqueren?«

»Vielleicht. Vielleicht auch nicht. Ich denke, wir interessieren ihn nicht. Aber wenn wir ihn irgendwie in seiner Ruhe stören, kann er sich genauso gut entschließen, etwas gegen uns zu unternehmen.«

»Kann dies eine andere Zyklopeninsel sein?«, wollte Ulrik wissen. »Oder sind wir ganz woanders?«

Rhiana dachte über die Frage nach. Maruna hatte sie davor gewarnt, dass sich der Feind in der Nähe aufhielt. Das deutete darauf hin, dass sie sich weiterhin im Seekönigreich befanden. Sie kramte in ihrem Gedächtnis. Die Lehrer, die sie in der albernianischen Zuflucht unterrichteten, waren als Erwachsene aus Talania geflüchtet und kannten die benachbarten Zyklopeninseln gut. Entsprechend reichhaltig waren ihre Hinweise auf einzelne der Inseln gewesen. Die Hauptinsel Hylailos? Mit Sicherheit nicht. Pailos auch nicht. »Phenos!«, rief sie plötzlich aus. »Auf Phenos gibt es einen so genannten Zauberwald, dem die merkwürdigsten Dinge zugeschrieben werden.«

»Wie der Farindelwald?«, fragte Finni dazwischen, die sich an ihr gemeinsames Abenteuer in dem albernianischen Wald erinnerte.

»Ähnlich, aber doch anders und viel kleiner. Es soll hier Feen, Nymphen, Einhörner und andere magische Kreaturen geben. Vor allem aber gilt der Wald selbst als magisch. Es heißt, dass er sich fortwährend verändert und dem Besucher niemals das gleiche Gesicht zeigt.« Triumphierend fuhr sie fort: »Und noch etwas spricht für Phenos. Die Insel muss einst ein Zentrum der Zyklopen-Kultur gewesen sein. Es gibt zahllose Ruinen, die erhalten geblieben sind. Ein Ingrasch-Tempel auf Phenos wäre deshalb keine Überraschung. Einige wenige Zyklopen sollen übrigens noch auf der Insel leben, und man sagt, sie hätten sich mit Feen angefreundet und seien eine rätselhafte Partnerschaft mit ihnen eingegangen.«

»Bleibt nur zu hoffen, dass sie nicht auch einen Heiligen

Mann haben, der meint, er müsste uns dorthin zurückschicken, woher wir gekommen sind«, sagte Ulrik sarkastisch.

Rhiana gab keine Antwort. Nachdem Maruna ihr mitgeteilt hatte, dass die Flüchtlinge sich nicht in Gefahr befanden, wusste sie eigentlich nicht, was sie im Seekönigreich tun sollte. Nach dem Ersten Schwarzen Auge suchen, dessen Hüter ihr Vater gewesen war? Sie wusste nicht, wo sie mit ihrer Suche beginnen sollte, denn es gab keine konkreten Hinweise. Und der Feind wartete wahrscheinlich nur darauf, dass sie ihm die Arbeit abnahm. Mehr noch, der Flammenbund war hier offenbar eine noch größere Bedrohung als anderswo in Aventurien. Wenn er sie erst einmal aufgespürt hatte, würde er nichts unversucht lassen, sie einzufangen und gefügig zu machen. *Wir könnten längst in Perricum sein und Mortenberg auf die Pelle rücken. Aber wer konnte denn auch ahnen, dass der Flammenbund fähig ist, eine Botschaft von Maruna vorzutäuschen. Bestimmt haben wir das Zaraldus zu verdanken – wenn nicht dem Dragor.*

»Es bleibt uns nichts anderes übrig, als uns dem Zauberwald anzuvertrauen«, sagte sie schließlich. »Ich weiß, dass der Feind hier irgendwo lauert, und wir müssen uns ihm entziehen, bevor er zuschlägt. Außerdem gilt es, Neel, Rashid und die Patruscos zu finden. Maruna hat mir mitgeteilt, dass sie leben. Wahrscheinlich warten sie längst in Rethis auf uns.« Sie wandte sich an Ulrik. »Welche Pläne hast du?«

Der Blonde zuckte die Achseln. »Ich sagte ja, ich will mich im Seekönigreich verdingen, aber anderen Aufgaben bin ich auch nicht abgeneigt.« Fast schien es so, als würde er darauf warten, dass Rhiana ihn bat, bei ihr und Finni zu bleiben. Als die beiden Frauen schwiegen, fuhr er mit grimmigem Humor fort: »Für den Moment ist mein Hauptziel, nicht mehr halb nackt im Regen herumlaufen zu müssen und meinen knurrenden Magen zu besänftigen. Mit anderen Worten: Kleidung,

Waffen und Essen. Da wir aber allesamt nach Rethis wollen, können wir uns sicher auch darauf verständigen, gemeinsam dorthin zu reisen.«

Die Lage bedurfte keiner weiteren Diskussion. Rhiana nickte Finni zu, und diese führte die Gruppe in den seltsamen Wald hinein. Sie fühlte sich hier so fremd wie Rhiana und Ulrik, hatte den beiden jedoch ihre geschärften Sinne und ihr Verständnis für Magie voraus.

Fürs Erste bot der Zauberwald weniger Hindernisse als der Heilige Wald auf der Ingrasch-Insel. Die seltsamen Bäume und die nicht minder seltsamen Salzsäulen standen weit genug auseinander, um daran vorbei einen Weg zu finden, und dieses Mal gab es keine Stacheln und Dornen, die Ulrik malträtierten.

Aber der Wald schien sich stetig zu bewegen, mal zurückzuweichen und mal von beiden Seiten einen Klammergriff zu versuchen. Das beunruhigte die Gefährten, aber der Wald machte keinen ernsthaften Versuch, sie vollends einzuschließen und zu überwältigen. Ihrerseits gaben sie sich große Mühe, allen Hindernissen vorsichtig aus dem Weg zu gehen und keine der Pflanzen durch ihre Schritte oder gar Schwerthiebe zu beschädigen.

Wie stets, wenn sie sich in einem Wald aufhielt, lauschte Finni auf die Geräusche der Natur. Abgesehen von dem glockenhellen Rascheln der sich aufblähenden und zusammenfallenden bunten Nadelbäume blieb es in ihrer unmittelbaren Nähe still. Da der Regen aufgehört hatte, fehlte auch das leise Plingplong der auf die Nadeln treffenden und von ihnen ablaufenden Wassertropfen. Aber in der Tiefe des Waldes, nur den scharfen Ohren der Halbelfe zugänglich, durchschwirrten Dutzende von Geräuschen die Luft. Es waren fremdartige Töne, mit denen Finni nichts Bekanntes verbinden konnte. Aber manchmal sah sie in der Ferne schattenhafte Gestalten, die zwischen den Bäumen dahinhuschten, und sie konnte sich gut vorstellen, dass magische Waldbewohner ihren Weg aufmerksam verfolgten, sie vielleicht ein Stück begleiteten und dabei die ungewöhnlichen Töne erzeugten. Sie spürte, wie einige der Wesen flüchtig ihren Geist streiften, und nicht alle von ihnen waren freundlich gesinnt. Was das für Kreaturen waren, wusste sie nicht, und eigentlich wollte sie es auch nicht wissen.

Sie gewöhnte sich an die Anwesenheit der schattenhaften Begleiter und beachtete sie nicht weiter, während sie sich ihren Weg durch den Wald bahnte.

Sie kamen gut voran, ohne behelligt zu werden. Zwischen den pelzigen Nadelbäumen und den weißen Monumenten waren immer häufiger ganz normale Bäume und Büsche in lebendigem Grün zu entdecken. Finni deutete dies als Hinweis, dass sie sich dem Rand des Zauberwaldes näherten, und schritt schneller aus. Plötzlich jedoch prallte sie zurück und hätte um ein Haar einen spitzen Schrei ausgestoßen. Im allerletzten Moment und mit großer Not zügelte sie ihre Zunge.

»Was ist mit dir, Finni?«, fragte Rhiana die verstörte Freundin.

Die Halbelfe zeigte auf eine weiße Skulptur, die sich auf den ersten Blick kaum von den salzverkrusteten Monumenten unterschied, wenngleich sie wesentlich kleiner war. »Zaraldus«, wisperte sie.

Rhiana und Ulrik drängten sich an ihr vorbei und starrten die Skulptur an. Es handelte sich unverkennbar um den Magier mit seinem protzigen Hut, dem langen Zopf und den stechenden Augen. Aber er stand regungslos da, und sowohl die Kleidung als auch die Haare und die Haut waren mit einer Schicht von Salzkristallen bedeckt. Der Unterleib war mit Dutzenden von Nägeln gespickt, was überaus merkwürdig aussah.

Im ersten Moment glaubte Rhiana, dass der Zauberwald sie

mit einem Trugbild narrte, und sie berührte die Gestalt mit dem Schwert. Der Stahl glitt leise knirschend über die Salzkristalle. Die Prinzessin hielt es immer noch für möglich, dass der Flammenbündler nicht leibhaftig vor ihr stand, aber zumindest gab es da etwas, das ihrem Schwert Widerstand entgegensetzte. »Ist er tot?«, fragte sie.

»Ich würde sagen, er sieht ziemlich tot aus«, meinte Finni, die sich wieder gefasst hatte und die Kleidung des Erzfeindes befühlte. »Zumindest kann er im Moment so wenig zaubern wie ein gesalzener Schinken, mit dem er einige Ähnlichkeit hat. Und seine Kleidung ist so steif wie Wäsche, die man in einer frostigen Nacht auf der Leine gelassen hat.« Sie spuckte vor ihm aus. »Ich hoffe, deine geliebten Dämonen haben deine Seele inzwischen in der Luft zerrissen. Falls du überhaupt eine Seele hattest.«

Ulrik verzichtete darauf, den Magier zu berühren. »Merkwürdig, dass er hier im Zauberwald ist. Ich sah ihn zuletzt auf der *Machartes.*«

»Maruna hat mich davor gewarnt, dass Feinde in der Nähe sind«, sagte Rhiana. »Zaraldus könnte einer von ihnen gewesen sein. Bleiben wir auf der Hut. Wo einer ist, können weitere lauern.«

»Wenn der Zauberwald uns wie bei Zaraldus die Arbeit abnimmt, soll es mir Recht sein«, gab die Halbelfe zur Antwort. »Ich frage mich nur, was in diesem Wald ihm die Nägel in den Leib geschossen hat.«

Irgendwo vor ihnen waren Geräusche zu hören, und plötzlich brach ein Tier aus seiner Lücke zwischen einem Riesenpilz und einem Busch hervor. Ein laut bellendes weißes Fellbündel schoss heran, sprang Rhiana vor die Brust und hätte sie fast umgeworfen. Auf den Hinterbeinen stehend, die Vorderpfoten an ihrem Kettenhemd abgestützt, begann er damit, begeistert ihr Gesicht abzuschlecken.

Der Blonde hatte Anstalten gemacht, den vermeintlichen Angreifer mit dem Messer abzuwehren, aber Finni schlug ihm mit einer blitzschnellen Bewegung den Arm herunter.

»Eisfell!«, jubelte die Prinzessin.

Wieder waren Geräusche zu hören. Das Knacken eines trockenen Zweiges, knirschendes Leder, das Klirren von Metall und Metall. Vor ihnen wurde vorsichtig ein Zweig zur Seite gebogen, und ein Gesicht lugte hervor

»Bei Rastullah, ich wage meinen Augen kaum zu trauen!«, stöhnte die Stimme eines Mannes.

»Bei Rondra, sie sind es wahrhaftig!«, rief die Stimme einer älteren Frau.

Im nächsten Moment rannten Rashid und Neel auf die verdutzten Gefährten zu. Dann wurde es für eine Weile ziemlich laut. Jubelnd und lachend lagen sich die Freunde in den Armen, und sogar Ulrik erhielt von den Neuankömmlingen ein freundliches Schulterklopfen. Neel und Rashid erkannten in ihm sofort den Mann, der von der *Machartes* aus Rhiana hinterhergesprungen war.

»Wenn ihr wüsstet, was wir alles erlebt haben!«, brach es aus Finni hervor.

»Wenn ihr wüsstet, was *wir* alles erlebt haben!«, hielt Rashid dagegen.

»Wir wurden von Delphinreitern gerettet, von Zyklopen bedroht, und die Heilige Flamme Ingrasch hat uns nach Phenos gebracht!«

»Ach, das ist doch gar nichts, kleiner Dschinn! Die *Bunte Seekuh* ist gesunken, aber wir wurden von untoten Piraten wundersam gerettet. Wir waren auf ihrem löchrigen Geisterschiff, und der Kapitän hatte einen Nagel im Kopf! Und weißt du, wie er hieß? Rastidos!«

»Unsinn, der Pirat mag eine Menge Macken haben, aber einen Nagel im Kopf habe ich nicht bemerkt«, erklärte Finni.

»Ach, der doch nicht. Ich rede von seinem Großväterchen.«

»Der Großvater von Rastidos lebt noch?«

»Nicht unbedingt, aber er macht so was Ähnliches. Jedenfalls brüllt er noch ganz schön herum, obwohl er wegen des Nagels immer am Mast stehen muss, egal wie kalt es ist und wie sehr es zieht. Immerhin kann sein Hut nicht wegwehen. Und seine nackte Konkubine hat er uns auch gezeigt. Als sie noch jung war. Jetzt hat sie auch einen Nagel im Kopf. Und eigentlich ist Rastidos I. auch nicht der Großvater, sondern ein Urahn des jetzigen Rastidos.«

»Rashid, wie viel Rauschgurken hast du eigentlich in dich hineingefuttert?«, mischte sich Rhiana ein.

»Keine Einzige, edelste aller edlen Rosen, ich schwöre es bei Rastullah!«, versicherte der Novadi.

Neel hatte sich als Erste wieder der Umgebung zugewandt und entdeckte den versteinerten Zaraldus. »Da ist der Affenzauberer ja endlich. Seinetwegen sind wir in den Zauberwald eingedrungen, und Eisfell hat uns geführt.« Sie betrachtete den Magier genauer. »Wie es aussieht, hat Zaraldus sein verdientes Ende gefunden.«

»Irgendetwas hat ihn zu einem Stachelschwein gemacht«, fügte Finni hinzu.

»Das war Shoshon mit einem umgerüsteten Onager«, erklärte Rashid stolz und erzählte mit knappen Worten die Ereignisse vom Vorabend. »Als wir entdeckten, dass Zaraldus trotz seiner Verletzungen im Zauberwald verschwunden war, entschlossen wir uns, die Nacht abzuwarten und ihm dann zu folgen. Es ist Rastidos und seinen Piraten übrigens tatsächlich gelungen, zwei der talanischen Schiffe zu verbrennen und die anderen beiden in Besitz zu nehmen.«

»Und die talanischen Truppen, von denen du erzählt hast?«, fragte die Prinzessin.

»Sind nach Südwesten marschiert.«

»Wir müssen also weiterhin mit ihnen rechnen.« In Rhianas Gesicht zeichnete sich Besorgnis ab. »Dann sollten wir uns beeilen, zum Schlupfwinkel der Piraten zu gelangen.« Sie schaute Neel an. »Wie weit ist den Piraten zu trauen?«

»Piraten kann man niemals vertrauen«, erwiderte die alte Amazone. »Aber immerhin hat Rastidos einigen guten Willen bewiesen, und ich glaube nicht, dass er uns im Regen stehen lässt. Er hat angeboten, uns nach Rethis zu bringen, und ich glaube, bei aller Vorsicht, dass er das auch tun würde. Immerhin scheint er die talanischen Thronräuber zu hassen und steht deshalb auf Eurer Seite und der Seite der Flüchtlinge.«

Der Prinzessin nutzte die Gelegenheit, den beiden von ihrem Kontakt mit Maruna zu erzählen.

»Ich ahnte so etwas«, sagte Neel grimmig, als sie erfuhr, dass man ihnen eine Falle gestellt hatte.

Rhiana ging im Kopf herum, dass der Thronräuber Hogard vier Schiffe mit gut zweihundert Bewaffneten nach Phenos geschickt hatte. Laut dem Novadi meinte der Piratenkapitän Rastidos, man wolle damit den Seekönig so sehr unter Druck setzen, dass er die Despoten in Talania anerkannte. Sie selbst war anderer Meinung.

Während die Gefährten unter Eisfells und Finnis Führung dem östlichen Rand des Zauberwalds zustrebten, sagte sie zu Neel: »Mal angenommen, Ihr wäret Palamydas …«

»Ich kann mich nur schlecht in einen Mann hineinversetzen«, gab die Amazone harsch zur Antwort.

»Sollt Ihr ja auch gar nicht. Stellt Euch vor, Ihr wäret Königin dieses Inselreichs. Was würdet Ihr tun, wenn ein Nachbarreich, mit dem Ihr verfeindet seid, zweihundert Soldaten schickt, Euch gefangen nimmt und von Euch verlangt, gewisse Forderungen zu erfüllen?«

»Ha!«, stieß die alte Amazone aus. »Zu einer Gefangennahme würde ich es gar nicht erst kommen lassen. Ich würde versuchen, möglichst viele von ihnen in Stücke zu hauen, bevor sie mich in Stücke hauen.«

Rhiana seufzte. »Rashid, sag mir, was du anstelle von Palamydas tun würdest. Und erzähl mir bitte nicht, du würdest möglichst viele der Gegner in Stücke hauen, bevor sie dich in Stücke hauen.«

Der Tulamide sah sie mit funkelnden Augen an. »Bei Rastullah, es ist aber so, allerschönste Seerose unter den schönsten Seerosen.« Dann besann er sich und fügte hinzu: »Ich würde es als Kriegserklärung betrachten. Egal, was ich denen unter Druck zusagen oder unterschreiben würde – hinterher wäre es für mich null und nichtig.«

»Genau das ist auch meine Einstellung«, sagte Rhiana. »Und ich meine, jeder würde so denken. Hogard wird nicht ernsthaft glauben können, auf diese Weise etwas zu erreichen.«

»Aber die Talanier sind nun mal hier«, stellte die alte Amazone fest. »Was wollen sie dann? Krieg gegen das Seekönigreich führen? Dazu reichen zweihundert Soldaten bei weitem nicht. Und das Mittelreich würde ohnehin nicht zulassen, dass das Seekönigreich an Talania geht.«

»Genau das habe ich mir auch überlegt«, antwortete die Prinzessin. »Doch dann habe ich mir klargemacht, dass es ja eigentlich nicht die Talanier sind, die etwas vom Seekönigreich wollen, sondern dass der Flammenbund dahinter steckt. Und der Flammenbund führt keine offenen, sondern versteckte Kriege. Ich weiß nicht, was die Pyrdacor-Kultisten sich ausgedacht haben, aber ich bin überzeugt davon, dass sie im Seekönigreich genau das versuchen, was ihnen in Albernia misslungen ist: Die Macht zu erringen.«

»Und das bedeutet?«, wollte Neel wissen.

»Dass wir eigentlich versuchen müssten, die talanischen Truppen an dem zu hindern, was sie vorhaben – was immer es auch sein mag.«

»Wir sind zu schwach, um uns mit ihnen anzulegen«, stellte die alte Amazone nüchtern fest.

»Wenn die Piraten uns helfen würden ...«, begann Rhiana.

»Die Söhne der Wasserwüste sind zu schlau, um einen aussichtlosen Kampf zu beginnen«, warf der Novadi ein.

Neel beachtete ihn nicht und beendete den Satz der Prinzessin. »... wären wir immer noch viel zu wenige. Rastidos hat fünfzig, höchstens sechzig Leute, und die sind vielleicht gut im Enterkampf, aber gut gerüsteten Landsoldaten hoffnungslos unterlegen. Wir tun gut daran, uns herauszuhalten. Was immer der Flammenbund auf Phenos vorhat, wir werden es nicht verhindern können.«

»Wir könnten versuchen, König Palamydas zu warnen«, meinte Rashid.

»Wenn du im Tal hockst und eine Lawine auf dich zurollt, wird dich die Warnung vor der Lawine nicht mehr retten«, widersprach ihm Neel. »Palamydas hockt im Tal. Und die Lawine rollt bereits.«

Finni hatte sich aus alledem herausgehalten und sich ganz auf ihre Sinne konzentriert. Obwohl die Umgebung sich immer mehr in einen ganz normalen Wald verwandelt hatte, spürte sie immer noch die Magie des Zauberwalds. Die Zahl der schattenhaften Wesen am Rande ihres Wahrnehmungsbereichs hatte sich deutlich verringert, aber einige von ihnen begleiteten sie nach wie vor. Aber plötzlich hörten ihre scharfen Ohren etwas anderes, das offenbar nichts mit dem Zauberwald zu tun hatte. Sie wandte sich zu den Gefährten um. »Seid mal einen Moment still!«

Sofort verstummten die Gespräche.

Die spitzen Ohren der kleinen Halbelfe konnten die fernen Geräusche jetzt besser auffangen, und es machte Finni keine Mühe, sie zuzuordnen. Sie zeigte nach Süden. »Dort wird gekämpft. Dutzende von Bewaffneten schlagen aufeinander ein.«

»Dann ist die Lawine schon angekommen«, stellte Neel bitter fest. »Sehen wir zu, dass wir uns aus ihrer Bahn retten.«

Die Gefährten setzten sich in Trab. Sie folgten keinem klar erkennbaren Weg, aber der Wald war bei weitem nicht so unzugänglich wie der Dschungel auf der Ingrasch-Insel. Es machte ihnen keine Mühe, im Laufschritt der von Eisfell und Finni vorgegebenen Richtung zu folgen. Diese Richtung war der Osten und nicht der Süden der Insel. Während sie leichtfüßig dahineilte, lauschte Finni den Kampfgeräuschen nach, aber diese verklangen, mindestens eine Meile entfernt, hinter den dichten Bäumen. Vor ihnen lockte bereits ein blauer, nicht länger durch Baumwipfel verstellter Himmel.

Trotzdem schien eine kleine Ewigkeit zu vergehen, bis sie den Waldrand erreicht hatten. Eisfell knurrte leise, und Finni beugte sich leicht nach vorn, um nach ihm zu sehen. Die Bewegung rettete ihr das Leben. Ein Pfeil schwirrte heran und bohrte sich genau an der Stelle in den Baum hinter ihr, an der sich eben noch ihr Kopf befunden hatte.

»Feinde!«, zischte sie den anderen zu, während sie sich zu Boden warf.

Rhiana, Neel, Rashid und Ulrik folgten sofort ihrem Beispiel und gingen in Deckung. Weitere Pfeile jagten durch die Luft und schlugen irgendwo im Grün ein, ohne einen der Gefährten zu treffen. Rhiana robbte zu der Stelle, wo Finni kauerte, und versuchte, sich einen Überblick zu verschaffen. Auf den ersten Blick sah sie nur Gras, Büsche und vereinzelte Bäume, dahinter ansteigende Felsen. Als sie ein Stück weiter kroch, sich hinter einem Felsbrocken verschanzte und daran vorbeispähte, entdeckte sie flüchtige Bewegungen weiter oben im Felsgürtel. »Ich sehe drei Bogenschützen«, rief sie den anderen leise zu. »Sie liegen gut geschützt in einer idealen Position, um den Waldrand zu beobachten und Herauskommende mit Pfeilen einzudecken.« Sie lugte an der anderen

Seite des Brockens vorbei und erschrak. »Die Bogenschützen sind der kleinere Teil des Problems«, fuhr sie fort. »In den Felsen zur Rechten gibt es knapp zwanzig gut gerüstete Soldaten mit Schilden, Hieb- und Stichwaffen. Sie formieren sich gerade und haben zweifellos die Absicht, uns einen Kampf aufzuzwingen.«

Die Bogenschützen hätten sie umgehen können, aber die anderen Soldaten stellten eine ernsthafte Gefahr dar. Außer Rhiana waren nur Neel und Rashid gut gerüstet, während Finni und Ulrik dem Feind fast schutzlos gegenübertreten oder flüchten mussten.

Neel und Rashid gesellten sich zu der Prinzessin.

»Also haben die Talanier doch ein paar Leute an der Küste zurückgelassen«, sagte Neel.

»Vielleicht sind es auch Überlebende von den Schiffen«, meinte Rashid. »Als wir vorhin in den Wald eingedrungen sind, waren sie jedenfalls noch nicht da.«

»In offener Feldschlacht können wir die nicht bezwingen«, sagte Rhiana. »Was schlagt ihr vor? Zurück in den Wald und es an einer anderen Stelle versuchen?«

Neel schüttelte den Kopf. »Sie wissen jetzt, dass es uns gibt, und werden wachsam sein. Und wir haben nur auf einer Länge von zweihundert Schritt Zugang zu dem Felspfad, der zum Schlupfwinkel der Piraten führt. Ich bin dafür, sie herankommen zu lassen und es mit ihnen aufzunehmen.«

»Neel, jeder von uns dreien müsste es mit sechs Feinden aufnehmen«, protestierte Rhiana. »Das überleben wir nicht.«

»Wenn wir es geschickt anstellen, reiben wir sie auf«, beharrte die Amazone. »Wir ziehen uns ein Stück in den Wald zurück und gehen in weitem Halbkreis in Position. Wir greifen einzeln an, blitzartig, aus dem Hinterhalt, und ziehen uns genauso schnell wieder zurück. Jeder behält seinen Nachbarn im Auge und hilft ihm, wenn er in Bedrängnis gerät. Selbst

Finni und der Blonde können uns dabei mit ihren Messern helfen.«

»Rashid?«, fragte die Prinzessin den Tulamiden.

»Kein Problem damit«, meinte dieser. »Diese Art zu kämpfen liegt mir. Außerdem bleibt uns wohl kaum eine andere Wahl, wenn wir nicht tief in den Wald hineinflüchten und dort ausharren wollen, oder?«

»Gut«, sagte Rhiana. »Dann machen wir es so, wie Neel es vorgeschlagen hat.«

Behutsam zogen sich die Gefährten zurück und suchten sich geeignete Position hinter Buschwerk, Bäumen oder Felsbrocken. Sie lauschten zum Waldrand hin, aber die Talanier ließen sich Zeit. Der Rückzug der vermeintlich leicht zu erlegenden Jagdbeute passte ihnen offensichtlich nicht ins Konzept. Sie hätten es lieber gesehen, die Gefährten im Freien zu stellen, wo sie zugleich den Bogenschützen gute Ziele geboten hätten.

»Wahrscheinlich begreifen sie, dass die Bogenschützen besser noch ein wenig mit dem Abschuss der Pfeile gewartet hätten«, rief Neel leise der Prinzessin zu, die sich in ihrer Nähe versteckt hielt. »So haben sie uns nur gewarnt.«

»Der Fehler ist zum Glück nicht mehr zu ändern«, gab Rhiana zurück. »Aber ich denke, sie zögern auch, weil sie nicht wissen können, wie viele wir sind.«

Draußen, auf dem Felsgürtel an der Küste, ertönte plötzlich lautes, kriegerisch klingendes Geschrei. Geröllbrocken lösten sich und rollten scheppernd die Hänge hinab bis in den Wald hinein.

»Was ist da los?«, fragte Finni auf der anderen Seite von Neel.

»Bei Rastullah, das können nur die Piraten sein!«, rief Rashid.

»Oder es sind Verstärkungen für die Talanier eingetroffen«, meinte Finni. »Ich schau mir das an!«

Bevor jemand Einwände erheben konnte, wieselte die Halbelfe geräuschlos davon. Sie kehrte an den Platz zurück, wo der Pfeil im Baum von dem überraschenden Angriff der Talanier Zeugnis ablegte. Diesmal war sie vorsichtiger, als sie aus der Deckung robbte und zum Felsgürtel hinaufspähte. Sie formte die Hände zu einem Trichter und rief den Gefährten zu: »Rashid hat Recht! Piraten sind in den Klippen und machen die Bogenschützen nieder!«

»Das müssen wir ausnutzen!«, entschied Rhiana. »Los, wir greifen in den Kampf ein!«

Die Gefährten rannten aus dem Wald und sahen sich um. In den Klippen wurde gekämpft. Mindestens zehn Piraten hatten die Nester der Bogenschützen von der Seeseite her angegriffen, die Bogenschützen überrascht und überwältigt. Jetzt wandten sie sich den restlichen Talaniern zu und besaßen dabei den Vorteil, aus der Höhe zu kommen. Trotzdem war der Angriff der Piraten todesmutig, denn die Talanier waren zahlenmäßig überlegen und bildeten eine geschlossene Phalanx, die wie eine stählerne Mauer aus Schilden, Helmen, Brustpanzern, Kettenhemden und Klingen aussah.

Obwohl die Gefährten die Bogenschützen nicht mehr fürchten mussten, bildeten sie ebenfalls eine eng zusammengeschlossene Gruppe. Rhiana, Neel und Rashid schirmten dabei Finni, Ulrik und den geduldig mittrottenden Eisfell ab. Sie kamen nur langsam voran, da sie sich auf stetig ansteigendem Felsboden voranarbeiten mussten.

»Für den toten König Arlos! Für Talania!«, schrie die Prinzessin den Feinden entgegen. Ihr Ruf drang bis zu den höchsten Klippen empor.

Die Piraten rissen Waffen oder auch nur nackte Fäuste in die Höhe und stimmten in den Ruf ein. »Für den toten König Arlos! Für Talania!«

Spätestens jetzt hatten die talanischen Soldaten den neuen

Gegner entdeckt. Sie erkannten die Gefahr, in die Zange genommen zu werden, aber auf dem engen Felspfad gab es für sie keine Möglichkeit, sich in der gebotenen Eile in eine vorteilhaftere Position zu begeben. Stattdessen lösten sie die den Piraten zugewandte Phalanx auf und bildeten Rücken an Rücken eine Doppelreihe. Je acht Soldaten versuchten dem Angriff der Piraten und der Gefährten zu begegnen, indem sie ihnen die Schilde und Waffen zukehrten. Das sah nach einer eingeübten Formation aus, die durchaus Sinn ergab. Trotzdem war es für den Moment eine Fehlentscheidung. Da die Gefährten noch mindestens hundert Schritt entfernt waren und einen schwierigen Weg vor sich hatten, wäre es aus Sicht der Talanier eigentlich klüger gewesen, erst gemeinsam die Piraten abzuwehren und sich dann dem zweiten Gegner zuzuwenden.

Rhiana war zufrieden, dass sie mit ihrem Kampfruf ihr Ziel erreicht hatte, die Talanier zu verunsichern und ihre Phalanx aufzubrechen. Trotzdem wurde sie wie auf der *Bunte Seekuh* von zwiespältigen Gefühlen beherrscht. Die Soldaten, mit denen sie kämpfen musste, waren Talanier, einige von ihnen genauso blond wie sie selbst, andere rot- oder dunkelhaarig, ganz wie es den verschiedenen Einwanderungswellen im Inselreich entsprach. Unter anderen Umständen hätten diese Leute vielleicht als treue Gefolgsleute ihrem Vater gedient. Nicht jeder von ihnen würde dem neuen König Hogard mit Leib und Seele ergeben und noch weniger ein Flammenbündler sein, sondern nur seine Pflicht – oder das, was er dafür hielt – erfüllen. Umgekehrt waren die Piraten, die Kapitän Almiratis und viele andere tapfere Seeleute getötet und Setana bedroht hatten, plötzlich zu Verbündeten geworden, die ihr Leben in die Waagschale warfen, um es dem verhassten Despoten Hogard zu zeigen. Aber so war es nun mal in einem Krieg. Und dies war ein Krieg.

»Da ist Rastidos!«, rief Neel und zeigte auf eine Gestalt mit einem prächtigen Hut, der gerade auf den Klippen erschienen war und seine Leute anfeuerte. Hinter ihm drängten sieben oder acht weitere Piraten heran. Das Wissen um Verstärkungen aus der Bucht, in der die eroberten Schiffe ankerten, mochte die erste Reihe der angreifenden Piraten beflügelt haben.

»Die Piraten sind erstaunlich gut gerüstet«, stellte Rhiana fest, während sie mit den Gefährten zum Felsgürtel hinaufeilte, so schnell der mühsam zu bewältigende Weg es erlaubte. Es waren immer noch überwiegend bunt gekleidete, wild und verwegen aussehende Gestalten, die meisten mit Kopftüchern und Hüten, einige halb nackt, die auf die Talanier eindrangen, aber etliche hatten Helme, Schilde und Brustpanzer angelegt.

»Beutestücke vom letzten Kampf«, erklärte die alte Amazone schnaufend. »Es wundert mich, dass sie die benutzen, denn meistens vertrauen Piraten doch mehr auf ihre Schnelligkeit als auf Rüstungen.«

»Der Sohn der Wasserwüste wird ihnen klargemacht haben, dass an Land anders gekämpft wird als auf See«, meinte Rashid.

Von den Piraten wurden erste Wurfsterne, Speere und Messer gegen die talanischen Soldaten geschleudert, richteten aber keinen erkennbaren Schaden an. Wenig später erreichten die ersten Piraten die Phalanx der Talanier und hieben mit Entermessern, Beilen, Säbeln und Schwertern auf die Feinde ein. Die Talanier taten sich schwer mit der Wildheit und dem Todesmut, mit denen die Piraten auf sie eindrangen. Offenbar waren sie bislang nur Gegner gewohnt, die wie sie selbst kämpften und sich im Zweifelsfall lieber schützten, statt ungeschützt einen Angriff vorzutragen. Hinzu kam, dass die Piraten keine soldatische Ausbildung absolviert hatten und keinen eingeübten Kampfmustern folgten. Sie hieben einfach nach allem, was ungeschützt war und einen Treffer versprach: Köpfe, Hälse, Arme, Hände, Beine oder Füße.

Drei der Soldaten gingen zu Boden, während nur ein Pirat tödlich getroffen wurde. Die Piraten stachelte der Erfolg noch mehr an. Ein Hüne mit einer langen Axt enthauptete einen Talanier, der ihm den Rücken zukehrte.

»Schneller!«, keuchte die alte Amazone. »Ich will mir nicht sagen lassen, dass die Piraten für uns die Kastanien aus dem Feuer geholt haben! Für Rondra! Schwert für Gerechtigkeit!«

Der Anstieg des Felspfades war jetzt weniger steil. Das letzte Stück des Weges legten die Gefährten rennend zurück. Sie trafen fast zeitgleich mit Kapitän Rastidos und der von ihm angeführten Verstärkung ein.

Jetzt war das eingetreten, was die Talanier befürchtet hatten, aber letztendlich nicht vermeiden konnten: Sie wurden von zwei Seiten in die Zange genommen. Rastidos und Neel griffen fast gleichzeitig in den Kampf ein, und beide streckten ihre Gegner nach wenigen parierten Hieben nieder. Rashid fand mit seinem Rapier einen Weg an dem Schild und dem Kettenhemd eines Soldaten vorbei und versenkte die Waffe im Hals des Feindes.

Rhiana hatte sich den Schild eines Gefallenen gegriffen und lieferte sich ein hitziges Duell mit einer großen, stämmigen Frau, die offenbar die Anführerin des Trupps war und mit ihrem Schwert unglaublich hart zuschlagen konnte, viel härter als die Prinzessin. Offenbar hatte die Gegnerin eine gute Schulung als Kämpferin genossen und sich in zahlreichen Gefechten bewährt, denn sie kannte jede Finte, die Rhiana versuchte, blockte Schläge in Serie ab und nutzte jede Gelegenheit, selbst anzugreifen.

Der nächste Schlag war so hart, dass Rhiana das Heft des Schwertes aus der Hand gerissen wurde. »Für König

Hogard!«, brüllte die Frau und holte zum entscheidenden Schlag gegen die Prinzessin aus, deren Schild in der Linken zu tief hing, um ihn noch abblocken zu können.

Der Name des verhassten Thronräubers bewirkte, dass in Rhiana die Wut aufkochte und zusätzliche Kräfte freisetzte. Sie rammte den schweren Schild von unten gegen das Kinn der bereits triumphierend grinsenden Frau und sprang unter dem herabsausenden Schwert nach vorn. Der Kopf der Feindin wurde zurückgerissen, und der Schwerthieb streifte nur Rhianas Kettenhemd. Die Frau war sichtlich benommen, ging aber nicht zu Boden, sondern setzte zu einem neuen Hieb an. In diesem Moment flog ein Schatten an der Prinzessin vorbei, und wenig später senkte sich Finnis Dolch in den Hals der Feindin. Obwohl ihr das Blut aus der Wunde quoll, gab die Frau noch immer nicht auf, schüttelte die Halbelfe wie ein lästiges Insekt ab und wandte sich wieder Rhiana zu. Dieses Mal gab es für die Prinzessin keine Möglichkeit auszuweichen. Doch der Hieb erreichte sie nicht. Eine andere Klinge blockte ihn ab. Der immer noch halb nackte, aber inzwischen mit Schwert und Schild bewaffnete Ulrik stand plötzlich zwischen Rhiana und der Feindin. Finni nutzte die Gelegenheit, den Dolch noch ein Mal gegen die Frau zu führen, und diesmal fand er die Kehle. Endlich ging die Frau zu Boden.

»Danke, Finni! Danke, Ulrik!«, rief Rhiana, rappelte sich auf und bewaffnete sich neu. »Wenn ich euch nicht hätte!«

»Freundinnen müssen zusammenhalten, oder?«, meinte die Halbelfe.

»Entschuldige, dass ich so spät eingegriffen habe«, sagte der Blonde, »aber der frühere Besitzer des Schwertes wollte es nicht so ohne weiteres hergeben.«

Der Kampf neigte sich unverkennbar dem Ende entgegen. Nur noch fünf Talanier waren in der Lage, sich zu wehren, und ihnen stand eine Übermacht entgegen.

»Ergebt euch, wenn euch euer Leben lieb ist!«, rief die Prinzessin den verbliebenen Feinden zu, obwohl sie in Sorge war, dass die Piraten nicht darauf aus waren, Gefangene zu machen.

Die Soldaten warfen ihre Waffen fort.

Rastidos herrschte seine Leute an, als einige von ihnen noch immer auf die sich nur noch mit Schilden schützenden Feinde eindrangen. Murrend gehorchten die Piraten, ließen es sich aber nicht nehmen, die Gefangenen ebenso wie die Gefallenen nach Wertgegenständen zu durchsuchen. Auch die meisten Kleidungsstücke fanden Interessenten. Dann wurden die halb nackten Gefangenen gefesselt und an Ort und Stelle zurückgelassen.

Der Piratenkapitän kam mit blutverschmiertem Säbel zu Rhiana, steckte die Waffe in die Scheide und verbeugte sich leicht. »Ich bin entzückt, Euch wieder zu sehen, Prinzessin Rhiana von Talania – oder besteht Ihr darauf, weiterhin Turibai Montas genannt zu werden.«

»Woher wisst Ihr …«

»Die Umstände haben es ergeben.«

Rhiana nickte und sah Rastidos an. Nach dem, was auf der Karavelle passiert war, wollte und konnte sie ihm kein Lächeln schenken, aber sie war ihm etwas schuldig. »Ich danke Euch für das, was Ihr für mich und meine Gefährten getan habt.«

»Es war mir ein Vergnügen, Prinzessin.«

»Warum habt Ihr es getan? Ich kann Euch nicht dafür bezahlen.«

Rastidos grinste. »Ich habe andere Geldquellen aufgetan. Reiche Verwandte, wenn Ihr versteht. Euch hingegen will ich nicht für Geld dienen, Prinzessin. Ich tat es für das Talania Eures Vaters und für Eure Schönheit.«

Jetzt gestattete sich Rhiana doch ein kleines Lächeln. »Dann danke ich Euch noch einmal im Namen des toten König Arlos. Bleibt es bei Eurem Angebot, uns nach Rethis zu bringen?«

»Ja, natürlich«, sagte Rastidos. »Meine Schiffe liegen in der Bucht bereit.«

»Dann werden wir nicht zögern, es anzunehmen.« Sie wandte sich Finni zu. »Was ist mit den anderen Talaniern, die irgendwo im Süden gekämpft haben?«

»Es ist nichts mehr von ihnen zu hören«, antwortete die Halbelfe.

»Dann sind sie zu weit weg von uns, oder der Kampf ist beendet.«

Finni zuckte die Schultern. »Wahrscheinlich beides.«

»Aber früher oder später werden sie zurückkehren. Wir haben hier nichts mehr zu tun und beeilen uns besser, zu den Schiffen zu gelangen.«

Die ersten Piraten waren bereits abgezogen, die meisten von ihnen mit Waffen, Rüstungen und Kleidungsteilen beladen. Die anderen rafften die letzten Dinge zusammen, die von Wert zu sein schienen, und machten sich ebenfalls auf den Weg. Rastidos schloss sich seinen Leuten an.

Die Prinzessin sammelte die Gefährten um sich. »Gehen wir, bevor uns weitere unliebsame Überraschungen blühen.« Sie wandte sich den Klippen zu.

»Warte, Rhiana!«, rief Finni. Als Rhiana sich umdrehte, zeigte die Halbelfe in die Ferne, wo sich ein Pfad am Wald vorbei gen Südwesten schlängelte. »Da kommen zwei Reiter.«

Die Gefährten verharrten und starrten den Pfad entlang. Tatsächlich waren dort zwei Pferde zu sehen, die sich in verhaltenem Trab näherten. Unwillkürlich griffen die Gefährten zu ihren Waffen. Finni, die sich einen Bogen und einen gefüllten Pfeilköcher beschafft hatte, nahm den Bogen und legte einen Pfeil auf. Wenig später ließ sie den Bogen jedoch wieder sinken. »Es ist nur ein alter Mann ohne Rüstung und Waffen. Und auf dem Pferd sitzt ein Junge, der verletzt zu sein scheint.«

»Alte Männer und scheinbar verletzte Jungen müssen nicht harmlos sein«, wandte Neel ein. »Was ist, wenn es sich um Magier handelt, die der Feind vorgeschickt hat?«

»Finni? Rashid? Ulrik?«, fragte Rhiana die Freunde.

»Magier sehen anders aus«, behauptete die Halbelfe.

»Du siehst auch nicht wie eine Magierin aus, kleiner Dschinn, und bist es doch«, sagte der Novadi, zuckte dann aber die Achseln. »Aber ich bin neugierig. Warten wir noch.«

»Ich renne nur davon, wenn es unbedingt sein muss«, meinte Ulrik. »Außerdem wurde dort hinten gekämpft, oder? Es könnten Flüchtlinge sein.«

»Ja«, gab ihm Rhiana Recht. »Vielleicht brauchen sie Hilfe.«

Die Reiter waren inzwischen nahe genug, um Einzelheiten ausmachen zu können. Der vordere Reiter schien uralt zu sein, besaß ein würdiges, offenes Gesicht, das von langen weißen Haaren und einem nicht minder langen weißen Bart eingerahmt wurde, und trug Lodenkleidung. Er winkte ihnen zu und schien sie damit zu bitten, auf seine Ankunft zu warten. Der Junge erwies sich als zartgliedriger Jüngling, dessen Haar schwarz gelockt und dessen hübsches Gesicht schmerzverzerrt war. Seine Kleidung aus dunkelrotem Samt sah kostbar aus.

Niemand der Gefährten glaubte noch, dass ihnen von diesen Reitern Gefahr drohte, aber sie blieben wachsam.

Der alte Mann zügelte sein Pferd ein Stück unter ihnen, etwa dort, wo sie vorhin den Wald verlassen hatten. »Ich bin der Königliche Rat Kiral Ninaios, und ich bringe Euch den verletzten König Palamydas«, rief er zu ihnen hinauf. »Bitte helft uns, Prinzessin Rhiana! Wir schaffen es nicht zu Euch hinauf.« Nach kurzer Überlegung fügte er hinzu: »Seid unbesorgt, Euch droht keine Gefahr. Der Feind hat unsere Flucht noch nicht entdeckt und ist uns nicht auf der Spur.«

Rhiana wandte sich den Gefährten zu. »Neel, Rashid und Ulrik, ihr bleibt hier und behaltet die Gegend im Auge. Finni, du kommst mit mir. Vielleicht kannst du dem verletzten König helfen.«

Die beiden Frauen machten sich an den Abstieg. Der alte Mann war inzwischen mühsam vom Pferd geklettert und erwartete sie mit einem warmherzigen Lächeln. Er machte Anstalten, vor Rhiana niederzuknien, aber die Prinzessin griff seinen Arm und hinderte ihn daran.

»Prinzessin Rhiana von Talania«, sagte Ninaios mit tränenerstickter Stimme. »Ich bin so froh, Euch am Ende meines Lebens noch begegnen zu dürfen.« Er ließ sich nicht davon abhalten, ihre Hand zu küssen.

»Was immer Ihr gehört habt, Rat Ninaios«, meinte Rhiana bewegt und zugleich beschämt. »Ich bin nichts weiter als die macht- und mittellose Tochter von König Arlos, der erst den Thron und dann das Leben verloren hat.« Nach einer kleinen Pause fügte sie hinzu: »Woher kennt Ihr mich?«

»Das ist eine lange Geschichte«, seufzte der alte Mann.

»Erzählt sie mir.«

»Das will ich gerne tun, aber wenn Ihr mir zuvor vielleicht helfen würdet …« Er deutete auf den Jüngling, der bisher geschwiegen hatte. »Wir müssen ihm vom Pferd helfen. Er schafft es nicht allein.«

»Verzeiht unsere Unaufmerksamkeit«, gab Rhiana verlegen zur Antwort. Sie trat zum Pferd des Königs. »Hoheit?«

Der Jüngling lächelte nur gequält.

»Er ist kaum noch bei Bewusstsein«, erklärte Ninaios. »Vorsichtshalber habe ich ihn sogar auf dem Pferd festgebunden.«

»Finni, bitte hilf mir«, rief Rhiana.

Die beiden Frauen lösten die Ledergurte, mit denen der Körper des Königs fest mit dem Pferd verzurrt war. Palamydas hatte nicht die Kraft, sich oben zu halten, und rutschte aus dem Sattel, aber Rhiana fing ihn auf und bettete ihn vorsichtig im Gras. *Was für ein hübscher Junge*, dachte sie, als er in ihren

Armen ruhte und die Augen schloss. Sie bemerkte, dass die Kleidung am Bauch blutdurchtränkt war. Laut sagte sie: »Wie schwer ist er verletzt?«

»Einer der Talanier hat aus nächster Nähe mit einer Armbrust auf ihn angelegt. Bauchschuss. Der Bolzen ist auf dem Rücken wieder ausgetreten.«

»Finni, kannst du …«, begann Rhiana.

Der alte Mann winkte ab. »Ich habe ihn schon verbunden, und mehr ist im Moment nicht zu tun. Mein König würde sich selbst für Eure Fürsorge bedanken, aber dazu ist er leider nicht in der Lage. Vielleicht wird er es später einmal nachholen.«

»Was bedeutet der Anschlag auf König Palamydas?«, fragte die Prinzessin. »Krieg zwischen dem Seekönigreich und Talania?«

»Nein«, gab Ninaios zur Antwort. »Die Talanier sind nur ein Werkzeug in den Händen des Flammenbundes und …«

»Ihr wisst über den Flammenbund Bescheid?«, unterbrach ihn Rhiana überrascht.

»Allerdings. Die Flammenrätin Charazzar wurde nach Rethis geschickt, um die Machtübernahme vorzureiten.«

Der Name ihrer ärgsten Feindin ließ Rhiana und Finni erstarren. »Elidana Charazzar ist im Seekönigreich?«, stieß die Prinzessin hervor.

»Ja, sie hat dies alles eingefädelt.«

Der junge König bewegte sich unruhig in Rhianas Armen und stöhnte. Die Prinzessin deutete mit dem Kopf auf ihn und fragte leise: »Wird er sterben?«

»Nein«, sagte Ninaios fest.

»Wie könnt Ihr so sicher sein?«

»Ich weiß es!«

»Ihr glaubt es, weil Ihr es glauben wollt, nicht wahr?«

»Nein, Prinzessin Rhiana, ich weiß es. Ich habe es im Ersten Schwarzen Auge gesehen.«

Rhiana glaubte, nicht richtig gehört zu haben. »Was erzählt Ihr da?«

Der Königliche Rat setzte sich zu ihr und Palamydas. Trotz der Erschöpfung, die in seinem Gesicht geschrieben stand, lächelte er. »Das ist ein Teil der langen Geschichte, die ich Euch erzählen werde. Ich fürchte, Ihr müsst Euch ein wenig Zeit dafür nehmen.«

»Aber der Feind …«, wandte die Halbelfe ein.

»… wird uns hier nicht überraschen«, versicherte Ninaios. »Am Ende meiner Geschichte werde ich mit dem König in den Zauberwald reiten, und Ihr alle …« Er deutete zu den Klippen hinauf, wo Neel, Rashid und Ulrik wachten. »… werdet unbeschadet abreisen. Auch das habe ich im Ersten Schwarzen Auge gesehen.« Er seufzte. »Wisst Ihr, dass es sehr merkwürdig ist, wenn man Wort für Wort die gleichen Dinge sagt, die man sich schon einmal hat sagen hören?«

Finni entschied sich, die Dinge zu nehmen, wie sie waren, und setzte sich ebenfalls hin.

Rhiana schaute den alten Mann an. »Erzählt bitte. Wir werden uns bemühen, Euch nicht allzu oft zu unterbrechen.«

Ninaios nickte. »Ich werde versuchen, mich auf das Wesentliche zu beschränken. Aber es ist gar nicht so einfach, einen Anfang zu finden. Nun … vielleicht beginne ich damit, dass Euer Vater, Rhiana, zu den Hütern des Ersten Schwarzen Auges gehörte, wie viele andere talanische Könige vor ihm. Aber ein Hüter ist nicht das, was man vielleicht darunter verstehen könnte. Er kann und darf das Schwarze Auge nicht benutzen. Sein Wissen beschränkt sich allein darauf, dass er weiß, wo es sich befindet, und Kontakt zu jenen hält, die es bewachen.«

»Bewachen?«, fragte Rhiana dazwischen. »Dann war und ist es überhaupt nicht gefährdet, vom Flammenbund gefunden und missbraucht zu werden?«

Der alte Mann seufzte. »Es ist so schwer in Worte zu fassen, und ich selbst kenne nur einen kleinen Teil des Rätsels. Ja, Prinzessin Rhiana, das Schwarze Auge wird bewacht, aber die Wächter sind keine Wesen wie wir Menschen – oder zumindest sind sie es heute nicht mehr. Sie sind einerseits überaus mächtig, andererseits aber auch schwach, beinahe hilflos. Sie sagen allerdings, dass ihre Kraft allmählich wieder wächst. Im Moment allerdings können sie das Erste Schwarze Auge so wenig schützen, wie sie sich selbst schützen könnten, falls sie angegriffen werden sollten. Das Erste Schwarze Auge ist deshalb durchaus in Gefahr, und der Flammenbund darf niemals erfahren, wo es sich befindet.«

»Dann sagt mir nicht, wo es sich befindet!«, forderte Rhiana entschieden. »Ich will und kann dieses Wissen nicht bewahren!«

»Eines Tages werdet Ihr es bewahren müssen«, entgegnete Ninaios. »Aber ich habe nicht die Absicht, es Euch mitzuteilen. Das werden andere tun. Im Übrigen ist mir selbst zwar die Gnade zuteil geworden, durch das Erste Schwarze Auge sehen zu dürfen, aber ich wurde auf eine Art und Weise an diesen Ort gebracht, die ich Euch nicht erklären kann. Auf jeden Fall war es mir unmöglich, die Lage dieses Ortes zu erkennen, und das ist auch gut so.«

»Sind diese Wächter Magier?«, wollte Finni wissen.

Ninaios nickte. »In gewisser Weise könnte man sie so nennen, obwohl ich mir da nicht ganz sicher bin. Aber zumindest sind sie keine lebenden Magier.«

»Ihr meint, sie sind Geister oder so etwas?«, staunte die Halbelfe.

»Oder so etwas.« Der alte Mann sah die beiden Frauen an. »Sie sind die Letzten eines Volkes, das in Urzeiten einen inzwischen versunkenen Kontinent beherrscht und ein gewaltiges Wissen angesammelt hat. Prinzessin Rhiana, Ihr kennt die letzten Reste dieses Kontinents, die heute als Inseln aus dem Meer ragen, denn Ihr wurdet dort geboren: Es ist Talania.« Bevor die Frauen ihr Erstaunen in Worte fassen konnten, fuhr Ninaios fort. »Die Wächter haben die Zeiten irgendwie überdauert, wenn auch nicht als Wesen von Fleisch und Blut. Bitte quält mich nicht mit weiteren Fragen zu den Wächtern, aber seid gewiss, sie zählen zu den hellen Mächten und sind uns freundlich gesinnt. Dennoch dürft Ihr nicht erwarten, dass sie auf Eurer Seite in den Kampf gegen den Flammenbund eingreifen. Sie sind dazu noch nicht in der Lage. Ungeachtet dessen haben sie Euch in jüngster Zeit mehrmals aus schwerer Not geholfen. Sie lieben Euch nämlich, Prinzessin Rhiana, Euch und Eure Freunde, so wie ich Euch liebe.«

»Was meint Ihr damit?«, wollte die Prinzessin wissen. »Wie haben sie uns geholfen?«

»Sie schickten Euch den Purpurroten Ritter, als Ihr in großer Gefahr wart, vom Flammenbund gefangen zu werden.«

»Masovius?«, fragte Rhiana erstaunt. Plötzlich fiel ihr wieder ein, dass der merkwürdige kleine Ritter behauptet hatte, von Leuten beauftragt worden zu sein, die es gut mit ihnen meinten.

»Ja, er ist … eine Art Diener der Wächter. Das gilt übrigens auch für andere, die Euch geholfen haben. Zum Beispiel …«

So schnell wollte sich die Prinzessin nicht abspeisen lassen. »Wer oder was ist der Purpurrote Ritter?«

»Ein künstliches Geschöpf von Odenius dem Tüftler, einem der früheren Seekönige, der sich wenig für die Regierungsgeschäfte interessierte, umso mehr jedoch für die Ingenieurskunst. Er schuf allerlei mechanische Wunderwerke und widmete sein Leben der Erschaffung eines mechanischen Menschen sowie eines Perpetuum mobile. Dabei half ihm das Wissen der Wächter, aber die Erfüllung seiner beiden Lebensträume blieb ihm trotzdem versagt.«

»Aber der Purpurrote Ritter ist doch …«, begann Finni.

»Odenius war genial, aber er konnte das Wesen nicht zum Leben erwecken. Das haben die Wächter schließlich getan, um ihm in seinen letzten Stunden eine Freude zu bereiten. Seither wandert dieses künstliche Geschöpf über Dere, wenn es nicht, was meistens der Fall ist, in einem geheimen Versteck an seiner eigenen Vervollkommnung arbeitet. Und manchmal, wie in Eurem Fall, erfüllt er für die Wächter eine kleine Aufgabe.«

Die beiden Frauen ließen die erstaunlichen Erklärungen des alten Mannes auf sich einwirken. Nach einer Weile nahm Rhiana den Faden wieder auf. »Ihr sagtet, die Wächter haben uns mehrmals geholfen …«

Ninaios lächelte. »Erinnert Ihr Euch an die Delphinreiter?«

Die Prinzessin nickte. »Ohne sie wären Finni, Ulrik und ich ertrunken.«

»Sie standen im Dienst der Wächter.«

»Sind etwa auch die untoten Piraten, die die Schiffbrüchigen der *Bunte Seekuh* gerettet haben, Freunde der Wächter?«, fragte die Halbelfe.

»Freunde wohl kaum, aber Diener«, gab der Gelehrte zur Antwort. »Es würde zu weit führen, wenn ich Euch die seltsame Verbindung zwischen den Wächtern und diesen Verdammten der Meere zu erklären versuchte. Es genügt zu wissen, dass sie in der Schuld der Wächter stehen und beauftragt wurden, Euch zu helfen.«

»Wie seid Ihr selbst an all dieses Wissen gelangt?«, fragte Rhiana nach einer kleinen Pause.

»Die talanischen Könige sind die Hüter des Ersten Schwarzen Auges, aber ihnen werden Helfer zur Seite gestellt. Zu den Helfern gehört auch stets jemand aus dem Seekönigreich, manchmal der König, wie Odenius der Tüftler, manchmal ein Gelehrter, wie das bei mir der Fall ist.«

Die Prinzessin kehrte zu den Problemen der Gegenwart

zurück. »Was können wir tun, um Elidana Charazzar aufzuhalten?«

Der Gelehrte versteifte sich. »Nichts«, sagte er spröde. »Das Seekönigreich ist verloren. Ich habe versucht, die Dinge noch zu wenden, aber die einmal festgelegte Zukunft lässt sich so leicht nicht ändern. Alle meine Versuche liefen ins Leere, und schließlich fügte ich mich in den Ablauf der Dinge. Elidana Charazzar hat gewonnen. Wir hatten endgültig verloren, als es der Charazzar mit Hilfe des Magiers Zaraldus gelang, den Admiral der Sieben-Winde-Flotte auf ihre Seite zu ziehen. In Rethis herrscht bereits Merymakos IV., ein entfernter Neffe von König Palamydas und eine Marionette des Flammenbundes. Was immer Ihr tun wollt, Prinzessin Rhiana, stürzt Euch nicht in den aussichtslosen Kampf, daran noch etwas ändern zu wollen.«

»Hättet Ihr nicht wenigstens den König retten können?«

»Ich habe ihn gewarnt, aber er hat nicht auf mich gehört. Und mehr durfte ich nicht unternehmen. Es hätte alles nur schlimmer gemacht.«

Es fiel Rhiana schwer, den Sieg des Flammenbundes so einfach hinzunehmen. *Erst Talania, jetzt das Seekönigreich. Und um ein Haar wäre ihm auch Albernia in die Hände gefallen.* Immer deutlicher wurde die Taktik der Pyrdacor-Kultisten. Sie intrigierten, sammelten Verräter um sich und übernahmen die Macht, indem sie den rechtmäßigen Herrscher stürzten, um an seiner Stelle eine Marionette zu inthronisieren. Der Bund selbst blieb im Hintergrund. *Wenn man ihn nicht aufhält, wird der Flammenbund eines Tages ganz Aventurien in der Hand haben.* »Man muss etwas unternehmen!«, sagte sie entschieden.

Ninaios nickte. »Ja, der Feind muss bekämpft werden. Aber nicht hier auf den Zyklopeninseln, Prinzessin Rhiana. Euch ist Größeres bestimmt. Ich habe Eure Zukunft gesehen.« Er zögerte. »Aber vergesst niemals: Je weiter die Dinge in der Zukunft liegen, desto unsicherer ist, ob sie auch wirklich geschehen. Es liegt an uns, sie dorthin zu entwickeln, wie es prophezeit wurde oder wie das Erste Schwarze Auge sie gesehen hat. Glaubt niemals, Ihr könntet nicht vorher sterben. Das Erste Schwarze Auge bildet nur Wahrscheinlichkeiten ab, und gerade das Wissen um diese Wahrscheinlichkeiten kann sie zunichte machen.«

»Da müsst Ihr Euch nicht sorgen«, entgegnete Rhiana. »Ich lasse mich durch nichts und niemanden vereinnahmen, sondern gehe meinen eigenen Weg.«

Der Gelehrte lächelte. »Das zeichnet Euch aus. Bleibt dabei. Es ist ein guter Weg.«

Rhiana wiegte den Jüngling in ihren Armen. »Was wird aus König Palamydas?«

»Eines Tages kommt er zurück, wenn niemand mehr mit ihm rechnet. Er wird den Flammenbund aus dem Seekönigreich vertreiben und wieder auf dem Thron sitzen. Aber es können Jahrzehnte vergehen, bevor er den Zauberwald wieder verlässt.«

»Ihr wisst es nicht genau?«

»Doch, aber ich darf Euch mit diesem Wissen nicht belasten.«

»Und Ihr? Was wird aus Euch?«

»Darum macht Euch keine Sorgen. Mir widerfährt nichts Böses, sondern nur etwas Schönes, was ich mir seit langem wünsche.« Als würden ihn die Worte daran erinnern, dass noch Dinge zu tun waren, fuhr er fort: »Es ist an der Zeit, mich von Euch zu verabschieden. Sprecht bitte mit niemandem über die Dinge, die ich Euch vorgetragen habe, auch nicht in Andeutungen. Je weniger der Flammenbund über die Wächter erfährt, desto besser ist es für unsere Sache.«

Ninaois erhob sich mühsam. Sein entschlossenes Gesicht

machte den beiden Frauen klar, dass es sinnlos war, ihn zu bitten, noch zu bleiben. Stumm halfen sie ihm, den verletzten König auf das Pferd zu setzen und festzubinden. Dann kletterte der Gelehrte in den Sattel seines Pferdes.

»Wollt Ihr nicht wenigstens Hilfe von uns annehmen?«, fragte Rhiana. »Wir könnten Euch in den Zauberwald begleiten.«

»Ich danke Euch, aber was jetzt noch zu tun ist, schaffe ich allein«, erwiderte Ninaios. »Es ist auch gar nicht mehr viel zu tun.« Er sah Rhiana und Finni noch einmal warmherzig in die Augen. »Lebt wohl.«

Dann ritt er los, das Pferd des Königs im Gefolge. Er blickte sich nicht um.

Die beiden Frauen sahen Ninaios und König Palamydas nach, bis der Wald sie und die Pferde den Blicken entzog. Innerlich aufgewühlt von dem, was sie erfahren hatten, zugleich aber auch bedrückt wandten sie sich ab.

10 Der Abschied

Phenos,
Ende Tsa 916 BF

Ninaios ritt tief in den Zauberwald hinein. Er fürchtete sich nicht vor dem Wald, denn er war schon oft hier gewesen. Heute würde es das letzte Mal sein. Natürlich wusste er um die Gefahren, die hier lauerten, Gefahren, die vom Wald selbst ausgingen, aber auch von einigen seiner Bewohner. Sie interessierten ihn nicht. Er war zu alt, um sich vor Gefahren irgendwelcher Art zu fürchten. Er war zu alt, um sich überhaupt noch vor etwas zu fürchten. Und mit ihm ritt das Bewusstsein, dass ihm und Palamydas nichts geschehen würde, was nicht bereits festgelegt war. Tatsächlich fühlte er sich beinahe beschwingt, denn er wusste, er ritt seiner Erfüllung entgegen.

Der alte Gelehrte achtete kaum auf die Umgebung und nahm die Riesenfarne mit ihren gelben, lederähnlichen Blättern, die mannshohen roten Stachelkugeln und die schwarzen Lianen, die zu Gebilden verknüpft waren, die an gewaltige Spinnennetze erinnerten, kaum wahr. Er wusste, dass sich hier alles ständig veränderte. Bei seinen früheren Besuchen hatte er andere Dinge gesehen und bestaunt. Aber die Zeit des Staunens war für ihn vorbei.

Das Packpferd mit dem Körper des schwer verletzten und bewusstlosen Königs folgte gehorsam an langer Leine. Manchmal schaute Ninaios sich um und bedachte Palamydas mit einem langen, wehmütigen Blick. Er versuchte seine Erscheinung noch einmal voll und ganz in sich aufzunehmen, und es war bereits jetzt, obwohl er sein Ziel noch nicht erreicht hatte, ein stummer Abschied. *Was für ein hübscher Jüngling. Ich hätte ihn so gern mit Prinzessin Rhiana verkuppelt, und ich glaube, unter anderen Umständen wäre mir dies auch gelungen. Sie hätten gut zueinander gepasst, und nirgendwo auf Dere hätte es ein schöneres Paar gegeben. Aber die Götter haben anders entschieden.*

Wenn König Palamydas erwachte, würde er kaum wissen, wo er sich befand. Und wenn er es ahnte oder Ninaios es ihm sagte, würde es ihm nur recht sein. Auch Palamydas kannte den Zauberwald aus eigener Erfahrung, wenngleich er nicht auf die vielen Besuche zurückschauen konnte, die der Gelehrte dem Wald abgestattet hatte. Einmal allerdings hatte Palamydas hier mehrere Tage und Nächte ausgeharrt, wie es jeder Kronprinz seit der Zeit von Seekönig Tyndareos vor der Krönung tat. Der Zauberwald verkörperte sowohl helle als auch dunkle Seiten der Magie, und in ihm wohnten freundliche, aber auch weniger freundliche magische Geschöpfe. Die Kronprinzen erfuhren in der Regel nur die freundliche Seite des Waldes, wenn ihnen am Ende ihrer Probezeit eine Dryade die erste, aus Pinienzweigen geflochtene Krone aufs Haupt setzte, die sie in Rethis gegen die Delphinkrone der Seekönige eintauschten. So war es auch Palamydas ergangen. Ninaios wusste aus den alten Schriften aber auch von Kronprinzen, die dem Wald nicht gefallen hatten und denen von schattenhaften Wesen, die sonst niemand zu Gesicht bekam, eine Krone aus giftigen Dornen aufgesetzt worden war. Diese Kronprinzen waren niemals nach Rethis zurückgekehrt, und wogegen sie ihre Dornenkrone eingetauscht hatten, wagte niemand sich auch nur vorzustellen.

Erneut kam dem alten Gelehrten Prinzessin Rhiana in den Sinn, und ihn überkam ein Schaudern, als er an ihre Bestimmung dachte. Er hatte ihr längst nicht alles gesagt, was er wusste. Es wäre nicht gut für sie gewesen. *Wie schön, dass ich mit einer Hoffnung sterben kann. Und diese Hoffnung für uns alle ist die Prinzessin.*

Endlich hatte Ninaios sein Ziel erreicht. Er stand in der Lichtung, in der sich der versunkene und halb überwucherte Tempel der Heiligen Flamme befand. Bedächtig gurtete der Gelehrte den König los und fing den herabfallenden Körper auf, wie es Rhiana getan hatte, ohne ihn allerdings wie sie festhalten zu können. Gemeinsam stürzten sie zu Boden. Palamydas stöhnte vor Schmerz auf und erwachte aus seinem Dämmerschlaf.

»Mein König«, sagte der alte Mann, »ich bringe Euch jetzt an einen Ort, wo Euch geholfen wird. Habt keine Angst, Ihr werdet nicht sterben, sondern wieder gesunden. Ihr werdet in Euer Reich zurückkehren, obwohl bis dahin vierzig Jahre vergehen werden. Ihr selbst werdet Euch an diese lange Zeit später nicht mehr erinnern können, und ihr werdet als der Jüngling, der Ihr jetzt seid, euer Leben als König fortsetzen.« Er war sich nicht sicher, ob Palamydas dies alles verstanden hatte, aber er musste es auch nicht verstehen.

Als der Gelehrte den Körper des Königs über die Lichtung schleifte, war Palamydas schon wieder in seinem Dämmerschlaf versunken. Ninaios spürte Stiche in der Herzgegend, ließ aber in seinen Anstrengungen nicht nach. Endlich hatte er den Stollen erreicht, der in den Tempel hinabführte. Jetzt wurde es für den alten Mann etwas leichter. Er kroch in den Stollen und zog Palamydas mit sich. Gemeinsam rutschten sie die Schräge hinab, und der Gelehrte gab erst Ruhe, als der König vor der Heiligen Flamme lag.

»Lebt wohl, mein König«, sagte er leise, denn er wusste, dass der Jüngling ihn ohnehin nicht hören konnte. »Ingrasch wird für Euch sorgen.«

Dann machte er sich an die mühsame Aufgabe, den Stollen wieder hinaufzukriechen. Am Ende seiner Kräfte ließ er sich schließlich auf die Lichtung fallen.

Die Anstrengung der letzten Tage hatten den alten Mann erschöpft, und die letzte Anstrengung war für sein altes Herz zu viel gewesen. Er spürte, wie es raste, holperte und Wellen des Schmerzens durch seinen Körper jagte. Er ließ sich zurücksinken und wartete. Dann starb er mit einem Lächeln im Gesicht.

Glossar

Götter und Monate

Gottheit	*Kompetenz*	*Symbol(-tier)*	*Monat*
Praios	Gott der Sonne und des Gesetzes	Greif	Juli
Rondra	Göttin des Krieges und des Sturms	Löwin	August
Efferd	Gott des Wassers, des Windes und der Seefahrt	Delphin	September
Travia	Göttin des Herdfeuers, der Gastfreundschaft und der ehelichen Liebe	Gans	Oktober
Boron	Gott des Todes und des Schlafes	Rabe	November
Hesinde	Göttin der Künste, der Gelehrsamkeit und der Magie	Schlange	Dezember
Firun	Gott des Winters und der Jagd	Eisbär	Januar

Tsa	Göttin der Geburt und Erneuerung	Eidechse	Februar
Phex	Gott der Diebe und Händler	Fuchs	März
Peraine	Göttin des Ackerbaus und der Heilkunde	Storch	April
Ingerimm	Gott des Feuers und des Handwerks	Feuer	Mai
Rahja	Göttin des Weines, des Rausches und der Liebe	Pferd	Juni

Zwischen den Monaten Rahja und Praios liegen 5 Tage ohne Namen, die an den verfemten 13. Gott, den Namenlosen, erinnern.

Wochentage

Windstag = Montag
Erd(s)tag = Dienstag
Markttag = Mittwoch
Praiostag = Donnerstag
Rohalstag = Freitag
Feuertag = Samstag
Wassertag = Sonntag

Himmelsrichtungen

Rahja	=	Osten
Praios	=	Süden
Efferd	=	Westen
Firun	=	Norden

Die meisten Aventurier haben von den Thorwalern die Bezeichnung der Himmelsrichtungen übernommen: Norden (thorwalsch: norda), Süden (sijdan), Westen (Wesda) und Osten (ostion). Ebenso gebräuchlich ist aber auch die Verwendung der vier Götternamen.

Maße

Finger	=	2 Zentimeter
Spann	=	20 Zentimeter
Schritt	=	1 Meter
Meile	=	1 Kilometer

Münzen

Dukat (Goldstück)	=	125,00 Euro
Silbertaler	=	12,50 Euro
Heller	=	1,25 Euro
Kreutzer	=	0,12 Euro

Die Umrechnung in Euro soll eine ungefähre Vorstellung des Wertes ermöglichen. Einprägsamer sind aventurische Preise: ein Maß Bier kostet in der Schankwirtschaft 6 Kreutzer, ein Laib Brot auf dem Markt 15 Kreutzer, ein gutes Leinenhemd

8 Silbertaler, ein Kurzschwert oder eine einfache Lederrüstung 8 Dukaten.

Sonstige Begriffe

99 Gesetze – Grundlage der Religion der Rastullahgläubigen
Aal – Torsionsgeschütz, das in schneller Folge Bolzen verschießt, wird auch Hornisse genannt
Abilacht – kleine Handelsstadt, im Süden der albernischen Grafschaft Honingen gelegen
Achaz – Eigenname des Volkes der Echsenmenschen
achtern – hinten im Schiff
Al'Anfa – mächtigste Stadt und Reich in Südaventurien
Al'Ankhra – Beiname des Gottes Rastullah (»der Löwe«)
Albernia– an der Westküste Aventuriens gelegenes Fürstentum, Provinz des Neuen Reiches bzw. Mittelreichs
Almada – Königreich am Oberlauf des Yaquir, Provinz des Mittelreichs
Alveran / Wächterin Alverans – Heimstatt der Zwölfgötter, deren Wächterin Rondra ist
ausrennen – Geschütze mit Hilfe von Taljen in Abschussposition bringen
Aventurien– Kontinent der Welt Dere
Aylannya – auf der Insel Talan gelegene wichtigste Hafenstadt des Talanischen Archipels, zugleich Hauptstadt des Inselkönigreichs Talania
Backbord – vom Heck aus gesehen die linke Seite eines Schiffes
belegen – eine Leine festmachen / einen Befehl aufheben
Belegnagel – Holz- oder Eisenpflock zum Festmachen von Leinen

Bethana – alte Hafenstadt an der Westküste Aventuriens
Bilge – Kielraum, die tiefste Stelle in einem Schiff
BF – Bosparans Fall, allaventurische Zeitrechnung; es gibt andere Zeitrechnungen, z. B. nach Hal. Das Jahr 0 Hal entspricht dem Jahr 993 n. BF, das Jahr 0 BF entsprechend dem Jahr 993 v. H.
Bornland- großes Land im Nordosten Aventuriens
Brabak – Stadt und Königreich an der Südspitze Aventuriens. Die große Hafen- und Hauptstadt des gleichnamigen Königreichs lebt von Handel und Fischfang und ist von Sümpfen und Regenwäldern umgeben.
brassen – eine Rah in waagerechte Richtung drehen
Darpat – zentral verlaufender Fluss im Mittelreich, der in den Golf von Perricum mündet
Darpatien – zentral gelegenes Fürstentum des Neuen Reiches / Mittelreichs
Dere – die Welt, in der Rhiana lebt
Drachenschiff – Schiff der Thorwaler, das gesegelt und gerudert werden kann
Dragor – Führer des Flammenbunds, auch Erste Flamme genannt
Druide / Druidin – Zauberkundige, die der Erdmutter Sumu dienen
Dryade – Waldnymphe
Dschinn– Elementargeist mit Zauberkräften, der mit menschlichem Oberkörper erscheint, wenn man ihn beschwört
dwars – querab, rechtwinklig zur Schiffslängsachse
Elenviner – in diesem Zusammenhang billiger Weiß- oder Rotwein
Elf – hoch zivilisiertes, magiebegabtes Volk Aventuriens
Erste Flamme – Führer des Flammenbundes, auch Dragor genannt
Famerlor – als Gefährte der Göttin Rondra und als Vater ihres

Sohnes Kor verehrter, mächtiger Drache mit Löwenhaupt, der bei den Göttern in Alveran lebt

Farindelwald – großes Waldgebiet in Albernia, in dem seltsame Wesen wohnen

Ferdoker – helles Bitterbier

Flammenbund – Geheimbund, der den Drachen Pyrdacor verehrt und die Macht in Aventurien anstrebt

Geitau – Leine zum Aufholen der Segel

Gallys – Ortschaft an der Reichsstraße, die von Wehrheim (in Darpatien) durch die Trollpforte nach Osten führt

Gareth – Hauptstadt des Neuen Reiches, im zentralen Königreich Garetien gelegen

Garetien – zentrales Königreich des Neuen Reiches bzw. Mittelreiches

glasen – Anschlagen der Schiffsglocke alle halbe Stunde mit 1–8 Schlägen bis zum Wachwechsel

Goblin – aventurischer Ureinwohner, nicht dumm, aber von den Menschen als verschlagen verachtet, äffisches Äußeres

Gorische Wüste – zweitgrößte Wüste Aventuriens

Granelfels – in der Schwarzen Sichel gelegene Baronie in Tobrien

Halbelf – Mischling mit menschlichem und elfischem Erbanteil

Halbstundenglas – Sanduhr, deren Sand eine halbe Stunde zum Durchlaufen benötigt

Harpyie – fliegendes Mischwesen aus Vogel und Frau, wahrscheinlich schwarzmagischen Ursprungs

Havena – bedeutende Hafenstadt an der Westküste Aventuriens und Hauptstadt des Fürstentums Albernia, nördlich im Mündungsgebiet des Großen Flusses gelegen

Holk – Schiffstyp, Weiterentwicklung der Kogge

Honingen – Grafenstadt im Hinterland von Albernia

Horas – Göttersohn, zugleich Kaisertitel im Alten Reich

Horasreich – anderer Name für Altes Reich oder Bosparanisches Reich
HnRabaal – Stadt in Südaventurien
Hylailer Dreikreuz – Navigationsinstrument
Hylailer Feuer – schwer zu löschendes Brandöl, das in Tonkugeln gefüllt, mit einer Lunte versehen und als Geschoss benutzt wird
Hylailos – Insel des Seekönigreichs, auf der sich die Hauptstadt und wichtigste Hafenstadt Rethis befindet
Hylailischer Seemost – (noch gärender) billiger Wein
Inrah – Brettspiel mit für die beiden Kontrahenten unterschiedlichen Arten Spielsteine
Ingrasch – Göttin der Zyklopen, auch Heilige Flamme genannt
Karavelle – kleines bis mittelgroßes schnelles Schiff mit meistens zwei Masten
Keft – Oasenstadt inmitten der Wüste Khom; religiöses Zentrum und Pilgerort der Rastullahgläubigen
Kaiserlose Zeit – Zeit der Diadochenkämpfe um den verwaisten Thron im Neuen Reich / Mittelreich
Karracke – massives Schiff, aus der Kogge hervorgegangen
Kettenkugeln – zwei mit einer Kette verbundene Eisenkugeln, die als Geschützmunition vor allem dazu dienen, Löcher in die Segel zu reißen
Khom – größte Wüste Aventuriens
Kosch – Gebirge und Provinz des Mittelreiches
Kuslik – Hafenstadt im Lieblichen Feld
Land der Ersten Sonne – Bezeichnung der Tulamiden für ihren Siedlungsraum im Süden Aventuriens
Leuin – poetisch für Löwin; wird von Rondragläubigen gern als Beiname der Göttin verwendet
Liebliches Feld – Landstrich des Königreichs Vinsalt
Liek – Leine, mit der ein Segel eingefasst ist
Madamal – Bezeichnung des Mondes

Mars – Verbindung von Mast und der darüber befindlichen Marsstenge

Mawdli – Rechts- und Glaubensgelehrter der Novadis, Mehrzahl: Mawdliyat

Mengbilla – Stadtstadt an der aventurischen Westküste

Mherwed – uralte tulamidische Stadt

Mishkharas Niederhölle – das Reich einer Erzdämonin, auch als Belzhorash bekannt, Herrin über Pestilenz und Fäulnis

Mittelreich – auch Neues Reich, das größte Staatsgebilde Aventuriens. Das Mittelreich umfasst zahlreiche Königreiche, Herzogtümer, Fürstentümer und Markgrafschaften. Regiert wird das Mittelreich durch einen in der Hauptstadt Gareth residierenden Kaiser. Siehe auch Kaiserlose Zeit.

Moha – größter Stamm der dunkelhäutigen südaventurischen Waldmenschen

Mohagoni – Holzart, benannt nach den Moha

Muhrsape – alter Name des Moor- und Marschlandes im Mündungsdelta des Großen Flusses

Neetha – Hafenstadt im Lieblichen Feld

Niederhöllen – Gefilde der Dämonen in der siebten Sphäre, in der Gottlose gequält werden, bevor sie selbst zu Dämonen werden

Nostria – Hauptstadt des gleichnamigen Königreichs an der Westküste Aventuriens, nördlich von Albernia

Novadi – in der Wüste Khom nomadisch lebende Stämme der Tulamiden, die sich zum Rastullahglauben bekennen

Oger – ein in Höhlen lebendes, zweieinhalb Schritt messendes menschenähnliches Wesen, das sich primitiver Waffen und Werkzeuge bedient

Onager – Torsionsschleuder

Ork – ähnlich wie Goblins, nur etwas größer und mit schwarzem Pelz ausgestattet

Perricum – reiche Küstenstadt des östlichen Mittelreiches, aber tulamidischen Ursprungs
Praiosscheibe – Bezeichnung der Sonne
Punin – Hauptstadt der mittelreichischen Provinz Almada, am Yaquir gelegen
Pyrdacor – einer der mächtigsten Drachen, der allerdings seinem Bruder Famerlor im ersten Drachenkrieg unterlag und später durch die Götter von der Welt verbannt wurde
Raschtulswall – zweihöchstes Gebirge Aventuriens und Nordgrenze des tulamidischen Siedlungsgebiets
Rashdul – älteste tulamidische Stadt, östlich der Khom gelegen
Rastullah – der Eingott der Novadis
raumer Wind – günstiger, weil vorwiegend von hinten einfallender Wind
Reff – Teil des Segels, der zum Reffen eingerichtet ist
Rethis – Hauptstadt des Seekönigreichs Zyklopeninseln
Riva – Hafenstadt am Golf von Riva
Rommilys – Provinzhauptstadt des mittelreichischen Fürstentums
Rondrikane – heftige Stürme aus Nordwest auf dem Meer der sieben Winde
Rotze – volkstümlicher Ausdruck für Schiffsgeschütz
Samra – aranischer Grenzort
Satinav – Halbgott und Hüter der Zeit
Schanzkleid – geschlossene Reling aus Holzplanken, Teil der Außenhaut des Schiffes
Schwarze Sichel – Gebirgszug im Westen Tobriens
Shadif – edle, temperamentvolle tulamidische Pferderasse
Shastra – talanischer Titel der Thronfolgerin
Sieben-Winde-Flotte – Flotte des Mittelreichs, die u. a. auf den Zyklopeninseln Stützpunkte besitzt
Söldner – im Gegensatz zu einem regulären Soldaten nur auf

Zeit zu einem bestimmten Zweck gegen Sold verpflichteter Kämpfer

Stag – starkes Tau

Stagsegel – kleine, dreieckige Segel, die an Stagen gesetzt werden

Steuerbord – vom Heck aus gesehen die rechte Seite eines Schiffes

Stundenglas – Sanduhr, deren Sand eine Stunde zum Durchlaufen benötigt

Süll – Rand der Ladeluke eines Schiffes

Sultana – weibliche Variante des Titels Sultan

Sumu – Urriesin, die im Kampf mit dem Himmelsgott Los die Welt erschuf

Talania – Inselkönigreich im Meer der sieben Winde

Teremon – zweitgrößte Stadt des Seekönigreichs, auf der Insel Pailos gelegen

Thorwal – Stadt und Landstrich im äußersten Nordwesten Aventuriens und Siedlungsgebiet der Thorwaler

Thorwaler/-in – Seefahrervolk, kräftig und hoch gewachsen und von heller Haut- und Haarfarbe; leben vom Seehandel und Fischfang, sind aber auch als Seeräuber und als Gegner der Sklaverei bekannt

Tobrien – Herzogtum und Bestandteil des Mittelreiches, im Nordosten gelegen

Trollpforte – Gebirgspass zwischen den Herzogtümern Darpatien und Tobrien

Trollzacker – Obstbranntwein

Tulamiden – Volk, das den Süden Aventuriens besiedelt und von dunkler Haar- und Augenfarbe ist

Utulu – dunkelhäutige Ureinwohner der südaventurischen Waldinseln

Vinsalt – Hauptstadt des Königreichs Vinsalt

Waldinseln – Inselkette im Süden Aventuriens

Warunk – Markgrafschaft und flächenmäßig kleinste Provinz des Mittelreiches mit gleichnamiger Hauptstadt
Warunker – häufigste Pferderasse Aventuriens ohne einheitliches Erscheinungsbild
Wehrheim – große Grafenstadt, im mittelreichischen Fürstentum Darpatien gelegen
Weibel/-in – Dienstgrad, Anführer einer zehnköpfigen Einheit
Wengenholm – Grafschaft im Norden des Fürstentums Kosch
Willbergen – Baronie in der Mark Osterfelde im Westen Tobriens
Wulfroth – kleines Dorf in Willbergen/Mark Osterfelde/Tobrien
Yaquir – nach dem Großen Fluss zweitgrößter Strom Aventuriens, mündet in das Meer der sieben Winde
Ysilia – Stadt und Landgrafschaft im Herzogtum Tobrien
Yslisee – großer Binnensee bei Ysilia
Zwölfgötter – Gesamtheit der Götter
Zyklopeninseln – Inselgruppe im Meer der Sieben Winde, vor der Westküste Aventuriens

Daniela Knor

Klingenschwestern

Rhiana die Amazone 5. 352 Seiten. Serie Piper

Rhiana die Amazone befindet sich noch immer auf der Flucht vor den Häschern des Flammenbunds. Gemeinsam mit ihren Gefährten verschlägt es sie zu einer abseits gelegenen Burg, in der sie als Gäste eines geheimnisvollen Ordens logieren dürfen. Doch in ihrem neuen Unterschlupf ist nichts so friedlich wie es scheint. Denn der Flammenbund hat Rhiana aufgespürt und treibt einen Keil in die Bande von Rondras Klingenschwestern. Und als Rhiana und ihre Freunde sich gegen die strengen Gesetze des Ordens auflehnen, zeigen die Gastgeber ihr wahres Gesicht: Der Aufenthalt auf der Burg wird zur tödlichen Gefahr …
Ein neues Abenteuer um »Rhiana die Amazone«, die tapferste Kriegerin von Aventurien.

05/1874/01/L

Tobias O. Meißner

Das Paradies der Schwerter

Roman. 368 Seiten. Serie Piper

Sechzehn Männer reisen durch eine bizarre, apokalyptische Landschaft, einem Turnier entgegen: In verschiedenen Paarungen sollen sie mit eigens gewählten Waffen gegeneinander antreten. Doch auch wenn ein Preisgeld winkt, geht es in Wahrheit nur um Leben und Tod – und darum, die Sensationsgier des Publikums zu befriedigen. Und je weiter das brutale Schauspiel voranschreitet, je mehr Männer unter der sengenden Sonne fallen, desto deutlicher begreifen die Teilnehmer, daß es am Ende vielleicht gar keinen Sieger geben wird …

Mit meisterhafter Sprache webt Shooting-Star Tobias O. Meißner eine fesselnde Mischung aus Thriller und Fantasy.

05/1935/01/R

SERIE PIPER

SERIE PIPER

Graham McNeill

Botschafter der Schlacht

Warhammer – Sturm des Chaos 1. Aus dem Englischen von Barbara Röhl. 352 Seiten. Serie Piper

Der ehemalige General Kaspar von Velten tritt einen Posten als Botschafter im eisigen Reich Kislev an. Die Stellung bedeutet seine größte Herausforderung, denn das Reich wird von feindlichen Agenten und Schurken unterwandert. Zudem geht ein geheimnisvoller Serienkiller um. Und in den Eiswüsten des Nordens versammelt sich eine finstere Armee aus Chaos-Kriegern, bereit, das Land mit einem Sturm der Zerstörung zu überziehen … Nach William Kings »Gotrek und Felix« der neue Kultzyklus aus der britischen »Warhammer«-Fantasyschmiede!

»Eine explosive Mischung aus düsteren Intrigen und rasanter Action.«
SFX

05/1881/01/L

Graham McNeill

Die Fänge des Bären

Warhammer – Sturm des Chaos 2. Aus dem Englischen von Barbara Röhl. 384 Seiten. Serie Piper

Der neue Botschafter Kaspar von Velten hat es in der eisigen Stadt Kislev nicht leicht. Die finsteren Chaos-Horden rüsten zum Angriff und marschieren bereits auf die Felsformation von »Ursuns Zähnen« zu. Nun liegt es an ihm, die Armeen des Imperiums und der Provinz Kislev zu einen. Doch bald wird klar, dass sich unter von Veltens Verbündeten ein feindlicher Agent des Chaos befindet. Gelingt es ihm, den Verräter zu entlarven, bevor die dunklen Krieger das Land überrennen? Der neue düster-rasante Degenstreich des beliebten »Warhammer«-Autors.

»Eine blutige Nonstop-Achterbahnfahrt ins Chaos!«
Enigma

05/1968/01/R

SERIE PIPER

Dan Abnett · Mike Lee

Der Fluch des Dämons

Warhammer – Darkblades Schlachten 1. Aus dem Englischen von Christian Jentzsch. 496 Seiten. Serie Piper

Ein Krieger. Ein Betrüger. Ein Monster. Selbst unter den finsteren Dunkelelfen wird Malus Darkblade gefürchtet. Erfüllt von Habgier und dem Drang nach Macht, tötet er alles, was ihm in die Quere kommt. Als eine gestohlene Karte ihm den Weg zu einem verschollenen Artefakt weist, begibt sich Darkblade in die Chaos-Wüsten. Doch die Reise entwickelt sich rasch zu einem Spiel aus Horror und Wahnsinn ... Mike Lee und Darkblade-Schöpfer Dan Abnett läuten mit diesem ersten Band der großen Romane um »Darkblades Schlachten« ein spektakuläres neues »Warhammer«-Zeitalter ein.

05/1966/01/L

Michael A. Stackpole

Die Nacht der düsteren Träume

Das letzte Geheimnis aus dem Reich der Drachenkrone. Aus dem Amerikanischen von Reinhold H. Mai. 464 Seiten. Serie Piper

Mit seinem Erfolgszyklus »Düsterer Ruhm« hat Michael A. Stackpole alles über die Jagd nach der Drachenkrone erzählt – beinahe alles. Denn ein letztes Geheimnis blieb übrig: Was hat es mit dem Brauch der Bewohner Okrannels auf sich, die für eine Nacht in ihre Heimat zurückkehren, um zu träumen? Welche düsteren Prophezeiungen verbergen sich in diesen Träumen?
In dieser Sammlung führt der Erfolgsautor ein weiteres Mal in das faszinierende Reich der Drachenkrone und in andere abenteuerliche, düstere und bizarre Welten – ein Muss für alle Stackpole-Fans!

»Alles, was Stackpole schreibt, hat das Zeug zum Kult.«
Booklist

05/1969/02/R